KB108782

문학의 거울과 저울

문학의 거울과 저울

김 종 회

비 평 집

민음사

책머리에

　문학작품을 어떻게 읽어야 하는가. 비평가, 곧 전문적인 독자로서 30년 가까운 세월을 보낸 저자에게 여전히 화두처럼 남아 있는 질문이다. 길다면 길고 짧다면 짧은 그 세월의 뒤끝에서 가장 강한 힘으로 감각되는 것은 '관점(point of view)'이라는 개념이다. 이것이 없으면 문학작품에 대한 일반적인 감상을 넘어 창의적이고·전문성 있는 의견을 제시할 수 없으며, 특히 비평가의 색깔이 드러나는 독창적 읽기와 쓰기가 불가능하다.

　한 사람의 비평가로서 내가 가진 비평적 관점은 과연 온당하고 객관적이며 다음 단계의 독자에 대한 설득력을 갖고 있는가. 내 비평으로 인해, 그것이 없었더라면 잘 알 수 없는 작품의 가치를 적시(摘示)할 수 있었는가. 서두의 질문은 이와 같은 근본적인 문제를 저자 자신에게 제기하는 일과 동일선상에 놓여 있다.

　문학비평에서 문학을 바라보는 관점은 열거하기 어려울 만큼 많겠으나, M. H. 에이브럼스가 지금은 고전이 된 『거울과 램프』에서 네 가지로 제시한 모방론, 표현론, 효용론, 존재론이 빈번하게 원용된다. 이 네 가지

문학 이론은 각기 장황한 해명이 뒤따르기 마련이지만, 저자가 여기에서 주목하는 것은 그가 저서의 표제를 '거울과 램프'로 선택한 탁월한 상징적 의미에 관해서이다.

사물을 반사하는 거울은 모방적 반영을 수용하며, 스스로 빛을 발하는 램프는 주체적 표현을 발원한다. 좀 더 범주를 확장하면 이 논의는 수용미학과 창작심리학에도 연동되어 있다. 이렇게 서로 마주보고 서 있는 형국의 논리는 저자뿐 아니라 모든 비평과 연구의 현장에서 누구나 지속적으로 만나게 되는 문예이론의 모형이다.

이 책의 제목을 '문학의 거울과 저울'이라 명명한 것은 모방과 반영 그리고 수용미학의 문학적 논리와 함께, 문학작품에 대한 관찰, 분석, 비평이 어떻게 그 작품을 객관적으로 계량할 수 있는가라는 명제를 지속적으로 추구하고 있었던 까닭에서이다. 거울과 저울은 한가지로 공평무사하며 삶과 문학에 두루 걸쳐 정신적 모본(模本)이 되는 도구이다.

예컨대 한 작가가 우리 현대사의 온갖 파고와 질곡을 밟아 본 경험의 소유자라면, 우리는 그의 문학을 통하여 그 공동체적 경험의 본질적 의미를 반사하고 또 반성적으로 성찰하는 유익한 '거울'을 얻을 수 있다. 그런가 하면 다양성과 다원주의가 미덕으로 통용되는 오늘의 시대상에 있어, 후기 산업사회나 포스트모더니즘 같은 사회의 성격이 시대정신과 악수할 때 이를 표현하고 판정하는 문학을 두고 그 사회를 계측하는 효율적인 '저울'이라 할 수 있다. 문학을 거울 또는 저울로 보는 시각을 운용하면서, 이 책은 모두 세 단락으로 구성되어 있다.

1부 '동시대의 거울과 반사의 음영'은, 근·현대 한국문학의 대표적 작가들이 그 시대의 흐름을 어떻게 소설로 반영하고 있는가에 중점을 두었다. 2부 '사회사의 저울과 계량의 척도'는, 지금 활발하게 창작하는 동시대의 작가들이 어떤 공시적 인식으로 그 사회사적 사건들을 평가하며 또

소설화하고 있는가에 주목했다. 그리고 3부 '산문적 현실의 감성적 발화법'은, 당대 문학의 중심을 이룬 시인과 수필가들의 작품에서 그 비시적(非詩的) 현실이 어떻게 서정적 감성의 세계로 치환되는가를 공들여 살펴보았다.

이 책은 저자의 아홉 번째 평론집이다. 『디아스포라를 넘어서』(민음사, 2007) 이후 2008년부터 지난해까지 8년간 써 온 평론 가운데, 저자의 마음에 합한 글들을 항목에 따라 선별했다. 그동안의 글들을 다시 환기해 보면, 왜 보다 깊이 작가에 대한 애정을 갖고 그 창작 심리를 추적하지 못했는가에 대한 자책과 아쉬움이 있다. 문학작품을 읽는 것은, 어떤 의미에서 작가의 내부로 되짚어 들어가는 이해와 소통의 과정이기도 할 것이다. 앞으로 저자의 글이 그와 같은 관점을 조화롭게 확보해 갈 수 있기를, 그 바람을 여기에 기록해 두고자 한다.

책이 출간되기까지 수고와 정성을 아끼지 않은 민음사 편집부의 박혜진 선생과, 지금까지 이 책에 앞서 모두 세 권의 평론집을 상재해 주어 저자를 크게 격려해 준 민음사에 마음으로부터 감사의 말씀을 드린다. 이와 같은 글을 쓰고 또 책으로 상재하기까지, 돌이켜 보면 많은 사람들의 은덕을 입었다. 앞으로 살아가면서 긴 호흡으로 갚아야 하리라 다짐해 본다.

2016년 1월

고황산 자락 연구실에서

김종회

차례

2부 사회사의 저울과 계량의 척도

3부 산문적 현실의 감성적 발화법

1부

동시대의 거울과 반사의 음영

근대성의 언덕을 넘어, 새 시대 향방의 불빛

— 개화 세대의 선구로서 이광수의 단편들

흔히 이광수는 장편 작가로 평가된다. 그러다 보니 그의 단편은 상대적으로 주목을 덜 받았던 것도 사실이다. 물론 장편의 수가 더 많기 때문이기도 하지만, 단편보다 장편이 미학적 성취도가 높았기 때문이기도 하다. 특히, 그의 초기 단편이 신소설의 테두리에서 벗어나지 못했을뿐더러 습작에 지나지 않는다고 본 백철의 비평이 있고, 이광수 스스로 자신의 단편을 아직 불완전하고 미숙한 작품이라 인정했다는 점에서 그러한 평가에 힘이 실리는 것도 사실이다.

그러나 그의 단편 역시 당시로서는 선구적이었으며 가장 현대적이고 참신한 문장이었음을 간과해서는 안 된다. 단편소설이 많지 않았던 시대에 그 정도의 소설 형식을 취했다는 점만으로도 선구자적인 공적이 아닐 수 없다. 이 글에서는 이광수의 괄목할 만한 단편 8편을 살펴보겠다. 대상 단편으로는 연구자들의 주목을 많이 받은 작품을 가려 뽑았다. 근대성의 언덕을 넘어 새로운 시대의 향방을 비추는 불빛으로서 그 자격이 약여한 작품들이다.

「어린 희생」(《소년》 3년 2권/5권, 1910년 2월/5월)은 개화 시기 이광수의 민족의식과 문체적 특성을 함께 보여 주는 단편이다. 피상적으로 관찰하기에 이 작품은 '소년'의 희생을 강조하고 있으나 그 배면에는 조부인 노인, 전사한 아비, 그리고 비명횡사한 소년 등 민족 전체의 희생을 동시에 펼쳐 보이고 있다. 전사 소식을 전보로 받은 노인과 소년, 곧 조손(祖孫) 두 사람은 그 원수인 '아라사 놈'에게 복수할 생각으로 앞뒤 분별을 잃었다. 집을 뛰쳐나간 소년은 아라사 기병 3인의 손에 죽고, 조부는 이들을 독살해 원수를 갚는다. 그러나 조부는 곧 그들에게도 부모처자가 있을 것이라는 생각을 떠올리고 '조물주'를 원망하며 쓰러진다.

이 작품은 1910년 2월에 발표되었는데 때는 한일병합조약으로 조선이 일본에 병탄되기 직전이다. 러시아와 일본이 맞붙은 러일전쟁이 1904년에서 1905년까지이고 보면, 일본에 저항하지 않고 아라사 곧 러시아를 타매하는 이광수의 정치적 친소(親疎)와 그 방향성을 분별할 수 있다. 그와 더불어 노인이 독살한 아라사 기병 3인의 주검 앞에서 인간의 삶에 대한 인류애적 보편성을 드러내는 것 또한, 당대로서는 이광수가 아니면 갖기 힘든 시야의 개방에 해당한다. 문체상의 특성에 있어서는 신문학의 물결을 타고 있는 대사와 지문의 적절한 혼용, 사라져 가면서 부문적인 잔류를 나타내는 고어 투의 사용 등 과도기적 특성이 나타난다.

「무정」(《대한흥학보》 11호/12호, 1910년 3월/4월)은 한국문학사에 널리 알려져 있는바 1917년에 발표된 장편이 있고, 여기에 수록된 「무정」은 1910년에 발표된 단편이다. 이 작품의 말미에는 "마땅히 장편이 될 재료로되 학보에 게재키 위하여 개요만 서한 것이니 독자 제씨는 양찰"하라는 주석이 붙어 있다. 그런 만큼 이 단편의 줄거리는 완결된 것이 아니고 이야기의 들머리만 늘어놓은 형국이다. 결혼을 잘못하여 나이 어리고 책임감 없는 남편을 만나고 결국은 음독자살을 시도하는 한 부인을 주인공으로 했으니, '무정'이라는 제목은 봉건적 제도의 악습 아래 인정의 토대조차 바로 세워 보지 못하는 무정한 삶의 형식을 말하는 듯하다.

장편 『무정』이 신문물의 유입과 기존 제도의 상충을 헤치고 새로운 세대의 변화하는 의식을 반영하지만, 이 단편 「무정」은 궁극에 있어서는 비극적 결말을 벗어나지 못하는 것을 보면 여기에서 이광수가 생각한 '무정'은 개인의 감상이 아니라 시대정신의 한 표현으로 읽힌다. 다른 장편 『사랑』에서 사랑이라는 개념의 우주론적 해석을 내놓던 바와 마찬가지로, 이 작품에서도 주인공인 '부인'의 원망이 남편 한명준을 넘어 전 남자, 전 인류, 마침내 자기의 존재에까지 이르는 범주와 시야의 확장을 노정한다. 과거 봉건시대의 부녀들이 남편의 축첩을 두고 온갖 정신적 고통을 감내하면서도 인고로 일관한 데 비하면, 이 '부인'의 결사적 의사표현은 그것 자체로 신세대적 사고라 할 만하다.

「소년의 비애」(《청춘》 8호, 1917년 1월)는 장편 『무정』과 같은 해인 1917년에 발표된 작품으로, 『무정』에 나타난 구시대적 사랑 및 결혼 문제를 보다 구체적으로 다루고 있다. 이 작품은 종매들 사이에서 인기가 높았던 문호가 아끼고 사랑하던 난수의 결혼 문제에 접근하는 이야기를 중심으로 전개된다. 이 작품은 『무정』과 달리 국한문 혼용체로 쓰였으며 『무정』에 비해 소설적 구성이나 문장이 미숙하고 거칠뿐더러 주제도 선명하지 못하다. 하지만 『무정』에서 자유연애 사상을 통해 계몽주의 사상을 보여 주려 했던 것처럼, 이 작품에서도 조혼의 악습을 문제 삼아 당시 혼인 제도나 사회의 인습과 제도를 비판한다는 측면에서 작가의 계몽주의 정신이 짙게 배어난다.

또한 이 작품은 작가가 자신의 체험을 바탕으로 쓴 소설로, 소년 시절에 그의 종매들과의 사이에서 일어난 사실을 소설화한 것으로 널리 알려져 있다. 이것을 체험할 당시 이광수는 얼굴도 모르는 채 부모의 결정에 따라 혼인해야만 하는 당시 결혼 풍습과 한 사람의 삶보다 양반의 체면 치레가 더 중요했던 풍속에 대해 강한 저항감을 품었던 것으로 보인다. 그 저항감이 「소년의 비애」, 『무정』 등의 작품을 잉태하게 했음은 물론 이며, 이광수가 그의 많은 작품에서 다루고 있는 숙명론적 인생관에서의 탈피나 조혼 타파 혹은 관습적 결혼 문제 등에 대한 비판을 배태하게 하였음은 재론의 여지가 없어 보인다.

「어린 벗에게」(《청춘》 9호/11호, 1917년 11월)는 중편 분량의 소설이며, 제목에 명기된 '어린 벗'은 그야말로 어린 나이의 벗이 아니라 고국에 둔 연인이리라는 것이 소설 전체를 통독한 후의 소감이다. 이 작품은 그 벗에게 보내는 네 편의 서신으로 되어 있고, 각기의 서신이 전개되는 동안 이야기의 무대가 상하이, 도쿄, 바다의 난파선, 블라디보스토크, 소백산 관통 열차 등으로 다양하게 확대된다. 그리고 그 이야기의 핵심에는 일본 유학 중에 만난 처녀 '김일연'에 대한 연모가 잠복해 있다. 그러기에 이 작품은 궁극적으로 작중 화자 '임보형'이 어떻게 김일연을 만나고 그를 사랑하게 되며 온갖 우여곡절 끝에 그 사랑을 어디로 이끌어 가는가를 말하는 심경의 기록이다.

화자는 이미 조선에 아내를 둔 유부남이며 그가 처음 사랑하기 시작한 김일연은 열일곱의 어린 처녀이다. 그런데 이 양자 사이의 사랑을 진척시키자면 도리 없이 조선인의 사랑에 대한 의식, 혼인 제도에 대한 이광수류의 변설이 뒤따를 수밖에 없다. 남녀 간의 진정한 사랑이 전제되지 않은 혼인은 다만 부모 또는 제도가 견인한 가치 없는 계약일 뿐이라는 신랄한 비판이, 도도한 자기주장으로 제기된다. 이러한 사상의 피력은 당시로서는 가히 혁명적일 수 있으며 거기에는 개화론자로서 이광수의 면모가 잘 드러나 있다. 그리고 임보형과 김일연이 세계 각지의 넓은 무대를 배경으로 극적으로 만나고 헤어지는 소설적 구성이 거기에 결부되어 이 소설을 이룬다. 소설의 결미는 이들이 두 사람의 사랑을 운명에 맡기는 것인데, 이 대목은 곧 개화 세대 사랑론의 향방과 한계를 함께 말하는 셈이 된다.

「윤광호」(《청춘》 13호, 1918년 4월)는 한국 현대문학에서 처음으로 동성애 문제를 다룬 소설이다. '윤광호'라는 제목의 인물은 동경 K대학 경제과 2년급의 학생인데, 학교의 특대생으로서 많은 이들의 부러움을 받으며 조선인 최초로 박사 학위를 얻으려 공부하고 있다. 그의 멘토로 등장하는 '김준원'은 윤광호에게 삶의 방향을 지도하는 연장의 학생이다. 점차 윤광호는 그에게서 만족을 얻지 못한다. 그리하여 끝내 신경증적 병리 현상을 보이는 윤광호 앞에 'P'라는 인물이 나타난다. 윤광호는 그에게 열렬히 구애하고 거부당하며 결국 자살로 죽음에 이른다.

소설의 이야기가 진행되는 동안, 작가는 P가 남자라는 사실을 밝히지 않고 있다가 소설의 결미에 이르러 'P는 남자러라'라고 마감한다. 다만 윤광호와 유사한 경험을 한 김준원의 사례에 비추어 P가 남자임을 도중에 유추할 수는 있다. 그런데 왜 이광수는 이 소설에서 동성애를 통해 자살에 이르는 괴로운 인생의 모습을 그렸던 것일까. 실상 윤광호의 동성애는 그 상대방에게 직접적으로 끌리기보다는 마음을 소통할 '따뜻한 애정'을 찾아 헤맨 형상이다. 그러한 단절과 불통의 비극을 매설하는 데 동성애를 동원한 것이지만, 이 이야기의 형상은 근대 이래 다변화된 세상의 한 국면을 대변한다. 이광수는 뛰어난 서사적 재능을 발휘하며 윤광호를 죽음의 자리에까지 몰아붙인 셈이다.

「꿈」(《문장》 임시증간호, 1939년 7월)은 작중 화자, 더 확대해 말하면 작가 자신이 스스로의 삶에 대한 반성적 성찰을 강하게 내보이는 작품이다. 소설 속의 화자 '나'는 두 딸이 홍역에서 살아나는 것을 보고 아들을 대동해 인천 바닷가를 찾았다. 외형적 사건은 거기에서 아들과 함께 바닷가를 돌아다니기도 하고 보트를 타고 놀기도 하다가 집으로 돌아오는데, 앓고 일어난 딸들이 반긴다는 것이다. 그러나 그 바닷가에서 꾼 꿈과 그에 대한 생각이 소설 분량의 절대다수를 차지하며, 이를 통해 자신을 돌아보고 삶의 의미를 되새기는 데 중점이 있다. 개화 문물의 한복판에서 민족의 교사를 자처한 이광수가, 이러한 내성의 기회를 가졌다는 사실 또한 간과할 수 없는 대목이다.

화자의 꿈은 '사랑하여서는 아니 될 그리운 사람'을 필두로, 무덤의 망자 등에 이르기까지 폭넓은 접촉점을 가진다. 물론 여기에 그 반성의 구체적 이야기나 반성으로 인한 태도 변화 등의 진척된 사건은 찾아볼 수 없다. 그러나 그의 복잡다단한 생각은 다른 작품들에서와 마찬가지로 인류 전체, 우주 전체로 확장된 포괄적 사유를 바탕으로 한다. 특히 이 소설에서는 불교의 교리 등이 맨얼굴로 등장하기도 하는데, 이광수의 세계에서 종교는 다신교적 성향을 띠고 있는 까닭으로 그 불교 또한 작가의 신앙적 방향성을 지시하기보다는 범박한 정신 수양의 실천적 방편으로 보아야 할 것이다.

「무명」(《문장》 창간호, 1939년 1월)은 감옥 체험에 관한 소설이다. 광복 후 반민특위에 구속된 것은 나중의 일이지만, 1937년 치안유지법 위반으로 구속된 이광수는 재판 도중 '가야마 미쓰로'로 창씨개명한다. 소설은 작중 화자 '나'가 병감으로 이감되어 감옥 안에서 벌어지는 여러 가지 사건을 관찰하며 이를 순차적으로 기술하는 형식을 보여 준다. 도장 위조, 방화, 사기, 공갈 취재 등 여러 죄목으로 들어온 사람들이 감옥 속에서 어떻게 서로 충돌하며 또 어떻게 죽어 나가는가를 큰 사건의 굴곡 없이 그린다.

중편 분량의 소설에 탑재된 일제강점기 서울 어느 감방에서의 이야기들은, 이광수의 인간 관찰이 어떤 모습으로 드러나는가를 익히 보여 준다. 화자인 '나'는 객관적 관찰자로 기능하며, 스스로의 신분이나, 성격, 죄목 등을 밝히지 않는 것으로 보아 작가 자신을 대변하는 인물로 추론할 수 있다. 작은 이익에 모두를 거는 죄수들의 원초적 욕망과 갈등을 통해, 그리고 작가가 우주론적 범신론으로 포장하고 있는 종교적 세계관을 그 바닥에 깔면서, 이 소설은 어쩌면 작가의 자리를 정돈하는 하나의 시도로 보이기도 한다. 소설 속의 '나'는 동료 수인들을 따뜻하게 대하는 박애주의자이며, 감방 안의 삶을 통해 세상을 제유법적으로 판단하려는 이성적 인물에 해당한다.

「길놀이」(《학우구락부》 창간호, 1939년 7월)는 어느 5월 아침, 서울 자하문 밖 세검정 부근에서 '조의 일 하는 사람'의 길놀이 구경으로 시작된다. 여기에서 '조의 일'이란 그 어의가 분명치는 않으나 무언가 공동체적 성격을 지닌, 소설의 문면에 따르면 봄에서 가을까지밖에 없는 일이며 설 명절이나 대보름이 이들의 기회가 되지 못하는 것으로 되어 있다. 4월 8일과 5월 단오가 그들에게 일련의 큰 명절이라고 설명하는 것을 보면 무슨 두레패 길놀이꾼 같은 성격을 지닌 것으로 보인다. 이들은 새 옷에 새 조끼에, 여러 악기의 음악에 맞추어 길놀이를 연다.

개화 세대 삶의 한 풍속도를 보여 주는 이 소설은, 소식을 알려 주는 '작은 용이'나 다섯 살 먹은 딸 '정옥'과 같은 어린이를 서두에 내세워 편안한 구경꾼의 어투를 끝까지 지속한다. 발표 연도가 1939년인 것으로 보아, 일제강점기에도 시연된 조선 서민의 민속 가두 공연 스케치 정도로 이해할 수 있다. 이 단편은 이 책에 실린 그의 다른 작품들과 달리, 시대사적 또는 개인사적 중압감이 거의 없이 세태 풍광을 관조하는 담담한 시선을 느끼게 한다. 이는 이광수의 문학 세계가 당대 사회를 배경으로 매우 폭넓게 펼쳐져 있음을 말하는 또 하나의 증명이다.

순수와 절제, 황순원의 삶과 문학

순수성과 완결성의 미학, 그 소설적 발현

오랫동안 글을 써 온 작가라고 반드시 훌륭한 작품을 남기는 것은 아니다. 그러나 작품의 제작에 지속적 시간이 공여된 문학은 그렇지 않은 경우에 비추어 더 넓고 깊은 세계를 이룰 가능성을 갖고 있다. 광복 이후 우리 문단에 명멸한 많은 작가들이 있었지만, 평생을 문학과 함께해 왔고 그 결과로 노년에 이른 원숙한 세계관을 작품으로 형상화할 시간적 간격을 획득한 작가는 많지 않았다.

황순원이 우리에게 소중한 작가인 것은 시대적 난류 속에서 흔들림 없이 온전한 문학의 자리를 지키면서 일정한 수준 이상의 순수한 문학성을 가꾸어 왔고, 그러한 세월의 경과 또는 중량이 작품 속에서 느껴지고 있다는 점과 긴밀한 상관이 있다. 장편소설로 만조(滿潮)를 이룬 황순원의 문학을 거슬러 올라가 보면, 시에서 출발하여 단편소설의 세계를 거쳐 온 확대 변화의 과정을 볼 수 있다. 그의 소설 가운데 움직이고 있는 인물들이나 구성 기법 및 주제 의식도 작품 활동의 후기로 오면서 점차 다각화, 다변화되는 경향을 보인다.

여러 주인공의 등장, 그물망처럼 얼기설기한 이야기의 진행, 세계를 바라보는 다원적인 시각과 인식 등이 그에 대한 증빙이 될 수 있겠다. 그러나 그 다각화는 견고한 조직성을 동반하고 있으며, 작품 내부의 여러 요소들이 직조물의 정교한 이음매처럼 짜여 한 편의 소설을 생산하는 데 이른다.

이러한 창작 방법의 변화는 한 단면으로 전체의 면모를 제시하는 제유법적 기교로부터 전면적인 작품의 의미망을 통하여 삶의 진실을 부각시키는 총체적 안목에 도달하는 과정을 드러낸다. 단편 문학에서 장편 문학을 향하여 나아가는 이러한 독특한 경향이 한 사람의 작가에게서 순차적으로 진행되고 있음은 보기 드문 경우이며, 그 시간상의 전말이 한국 현대문학사와 함께했음을 감안할 때 우리는 황순원 소설 미학을 통해 우리 문학이 마련하고 있는 하나의 독창적 성과를 확인할 수 있는 것이다.

황순원의 첫 저술에 해당되는 두 시집 『방가』와 『골동품』에 나타난 시적 정서는 초기 단편에 그대로 이어져, 신변적 소재를 중심으로 하는 주정적(主情的) 세계를 보여 준다. 이 시기의 작품들은 삶의 현장과 직접적으로 관련되어 있지 않은데, 이는 아마도 "암흑기의 현실적인 제약과 타협하지도 맞서지도 않았기 때문"일 것이다. 상실과 말소의 시대를 지나 온 이러한 자리 지킴은 그에게 후일의 문학적 성숙을 예비하는 서장으로 남아 있다.

『곡예사』, 『학』 등의 단편집을 거쳐 『카인의 후예』나 『나무들 비탈에 서다』와 같은 장편소설로 넘어오면서 황순원은 격동의 역사, 곧 6·25전쟁을 작품의 배경으로 유입한다. 삶의 첨예한 단면을 부각하는 단편과 그 전면적인 추구의 자리에 서는 상편의 양식적 특성을 고려할 때, 그와 같이 굵은 줄거리를 수용할 수 있는 용기(容器)의 고체는 납득할 만한 일이다.

그러면서도 여전히 절제되고 간결한 문장, 서정적 이미지와 지적 세련의 분위기를 유지하고 있는데, 장편소설에서 그것이 가능하고 또 작품의 중심 과제와 무리 없이 조응하고 있다는 데서 작가의 특정한 역량을 짐작할 수 있다.

그는 산문적, 서사적 서술보다 우리의 정서 속에 익은 인물이나 사물의 단출한 이미지를 표출함으로써 소설의 정황을 암시적으로 드러내 보인다. 이러한 묘사적 작풍(作風)이 단편의 특징을 장편 속에 접맥해 놓고도 서투르지 않게 하고 오히려 단단한 문학적 각질이 되어 작품의 예술성을 보호한다.

대표적 장편이라 호명할 수 있는 『일월』과 『움직이는 성』에 이르러 황순원은 인간 존재에 대한 철학적 성찰을 깊이 있게 전개하며, 그 이후의 단편집 『탈』과 장편 『신들의 주사위』에 도달하면 관조적 시선으로 삶의 여러 절목들을 조망하면서 그때까지 한국문학사에서 흔치 않은, 이른바 '노년의 문학'을 가능하게 한다. 천이두는 이를 "단순히 노년기의 작가가 생산했다는 의미가 아니라 노년기의 작가에게서만 느낄 수 있는 독특하고 원숙한 분위기의 문학"이라는 적절한 설명으로 풀이한 바 있다.

황순원의 작품들은, 소설이 전지적 설명이 없이도 작가에 의해 인격이 부여된 구체적 개인을 통해 말하기, 즉 인물의 형상화를 통해 깊이 있는 감동의 바닥으로 독자를 이끌 수 있음을 잘 보여 준다. 그러할 때 그에 의해 제작된 인물들은 따뜻한 감성과 인본주의의 소유자이며 끝까지 인간답기를 포기하지 않는 성격적 특성을 가지고 있다.

그러기에 문학사에서는 황순원을 낭만적 휴머니스트로 기록하고 있는 것이다. 대부분의 그의 작품은 배경으로 되어 있는 상황의 가열함 속에서도 진실된 인간성의 회복을 위한 암중모색을 포기하지 않는다.

하나의 완결된 자기 세계를 풍성하고 밀도 있게 제작함으로써 깊은 감동을 남기고 있는 황순원의 작품들은, 한국문학사에 의미 있고 독특하고 돌올한 봉우리를 형성하고 있다. 그것은 또한 현대사의 질곡과 부침(浮沈)을 겪어 오는 가운데서도 뿌리 깊은 거목처럼 남아 있는 이 작가에게 우리가 보내는 신뢰의 다른 이름이요 형상이기도 하다.

「독 짓는 늙은이」, 막다른 길에 이른 삶의 표정

「독 짓는 늙은이」가 수록된 단편집 『기러기』는 1951년 명세당에서 간행되었다. 첫 단편집인 『늪』을 내놓은 이후 일제의 한글 말살 정책으로 인한 탄압 속에서 황순원은 '읽히지도 출간되지도 않는 작품'을 은밀하게 쓰면서, '그냥 되는대로 석유 상자 밑이나 다락 구석'에 숨겨 두었던 것인데, 그러한 작품 열네 편이 『기러기』에 실려 있다.

이들 작품의 정확한 제작 연도는 광복을 앞두고 시대적 전망이 가장 어두웠던 4년간이었으며, 그러므로 광복 후 발표된 작품들을 묶은 『목넘이마을의 개』보다 출간 시기는 늦었으나 실제 집필 시기는 『늪』을 지나 황순원의 본격적 창작 활동이 시작되는 제2기의 것이 된다.

「독 짓는 늙은이」는 「산골 아이」, 「황노인」, 「별」 등과 함께 영어 또는 프랑스어로 번역되어 해외에 널리 소개되기도 했다. 또한 최하원 감독이 이 작품을 1969년에 영화로 만들었고, 황해와 윤정희가 주연으로 나왔다. 윤정희는 이 영화로 아시아태평양영화제 여우주연상을 받았다.

「독 짓는 늙은이」에 등장하는 인물들은 매우 단선적으로 그 성격이 정돈되어 있다. 옹기 독을 짓고 굽는 송 영감, 그의 어린 아들, 작품 속에

단 한 번도 등장하지 않는 '여드름 많던 조수'와 함께 도망간 아내, 그리고 흙 이기는 왱손이와 아이를 입양 보내는 일을 맡은 앵두나뭇집 할머니 등이 그들인데 이 중 송 영감을 제외하고는 모두 평면적인 주변 인물의 역할에 그쳤다.

이 작품은 전지적 작가 시점으로 진행되지만, 서술의 초점이 송 영감의 심정적 동향에 맞추어져 있고 그의 내포적 고통스러움을 드러내는 사소설적인 유형을 취한다. 1인칭소설이 아니며 송 영감의 입을 빌려 발화하지 않으면서도 그것이 가능하도록, 이 작품은 치밀하고 분석적인 서술의 행보를 유지하고 있다.

이와 같은 유형의 소설을 읽을 때 문제가 되는 것은 그 소설적 상황을 통하여 작가가 독자에게 제기하는 공명과 감응력의 깊이일 터이다. '집중 잡히지 않는 병'으로 막바지에 달한 송 영감이 도망간 아내를 증오하면서, 또 어린 아들을 남의 집으로 보내면서 보이는 반응의 양상이, 얼마만큼의 강도로 우리의 감성을 흔들어 놓을 수 있느냐는 것이다.

그러한 목표를 달성하는 데 이 작품은 한 번도 극적인 사건이나 반전을 시도하지 않는다. 사소하고 단편적인 표정 및 몸짓과 같은 외관을 통하여, 그것들의 정연하고 차분한 조합을 통하여 소정의 기능을 감당하게 한다.

우리는 이 작품에서 삶의 마지막 길에서 인간이 겪을 수 있는 가장 극심한 내면적 고통과 대면하지 않으면 안 되는 한 개인을 만난다. 그에 대한 자연스럽고 정동적(精動的)인 휴머니티의 발현, 그것이 이 소설이 요망하는 소득일 터이다.

「목넘이 마을의 개」, 환경조건을 넘어서는 생명력

1946년 5월에 월남한 황순원은 《개벽》, 《신천지》 등 여러 잡지에 단편들을 발표하기 시작했다. 이 작품들은 전란을 배경으로 가난하고 피폐한 삶, 당대의 혼란하고 무질서한 사회 등을 표출하고 있다.

이 무렵에 발표된 작품 일곱 편을 묶어 낸 단편집 『목넘이 마을의 개』는 자전적 요소가 강하며 현실의 구체적인 무게가 크게 나타난다. 그것은 아마도 작가가 자신이 겪은 전란의 아픔과 비인간적인 면모를 함축해서 표현하고 있기 때문일 것이다.

「목넘이 마을의 개」는 작가가 표제작으로 삼을 만큼 애정을 가진 작품이었던 것 같다. '목넘이 마을'은 작가의 외가가 있던 평안남도 대동군 재경면 천서리를 가리키는 지명이라고 작가에게서 직접 들은 바 있다.

이 소설 역시 전지적 작가 시점으로 일관하고 있는데, 다른 작품들과는 달리 그 서술 시점이 더 효율적인 것은 주로 '신둥이'라는 흰색 개의 생태를 중심으로 이야기를 진행한다는 데에 있다. 나중에 단편집 『탈』에 이르러 「차라리 내 목을」이라는 단편에서는, 작가가 말(馬)을 화자로 하여 역방향에서 사건의 깊은 내면을 부각시킴으로써 소설적 성공을 거두는 사례도 볼 수 있다.

이 작품에 등장하는 인간들, 예컨대 간난이 할아버지나 김 선달, 또 큰 동장네 및 작은 동장네 같은 이들의 기능은 부차적인 수준에 그친다. 반면에 신둥이를 비롯하여 검둥이, 바둑이, 누렁이 등 여러 빛깔의 개들이 작가의 주된 관심 대상이며, 한 외진 마을에서 이 개들이 자기들끼리 또는 인간과의 관계를 통하여 생존, 번식, 화해와 같은 개념들을 구체적 실상으로 입증해 보이고 있다.

아마도 피난민들이 버리고 간 개인 듯한 신둥이가 이 마을에 남아 생명의 위험을 헤치고 마침내 '누렁이가, 검둥이가, 바둑이가 섞여 있는' 한 배의 새끼를 낳게 된다는 것이 이야기의 전모이다. 과연 그러한 사실이 생물학적으로 가능하겠는가를 따진다면, 이는 소설의 기본적 담화 문맥을 잘 모르는 소치라고 할 수밖에 없다.

왜냐하면 작가는 이미 그러한 과학적 지식을 넘어서는 생명현상의 절박함을 펼쳐 보였으며, 가장 비우호적인 환경조건 가운데서도 생존의 절대 명제와 그 법칙의 준수 및 보호에 관한 동조의 논리를 확보해 놓았기 때문이다. 그것은 혼탁한 세상 속에서 따뜻한 시각으로 생명의 외경을 옹대하는 작가의 태도를 반영하고 있기도 하다.

「소나기」, 인간 본원의 순수성과 그 소중함

「소나기」는 짧은 단편이면서도 황순원 문학의 진수를 보여 주는 작품이다. 어쩌면 단편 문학에서 그의 문학적 특징과 장점을 가장 확고하게 드러내고 있는 작품이라 할 수도 있겠다. 그래서 일각에서는 이 작품을 두고 '국민 단편'이란 용어를 사용하기도 한다.

「소나기」가 실려 있는 단편집 『학』은, 1956년 작가와 가까웠으며 이름 있는 화가인 김환기의 장정으로 중앙문화사에서 간행되었다. 이 책에는 1953년에서 1955년 사이에 작가가 쓴 단편 열네 편이 수록되어 있다.

전후의 시대상과 힘겨운 삶의 모습들, 그리고 그러한 와중에서도 휴머니즘의 온기를 잃지 않는 등장인물들과 마주칠 수 있다. 「소나기」는 청순한 소년과 소녀의, 우리가 차마 '사랑'이라는 이름으로 부르기가 조심스러운, 그 애틋하고 미묘한 감정적 교류를 잘 쓸어담고 있어 이 시기 작품 세계의 극점에 섰다고 해야 옳겠다.

「소나기」는 「학」, 「왕모래」 등과 함께 활발한 번역으로 영미 문단에 소개되었으며, 유의상이 번역한 「소나기」는 1959년 영국 《인카운터 (*Encounter*)》지의 콘테스트에 입상, 게재되기도 했다.

이 작품의 중심인물은 시골 소년과 윤 초시네 증손녀인 서울에서 온 소녀이다. 이들은 개울가에서 만나 안면이 생기고 벌판 건너 산에까지 갔다가 소나기를 만난다. 몰락해 가는 집안의 병약한 후손인 소녀는 그 소나기로 인해 병이 더치고, 마침내 물이 불은 도랑물을 소년의 등에 업혀 건너면서 흙물이 든 스웨터를 그대로 입혀서 묻어 달라 말하고는 죽는다.

그런데 「소나기」에서 정작 중요한 것은 그와 같은 이야기의 줄거리가 아니다. 간결하면서도 정곡을 찌르는, 속도감 있는 묘사 중심의 문체가 우선 작품에 대한 신뢰를 움직일 수 없는 위치로 밀어 올린다. 정확한 단어의 선택과 그 단어들로 이루어진 문장이 읽는 이에게 먼저 깊은 감동을 선사할 수 있다는 범례를 우리는 여기에서 볼 수 있다.

또한 이 작품은 단 한 차례도 글의 문면을 따라가는 이에게, 토속적이면서도 청신한 어조와 분위기 밖으로 나설 것을 강요하지 않는다. 기승전결로 잘 짜인 플롯의 순차적인 진행을 뒤따라가는 일만으로도, 문학이 영혼의 깊은 자리를 두드리는 감동의 매개체임을 실감케 한다.

작은 사건과 사건들, 그것을 감각하고 인식하는 소년과 소녀의 세미한 반응 등 작고 구체적인 부분들의 단단한 서정성과 표현의 완전주의가 이 소설을 가장 우수한 작품으로 떠받치는 힘이 된다.

이미 익히 알려져 구태여 부언할 필요가 없을지 모르나, 「소나기」의 결미는 황순원 아니 한국 단편 문학 사상 유례가 드문 탁발한 압권이다. 소녀의 죽음을 간접적으로 소년에게 전달하고 소년의 반응 자체를 생략해 버린 여백의 미학이 하루아침에 습득된 기량일 리 없다. 이러한 결미는 앞의 작품들에서도 유사하게 발견할 수 있다.

「소나기」를 통하여 우리는 인간이 내면적으로 본질적으로 얼마나 순수할 수 있는가, 그리고 그것이 얼마나 소중하고 값진 것인가를 손가락 끝을 바늘에 찔리듯 명료하게 알아차릴 수 있다. 그런 점에서 「소나기」 같은 작품, 황순원 같은 작가를 보유하고 있다는 사실이 곧 우리 문학의 행복이라 할 수 있겠다.

다른 단편들, 인간 본원의 순수성과 그 소중함

황순원 소설의 의미와 가치를 보다 심층적으로 살펴보기 위해 비교적 중점을 두어 분석해 본 「독 짓는 늙은이」와 「목넘이 마을의 개」 그리고 「소나기」 이외에 이 작품집에 실린 다른 단편들도 한결같이 인간이 근원적으로 그 내부에 간직하고 있는 순수성과 그것의 소중함에 대한 소설적 형용을 보이고 있다.

전쟁 직후인 1955년부터 1975년까지 20년에 걸쳐 쓴 작품 21편을 묶은 단편집 『탈』에는 「소리 그림자」, 「마지막 잔」, 「뿌리」, 「나무와 돌, 그리고」 등이 실려 있다. 이 단편집의 전반적인 성격이 노년과 죽음의 문제에 관한 수준 있는 성찰을 보이고 있는 것인데, 여기 예거하는 몇 편의 작품은 인간의 순수한 근원 심성과 삶 또는 죽음이라는 명제가 어떻게 대척적으로 맞서 있고 또 어떻게 그 조화롭게 악수하는가를 감동적으로 보여 준다.

「소리 그림자」에서 한 어른의 무분별한 노기로 인하여 40 평생을 불구의 종지기로 살다가 죽은 어릴 적 친구의 그림에서 경건하도록 맑은 즐거움을 찾아낼 수 있을 때, 우리에게 다가오는 것은 종소리의 여운과도 같은 감동의 파문이다. 그것은 한없는 분노를 청량한 웃음으로 삭여 낼 수 있다는 사실이 생경한 교훈에 의해서가 아니라 고통스러운 40년의 삶을 대가로 지불하고 체득한 용서의 표현으로 받아들여짐으로써 경험되는 감동이다. 이러한 소설의 완결형이 보이는 깊이는 간결하게 절제되고 시적 감수성이 담긴 단단한 문체를 바탕으로 하고 있다.

그러할 때, 우리는 아득하게 먼 듯 보이는 삶과 죽음 사이의 거리가 불현듯 지척으로 좁혀짐을 느끼게 된다. 타계한 친구를 침묵으로 조상하는 실명 소설 「마지막 잔」은 이 상거(相距)를 한잔 술로 넘고 있다. '병 밑의 술을 탁자 옆 허공에다 쏟아부음'으로써 망자와의 교감을 유지하는 화자의 행위는 청신하다. 이 소박한 의식을 통해 화자는 죽음이 우리에게 밀착되어 있는 삶의 동반자임을 말하고 있다.

삶과 죽음의 거리를 술 한잔으로 무화시키는 소설적 상황 구성은 결코 만만한 발견이 아니다. 초기 단편에서부터 주인공의 '떨림'을 안정시켜 온 술의 의미가 죽음의 중량을 감당할 만큼 진전된 것은, 황순원 소설의 문학성을 가늠해 볼 한 단서가 될 수 있으며 또한 이 작가의 세계관이 마련해 놓은 시각의 원숙도와도 결부되어 있을 것이다.

"마시는군./ 음."과 같은 간략한 지문을 통해서도 화자와 친구의 관점이 동화됨은 어렵지 않다. 친구의 대사를 화자가 대신하거나 그 역으로 되어도 별로 거부감이 없을 만큼 두 사람의 거리는 근접되어 있다. 작품 속을 흐르고 있는 애절한 우의를 집약하여 망자를 대하고 있는 화자의 외로운 주석(酒席)은 초혼제의 제례에 필적할 만하다. 그리하여 그들이 지금까지 누려 온 평교 간의 일상성이 시공을 초극하는 영혼의 교통으로 상승한다. 이 상승 작용이 바로 산 자와 죽은 자의 공간적 간극을 넘어서게 하는 동력원으로 기능하고 있다.

역시 죽음의 문제를 다룬 단편 「뿌리」는 노추하고 보잘것없는 삶의 모래밭에서 사금(砂金)처럼 반짝거리는 진실의 축적을 예시하고 그 소재를 캐낸 작품이다. 이 작가가 논거하고 있는 평범한 사람들의 죽음은 이처럼 조촐하지만 내면적 품격을 갖춘 것이며, 그것이 참으로 순수하고 자연스러울 때 「나무와 돌, 그리고」에서처럼 '장엄한 흩어짐'으로 표상되고 있다.

은행나무 잎이 산산이 흩뿌려지는 광경에서, 이 작품의 화자는 범상한 삶의 경험 가운데서 암시되는 장엄한 죽음의 모습을 본다. 화자는 '뭔가 속 깊은 즐거움에 젖어 한동안 나뭇가지를 떠날 수'가 없다. 그는 단순히 계절의 생명을 끝내는 은행나무 잎을 보고 있는 것이 아니라, 삶과 죽음이 상징적으로 통합되는 절체절명의 순간에 내면적 충일이 '황금빛 기둥'으로 극대화되는 환각을 체험하고 있다.

시 「기운다는 것」에서 '내 몸짓으로 스러지는 걸' 보아 달라고 하는 작가는, 삶과 죽음의 접점에서 그 몸짓이 격에 맞는 것일 때 '아무런 미련도 없는 장엄한' 모습으로 드러날 수 있음을 인식했던 것이다.

우리가 일생을 두고 추구하는 가치 있는 삶의 본질에 대한 소설적 수사학이 황순원에게 있다는 사실이 이 작가를 기리는 절실한 사유 중 하나가 될 것이다. 그 본질적인 것의 순수함과 아름다움에 대한 태도에 있어서, 그의 소설적 화자는 죽음과 대면하고서도 요동하지 않았다. 그러기에 그의 소설이 그 일생을 건 구도(求道)의 길이었음을 납득할 수 있고, 그의 소설에 기대어 소설적 인생론의 진수를 체험하는 행복을 누릴 수 있겠다.

1930년대 전반, 6·25전쟁 이후 황순원의 작품 발굴

— 동요·소년시·시 65편, 단편 1편, 수필 3편, 서평·설문 각 1편 등 총 71편

작품 발굴의 경과

2010년 9월 14일은, '20세기 격동기의 한국문학에 순수와 절제의 극(極)을 이룬 작가'로 평가 받는 황순원 선생의 10주기였다. 경기도 양평에 있는 황순원문학촌에서는 10주기 추도식과 제7회 황순원문학제 등의 행사가 열려 작가를 기렸다. 이처럼 뜻깊은 시기에 작가의 습작기와 작품 세계의 발아를 엿볼 수 있는 작품 몇 편을 발굴하여 1차로 공개한 바 있다.

그 이후 다시 작품 발굴을 추진하여 2011년 8월까지 1차분을 포함하여 모두 71편의 발굴을 완료하고 그 목록을 작성할 수 있었다. 발굴 작품명과 발표 시기 및 게재지 목록은 따로 첨부한다. 다만 이 가운데 시 10편은 제목과 글의 모양은 알 수 있으나 글자의 판독이 불가하여 목록에서 따로 구분해 두었다.

이 작품들은 양평 황순원문학촌의 문학관 내에 마련되고 있는, '황순

원문학연구센터'의 자료를 수집하는 과정에서 발견되었다. 작품 발굴을 위해서, 센터의 실무 책임자 김주성 작가와 문헌 자료 수집가 문승묵 선생, 그리고 '한국아동문학연구센터'의 상임연구원인 김용희 아동문학평론가의 도움을 받았다. 이 자리를 빌려 깊이 감사드린다.

그리고 작품의 문면은 당대의 표기법을 살려 원문 그대로 자료화했으며, 다만 띄어쓰기는 읽는 이들의 이해를 돕기 위해 오늘날의 글쓰기 방식을 따랐음을 밝혀 둔다. 여기에서는 발굴 작품을 보여 줄 수 없으나, 이는 '황순원문학연구센터'의 활동 계획에 따라 추후 공개될 예정이다.

특히 소년소설 「졸업일(卒業日)」이라는 작품은 《어린이》 10권 4호 (1932년 4월)에 발표된 것으로 출전이 확인되었으나 게재 잡지의 유실로 원본을 확인할 수 없었고, 그로부터 3개월 후 같은 잡지의 10권 7호 (1932년 7월)에 노양근(盧良根)이 쓴 「반년간 소년소설 총평(半年間 少年小說 總評)」에 작품평이 실려 있어 이를 자료로 확보했다.

발굴된 작품의 문학적 좌표

황순원(1915~2000)의 등단 작품은 1931년 7월 《동광(東光)》에 발표한 시 「나의 꿈」으로 알려져 있고, 작가 또한 그렇게 기록을 남겼다. 그런데 그동안 그 이전의 작품들에 대한 발견이 이루어지고, 《문학사상》 2010년 7월호에 권영민 교수가 전집에 수록되지 않았던 동요 8편, 시 1편, 소년소설 1편, 단막 희곡 1편을 발굴하여 발표했다.

이 작품들 중 동요, 시, 소년소설은 1931년에서 1935년까지 《동아일보》에, 단막 희곡은 1932년 《조선일보》에 발표되었다. 그런데 발굴로 발표되었던 시 「칠월의 추억」은 원래 《동아일보》 1935년 8월 21일자에 실렸으나, 이 시는 문학과지성사 판『황순원 전집』11권『시선집』중「공간」에 실려 있다.

《문학사상》의 자료에 의하면「나의 꿈」이 발표된 1931년 7월 이전의 작품은 1931년 3월 26일자의 동요「봄싹」과 같은 해 4월 7~9일자의 소년소설「추억」이다. 따라서 등단작을 수정해야 한다는 일부의 주장도 없지 않으나, 이러한 발표의 순서는 그다지 큰 의미가 없으며 작가 스스로「나의 꿈」을 내세울 만큼 거기에 문학적 의미를 둔 것이 사실이고 보면 굳이 이를 재론할 필요는 없어 보인다. 더욱이 이번 발굴 작품들의 발표 시기로 보면「봄싹」보다 1주일 먼저 1931년 3월 19일자《매일신보》에 발표된「누나 생각」이란 동요가 확인되었다.

또 그동안 작가의 타계 이후 종합적인 통계로 제시된 시 104편, 단편 104편, 중편 1편, 장편 7편 등 전체적인 작품 세계의 규모 계량도 마찬가지로 받아들여도 무방할 것 같다. 작가가 직접 교정·편찬한 자신의 전집에서 제외한 작품이며, 성격상 습작기의 초기작에 해당하는 것을 이제 와서 작가의 전체 작품 목록에 추가로 편입시키는 일은 별 의미가 없기 때문이다.

뿐만 아니라 다음과 같이 선생께서 자신이 버린 작품에 대한 처리에 있어 후세를 경계한 글을 대하고 보면, 그분과 지근거리에 있었던 후학 또는 제자로서는 이와 같은 작업에 대해 한층 더 각성과 경계를 게을리할 수 없는 형국이다.

나는 판을 달리할 적마다 작품을 손봐 오는 편이지만, 해방 전 신문 잡지에 발표된 많은 시의 거의 다를 이번 전집에서도 빼 버렸고, 이미 출간된 시집『방가(放歌)』에서도 27편 중 12편이나 빼 버렸다. 무엇보다도 쓴 사람 자신의 마음에 너무 들지 않는 것들을 다른 사람에게 읽힌다는 건 용납될 수

없다는 생각에서다. 빼버리는 데 조그만치도 미련은 없었다. 이렇게 내가
버린 작품들을 이후에 어느 호사가가 있어 발굴이라는 명목으로든 뭐로든
끄집어내지 말기를 바란다.

—황순원, 「말과 삶과 자유」 중에서

그런데 이토록 '엄중한 경고'가 있었는데도 그 슬하에서 문학과 세상
살이의 이치를 익힌 필자가 여기 선생의 옛 작품 71편을 발굴이라는 명
목으로 공개하는 이유는, 작가로서 선생의 명성과 작품의 문학사적 의의
가 이미 중인환시리(衆人環視裏)에 구체적 세부를 검토해야 하는 공공의
차원에까지 진입했기 때문이다. 시대의 구분을 넘어 주목을 받는 공인에
게 있어서는 때로 그 당자의 요청조차도 유보되어야 하는 범례가 이러한
경우일 터이다.

비록 초기의 습작일망정 이 작품들에는 장차 서정성·사실성과 낭만
주의·현실주의를 모두 포괄하는 작가의 문학 세계가 어떻게 발아했는
가를 살펴볼 수 있는 요소들이 잠복해 있고, 동시에 당대의 아동문학
과 생활기록문의 특성을 짐작하게 하는 단초들이 병렬되어 있기도 하
다. 그런 점에서 이 작품들을 주의 깊은 눈으로 다시 관찰해 볼 필요가
있다.

이번의 작품 발굴 과정에서 발표 당시 작품의 제목을 전집에 수록하
면서 작가가 교체한 사례들을 발견할 수 있었다. 「소나기」(《신문학》 4집,
1953년 5월)가 다른 지면인 《협동》(1953년 11월)에 발표되었을 때 그 제목이
「소녀」였음이 밝혀진 바 있었지만, 《새벽》 1956년 신년호에 발표한 시
「산허리에 오솔길」은 「나무」로 바뀌었고 《예술원보》 1960년 12월호에
발표한 「꽁트 2제(모델, 동정)」는 「손톱에 쓰다」로 바뀌었다. 또 《주간 문
학예술》 1952년 9월 6일자로 발표된 단편소설 「산골」은 「두메」로 바뀌

었다. 그런가 하면 《중앙일보》 1931년 12월 24일자에 발표한 「묵상」은 전면 개작하여 전집에 수록했다. 전집 발간 과정에서 끊임없이 퇴고하고 내용을 수정해 온 작가의 성실성을 미루어 짐작할 수 있다. 아마도 작가는 교체된 제목이 작품의 전반적인 흐름이나 당대의 시의성에도 적합하다고 판단했을 것이다.

지금까지 알려져 있는 황순원 선생의 호는 만강(晩岡)인데, 기실 본인은 이 호를 사용하지 않고 책을 서증(書贈) 할 경우 '순원'이란 이름을 썼다. 이미 주어진 이름 석 자도 감당하기 어려운데, 무슨 호를 더 쓰겠냐는 뜻에서였다. 그러나 선생의 연령이 10대 후반이었던 1930년대 초반에는 그 자신이 광파(狂波) 라는 필명을 썼던 기록을 찾을 수 있었다.

선생은 1931년 4월 10일자 《매일신보》에 「문들레꼿」을 게재하면서 황순원이란 이름을 썼고, 1931년 6월 20일자 《매일신보》에 「우리 형님」을 게재하면서 황광파라는 이름을 썼으며, 1932년 4월 17일자 《중앙일보》에 「할미꼿」과 「문들레꼿」 등 두 편을 게재하면서 광파라는 이름을 썼다.

무슨 이유에서인지 선생은 1931년 《매일신보》에 황순원이란 이름으로 게재했던 「문들레꼿」을, 1932년 《중앙일보》에 「할미꼿」과 함께 광파라는 이름으로 다시 게재한 것이다. 작품의 내용, 연 가름 등 모두 황순원이 곧 광파라는 사실을 확인해 주는 지점이다. 시간차를 염두에 두고 볼 때, 선생은 처음에 성을 붙여서 황광파라고 했다가 해를 넘기면서 광파라고 쓴 듯하다.

발굴 작품 창작의 전기적 배경

황순원 선생은 일제강점기의 압박이 시퍼렇게 날이 서 있던 1915년 3월 26일 북녘 땅 문물의 중심지인 평양 부근, 정확하게 말하자면 평안남도 대동군 재경면 빙장리에서 출생했다. 일곱 살이 되던 1921년에 황씨 집안은 평양으로 이사하고 이태 후 황순원은 숭덕소학교에 입학했다. 열다섯 살 나던 1929년 정주의 오산중학교에 입학했으며, 건강 때문에 다시 평양의 숭실중학교로 전학하기까지 한 학기를 정주에서 보냈다.

숭실중학교 전입학은 같은 해 9월이었다. 부친과 삼촌 세 분이 모두 숭실 출신이었고, 바로 밑의 아우 순만은 후에 평양제2고보를 졸업했다. 같은 해 11월, 저 남쪽에서는 광주학생항일운동이 일어났고 동시대 젊은 지식인들의 가슴에 맺힌 식민지 백성의 울혈이 점점 깊어 가던 때였다.

숭실중학교 재학 중이던 1930년, 이팔청춘 열여섯의 나이에 황순원은 시를 쓰기 시작한다. 그는 시인에서 출발하여 단편소설 작가로 자기를 확립했고 이어서 장편소설 작가로 발전해 간 사람이다. 그리고 노년에는 다시 상징성이 강한 단편, 함축적 의미를 담은 시, 살아온 인생 전체를 조망하는 에세이들을 쓰는 순환의 세계를 보여 준다. 글쓰기 초입에 소년소설이나 단막 희곡의 습작을 했다고 해서, 작가의 작품 세계를 도저하게 관류하는 이 장르 확산의 도식에 변동이 있는 것은 아니다.

1931년 7월 《동광》에 시 「나의 꿈」을, 9월 같은 잡지에 「아들아 무서워 말라」를 발표함으로써 문학 장정의 서두를 연 황순원은 이때를 전후하여 앞서 살펴본 바와 같이 전집에 수록되지 않은 동요, 소년소설 등 여러 장르의 여러 작품을 신문과 잡지의 지면에 발표하기 시작했다. 그의 습작기 초기 작품들은 서정적 감성과 따뜻한 인간애를 가진 작가로서의 근본적인 성향을 잘 보여 주고 있고, 이 어린 '봄싹'들이 자라 나중에는 20세기 한국문학의 순수성과 인본주의를 대표하는 '비탈에 선 나무'들을 이루게 되는 것이다.

그리고 수필 「무 배추와 고추」가 발표된 1947년은 광복 직후로 온 천지가 뒤숭숭하고 불안정하기 이를 데 없던 때였다. 그의 가족에게 광복은 진정한 광복이 아니었다. 지주 계층 출신의 지식인 청년은 점점 신변의 위험을 느끼기 시작했고, 공산 정권이 구체화되면서 월남의 길을 찾지 않을 수 없었다. 그의 온가족은 1946년 3월과 5월 두 달 상거를 두고 모두 월남했고 처가는 그보다 앞서 월남했으나, 불행히도 삼촌 세 분은 북쪽에 남고 말았다. 월남한 그해 9월, 황순원은 서울고등학교 국어 교사로 취임했다.

수필의 내용으로 보아도 「무 배추와 고추」는 교사로 재직 중에 쓴 것이었다. 이해에 그는 장편 『별과 같이 살다』를 부분적으로 독립시켜 여러 잡지에 발표하기 시작하면서 장편소설 작가로 넘어가는 길목을 닦기 시작한다.

단편 「산골」과 수필 「여인편모 하(下)」가 발표된 1953년 8월은 전란의 휴전 협정이 조인된 직후이며, 그런 만큼 시대 현상을 반영한 피폐한 삶과 황순원 문학의 본질에 해당하는 내밀한 서정성이 함께 포괄된 문학적 외양을 보여 준다. 안타깝게도 《평화신문》 1953년 8월 중에 발표되었을 것으로 추정되는 「여인편모 상(上)」은 그 작품을 찾을 수가 없었다.

1955년 9월 《전망》에 실린 「여론」은 '계(契)'에 관한 설문 조사의 응답이며, 1974년 6월 《수필문학》에 발표된 「우리들의 자연과 언어의 의식」은 동료였던 서정범 교수의 수필집 『놓친 열차는 아름답다』에 관한 서평이다.

발굴 작품의 성격과 의미

2010년 제1차로 발굴된 작품 중 「잠자는 거지」는 그날그날 얻어먹고 지내는 외롭고도 가엾은 늙은 거지, 담장 밑에서 잠든 거지를 보고 10대 후반의 감수성 강한 문학 소년이 안쓰러워하는 문면으로 구성되어 있다. 소년은 그 거지가 어려서 놀던 일을 꿈꾸는 것이라고 치부하며, 이 우울한 상황을 밝고 쾌활하게 이끌어 간다. 그런가 하면 「가을비」는 동요 그대로의 음악적 운율에 충실하면서 오동잎과 쓰르라미, 별애기 등 자연 경물을 병렬하는 자연 친화적 상상력을 보여 준다.

소년시 「언니여 —」는 '동경 계신 신 형(申兄)님께'라는 헌정 어사가 붙어 있으나 그것이 누구를 향한 것인지는 막연하여 알기 어렵다. 그러나 그 '언니'는 큰 뜻을 품고 기차를 타고 떠났으며, '노동복'이나 '변도곽'(아마도 도시락통일 것으로 짐작됨)으로 유추되는 곤고한 일정을 보내야 하는 인물임에는 틀림이 없다. 그 '언니'가 '삶에 굶주린 무리를 살길로 인도할 것'을 알고 믿고 있다는 고백과 더 한층 의지를 굳세게 하라는 응원이 뒤따르고 있으니, 시대적 정황과 관련해서도 여러 가지 추측이 가능하다. 물론 이때의 황순원은 여전히 10대 후반의 문학 소년에 머물러 있다.

소년소설로 명명된 「졸업일」은 '작품 발굴의 경과'에서 설명한 바와 같이, 《어린이》1932년 4월호에 게재된 것으로 확인되지만 불행하게도 정작 그 잡지를 찾을 수가 없었던 경우이다. 그리하여 궁여지책으로 그로부터 3개월 후에 노양근이 같은 잡지에 쓴 「반년간 소년소설 총평(속)」에 그 작품에 대해 쓴 총평을 빌려 온 터인데, 이 평을 보면 「졸업일」은 6년간 온갖 어려움을 이기고 아들 '길순'을 졸업시키는 어머니, 한 모자의 눈물겨운 인간 승리를 다룬 작품임이 분명하다.

수필 「무 배추와 고추」는 학교 교사인 남편과 그 아내가 김장 걱정과 더불어 채소 재배를 학습하고 직접 밭에서 실행하는 과정을 그린 작품이다. 아주 새로운 내용이나 서술 기법을 보여 주지는 않지만, 동시대 서민들의 삶과 그 가운데 숨어 있는 진솔한 생각들을 생생하게 마주할 수 있다. 작가는 글의 말미에 이르러 얼핏 다른 부부의 걱정을 듣고 이를 대신해서 말한다는 어투를 사용하고 있으나, 수필의 장르적 성격상 자전적 경향이 상당 부분 반영되어 있을 것으로 여겨진다.

2011년 제2차로 추진된 발굴 작업에서 새롭게 찾아낸 동요와 시 52편은, 1차에서 발굴된 초기 시들과 아주 다른 특별한 측면이 있는 것은 아니나 황순원 문학의 뿌리 깊은 기반을 보다 안정적이고 풍성하게 확인할 수 있었다.

지금까지 확인된 황순원의 가장 최초 발표 시인 「누나 생각」은 《매일신보》 1931년 3월 12일자에 실렸다. "황천 간 우리 누나"를 노래한 이 시는 쉽사리 단편 「별」을 떠올리게 하는데, 7·5조의 운율에 실은 동요의 형식이나 그 내용에 있어서는 "비나리는 밤"이나 "창밧게 비소리"를 동원하는 솜씨가 벌써 만만치 않다. 같은 해 《매일신보》 4월 19일자로 발표된 「북간도」에는 나라 잃은 백성의 슬픔과 "승리의 긔"에 대한 다짐이 담겨 있기도 하다.

같은 해 《매일신보》 7월 10일자에 실린 「쌀기」와 《동아일보》 7월 19일자에 실린 「딸기」는 일부 자구만 다를 뿐 같은 시의 반복이고, 《매일신보》 9월 5일자 「버들개지」도 같은 지면 4월 26일자에 발표된 동명의 시와 약간 표현이 다를 뿐이다. 그런가 하면 1932년 5월호 《어린이》에 발표된 「언니여 ─」와, 1935년 4월 5일자 《조선중앙일보》에 발표된 「새출발」, 그리고 같은 해 10월 15일자, 같은 지면에 발표된 「개아미」는, 당대로서는 보기 드물게 산문시의 형태를 갖추고 있다.

이 중 「새 출발」은 '나의 농반자에게'라는 부제를 붙여 그 부인 양징

길(楊正吉) 여사에게 바치는 시로 되어 있다. 이번에 발굴된 선생의 작품 가운데 매우 특별해 보이는 시 한 편이 있어, 이를 옮겨 두고 보다 자세히 살펴보기로 한다.

하로의 삶을 니으려고
주린 창자를 웅켜쥔 후 거리거리를 헤매는 군중(群衆) ——
째째로 정기(精氣)업는 눈에서는 두줄기의 눈물이 흐르며
피ㅅ기업는 입술을 앙물고 썰고 잇나니
토막(土幕)에 잇는 처와 자식이 힘업시
누어잇슴을 생각합니다
◇
날카로운 세기(世紀) ——
팔목을 것고 일만하면 살수잇다는 도덕(道德)도
지나간 날에 한썩어쌔진 진리(眞理)가 아닌가?
눈압헤 잇는 순간적(瞬間的) 향락(享樂)에 도취(陶醉)되여 잇는 무리
빈주먹을 들고 가두(街頭)로 울며 헤매는 무리
술! 돈! 쾌락(快樂)!
피! 눈물! 쌈!
◇
그러나 마음에 뜻안햇든 상처를 밧고
가두(街頭)로 울며 불며 헤매는 자(者)여!
지금의 원한을 가슴깁히 뭇처두어라
눈물을 갑업시 흘니지 마러라
　　　　　——「가두(街頭)로 울며 헤매는 자(者)여」전문,《혜성(彗星)》2권 14호

40

1932년 4월《혜성》2권 4호에 실린 「가두로 울며 헤매는 자여」는 역시 당시의 시로서는 희소한 유형으로, 시대를 향한 젊은이의 기개를 드러내는 시편으로 제작되었다. 이와 같은 시적 의지력, 문학적 지향성, 그에 따른 표현의 기량이 인간다운 삶의 진실을 목표로 하는 황순원 문학의 근본주의와 조화롭게 악수하면서, 선생의 문학은 80여 년을 완주할 자양분과 기력을 섭생한 것으로 판단된다.

1931년 4월 7일에서 9일까지 사흘간《동아일보》에 발표된 소년소설 「추억」은, 영일이라는 소년이 여자 사진을 갖고 다니다 학교에서 적발되는 사건으로 시작한다. 그런데 사연을 알고 보니 사진의 주인공인 전경숙이란 여자는 자기를 희생하여 주인집 아이를 구한 의로운 사람이었으며, 그 아이가 곧 영일이었다. 숨겨진 진실과 인간애, 그리고 가슴 울리는 감동을 자아내는 황순원식 인본주의·인간중심주의의 원형이 거기에 있는 것으로 보인다.

비록 발굴 작품은 아니지만 앞서 「두메」로 제목을 바꾸어 전집에 수록한 것으로 언급한 단편소설 「산골」(《주간 문학예술》, 1952년 9월)은, 그야말로 황순원 단편의 서정성 짙은 분위기와 단단한 서사 구조, 아울러 선명한 주제 의식을 한꺼번에 보여 준다. 「독 짓는 늙은이」에서와 같은 산골, 「소나기」에서와 같은 결미의 압축, 「학」에서와 같은 죽마고우의 심정적 교류 등이 작품 속에 골고루 용해되었다. 눈앞에 드러난 것보다 눈에 보이지 않는 것의, 작고 여물고 소중한 숨은 의미들이 이 초기 작품들의 행간에 잠복해 있다.

여기에 모두 71편의 발굴 작품 목록을 첨부한다. 판독이 불가능한 시 10편을 제외한 62편의 작품은 따로 자료화해 두었으며, 추후 적절한 지면에서 모두 공개하기로 한다.

황순원 발굴작 목록 1

(발굴 기간: 2010. 9. ~ 2011. 8.)

장르	No.	작품	연도	게재지	비고
시	1	형님과 누나	1931	매일신보	△(미확인 글자 있음)
	2	누나생각	1931. 3. 19.	매일신보	
	3	봄싹	1931. 3. 26.	동아일보	
	4	문들네꼿	1931. 4. 10.	매일신보	
	5	달마중	1931. 4. 16.	매일신보	
	6	북간도	1931. 4. 19.	매일신보	△
	7	버들개지	1931. 4. 26.	매일신보	
	8	비오는밤	1931. 4. 28.	매일신보	
	9	버들피리	1931. 5. 9.	매일신보	
	10	칠성문	1931. 5. 13.	매일신보	
	11	단시 3	1931. 5. 15.	매일신보	
	12	우리학교	1931. 5. 17.	매일신보	
	13	하날나라	1931. 5. 22.	매일신보	
	14	이슬	1931. 5. 23.	매일신보	
	15	별님	1931. 5. 24.	매일신보	
	16	할연화	1931. 5. 27.	매일신보	
	17	시골저녁	1931. 5. 28.	매일신보	
	18	할머니 무덤	1931. 6. 2.	매일신보	
	19	살구꽃	1931. 6. 5.	매일신보	
	20	나	1931. 6. 7.	매일신보	
	21	회상곡	1931. 6. 9.	매일신보	
	22	봄노래	1931. 6. 12.	매일신보	
	23	갈닙쪽배	1931. 6. 13.	매일신보	
	24	거지아희	1931. 6. 19.	매일신보	
	25	우리형님	1931. 6. 20.	매일신보	

장르	No.	작품	연도	게재지	비고
시	26	외로운 등대	1931. 6. 24.	매일신보	
	27	소낙비	1931. 6. 27.	매일신보	
	28	우리옵바	1931. 6. 27.	매일신보	
	29	잠자는 거지	1931. 7.	아이생활 6권 7호	동요,1차(2010) 한국아동문학센터발굴
	30	종소래	1931. 7. 1.	매일신보	
	31	단오명절	1931. 7. 2.	매일신보	
	32	걱정마세요	1931. 7. 3.	매일신보	
	33	수양버들	1931. 7. 7.	매일신보	
	34	쌀기	1931. 7. 10.	매일신보	
	35	딸기	1931. 7. 19.	동아일보	
	36	여름밤	1931. 7. 19.	매일신보	
	37	모힘	1931. 7. 21.	매일신보	
	38	수양버들	1931. 8. 4.	동아일보	
	39	시골밤	1931. 8. 29.	매일신보	
	40	버들개지	1931. 9. 5.	매일신보	4월 26일 시(7번)와 약간 다름
	41	꽃구경	1931. 9. 13.	매일신보	
	42	가을	1931. 10. 14.	동아일보	
	43	가을비	1931. 11.	아이생활 6권 11호	동요,1차(2010) 한국아동문학센터 발굴
	44	나는실허요	1931. 11. 1.	신소년	한국아동문학센터 발굴
	45	묵상	1931. 12. 24.	중앙일보	△ 전면 개작 후 전집 수록
	46	봄밤	1932. 3. 12.	동아일보	
	47	살구꽃	1932. 3. 15.	동아일보	
	48	봄이 왓다고	1932. 4. 6.	동아일보	
	49	할미꼿	1932. 4. 17.	중앙일보	△
	50	언니여–	1932. 5.	어린이雜誌 10권 5호	소년시,1차(2010) 한국아동문학센터 발굴
	51	봄노래	1932. 6. 1.	신동아	
	52	새 출발	1935. 4. 5.	조선중앙일보	△

장르	No.	작품	년도	게재지	비고
시	53	개아미	1935. 10. 15.	조선중앙일보	
	54	이슬	1935. 10. 25.	동아일보	
	55	街頭로울며 헤매는 者여	1932. 4. 15.	혜성 2권 4호	
단편	56	추억(1)	1931. 4. 7.	동아일보	소년소설
	57	추억(2)	1931. 4. 8.	동아일보	소년소설
	58	추억(3)	1931. 4. 9.	동아일보	소년소설
수필	59	무 배추와 고추	1947. 11. 12.	신천지 11.12 합병호	1차(2010) 한국아동문학센터 발굴
	60	여인편모(下)	1953. 8. 26.	평화신문	
	61	그와 그네			
서평	62	우리들의 자연과 언어와 의식	1974. 6. 1.	수필문학	
설문	63	여론	1955. 9. 1.	전망	△

황순원 발굴작 목록 2 (판독 불가)

장르	No.	작품	연도	게재지	비고
시	1	송아지	1931. 12. 22.	중앙일보	
	2	새봄	1932. 2. 22.	중앙일보	
	3	눈내리는 밤	1932. 2. 28.	중앙일보	
	4	밤거리에 나서서	1934. 12. 18.	조선중앙일보	
	5	새로운 행진	1935. 1. 2.	조선중앙일보	
	6	거지애	1935. 3. 11.	조선중앙일보	
	7	밤차	1935. 4. 16.	조선중앙일보	
	8	찻속에서	1935. 7. 26.	조선중앙일보	
	9	고독	1935. 7. 5.	조선중앙일보	
	10	무덤	1935. 8. 22.	조선중앙일보	

6·25전쟁 직전, 그리고 1970년대 초입의 세태와 황순원 문학

— 새로 확인된 황순원의 단편소설·콩트·수필·발표문 등 4편

2012년, 새로운 작품 4편 추가 확인

황순원기념사업회에서는 2012년 들어 앞서 언급한 문헌 자료 수집가 문승묵 선생의 도움을 받아, 그동안 알려지지 않았던 황순원의 작품 4편을 더 발굴했다. 이 작품들은 단편소설 1편, 콩트 1편, 수필 1편, 주제발표문 1편 등 모두 4편이다. 사실은 이 4편 이외에도 1958년 1월 1일《한국일보》 신춘문예 소설 심사평, 1965년 10월 9일《신아일보》에 기고한 한글날 특집 「한글을 말한다」 기고문, 1966년 1월 1일《대한일보》 신춘문예 소설 심사평, 1966년 3월 1일《조선일보》 3·1문화상 본상 수상 인터뷰 등의 자료가 함께 발굴되었으나 이는 작가의 문학작품이 아닌 까닭으로 여기에서는 그 목록만 언급해 두기로 한다. 이번 발굴 작품 4편의 출전은 발표순으로 보면 다음과 같다.

콩트 「눈」:《국도신문》, 1950. 1. 8.

단편소설 「양말」:《사정보》, 1951. 3. 30, 1951. 4. 9.

수필 「아름다운 늙음」:《조선일보》, 1968. 1. 30.

주제발표문 「한국문학에 있어서의 해학의 특성 — 요약」:《조선일보》,
1970. 6. 30.

이 중 콩트 「눈」과 단편소설 「양말」은 6·25전쟁이 발발하기 몇 달 전
어느 산촌의 폭설 이야기와 대구에서 직장 생활을 하는 부부의 양말 구
매 이야기이다. 이 작품들이 발표되던 당시 작가는 그 가족들과 함께
1946년에 월남하여 남한에 살고 있었고, 월남한 그해 9월부터 서울 고
등학교 국어 교사로 재직하고 있었다.

남한 단독으로 대한민국 정부가 수립되던 1948년 12월, 황순원은 광
복 후의 단편들을 모은 단편집 『목넘이 마을의 개』를 육문사에서 간행했
다.《신천지》,《개벽》등에 발표되었던, 당시의 피폐한 사회와 삶의 모습을
담은 단편 일곱 편을 묶은 이 창작집에는, 현실의 구체성과 자전적 요소들
이 강하게 드러나 있다. 그의 저작 가운데에서는 유일하게 강형구의 「발
(跋)」이 수록되어 있다. 표제작 「목넘이마을의 개」에 나오는 목넘이 마을은,
작가의 외가가 있던 평안남도 대동군 재경면 천서리를 가리키는 지명이다.

1950년 6·25전쟁이 발발하기 전까지 황순원의 작품 세계는, 당초의
시적 정서가 초기 단편소설에까지 이어져 작가 자신의 신변적 소재가 주
류를 이루는 주정적 경향을 보인다. 이 시기의 작품들은 비록 삶의 현장
에 과감히 뛰어든 문학은 아니지만, 압제의 극한 상황 속에서 자신을 가
다듬으며 뒷날의 문학적 성숙을 예비한 서장 격으로 받아들일 수 있다.
기실 황순원은 이 시절에 갈고 닦은 단단한 서정성과 문학적 완전주의를
끝까지 밀고 나간 작가인 것이다.

6·25전쟁이 발발하기 넉 달 전인 1950년 2월, 황순원은 첫 장편 『별

과 같이 살다』를 정음사에서 간행했다. 1947년부터 「암콤」, 「곰」, 「곰녀」 등의 제목으로 이곳저곳에 분재되었던 것에 미발표 분까지 합쳐서 묶은 이 소설은, 중간 제목들이 말해 주듯 일제강점기 말부터 광복 직후까지의 참담한 시대상을 통해 우리 민족의 수난사를 담았다. 그의 장편소설로서 는 유일하게 '곰녀'라는 한 여인을 주인공으로 설정하고 있기도 하다.

6월에 전쟁이 나고 황순원은 솔가하여 경기도 광주로 피난했으며, 1·4후퇴 때에는 다시 부산으로 피난했다. 이 부산 망명 문인 시절, 김동 리, 손소희, 김말봉, 오영진, 허윤석 등과 교유하며 그 포화의 여진 속에서 도 작품 창작을 계속해 나갔다. 이듬해인 1951년 8월, 광복 전에 써서 모 아 두었던 작품을 모아 단편집『기러기』를 명세당에서 냈다. 간행순으로 는『목넘이 마을의 개』에 이어 세 번째이지만, 집필순으로는 본격적인 소설 창작의 길로 들어선 두 번째의 것이 된다. 주로 아이와 노인이 주인 공으로 등장하며 민족 전래의 설화적 모티프와 현대 소설의 정제된 기법 이 악수하는 깔끔한 작품들이다.

부산에 머무르던 1952년 1월, 단편 「곡예사」가《문예》에 발표되었 다. 피난살이의 설움과 고생을 핍진하게 드러낸 작품으로, 황순원 일가 의 극한 삶과 작가의 울분 그리고 뜨거운 가족 사랑을 명료하게 드러내 고 있다. 가족들은 잠잘 방 때문에 곤욕을 당했으며 그는 피난 학교의 교 사로 나가면서 잘 팔리지도 않는 소설을 쓰고 부인과 아이들은 가두에서 신문과 껌을 팔아야 했다. 황순원은 인생이 힘든 곡예요 인간은 능숙한 곡예사라고 생각했고, 소설 속에도 자연히 인생에 대한 환멸과 쓰라림이 스며들곤 했다. 콩트 「눈」과 단편소설 「양말」은 작가가 이와 같이 척박 한 시절을 보내던 때에 창작되었다.

새로 발굴된 작품 중 수필 「아름다운 늙음」과 주제 발표문 「한국문학 에 있어서의 해학의 특성 ── 요약」은, 사회가 안정되고 산업화 시대의 서막이 오르던 1960년대 말에서 1970년대 초에 걸친 시기에 발표되었다. 산업화 시대의 개막이라고 하는 것은, 6·25전쟁 전후부터 시대적 상황의 폭력적 억압을 고스란히 견디며 작품을 써 온 황순원에게 있어서는 전혀 새로운 창작 환경의 전개를 의미했다. 작가 개인에 있어서나 그가 소속된 공동체들에 있어서나, 운명적 시대사의 족쇄가 풀려 그야말로 자유로운 정신으로 글쓰기를 할 수 있는 여건이 마련되었다는 뜻이다.

그 전후의 창작 궤적을 보면, 황순원의 생애에 있어 1964년 장편 『일월』이 간행된 다음 해, 즉 1965년 이후부터 그의 문학은 또다시 새로운 변화 곡선을 그려 나갔다. 그해 4월의 「소리 그림자」를 필두로 나중에 단편집 『탈』로 묶게 되는, 세상을 복합적이며 함축적이고 원숙한 시각으로 바라보는 단편들의 지속적인 제작이 그 하나이다. 그리고 1968년부터 발표하기 시작한, 한국인의 근원 심성을 소설 미학으로 구명한 『움직이는 성』의 집필이 다른 하나이다. 그는 이러한 창작 경향을 통해 삶의 실존적 고통 및 존재론적 자아의 위상에 관한 탐색을 활발히 전개해 나갔다. 물론 이와 같은 형이상학적 문제에 대한 인식의 확장과 깊이 있는 천착은, 우리 문학에서는 그 선례를 찾기 어려운 것이었다.

또한 이 시기를 전후하여 그의 작품들이 인문계 및 실업계 중고교 교과서에 수록되고, 여기저기 한국문학 전집이나 선집에 수록되며, 영어, 프랑스어, 독일어 등으로 번역되어 해외에 소개되는가 하면, 여러 작품이 영화로 만들어지기도 했다. 작가 자신도 문예지의 추천 위원이나 여러 종류의 시상에 심사 위원으로 확고한 문단 원로의 지위를 점하고 있어 가히 황순원 문학의 전성기라 할 수 있겠다. 이 시기, 1960년대 말에서 1970년대 초입에 이번에 발굴된 작품, 수필 「아름다운 늙음」과 주제 발표문 「한국문학에 있어서의 해학의 특성」이 발표되었던 것이다. 물론 소설 장르가 아니라는 측면이 있어서도 그렇겠지만, 이 글들에는 삶의 어려움이나 고통의 흔적은 전혀 보이지 않는다.

발굴된 작품의 의미와 문학적 좌표

「눈」은 《국도신문》이라는, 이름을 잘 알 수 없는 신문 지면에 실린 콩트이다. 함박눈이 내리는 산촌의 밤, 화자인 '나'는 자주 '마을'을 가는 육손이 할아버지의 '일간'에서 함경도에서 온 '삼봉이 아버지'란 인물을 만나 그의 산수갑산 눈 이야기를 듣는다. 폭설로 통행이 막힌 '어떤 외따루 떨어져 있는 산골 집'에 아내만 남겨 두고 남편이 식량을 구하러 타처로 나간다. 그사이 남자 손님이 들어 발이 묶인 두 사람이 함께 겨울을 나고, 이듬해 봄 길이 열린 뒤에 제 갈 길을 떠나던 손님은 그 남편을 만나 고맙다는 인사를 나누는 줄거리이다.

자칫 치정극이 될 수도 있는 이야기인데, 자연환경의 위력 앞에 소박하게 마음을 열고 서로 인정을 나누는 모습이 황순원의 인본주의, 인간중심주의를 다시 생각하게 한다. 이 강고한 인간애의 원론 앞에 바깥세상의 분란은 침투할 경로를 차단당한다. 이 광경은 황순원 소설적 인간학의 원론 그대로이다.

「양말」은 《사정보(司正報)》에, 단기 4284년 3월 30일과 4월 9일 두 차례에 걸쳐 연재된 단편소설이다. 이를 서기로 환산하면 1951년 신묘년이고 작가의 생애에 있어서는 6·25전쟁으로 인한 부산 피난 시기에 해당한다. 「양말」은 그래도 대구란 큰 도회가 소설의 배경이 되었고, 등장인물들의 삶 속에서 「눈」과는 달리 궁핍한 시대의 모습이 그림자처럼 드리워 있다. 겨울 한파가 극심한데 '그'가 근무하는 '사'에는 난방이 온전치 못하다. 때는 봄이 오고 있는 시기, 작품의 발표 날짜가 3월 30일이니

제 시기에 창작된 작품이라 짐작해 볼 수 있다.

'그'는 사원 중 한 사람이 가져온 양말을 보고 아침에 본 아내의 떨어진 버선을 생각하면서 한 켤레를 사다 주었다. 아내는 자신의 맨발을 그대로 두고 그 양말을 일선 장병에게 위문품으로 보낸다. 남편은 그 아내의 처녀 시절을 떠올리고, 또 '완연히 제 봄을 제가 차지한 하나의 다른 여인'으로 느끼며 가슴의 동계를 경험한다. 짧지만 아름다운 이야기이다. 이 작품은 「눈」에 비하면 소설의 배경과 이야기가 약간 확대되기는 했으나, 두 작품은 모두 동일한 인간애 지상주의 계열에 속한다. 거기에 작가 황순원의 변함없는 순문학적 근본주의가 잠복해 있다.

두 작품의 전문을 통해 확인할 수 있는 것처럼, 작가는 그렇게 곤고한 삶의 와중에 있으면서도 순후한 인간애, 인본주의에 대한 믿음을 저버리지 않고 있다. 세상을 사는 동안 무엇을 소중하게 여기고 무엇을 저버리지 않아야 할 것인가에 대한 경각심이 문루 높은 성채처럼 견고해 보인다.

「아름다운 늙음」은 작가 자신이 '남자는 늙어 가면서도 아름다울 수 있는 존재'라고 규정했던 그 생각을 수필로 썼다. 단편 「아버지」에서는 오산학교 교장이었던 남강 이승훈 선생과 3·1운동 때 평양 시내 태극기 배포 책임자로 옥살이를 하던 부친 황찬영 선생에게서 그 표본을 보았다고 했다. 그런데 여기에는 그 아름다운 남자들의 대열에 고당 조만식 선생이 더해져 있다. 글 또한 《조선일보》에 고당 선생의 85회 생신일에 부쳐 기고했다.

《조선일보》에 「양반전 …… 상민의 마지막 분별」이란 주 제목을 달아 실린 발표문은, 이 작가로서는 보기 드물게 국제대회의 주제 발표 요약이다. 황순원은 1970년 6월 국제펜클럽 제37차 서울대회에서 한국 대표로 「한국문학에 있어서의 해학의 특성」이란 제목의 주제 발표를 했고, 그동안의 작품 창작으로 한국문학 발전에 기여한 공로와 이때의 공로를 합하여 그해 8월 15일 광복절에 국민훈장 동백장을 받기도 했다. 발표문은 신문지면 관계상 요약된 것이다. 그 내용에 있어서는 「양반전」과 하근찬의 「수난 이대」를 예거하면서 한국문학에 나타난 해학의 의미를 다루었다. 그동안 발표 사실은 알려져 있었으나 원고는 찾을 길이 없었다.

이번에 '발굴'이란 명목으로 다시 내놓는 4편의 작품은, 작가가 생존해 있었다면 그 일 자체를 반대했을 것이 명약관화하다. 하지만 이미 '발굴'되어 세인의 눈앞에 다시 등장했다면, 오히려 그의 제자요 기념 사업의 실무를 맡고 있는 필자가 해설을 맡는 것이 온당하리라 여겼다.

이 소략한 글들 가운데에도 여전히 작가 황순원의 작가로서의 특성이 면면이 살아 있고 그것은 순수와 절제, 서정성과 완결성, 인간애와 인간 중심 사상, 합리성과 문학 지상의 근본주의 등의 항목으로 설명될 수 있다. 한 작가의 시작과 끝이 이렇게 올곧고 충일한 문학관으로 일관한 사례, 그러한 수범을 다시 찾아보기는 어렵다. 그러한 점에서도 황순원과 그의 작품들은 우리 문학사의 빛나는 성좌에 이르렀다고 할 수 있겠다.

노년 문학의 새로운 지형도

─ 미수 시기의 작가 김준성

바야흐로 상춘지절(常春之節). 신록의 싱그러움이 꽃빛의 밝음을 앞서는 호시절에, 이제 88세 미수(米壽)를 맞은 작가 김준성 선생을 그의 사무실에서 만났다. 정해년 4월 23일 오후 3시. 노익장 역부강(老益壯 力富强)이란 어휘는 아마도 그를 두고 만들어진 말인 듯하다. 화색이 가득한 얼굴에 청청한 음성으로, 대화가 진행되는 동안 그는 내내 필자를 긴장시켰다.

필자: 얼마 전 이수문학상 심사차 뵈었을 때보다 더 건강해 보이십니다. 이 연세에 이런 건강을 유지하는 비결이라도 있으신지요?

김준성: 그렇게 보입니까?(웃음) 실상은 노력을 많이 합니다. 만보계로 체크하여 매일 만보를 채우려 애쓰고, 내 손으로 아침마다 온몸의 경락을 마사지하며, 지난 30년 동안 계속해 온 냉수마찰을 합니다. 감기 걸리지 않는 것은 그 덕분일 터이지요. 그리고 주말에는 골프를 합니다. 1년 전부터는 육식을 하지 않고 채식과 생선을 주로 합니다.

필자: 정말 대단하시군요. 선생님에 비하면 아직 철부지인 저희 세대도 귀감으로 삼아야 할 생활 습관이신 것 같습니다.

김준성: 기실 더 중요한 것은, 육체적 건강보다 정신적 건강이라 생각됩니다. 그래서 지속적으로 불교, 철학, 경제학에 대한 독서를 합니다. 특히 경제 분야에 있어서는 내가 꼭 해야 할 얘기들이 있지요. 그리고 가족이 함께 건강해야 참으로 건강한 것이어서, 우리 내자(內子)에게도 규칙적인 산책을 권하고 있습니다.

필자: 그동안 선생님께서는 한국의 실물경제를 책임지는 자리에서 오래 일하셨고 또 기업을 이끌어 국가 경제에도 이바지해 오셨는데, 그와 같은 경제 전문가로서 오늘의 우리 경제를 바라볼 때 가장 큰 과제는 무엇이라고 여기시는지요?

김준성: 일제 강점으로부터 해방이 되었을 때 우리나라의 GNP는 불과 50달러였습니다. 농업 자족율도 65퍼센트에 그쳤지요. 그러나 우수한 인적 자원과 박정희 대통령이 추진한 수출 중심 산업구조가 경제를 성장시킨 것은 사실입니다. 그런데 이 성장의 방식이 한계에 부딪칠 때 건실한 중소기업과 내수의 활성화가 이루어져야 경제를 살릴 수 있습니다.

또한 우리 경제는 외국의 차관으로 빚을 얻어 성장을 시작했는데, 따라서 주식, 금융, 환율 등을 잘 관리해야 하고 특히 미국, 일본보다 훨씬 더 높은 물가를 낮추어야 합니다. 이와 같은 경제적 실무에 관한 것을 지금 책으로 쓰고 있습니다. 정권 교체기에 다음 정권의 담당자들이 참고할 수 있는 경제 논리를 제시하는 것이, 이 분야에 오랜 경험을 가진 사람의 책무가 아닐까 생각됩니다.

어느넛 노(老)삭가의 얼굴에는 난호한 결의의 빛이 떠올라 있었다. 문학인이기 이전에 경제인이었고 또 국가 경제를 책임지는 직책에 있었던 연유로, 그는 오늘의 경제적 난맥에 자신의 역할을 다해야 한다는 신념을 가진 것으로 보였다.

그의 말처럼, 그는 문학을 정식으로 공부한 적이 없다. 그러나 경제인으로 바쁜 일생을 달려오는 동안에도, 문학은 그에게 지울 수 없는 어떤 숙명과도 같았다. 1952년 32세의 나이로, 당시 하나밖에 없던 농협 발간의 문예지《협동》에 「닭」이 당선되고, 1955년 김동리의 추천으로《현대문학》에 「인간 상실」을 발표한 이래, 늘 시간에 쫓긴 그는 많은 작품을 쓰지 못했다. 64세로 제일은행장을 그만둘 때까지 모두 네 편의 소설을 썼지만, 그렇다고 문학에 대한 숨은 열정이 줄어든 것은 아니었다.

공직에서 비교적 자유로워진 1983년 이후, 이 작가는 「열쇠」, 「똥개 수난기」, 「달빛이 무거워」, 「문명인쇄소」, 「물구나무서기」, 「육체의 환(幻)」 등의 문제작을 잇달아 발표했다. 그리고 작품집으로『들리는 빛』(현대문학사, 1983), 『돈 그리기』(문학사상사, 1987), 『먼 시간 속의 실종』(고려원, 1990), 『사랑을 앞서가는 시간』(신구미디어, 1993), 『욕망의 방』(문이당, 1998), 『비둘기 역설』(문이당, 2001), 『청자 깨어지는 소리』(문학사상사, 2002), 『복제 인간』(홍영사, 2005) 등을 상재했다. 작품집의 목록을 일별해 보면 지금까지 20여 년간 그가 줄기차게 작품을 써 온 현역 작가임을 실감할 수 있다.

필자: 요즘도 계속 소설을 쓰시는지요?

김준성: 지난해에 처음으로 소설을 한 편도 못썼습니다. 경제와 문학 사이를 걸어온 제가, 우리 경제가 이 모양인데 이를 어떻게 할 것인가라는 강박감에서 자유로울 수 없었습니다. 좀 전에 말한 경제학 책에는 국내외의 자료와 상세한 방법론을 담아 경제 실무가로서의 사회적 책임을

감당해야 한다는 생각을 하고 있습니다. 특히 앞으로 도래할 통일 시대를 내다보면서, 우리가 북한 경제를 어떻게 다루고 어떻게 안고 갈 것인가에 관심을 집중할 수밖에요. 동서독이 통일될 때 그 양자의 경제 격차는 2 대 1이었는데, 지금 남북한은 20 대 1입니다. 서독 경제가 통일 후에 얼마나 힘겨웠는가를 참고해 보면, 우리는 정말 지금부터 경각심을 갖고 준비하지 않으면 안 됩니다.

다시 경제 쪽으로 넘어가려는 대화의 방향을 겨우 다잡아, 필자는 그의 문학 세계에 대한 인식을 먼저 말했다. 경제라는 삶의 일상성이 문학이라는 삶의 본질을 반사하는 거울에 비쳤을 때, 그때 환기되는 근본주의적 시각이 바로 선생님 문학의 요체가 아니겠느냐고, 그리고 그러한 과정에서 발생하는 인간성의 상실과 그것을 조장하는 사회 및 시대를 향한 풍자 의식이 선생님 문학의 중점적 주제가 아니겠느냐고 물었던 것이다.

작가는 쉽사리 '바로 그렇다'고 수긍했다. 그리고 자신의 작품 창작 역정을 세 단계로 나누어 요약해 설명했다. 물론 그 단계별 소설의 창작 경과는 그의 문학을 통독한 이들이 모두 납득할 터이지만, 창작자 자신의 표현을 동반하니 훨씬 더 구체적이었고 동시에 오늘에까지 이른 작가의 창작심리학적 방향성이 잘 드러나는 형국이었다.

김준성: 초기 작품, 존재의 소리를 듣는 「들리는 빛」을 비롯해 「돈 그리기」, 「문명인쇄소」, 「욕망의 방」 등 '돈'이 상징하는 긍정적인 면과 돈을 둘러싼 인간성의 타락 및 사회병리를 다룬 일련의 작품들은, 경제 전문가로서의 현실 세계 성찰과 사유의 산물로, 돈과 경제 행위에 따르는 긍정·부정의 양면적 기능과 그 메커니즘을 소실화했습니다.

중기 작품, 장편소설 『먼 시간 속의 실종』과 『청자 깨어지는 소리』 등의 작품 군에서는 순수예술의 수법으로 존재론적 자아와 영혼의 세계를 탐색한바, '소설 쓰기는 내 존재의 밑바닥에서 마주치는 순수한 나를 찾는 작업'이었습니다.

노령기 작품, 중편 「먼 그대의 손」과 장편 『비둘기 역설』은 팔순 길에 쓴 노년기 작품들입니다. 이 작품들은 노후의 한담이나 사소설적 주변담 류가 아니라, 노후의 균형 잡힌 지성, 노년기의 예지와 관조의 빛이 함께 녹아 배어나는 정통적 '노인 문학'을 꾀했던 것입니다.

내가 가장 무게중심을 두는 것은 세 번째 단계인데, 이른바 일본의 노인 문학을 살펴보면 노년기 인생의 잡다한 이야기들을 늘어놓고 있어요. 나는 그러한 소재적 차원에는 관심이 없습니다. 노년기 인물의 정신 속에서 빛나는 전인적 예지나 사색과 관조의 깊이를 보여 주는 그런 작품이어야지요.

예컨대 「비둘기 역설」 연작의 경우가 그렇습니다. 왜 평화를 상징하는 새이면서 도시의 비둘기들은 인간과 불화한가, 왜 비둘기들은 자기 집을 짓지 않고 남의 집에 기식하는가 등의 문제를 두고 서로 상반되는 등장인물들의 의견을 충돌시켜 보는 것입니다. 이러한 문제의 길항 갈등 속에, 이를테면 인류 사회의 오랜 역사적 문화적 현상이나 전쟁 상황 같은 것이 웅숭깊게 잠복해 있지 않겠어요? 소설을 통해 그러한 문제를 풀어 보고자 했습니다.

근자에는 불교와 선에 심취하여, '불립문자(不立文字)'의 세계를 배우는 중입니다. 깨달음의 느낌은 분명한데 이를 말이나 글로 표현할 수 없는 경지를 그 세계라고 한다면, 굳이 입을 열어 발화했을 때는 "산은 산이요 물은 물이로다."가 되겠지요. 그러나 그것은 성철 스님처럼 고승의 경우에 해당하는 터이고, 작가인 나는 어떤 방식으로든 그것을 글로 나타내야 하지 않겠습니까?

참으로 기이한 것은, 그러한 인식의 깊이를 소설로 표현하려 했더니 원고지 한두 장을 넘기기가 쉽지 않더라는 얘기입니다. 이것이 둑의 빗장이 풀리듯 순적하게 나가는 것이 앞으로 내 문학의 숙제가 되리라 생각합니다.

필자: 원고지 한두 장의 방벽은 문제에 대한 인식의 수준을 말하는 것이 되겠지요. 그 높은 언덕을 넘어 마침내 백화난만한 평원이 펼쳐지듯이, 원숙한 깨달음의 경지를 소설로 보여 주시길 기대합니다. 미상불 노인 문학이란, 단순히 노년기의 작가가 생산한 문학이 아니라 노년에 이르도록 지속적으로 작품 활동을 해 온 작가에게서 볼 수 있는 원숙한 분위기의 문학이란 지적이 이미 문단에서 제기되어 있습니다.

그런데 앞으로도 경제와 문학 사이에서 더 방황(?)을 하셔야 하는지요?

김준성: 궁극적으로는 내가 전공했던 경제학적 과제를 포함하여, 종교적이고 철학적인 사고에다 문학적인 예지를 곁들인 전인적인 문학을 꿈꾸고 있습니다. 우선은 경제학 관련의 책을 내는 일이 급하여 그 일을 마감하는 데 힘을 기울여야 하겠습니다. 그러고는 앞서 언급된 노인 문학 성향의 소설에 주력해 보려 합니다.

그동안 쓴 작품 가운데 「풍경의 진실」(《파라21》, 2004)은 그러한 생각의 방향성을 작품으로 시도해 본 경우인데, 한강변을 산책하면서 마주치는 여러 외형적 풍경과 내재적 풍경의 상관성을 견주어 보면서 새로운 인식의 차원을 탐색해 보자는 것이었습니다. 일상적 자아와 본래적 자아의 대칭적 긴장에 관한 문제가 어떻게 통합된 조화로운 경계를 열 수 있겠는가 하는 것이지요.

팔순 중반을 넘긴 연세에도 불구하고 노작가는 형형한 눈빛과 절도 있는 동작을 보여 주었다. 그의 말을 듣는 동안, 아 그렇구나, 어렵지 않게 깨달을 수 있었던 것은, 그의 저 활력은 예정해 둔 일에 대한 소망과 그것을 이루려는 선한 의욕에서 말미암는 것이로구나 하는 상념이었다. 소망이 있는 백성이 망하지 않듯이 사명이 남아 있는 이가 중도에서 멈출 수 없는 일이겠다.

많은 한국의 작가가 노령이 되면 붓을 꺾어 버리는 것은, 그 나이에 그만 자기 개발을 위한 노력과 미래 지향적 비전을 포기해 버리기 때문일 터이다. 경제학을 통하여 문학을 보는 시각의 새로움, 그 시각에 있어 국내 최상급 또는 세계 최상급 수준의 전문성, 그리고 이를 뒷받침하는 건강과 그 유지를 위한 지속적인 실행이 오늘의 이 노작가를 건재하게 한 힘일 것이다.

필자: 그동안 《21세기문학》의 발행인으로서 한국 문단에 많은 기여를 하셨고, 또 이제 온전한 자리를 잡은 이수문학상의 시상을 통해서도 많은 문인들을 도우셨는데, 우리 문학에 대한 충고나 개선점에 대해 말씀하신다면 어떠실까요?

김준성: 우리말의 사용 방식에 대한 재검토가 필요할 듯싶습니다. 작가도 독자도 왜 문학이 현실적으로 외면 당하는지 심사숙고해 보아야 합니다. 문학 또는 문화가 하나의 건강한 조류를 이루어야지요. 오늘날 우리의 독서 시장은 일본의 3분의 1에도 못 미칩니다. 정부의 문화 정책도, 정말 절실하게 필요한 것이 무엇인지를 판단하는 실효성 있는 대처가 있어야 할 것입니다.

짧지 않은 시간의 대담을 마친 노작가는, 다시 자신의 일상으로 돌아갔다. 그의 방을 떠나오면서, 한 시대의 천정을 때린 전문성이란 것이 결코 간략하지 않다는 후감이 필자를 사로잡았다. 작가의 정확한 미수는 2007년 6월이었고, 이 대담은 그해 봄에 있었다. 그런데 같은 해 8월, 그렇게 정정하던 작가는 유명(幽明)을 달리해 세상을 떠났다. 덧없는 인생사 가운데, 그래도 작가는 작품으로 이름을 남기는 보람을 누린다 할 것이다.

'당신의 천국'으로 간 세기의 작가

— 추모와 회고로 다시 보는 이청준의 세계

현대문학 100년의 특별한 작가

꼭 장마철이기 때문이었을까? 그를 영결(永訣)하는 날은, 그의 진중한 소설 어느 한 장면처럼 굵은 빗발이 날렸다. 작가 이청준 선생. 말년에 이르도록 선이 곱고 단정한 얼굴의 미소가, 문필가로서의 순정한 속내처럼 해맑았던 분. 그러나 그가 남긴 한국문학사의 유다른 문학적 노적가리는 결코 그렇게 한두 마디의 언사로 요약할 수 있는 것이 아니었다.

그가 있어 한국문학은, 그 가장 큰 단처로 지목되는 창작에 있어서의 지적 수준 또는 사상성의 공백을 현저한 부피로 보완할 수 있었다. 그러기에 한 원로 비평가는, 그의 세계야말로 지적 전통에 있어 무학자(無學者)나 중도 포기 학업자 격의 소설이 즐비한 판에 볼품 있는 식자(識者) 격의 소설을 일종의 전범(典範)처럼 보여 주었다고 지적했다. 이를테면 그는 한국 현대문학 100년에 보기 드문 특별한 작가였다.

필자가 이청준의 소설과 처음으로 면대한 것은 대학 국문과 초년 시절, 저 빼어난 작품 「이어도」를 읽던 때였다. 처음엔 도무지 무슨 얘기인지 알 수가 없었고, 반복해서 여러 차례 읽는 동안에 작가가 무슨 말을 하고자 하는지 비로소 알 수 있을 것 같았다. 그런데 세상살이의 분주함을 좇아오는 동안 문학의 줄을 놓지 않고 있었던 까닭으로, 이 작품을 다시 읽을 때마다 필자의 연령대에 따라 주제에 대한 이해가 빛깔을 달리하는 기이한 체험을 할 수 있었던 터이다.

비단 이 소설뿐이겠는가. 그는 지속적으로 작품을 통해 질문하고 작품을 통해 답변하는 작가였다. 그의 소설을 읽는 일은, 그러므로 매우 치열한 문학 토론 교실에 들어서는 논객의 형용을 닮아야 했다. 때로는 작가 자신은 슬쩍 뒤로 물러서고 애꿎은 중간자 이야기꾼이나 액자소설 형식을 활용하여 논쟁을 유발하고, 결론은 열린 상태로 독자에게 미루어버리는 사례도 숱했다. 이를테면 그는 겸허하면서도 주도면밀한 발화자였다.

문학 이론을 공부하는 기간 전반에 걸쳐 그의 세계와 절연될 수 없었던 필자는, 결국 박사 학위 논문의 한 부분으로 그의 「이어도」와 「비화밀교」를 분석하고 이를 한국 소설의 낙원 의식 가운데 중요한 지점을 점유하는 작품으로 그 위상을 정초(定礎)했다. 이 논문을 받아 본 작가는, 자신의 책 한 권과 함께 간곡한 문안의 글을 보냈다. 두 작품의 이해에 깊이 공감한다는 인사와 함께.

그 후 지금은 고인이 되었지만 작가 김준성 선생이 발행인이었던 《21세기문학》에 편집위원으로 참여하면서, 필자는 김윤식, 이청준, 김성곤 선생이 같이 자리한 말석에 이름을 얹고 이분들을 자주 함께 뵐 수 있는 영광을 누렸다. 이제 '김준성문학상'으로 이름이 바뀐 '21세기문학상' 심사도 함께하고 절기에 따라 식사도 함께했다. 심사 회의실에서, 한정식 편한 자리에서, 또 약간 들뜬 분위기의 생맥주집에서, 언제나 작가는 재미있고 구수하게 화제를 이끌어 가는 편이었다. 필자는 가끔씩 고개를 주억거리기만 하면 되었다.

『축제』가 발간되고 또 영화로 만들어질 무렵, 작가는 조금은 어눌하고 성량이 줄어든 목소리로 전화를 걸었다. 이번에 영화를 하게 됐는데, 소설을 동영상으로 옮기는 과정이 어째 좀 계면쩍다고. 「천년학」 영화를 찍다가 지방에서 왔다며 식사 자리에 조금 늦게 서두르며 나타나던 작가의 모습도 아직 눈에 선하다. 그런데 그는 이미, 세상의 분진과 육신의 장막을 훌훌 벗어 버리고 '천년학'의 창공으로 사라져 갔다. 그 안타까움과 그리움을 모두 필설로 적을 길이 없는 필자는, 하릴없이 그의 작품 세계를 다시 들추어 보는 범상한 방식에 기대어 볼 수밖에 없다.

다양 다기한, 웅숭깊은 작품 세계

이청준은 1939년 전남 장흥에서 태어났다. 광주서중학교와 광주제일고등학교를 거쳐 서울대 독문과를 졸업했다. 졸업 직전인 1965년 단편 「퇴원」이 제7회 《사상계》 신인상에 당선되어 문단에 등단했다. 1966년 단편 「임부」, 「줄」, 「무서운 토요일」, 「굴레」 등을 발표하고 1967년에는 현실과 관념, 허무와 의지들의 대응 관계를 여실한 문체로 보여 준 「병신과 머저리」로 제13회 동인문학상을 수상했으며 비슷한 시기에 등장한 작가들 가운데 가장 왕성한 작품 활동을 보여 주게 된다. 1971년 그간 발표한 단편 20여 편을 묶어 첫 창작집 『별을 보여 드립니다』를 출간했다. 1972년 중편 「소문의 벽」과 「씌어지지 않는 자서전」을 묶어 작품집 『소문의 벽』을, 1975년에는 중·단편 18편을 묶어 창작집 『가면의 꿈』을 출간했다.

이외에도 많은 작품집을 출간한다. 곧 『당신들의 천국』(1976), 『자서전들 쓰십시다』(1977), 『예언자』(1977), 『남도 사람』(1978), 『춤추는 사제』(1979), 『흐르지 않는 강』(1980), 『살아 있는 늪』(1980), 『잃어버린 말을 찾아서』(1981), 『낮은 데로 임하소서』(1982), 『시간의 문』(1982), 『제3의 현장』(1984), 『따뜻한 강』(1986), 『아리아리 강강』(1988), 『자유의 문』(1989), 『키 작은 자유인』(1990), 『씌어지지 않은 자서전』(1991), 『광대의 가출』(1993), 『서편제』(1933), 『조율사』(1994), 『축제』(1996) 등의 작품집이 그의 지속적이고 풍성한 작품 활동의 산 증거들이다.

외견상 이청준의 소설에서 가장 뚜렷이 드러나는 것은 다양한 소재와 액자소설적 형식이다. 「줄」에서 「소문의 벽」에 이르기까지 그의 소설은 거개가 독특한 상황과 인물을 대상으로 하고 있어, 작가가 선택한 소재의 다양함을 독자들에게 보여 준다. 이상한 위궤양 환자(「퇴원」), 주문거리를 찾아 돌아다니는 장의사 직원(「임부」), 줄광대(「줄」), 바닷가 사람들의 애환(「바닷가 사람들」·「석화촌」), 소설을 쓰는 의사(「병신과 머저리」), 실패한 천문학도(「별을 보여 드립니다」), 활 쏘는 검사(「과녁」) 등 그의 소설 세계는 독자들이 낯익게 마주칠 수 있는 일상 대화 속의 세계가 아니라, 불쾌감과 경악을 수반하고서야 읽을 수 있는, 신문 사회면에서 볼 수 있는, 뒤틀린 혹은 잊힌 세계이다.

그의 소설에서는 한 인물이 자신의 사고 질서에 따라 자신의 삶을 살아 나가는 것이 아니라, 항상 타인들에게 관찰 당하고, 그 관찰의 결과가 종합됨으로써 존재할 뿐이다. 다시 말하자면, 작가는 한 인물에게 합당하다고 알려진 의식 체계를 부여하는 대신에 그 인물을 둘러싼 관찰, 보고를 종합함으로써 그를 존재하게 한다. 그의 소설 속의 인물들은 그런 의미에서 생성하는 것이 아니라 생성된다.(김현) 또한 이청준의 소설은 그의 서술 전략인 격자 소설의 중층 구조 및 추리적 기법에 의존한 작품들이 많다.

그러나 기법이나 주제의 유사함에도 불구하고 이청준 소설에서는 동일한 것의 반복이 필연적으로 수반하는 경직된 획일성이나 천박한 유행주의 같은 것이 보이지 않는다. 단적인 예로 『잃어버린 말을 찾아서』에 실린 일련의 소설들은 동일한 주제가 유기적 연쇄를 이루면서 이른바 '남도 소리' 연작과 절묘한 종합을 이룬다. 즉, 이청준의 작품은 서로가 닮아 있으면서도 각자의 개성을 그대로 유지하고, 성향이 전혀 다른 작품으로 보이는 것들이 마침내 하나의 주제로 통합되는 묘한 이중성을 가지고 있다. 이러한 사실은 "작가는 언제나 그가 도달한 세계에서 또 다른 다음번의 이념의 문을 향해 끝없이 고된 진실에의 순례를 떠나야 하는 숙명적인 이상주의자"라는 이청준의 문학관이 작품에 그대로 반영된 결과라 생각된다.

1965년 등단 이래 40년 세월에 이르도록 글을 써 온 이청준의 소설 세계는 그의 문학적 연륜만큼이나 녹록지 않은 무게와 색조를 갖고 있다. 따라서 이청준 소설 세계를 간명히 정리하거나 유형화하는 일은 많은 무리와 위험이 뒤따른다. 그럼에도 불구하고 이청준 소설은 몇 가지 중요한 특성을 공유하고 있어 이에 따른 분류가 가능하다. 그 가운데 이청준 소설의 가장 두드러진 특질로 지적할 수 있는 것이 '작가란 누구인가, 또는 글쓰기란 무엇인가'에 대한 집중적인 탐색이다. '왜 쓰는가'의 문제는 모든 문학인에게 던져진 화두와 같은 것이어서 그 누구도 이 문학의 존재론적 물음에서 자유롭지 못하다. 하지만 작가의 '글쓰기' 자체가 작품의 주제로까지 확장 심화된 예는 그리 흔하지 않다. 더군다나 그 문제를 자신의 필생의 과제로 삼아 끈질기게 탐구하는 작가는 더욱 드물다.

이청준은 바로 이 점에서도 매우 진지한 문제의식과 희귀한 열정을 보여 주는 작가라 할 수 있다. 그의 초기 출세작 「병신과 머저리」(1966)는 '소설이란 무엇인가' 또는 '왜 쓰는가'의 문제에 대한 관심의 단초가 드러난 최초의 작품이다. 이 주제는 그 뒤 「소문의 벽」(1971), 「조율사」(1973), 「지배와 해방」(1977) 등 작품을 통해 집요하게 천착되다가 「다시 태어나는 말」(1981)에서 용서와 화해라는 대긍정의 단계에 도달한다. 이 계열의 소설이 1970년대에 집중적으로 발표되었던 것은 암담하고 절망적인 시대적 상황과 관련되며, 특히 이 계열의 작품에 등장하는 인물들의 광기는 자유로운 자기 진술이 봉쇄된 사회·정치적 상황에서 지식인들이 선택할 수밖에 없었던 유일한 자기방어 행위(장영우)라 할 수 있다.

지금까지 살펴본 바와 같이, 이청준은 그가 '볼 수 있고 느낄 수 있고 생각할 수 있는' 모든 것들이 소설의 제재를 이룬다는 지적(김현)이 있을 만큼 다양하고 폭넓은 관심의 범주를 보여 왔다. 그의 작품들을 통독하면서 살펴볼 수 있는 작품의 유형들을 그 개별적인 작품명이나 발표 연도를 제외하고 유형별로만 분류해 보면 아래와 같다.

1) 고향 체험의 소설
2) 복고적 예인(藝人)을 다룬 소설
3) 유토피아적 체험의 소설
4) 언어의 사회학적 고찰에 관한 소설
5) 산업사회의 문제를 다룬 소설
6) 존재의 절대 고독에 관한 소설
7) 압제와 폭력의 상징성을 탐구한 소설

이와 같은 다양한 내용들이 작품으로 짜여 가는 기술 방법 또한 다양하게 전개되는데, 주제를 독자에게 바로 전달하는 직접화법의 방법을 취하기보다는 빈번히 중간자적인 이야기꾼의 매개를 거치게 하는 특성이 있다. 따라서 자연히 단편소설에도 액자소설의 형식이 많이 나타나고 있다.

이러한 여러 유형의 작품 세계 가운데서도 필자가 가장 주목하는 대목은, 이 작가의 소설 문법을 통해 상상할 수 있고 또 실천 가능성을 모색할 수 있는 '이상(理想) 세계', 곧 유토피아 의식에 관한 작품들이다. 그러한 계열의 소설로서는 두 작품이 구성한 세계 인식의 대비가 선명하게 드러나는 「이어도」와 「비화밀교」가 있고 『당신들의 천국』과 같은 오랜 취재와 공을 들여 쓴 장편도 있으며 「석화촌」과 같은 주목할 만한 단편도 있다.

특히 「이어도」와 「비화밀교」는 동일하게 상상력의 힘을 바탕으로 한 유토피아 희구의 사상을 표출하고 있지만 그 구경(究竟)의 목표에 도달하는 길은 서로 대립적인 문맥 아래에 있으며, 그 같음과 다름의 세부를 확인함으로써 문학과 집단적 삶의 의식이 접촉하는 중요한 방식들을 해명할 수 있을 것으로 보인다. 그리고 그 유토피아 의식의 완결된 형상을 소설사회학적 시각으로 추구해 나간 그 끝부분에 『당신들의 천국』이 놓일 것이다. 이 세 편의 작품을 하나의 꿰미로 정치하게 읽는 일을 통해, 우리는 이청준 소설이 가진 상상력의 깊이와 그 미학적 가치를 들추어 낼 수 있을 것이다.

「이어도」── 삶의 부서짐을 넘어서기

"기독교 정신이 가장 내면적으로 충일했던 시기는 로마 시대"란 말이 있다. 이는 고난과 어려움 속에 신실한 신앙의 저항력이 극대화되었음을 말한다. 우리의 삶이 언제나 에덴동산의 그림처럼 안온하고 평화로운 것이었다면, 인류에겐 예술도, 그로 인한 감명도 없었을 터이다. 이청준의 빼어난 중편 「이어도」에서, 험하고 믿을 수 없는 바다를 삶의 터전으로 삼고 있는 제주도 사람들에게 환상의 유토피아로서 이어도의 존재가 전설처럼 전해 내려오는 것은 당연한 귀결이라 할 수 있다.

한번 가면 다시 돌아올 수 없는 섬이라고 할 때 이어도는 죽음의 섬이다. 그런데 언제부턴가 제주도 사람들 사이에서는 이 죽음의 섬을 이승의 생활 속에서 설명하려는 버릇이 생겼다. 이어도라는 꿈이 있기 때문에 그들은 현세의 고된 질곡들을 참아 낼 수 있었으며, 언젠가 그 섬으로 가서 저승의 복락을 누리게 된다는 희망 때문에 이승에서는 어떤 괴로움도 달게 견딜 수 있었다면, 그 섬은 죽음의 섬이기를 넘어서 구원의 섬이 된다. 이어도가 일상적인 삶과 사고의 바깥쪽인 상상의 세계에 존재하면서도 현세의 생활까지 간섭해 오고 있음을 통해 우리는 죽음을 무릅쓰고 배를 타지 않으면 안 될 운명에 있는 제주도 사람들의 삶을 이해하고 그 고통스러움 속에 열려 있는 하나의 탈출구를 보게 된다.

이어도의 이야기는 해군 함정이 소문으로 떠돌던 제주도 남단의 파랑도라는 섬에 대한 수색 작전을 벌인 지 2주일 만에 섬의 부재를 확인하고 돌아오는 데서 시작된다. 그런데 작전 마지막 날 남양일보 천남석 기자의 실종 사건이 발생한다. 정훈장교 선우 중위는 이 사실을 알리기 위해 신문사를 찾아가 편집국장 양주호를 만난다. 양주호는 천남석이 실종된 것이 아니라 자살했을 것이라 추정하면서 파랑도가 아닌 이어도의 얘기를 들고 나온다. 우리는 여기에서 이어도라는 섬의 실재를 해군 함정의 수색 작업에 의지하여 논의할 수 없음을 알아차리게 되는데, 그 알아차림의 구체화를 통해 앞에서 언급한 '예술은 역사주의와의 갈등의 소산'임을 논증할 수 있을 것이다.

왜 이어도의 실재를 과학적으로 설명해서는 안 되느냐면, 그러한 접근법이 바로 물굽이를 따라 수평선의 신비를 확인하려는 것처럼 불가능한 일이기 때문이다. 이 작가의 상상력을 부력으로 하여 수평선 위에 떠 있는 섬 이어도의 실체를 규명해 보기 위해서는 다음과 같은 몇 갈래의 관찰이 필요할 것이다. 먼저 파랑도와 이어도라는 섬 이름에 대한 혼동의 문제이다. 실종된 천남석도 살아 있는 양주호도 모두 이어도라고 부를 뿐 파랑도라고 부르지는 않는다. 즉 이어도가 상상력 속에 있는 환상의 섬일 때 파랑도는 세상살이의 항간에서 운위되는, 일상적 삶 속의 소문에 근거한 섬인 것이다. 양주호는, 주정 투의 말을 통해 섬 이어도와 술집 이어도조차 모호하게 잘 구별하지 않고 있다. 거기에다가 천남석의 어머니나 술집 여자의 입에 오르내리는 전래 민요의 이름 또한 이어도이다.

이러한 이어도라는 이름의 혼동 또는 복합적 사용은 중요한 의미를 갖고 있다. 선우 중위의 합리적이고 정돈된 사고로는 그러한 언어 용법이 납득되지 않는다. 양주호는 단순히 '제주도 사람'이란 짤막한 말로 이 모두를 설명해 버리고 만다. 그 설명은 적어도 제주도 사람들에게는 논리적 거부감을 불러일으키지 않을 것인데 그것은 이어도의 체험이 정동적 유대의 체험이기 때문이며, 결국 천남석도 이어도의 존재에 대한 거부에서 순응으로 그 반응 양식을 바꿔 갔을 것이고 그 결말은 그의 실종이라는 아이러니컬한 상황으로 형태화된다.

고달픈 삶의 현장인 제주도를 떠나고 싶어 하면 할수록 더욱더 그 섬을 떠날 수 없는 역설적인 조건과 더불어 이어도의 존립은 이미 비현실적인 허구의 섬에 그치는 것이 아니라 절실한 바람이 함축된 현실의 한 부분으로 편입된다. 따라서 현실 속에 설정된 이 허구의 섬이 리얼리티를 얻기 위해서는 민요 이어도도, 술집 이어도도 그리고 환상의 섬 이어도도 모두 동일한 사고와 그 궤적의 연장선상에 놓고 생각하는 총체적인 삶의 인식이 필요하다. 그것은 삶의 질서를 무너뜨리는 혼동이 아니라 그 질서의 규격화를 넘어선 원초적이고 체험적인 유대의 인식을 말한다.

또 하나 세심하게 관찰되어야 할 것은 천남석의 죽음과 관계된 전후의 사정이다. 양주호는 천남석의 죽음을 자살로 단정하면서 그가 해군 함정의 작전을 망쳤다는 요령부득의 말을 하고 있다. 문제는 이어도의 실체이다. 이 작가는 교묘한 상황 구성을 통해 삶에서는 경험될 수 없는 환상의 섬이요, 삶의 수평선을 넘었을 때 정동적으로 체험되는 섬이라는 위태로운 균형 감각을 유지하고 있다.

이 위태로움이 안정감을 갖는 경우는 앞서 우리가 살펴본 바 있는 다층적 세계 인식에 근거해 있을 때이다. 그러할 때 천남석의 자살은 존재의 극대화까지 밀고 나아간 새로운 삶의 한 양식으로 받아들여질 수가 있는 것이다. 요컨대 천남석은 자신의 논리를 체험으로 바꾸면서 그 몸을 바다에 던짐으로써 이어도의 환상에 전형(incarnation)을 부여하고, 동시에 물리적 조명으로부터 파산될 위기에 처한 제주도 사람들의 꿈을 지켜 주고 있다.

「비화밀교」— 신성 체험의 현실적 범례

「이어도」에서 환각의 유토피아를 보여 주었던 이청준은 그로부터 10년 후인 1985년에 발표하여 대한민국문학상 본상을 수상한 작품 「비화밀교」에서 전작과는 아주 다른 유토피아의 존재 가능성을 암시하고 있다. 정치적이면서도 종교적이라는 지적(김주연)에 알맞게 「비화밀교」의 유토피아는 현대적이면서 세련된 제의의 형태로 나타난다. 이 소설에서 우리는 제정일지라는 사회ㅜ소와 ㄱ 형태의 출발을 보게 되는데, 정치와 종교는 실로 인류의 공동체적 삶의 기원에서부터 그 출발을 함께한 생존 문화의 구체적 표현이라고 할 수 있다. 이와 같은 통치의 겸직은 사회 발전과 더불어 점차 분리되어 가는 것으로, 이러한 언급을 여기에 도입하는 것은 「비화밀교」의 세계가 그러한 사실들과 깊이 관련하여 현세적인 유토피아의 존립 가능성에 대한 하나의 전망을 제시하기 때문이다.

어느 지방의 작은 도시에는 언제부터인지 알 수 없는 기이한 풍속이 전해 온다. 그 행사는 비밀리에 지켜져 오는 것으로 참가해 본 사람만 알고 있다. 섣달그믐이면 그 도시 안쪽 변두리에 있는 제왕봉 정상에 올라 불놀이를 하는 것이 그것이다. 거기에 참가할 수 있는 자격에 특별한 제한 규정은 없다. 한 해 동안 전년 행사의 불씨를 간직해 온 종화주(種火主)가 점화하면, 거기 모인 모든 사람들이 불을 들고 서로 인사를 나눈다. 그들은 산 아래에서의 신분에 관계없이 똑같은 사람으로서 서로 만난다.

그것은 하나의 제의이다. 작가는 소설 속에서 하나의 제의가 마을 사람들의 집단적 삶에 어떠한 기능을 행사하며 어떻게 보존될 수 있는가에 대한 현세적 모습을 보여 준다. 이러한 신이 없는 시대의 제의, 신의 존재를 더 이상 믿지 않는 시대의 제의는, 혼탁한 삶의 물결을 헤치고 나아갈 정신적 행로를 가늠하게 하는 하나의 척도로 작용한다. 이와 같은 표현 방식을 통해 우리는 「비화밀교」의 유토피아 역시 삶의 혼탁함에 대한 하나의 대응 방식으로 드러남을 확인할 수 있고, 나아가 그 방식이 무제한적인 포괄성을 갖는 것이 아니라 겉으로는 둔중해 보이지만 실상 예리한 경각심을 함축하고 있음도 알아차리게 된다.

「이어도」가 집단의식의 개별화된 상태로서 '알고 있음'이요 '체험 가능성'이라면 「비화밀교」는 그 자체로서 '실천함'이요 거기에서 한걸음 더 나아가 '연례적 행사'이다. 관념적 지적인 작가라는 일반적인 견해에 부합되도록 이청준은 이 밀교적 행사의 발생과 효능을 직접적으로 기술하지 않고 다만 암시할 뿐이다. 그 암시는 우리에게 다음과 같은 두 가지 사실을 새로이 인식하게 한다.

첫째는 앞서 「이어도」에서와 같이 삶의 격랑 속에서 암암리에 형성된 향토 사회의 누적된 고통을 정화(catharsis)하는 선별적인 공간에 관한 것이요, 둘째는 그 향토 사회의 구성원이 제의의 신성에 직접 참여함으로써 위안과 기력을 새롭게 섭생하는 현실적 체험의 유다른 양성화에 관한 것이다. 우리는 민속의 절기 가운데 설이나 중추절이 반복되는 신성 참여의 제례를 보유하고 있고, 비정기적인 동신제나 당제가 부락민의 삶의 고통을 소거하고 나약한 소망을 부추겨 강화하는 계기로 기능함을 알고 있다. K. 융의 집단 무의식도 이를 양성화하면 이와 같은 맥락 위에서의 검토가 가능해질 것이다.

정기적 또는 비정기적인 민속의 제례와 산상에 있는 분지의 무대를 설정하고 세속과의 정신적 거리를 유지하고 있는 「비화밀교」의 제례는, 그 발상이 유사하되 효능은 다르게 나타난다. 전자가 일상적인 삶의 익숙함 속에 안착되어 있는 반면, 후자는 강경한 충격요법을 동반한다. 이 충격요법이 소설 속에서 설득력을 얻기 위해서는 「이어도」에서와 같이 생활환경의 증빙이 설득적이어야 하는데, 「비화밀교」에서는 꼭 제례를 유지해야 할 당위성의 설명이 될 이 부분에 취약점이 있기 때문에 어느 정도 '관념적 유희'라는 비판이 뒤따를 수도 있을 것이다.

『당신들의 천국』 — 사랑과 용서의 경계 허물기

『당신들의 천국』은 조백헌이라는 인물이 소록도의 병원장으로 취임해 그곳의 나환자들에게 새로운 희망을 불러일으키기 위해 애쓰는 이야기이다. 1부는 현역 대령인 조백헌이 소록도 병원장으로 취임하고, 그곳 환자들에게 새로운 천국을 만들어 주기 위해 득량만 매몰 공사에 착수하여, 그것이 어느 정도 이루어지는 21개월 동안의 나환자와의 싸움을 그리고 있다. 2부는 매립 공사를 둘러싼 9개월간 조 원장의 정신적 방황을, 3부는 조 원장이 섬을 떠난 지 5년이 지난 후의 3월에 한 사람의 시민으로 소록도에 되돌아와 2년 후 4월에 미감아 두 사람의 결혼식 주례를 맡는 것을 그리고 있다.(김현)

　『당신들의 천국』에서 가장 중심적인 인물은 말할 나위 없이 조백헌 원장과 이상욱 과장, 그리고 원생 대표 황희백 노인으로 압축된다. 원장 조백헌은 소록도라는 미지의 땅에 들어온 이방인이었으나, 소록도를 버리려는, 남을 믿지 않고 불신과 좌절 속에서 일평생을 보내고 결국 만령당의 재가 되고 마는 이곳 주민들의 현실을 좌시할 수 없어 소록도를 그들의 낙원으로 만들어 주고자 하는 꿈을 갖게 된다. 그것은 단순한 꿈에 지나지 않고 집념과 투지, 그리고 원장이라는 현실적인 힘을 통해 실천의 차원으로 옮겨진다.(김주연)『당신들의 천국』에서의 원장과 환자는 단순한 관계가 아니라 지배 계층과 피지배 계층의 일반적인 관계를 다루고 있다고 보아야 할 것이다. 이 치자와 피치자의 관계는 어떤 형태의 국가에서도 일어날 수 있는 관계이며, 국가 형태가 아닌 어느 집단 사회에서도 있을 수 있는 관계이다.

　이 소설은 조백헌이라는 신임 원장을 특정의 치자로, 이 신임 원장 재임 시의 소록도 원생을 피치자로 하여, 두 상반된 위치의 인간 간의 역학 관계를 조명해 봄으로써 치자와 피치자 사이의 보편적인 현상을 우리에게 보여 주고 있다. 치자로서 등장하는 조백헌 대령은 첫인상부터 괄괄하고 무뚝뚝하고 직선적이다. 대단한 결단력과 실천력을 가진 인물이란 것이 첫 장부터 암시된다. 이 암시처럼 조 원장의 취임과 더불어 섬은 서서히 변화를 맞는다. 축구 경기의 보급으로 환자들의 의욕과 용기를 불러일으킨 조 원장은 오마도 간척 사업을 통해 치자로서 비전을 제시한다. 그러나 소록도 나환자로 대표되는 피치자인 민중은 그를 전적으로 따르지 않는다. 치자의 계획과 피치자의 이익이 일치될 때에는 거부감을 보이지 않지만, 피치자인 그들은 항상 치자에 대한 불신을 가슴에 품고 있다.

이는 그들이 피치자로서 살아온 과거에 기인한다. 피치자로서 그들은 치자로부터 너무나 많은 배반을 당해 왔으며, 치자의 미래를 위한다는 명분 아래 지나친 희생과 핍박과 굴욕을 강요당해 왔다. 간척 사업이 진행되는 동안에도 이 의구심과 불신은 조 원장이 섬을 떠날 때까지 계속된다. 그들이 그토록 오래도록 조 원장에 대한 불신을 불식시킬 수 없었던 이유는 보건과장 이상욱이 지적한 것처럼 원장이 그들과 같은 '문둥이'가 아니고, 그들과 운명을 같이할 사람이 아니라는 데 있다. 민중이 지도자를 동료로 느끼지 않을 때 불신은 사라지지 않는다는 사실을 여기에서 알 수 있다.

그러나 피치자로서의 민중은 이 소설 속에서 행동하기만 할 뿐 말이 없다. 민중을 대변하고 그들의 의중을 나타내는 존재는 보건과장 이상욱과 황희백 장로 두 사람이다. 이상욱은 그의 지위로 인해 치자로 볼 수 있을지 모르나 그의 출신이 나환자를 부모로 가진 미감아임을 감안해 볼 때, 그도 역시 민중의 편에 설 수밖에 없는 피치자 계층이다. 치자의 편에 보면 피치자이고, 피치자의 입장에서 보면 치자와 같이 보이는 이런 존재는 사회 속에서 지식인을 상징한다. 이상욱은 '비판적 지식인'이다.(김현) 그는 원장의 가슴속에 행여나 숨어 있을 '동상의 꿈'에 불안과 의구심을 품고 있다.

그는 옛 소록도의 원상이었던 주정수를 통해 지도자의 영웅심이 얼마나 많은 눈물과 고통과 희생을 민중에게 요구하는지를 알고 이를 경계하는 비판적인 지식인이다. 그래서 통치자의 권위와 독선과 절대 권력을 거부한다. 피지배자가 지배자의 권위에 복종하여 지배자가 제시하는 '천국'의 꿈을 받아들일 때, 그 사회가 생기 없는 '유령의 섬'이 될 것을 두려워한다. 그래서 그는 제방 공사가 완성되는 절강제를 보려는 조 원장의 작은 소망을 '자기 동상'을 세우려는 영웅주의로 몰아붙인다. 결국 그는 섬의 자유만이, 섬사람들 자신의 자유스러운 창의와 선택만이 진정한 천국에의 길이지, 강요된 '노역'으로 이루어진 경제적 풍요의 사회가 천국이 될 수 없다고 보았다.(김천혜)

그렇다면 정말 치자와 피치자 사이에 영원한 화합은 없는 것일까? 작가는 치자와 피치자가 화합할 수 있는 길을 황 장로의 입을 통해 제시한다. 이 치자와 피치자의 대립은 오직 사랑을 통해서만이 해소될 수 있음을 말해 주고 있다. 그리고 황 장로는 조 원장에게 '사랑'을 발견했다고 고백한다. 상욱이 조 원장에게 발견하지 못한 '사랑'을 황 장로는 발견한 것이다. 치자와 피치자의 대립이 사랑으로 해소되었을 때, 그리고 치자가 기꺼이 피치자의 자리로 내려왔을 때, 그들의 경계는 허물어지고 운명을 같이하는 공동체로서 하나가 될 수 있다. 조 원장이 이상욱의 편지를 받고, 5년 후 소록도 전 원장의 신분이 아니라 한 개인의 신분으로 소록도 환자들의 일상으로 돌아왔을 때, 그는 치자나 피치자의 입장으로서가 아니라 한 개인으로서 진정한 사랑의 실천 가능성을 보여 주었다.

작가를 기리며

한 세기에 한 번 배출되기가 쉽지 않은, 이른바 불세출의 작가 이청준 선생. 그의 타계에 즈음하여 도하 여러 언론이 보도 및 특집 기사로 요란하고, 그와 교분을 나누었던 문인과 예술인들의 발걸음이 분주했으되, 정작 그는 이 모든 번잡함을 돌아보지 않고 유유자적한 '선학동 나그네' 처럼 그리고 멀리 꿈꾸는 푸른 하늘에 뜻을 둔 '천년학'처럼 우리 곁을 떠나갔다.

우리는 그가 「퇴원」이나 「병신과 머저리」에서 보여 준 동시대의 예리한 내면 풍경을, 「줄」이나 「매잡이」에서 보여 준 복고적 예인(藝人)의 세계를, 「눈길」이나 「살아 있는 늪」에서 보여 준 절박한 고향 의식을, 유토피아 계열의 소설들에서 보여 준 삶의 근본에 대한 탐색을, 그리고 시대와 사회와 인간의 존재론적 의미에 대한 끝없는 소설적 문답(問答)을 두 번 다시 만나기 어려울지도 모른다. 아니 실제로 어렵기 짝이 없을 것이다.

그러나 그는 여전히 여러 유형의 존재 양식으로 우리 곁에, 한국문학사와 예술사의 한복판에 남아 있을 것이다. 그가 한 땀 한 땀 애쓰며 마름질한 소설의 문면이나, 그것이 영상으로 치환되어 대중 친화력을 발양한 영화의 화면들이 남아 있기 때문이다. 우리는 오래도록 당대의 아픔과 슬픔을 끌어안고 소설을 통해 인간 구원에의 의지를 끝까지 포기하지 않은 작가 정신의 표상으로 그를 기억할 것이다.

성장의 병통, 접신, 존재론적 불안감의 근원

—— 유재용의 『사로잡힌 영혼』

종교성의 깊이를 천착하는 소설 세계

우리 문단의 중진 작가 유재용이 참으로 오랜 제작 기간을 거쳐 한 편의 비중 있는 장편소설을 상재했다. 그 소설 『사로잡힌 영혼』은 《문학사상》 1992년 1월호부터 1993년 5월호까지 17회에 걸쳐 연재되었고, 그로부터 10여 년이 지난 지금 연재 당시의 1, 2부에 3부를 더하여 새로이 완결되었다. 이 작품은 종교적 교리나 종교와 인간과의 관계와 같은 본질적인 문제를 탐색한 작품은 아니지만, 그 소재와 배경의 설정에서 다분히 종교적인 색채를 강렬하게 포괄하고 있다.

유재용은 종교적 성향의 작품을 적지 않게 썼고, 그것은 주로 기독교에 관한 외형을 보여 왔다. 그런데 이 작품에서는 무속이나 민간신앙, 그리고 불교의 정신적 깊이를 추적하는 새로운 성향을 나타내고 있으며 3부에서 기독교 신앙에까지 이르는 폭넓은 작가 의식의 운용 범주를 보이고 있어, 유재용의 전체적인 작품 세계 안에서 주목을 요한다.

유재용은 1936년 강원도 김화에서 출생했으며, 1968년《현대문학》
에 단편「상지대」가 추천 완료되면서 문단에 나왔다. 등단 초기부터 지
금까지 문단 생활 40년이 가깝도록 한결같이 정통적인 사실주의 기법의
소설을 써 온 그는, 당대 문학에 있어서 작가로서의 성실성과 이야기를
만들어 내는 능력이 조화롭게 악수한 대표적인 사례로 꼽힐 만하다.

고교 재학 중이던 1955년, 허리 병을 앓아 불치라는 진단을 받고 쑥뜸
을 뜨며 누워 지낸 경력의 기간이 10년이 넘었다면, 그가 투병 생활을 하
며 끈질기게 문학 수업을 하고 마침내 우리 문단의 비중 있는 작가로 일
어서게 된 배면에는 매우 감동적인 인간 승리의 예화가 숨어 있는 셈이
다. 그 곤고하고 아득하게 격리되어 있던 시절에, 아마도 문학은 그에게
협소한 통로로 열려 있던, 세상에로의 탈출구와도 같았을 터이다.

1968년 처녀작인「손 이야기」가 신인예술상을 받은 이래 그는 1979년
「두고 온 사람」과「호도나무골 전설」로 현대문학상을, 그리고 1980년
「관계」로 이상문학상을, 1987년「어제 울린 총소리」로 동인문학상을 받
은 바 있다. 그러면서 계속하여『누님의 초상』,『화신제』,『나는 살고 싶
다』,『성역』,『침묵의 땅』,『성자여, 어디 계십니까』등 역작들을 발표해
왔다.

특히 단편「성자를 위하여」, 장편『성역』과『성자여, 어디 계십니까』
에서는 삶의 현장에 대한 문학적 탐색이 한층 그 철학성을 증폭하여 신
의 실재성, 신과 인간의 상관성, 참된 신앙의 사회사적 의미 등을 심층적
으로 추적해 들어간다. 그 종교적 교리의 잣대는 앞서 언급한 바와 같이
기독교적인 것이다.

「성자를 위하여」에서는 신앙의 온당한 모습이 개인적 영혼의 구원에
있는가, 아니면 사회적 헌신의 실천에 있는가라는 고전적인 명제를 상기
시키면서, 한 사람의 성자를 탄생시키기 위해 희생의 제물로 소모되는

사람들의 삶을 어떻게 해명할 것인가를 질문으로 내놓고 있다.

『성역』은 두 가닥의 서로 다른 이야기를 병치시키는 이중 구조의 얼개 아래 사건의 외부로부터 내면으로 잠입하는 추리소설의 방식을 원용하여, 그 영역이 현저히 다르고도 멀리 있는 신과 인간의 상관성을 탄력적으로 검증한다.

그런가 하면『성자여, 어디 계십니까』에서는 신이 구름 뒤로 후퇴해 버린 '숨은 신'의 시대에 응답 없는 사역을 시도해 나가는 한 전도사를 통해, 그 미완의 꿈이 끌어안고 있는 참된 의미망이 어떻게 드러나는가를 긴장감 있게 그려 낸다.

물론 이와 같은 종교적 주제를 담고 있는 작품들만이 유재용 작품 세계의 근간은 아니다. 그러나 그의 대사회적 관심이 상당한 분량을 차지하는 분단 문제와 마찬가지로, 작품 활동의 후기로 오면서 사실주의적 차원의 세계관으로부터 종교적 깊이의 견식을 더해 가는 원숙한 시각들이 하나의 부피를 이루고 있는 것이 사실이다.

그것은 곧 그의 일관된 정통파적 소설 작업이 다른 작가들의 경우처럼 특별한 소재를 찾아 나선다거나, 과도한 형식 실험을 감행한다거나, 역사적 사실의 편의함 속으로 침잠한다거나 하는 변형의 행로를 따라가는 경우가 아닌, 그 일관 작업을 지속적으로 밀고 나가는 행위의 연장선상에서 비로소 거두어 올려지는 소설적 사상성의 확보라 할 수 있을 것이다. 그러기에 항용 사실성의 균형이 허물어지기 쉬운 종교적 소재에 대한 성찰까지도 그에게 있어서는 단단한 안정감을 유지하고 있는 편이다.

이번에 완성된『사로잡힌 영혼』은 그 종교적 소재와 배경의 태깔을 바꾸어 우리의 전통적 문화권에 익숙한 불교, 무속, 민간신앙의 범신론적 세계관 위에 그물을 던지고 있다. 그리하여 한 어린아이의 내면이 외부 세계와의 접촉을 통해 겪게 되는 이름 모를 불안감과 그로 인한 수시

혼절의 원인을, 그 심층적 깊이의 바닥을 두드려 보려 한다.

그런 만큼 이 작품에서는 종교적 성향의 영역 문제와 그것을 바탕으로 한 어린아이의 사회의식이 눈을 떠 가는 성장소설의 유형 문제가 주요한 논의의 대상으로 떠오를 수밖에 없다. 아울러 그러한 측면이 유재용의 세계에서 점유하는 위상이 무엇인가를 성찰해 보아야 할 것이다.

성장통의 특별한 유형과 영혼의 혼란

이와 같은 유재용의 작품들 외에도 우리 문단에서는 이승우의 『황금가면』이나 정광숙의 『순교자의 피』 같은, 기독교와 신의 의미를 새롭게 탐색해 보려는 장편소설들이 계속적으로 출간되어 관심을 끌어 왔으며, 이제는 그간에 있었던 이문열이나 조성기 등의 작가가 쌓아 온 이 분야의 성과와 더불어 보다 체계적인 검증이 요청되고 있는 형편이다.

기독교의 절대자와 그 존재 방식에 대한 질문은 근본적으로 직관적이고 종합주의적 성향을 띠는 동양의 문화 전통 아래에서가 아니라, 논리적이고 분석주의적 성향을 나타내는 서구의 문화적 관습 아래에서 답변이 제시되어 왔다. 그것이 헤브라이즘적 해석으로 시도되느냐 아니면 헬레니즘적 해석으로 시도되느냐에 따라서, 그리고 그것이 신화문학론적 차원에서 설명되느냐, 아니면 문학사회학적 차원에서 설명되느냐에 따라서 답변의 방향도 달라질 수밖에 없을 터인데, 그 다른 방향이란 단순한 이질성의 수준이 아니라 극단적인 상치의 외양을 보이게 마련이다.

기독교 소재의 문학에 있어서 가치 지향적 전범으로서의 『실락원』과 가치 부정적 전범으로서의 『데카메론』이 표방하는 상극의 대립이 이를 잘 말해 준다. 그런데 "신은 죽었다."라고 니체가 선언하고, "신은 구름 뒤로 숨어 버렸다."라고 골드만이 단정하는 수사가 쉽사리 설득력을 갖는 이 시대에 있어서 신의 권능이란 진정 어떠한 것인가. 유재용은 이 무거운 명제에 어떤 답안을 내놓을 작정으로 그러한 소설을 썼는가.

거칠게 결론만 말하자면, 유재용은 이러한 한 묶음의 질문에 대한 답변을 유보하고 있다. 그것은 어쩌면 한두 편의 소설로 온전하게 대응할 수 없는 주제일 것이며, 그 답변을 성실하게 탐색해 보려는 작가의 노력이 진행 과정 중에 있기 때문일 것이다.

그러기에 아직은 종교적 심성과 세속의 저잣거리가 어떻게 마찰하는가를 유재용다운 입담과 사실성에 기반을 둔 필치에 기대어 읽어 내는 데 만족할 수밖에 없다. 그러는 동안에 그는 유보된 신의 실재성 문제에 대한 사상적 깊이를 가진 답변을 준비해 나갈 것으로 짐작된다. 그의 중진 작가다운 진중함과 완숙함의 미덕이 이 기대에 힘을 보탤 것으로 보인다.

이번 장편소설 『사로잡힌 영혼』은 바로 그와 같은 과정과 노력의 일환으로 받아들여도 큰 무리가 없을 것 같다. 다만 앞서도 언급한 바처럼 그 탐색의 방향을 동양 문화권의 종교적 영역으로 전화시키고 있으며, 특히 불교의 정신적 근저에 관한 새로운 관심이 넓게 드러나 보인다.

우리의 현대 문학사에서 불교를 소재로 한 단편 및 장편의 소재는 그 뿌리와 열매가 기독교에 관련된 작품 이상으로 결코 만만치 않다. 물론 문제는 그 분량의 집적에 있지 않고 질적인 수준에 있다 하겠는데, 예를 들어 한승원의 『아제아제 바라아제』 같은 경우 불교적 사유의 막막한 깊이와 깨달음에 이르는 험난한 도정이 매우 치열하게 그려진 범례가 되고 있다.

"종교적인 인자가 소설의 문학성을 부축해 주고, 소설이 종교적 교리의 의미를 평이한 해석의 차원으로 끌어내릴 수 있을 때, 우리는 탁발한 종교 소재의 소설 문학을 만나게 될 것"이라는 인식은 필자에게 꽤 오래 묵은 논리이다. 유재용은 이번 작품을 쓰면서 이러한 부분을 염두에 두고 적지 않은 신경을 쓴 것으로 보인다. 그리하여 스토리의 진척과 더불어 무속, 민간신앙, 불교, 기독교의 사유 체계를 바탕에 깔고, 그 바탕 위에서 더 돋보이는 한 소년의 고통스러운 내면을 검증해 보이려 한다.

그러할 때 유재용이 오랜 기간에 걸쳐 공들여 쓴 이 소설에는, 종교적 환경조건이라는 하나의 중심축과 한 어린 영혼의 세계를 향한 시야 확장이라는 또 다른 하나의 중심축이 함께 작동한다. 후자의 중심축은 입사의식으로 다듬어지는 성장소설의 면모를 약여히 갖고 있다.

주인공의 인격이 성장하고 발전해 가는 과정을 중심으로 쓰인 소설을 우리는 성장소설, 교양소설, 발전소설 등의 이름으로 부른다. 한 사람의 젊은 주인공이 환경과 교류하거나 싸우면서 사상이 고상해지거나 건전한 영혼의 소유자로 성장하거나 인간적으로 완성되어 가는 과정을 그리는 것으로, 이는 근대 독일 문학에서 특히 융성함을 보였다.

괴테의 『빌헬름 마이스터』, 토마스 만의 『마의 산』, 헤르만 헤세의 『데미안』 등이 그 좋은 보기이다. 국내에서는 김용성의 『도둑 일기』 같은 대표적인 작품이 있으며, 유재용의 초기 단편 중에서도 이러한 유형의 작품들을 여럿 볼 수 있다.

『사로잡힌 영혼』에서 주인공 응세가 갖고 있는 지병과 불안감, 그리고 그것을 촉발하는 숨은 비밀을 밝혀 나가면서 작가는 응세의 정신적·육체적인 성숙을 더해 간다. 그러므로 그의 지병은 이야기의 진행을 가능하게 하는 화소가 되면서, 동시에 그 자신의 고통스러운 체험을 여러 유형으로 제시되는 종교성의 거울, 그 반사경에 비추어 보는 화두가 되기도 한다.

작가는 소설의 첫머리에서 수시로 응세를 혼절시키는 이름 모를 어떤 세력의 음습을 이렇게 서술하고 있다.

웅세는 순간적인 어떤 느낌으로 그 징조를 알아차렸다. 곧이어 하늘 어디쯤에서 수상한 빛이 나타나 번졌다. 분홍, 주황, 진홍, 자주 따위 붉은색 계통 빛깔이었다.

색깔이 춤을 추었다. 출렁이는 파도를 타고 바다 가득 퍼지는 아침 놀빛의 기세였다. 광풍이 일어 회오리를 만들었다. 산더미처럼 커진 회오리바람이 천지를 휩싸 안을 듯 휘몰아쳐 왔다. 엄청난 소용돌이였다.

이윽고 웅세는 소용돌이 안으로 휘말려 들어갔다. 몸이 광풍에 갈가리 찢기고 있었다. 아니 회오리와 소용돌이가 동아줄이 되고 그물이 되어 팔, 다리, 가슴, 배, 목덜미를 휘감아 옥죄고 있었다. 뿌리치고 버둥거리고 허우적거리며 안간힘을 썼다. 하지만 당할 수가 없었다.

팔다리에서 몸통에서 힘이 빠져나갔다. 이제 끝장이로구나. 웅세는 그렇게 느끼며 아득하게 정신을 잃어 갔다.

　　　　　　　　　　　　　　　　　　—유재용, 『사로잡힌 영혼』 중에서

이 서술은 웅세의 꿈이나 환각 속에서 일어나는 상황이 아니라 현실의 삶 속에서 걸핏하면 겪고 있는 실제 상황이다. 이제 나이 열 살의 어린 소년이 감당할 수 있는 사건이 도저히 아니다.

『사로잡힌 영혼』이라는 소설의 제목이 시사하는 바와 같이 그것은 어떤 강압적이고 마성적인 힘으로부터 말미암는다. 웅세는 언제부턴가 자기가 대항할 수 없는 어떤 큰 힘의 손아귀에, 그물에, 사슬에 묶여 있음을 느껴 왔다. 그 힘의 정체는 소설의 끝부분에 이르도록 명확하게 드러나지 않는다.

만일 그것이 확고한 외형을 가진 것이라면 이 작품을 구성하는 여러 가지 이야기의 마디들이 느슨해지고 퇴색될 수밖에 없을 것이다. 오대산 큰무당의 잡귀 쫓아내는 굿이나 그 오대산으로의 피접(避接), 상두꾼 김정승 영감의 희생 제의, 수운사에서의 불심 수도 등은 모두 이 정체불명의 힘에 대응하는 소설적 반응의 방식들이다.

작가는 이러한 여러 방식들을 통해 각기의 논리에 따라 그 악한 힘의 존재를 암시하고 있는데, 대체로 공통된 점이 있다면 그것이 '잡귀의 장난'이라는 인식이라 할 수 있겠다. 특히 산사에서 만난 혜각 스님은 이를 전생의 업보로 설명하여 응세의 공감을 유발한다.

> 응세는 자기도 걸망 하나 어깨에 걸치고 혜각 스님 따라 걸식 행각의 길을 떠나고 싶었다. 전생을 찾아가는 길이었다. 할아버지는 전생에서 응세와 어떤 사이였을까. 정미는, 스트롱은, 그리고 김정승은 전생에서 응세와 어떤 인연을 맺었을까. 그것을 알아내야 한다. 그래야 사슬에서 놓여날 수가 있는 것이다.
>
> ──유재용, 『사로잡힌 영혼』 중에서

그러나 응세는 결국 걸식 행각을 따라나서지 못한다. 혜각 스님만 쫓겨나고 응세는 수운사에 남아 다음 이야기를 맞이해야 한다. 그것은 절 뒤편 암자에서 탱화를 그리는 금어 및 그녀의 죽은 딸 순님이의 혼령과 육신으로 접촉하는 일이다. 나중에 이 일이 발각되어 금어마저도 음란 잡귀로 절에서 쫓겨나는 사건으로 발전하게 된다.

2부의 말미에서 응세는 일갓집 아저씨를 따라 다시 집으로 돌아간다. 산문 밖을 나서서 눈발 날리는 비탈길을 걸어 내려가면서도 그는 마음이 개운하지 못하다. 여전히 어떤 사슬에 묶여 끌려가고 있는 듯한 느낌이다.

범신론적 세계관을 부양하는 형식성

이번에 완성된 3부는 그 이야기의 흐름에 있어 웅세의 성장기를 거쳐 결혼기로 넘어가고, 종교성의 문제도 이 작가에게 익숙한 기독교적 세계로 진입한다. 웅세가 그 아내 정분과의 관계, 곧 결혼 및 결혼 생활을 두고 혼절의 위기를 견뎌 가며 자의식을 성숙시켜 나가는 것과, 작가가 이 여러 사건의 절목을 기독교의 교리에 반사해 보이는 것은 소설 전체의 균형성에 대한 고려가 작동된 결과이다.

물론 이때의 기독교는, 그 원론적이고 본질적인 의미와 소설적 사건의 접점이나 기독교 신앙의 실천이 가진 순기능적 장점을 발양하는 방향으로 제시되지 않는다. 기독교 또한 하나의 종교적 성향으로서 중심 주제인 성장의 병통(病痛)이나 접신(接神)을 통해 존재론적 불안감의 근원을 탐색하는 하나의 방책으로 기능할 따름이다. 이를테면 이 소설에 나타난 그의 종교관은 범신론적 접근 방식에 입각해 있다.

종교적 성찰의 바탕 위에서 한 아이의 불행한 정황과 극대화된 불안감을 밝혀 나갈 때, 이 작품을 값지게 하는 것은 그 과정상의 사실성과 담담한 서술의 형식이 생산하는 미더움이다. 유재용 특유의 그러한 글쓰기 기법이, 자칫 종교 소재의 소설을 관념적인 현학의 늪으로 침잠하게 하거나 산만한 사건의 나열로 떨어지게 하는 위험성에서 방호해 주는 기능을 맡고 있다. 정통적인 사실주의 기법의 신봉자로서 이야기의 재미, 그 작품 구조화, 등장인물들의 전형적 성격 형상화, 사상성의 깊이를 가진 주제의식 등 여러 요긴한 항목에도 치밀한 손질이 가하여졌음을 느끼게 된다.

동양 문화권의 범신론적 세계관을 배경으로 하고 있는 만큼, 작가는 기독교 교리에만 관련된 소설들을 쓸 때와는 달리 설화나 꿈을 소설 내부의 유사한 사정과 빈번하게 결부하여 활용한다. 오대산 큰무당의 딸

정미와 설화 속에 나오는 무당의 딸 꽃님이의 설정이나, 그 여자들이 모두 낭떠러지에서 떨어져 죽는 사건의 진행, 무속·민간신앙·불교에서 동일하게 등장하는 전생의 인연, 산사에서 가위눌려 꾸는 매와 비둘기의 꿈, 그리고 빈 절터에서 과거의 융성한 모습이 복원되어 보이는 환각 등이 그 구체적 세부들이다. 두말할 것도 없이 이러한 이야기의 장치들은 기독교 성향의 작품들에서는 제 몫을 찾을 수 없는 것들이다.

유재용의 문체는 그 흐름이 사실주의적 행보를 유지하고 있는 반면에, 때때로 긴장 어린 비장감과 능청스러운 딴전 피우기가 병행되기도 한다. 그러면서도 전혀 소설의 무게중심이 흔들릴 수 있는 범주 밖으로 벗어나지 않는다. 무당의 신당에서 벌어진, 그리고 암자의 금어와 겪는 성희의 장면도 예술성의 여과를 거쳐 극히 상징적으로 표현된다. 그런가 하면 김정승이 고양이를 죽이는 장면에서는, 읽는 이들이 몸서리칠 만큼 생생한 잔혹함의 효과를 얻기도 한다.

이 소설은 종교적 배경을 차용하고, 또 차용된 종교의 속성에 따라 이야기의 윤색을 더하며 사건의 극적 구성에 이르고 있지만, 궁극적으로 종교적 교리의 본질을 말한 작품이 아니다. 애당초 작가가 목표로 했던 것은 알 수 없는 어떤 힘, 소설 속에서 여러 차례 잡귀의 소행으로 진술되고 있는 그러한 힘의 소재와, 그것에 사로잡힌 한 어린 영혼의 존재론적 불안감을 적출해 내는 것이었을 터이다.

만일 이와 같은 명제에 확고부동한 답안이 마련된다면, 그것은 종교적 태도이지 소설적 태도는 아니다. 그러기에 그 불안감과 고통스러움의 원인 행위 적출보다는 그것이 형성되고 드러나고 일정한 결과를 형성하는 과정의 모습이 더 중점적으로 모색되게 마련이다. 그런 의미에서 이 소설은 유재용의 전체적인 작품 세계 안에서 인간의 삶을 또 다른 사상성의 유형화로 규정해 보는 새로운 지평을 열었다고 할 수 있겠다.

위기의 시대에 맞서는 소설의 발화법

—— 김용성의 『촉각』에 관하여

우리 시대에 김용성이 소중한 작가인 까닭

김용성은 1940년 일본 고베에서 출생했으며, 광복 직전인 1945년 6월 한국으로 들어와 서울에서 성장했다. 1961년 대학교 영문과 재학 중 한국일보 장편소설 공모에 『잃은 자와 찾은 자』가 당선되어 작가의 길을 걷기 시작했다.

대학 졸업 후에는 해병대 장교로 입대해 1969년 중위로 제대했으며, 곧바로 한국일보사에 입사하여 2년간 문화부 기자로 재직했다. 짧은 경력 기간을 거쳐 신문사를 퇴사한 후에는 전업 작가로 창작 활동에만 전념하여 많은 문제작들을 발표해 왔으며, 경희대 대학원에서 학위 과정을 마치고 현재까지 인하대 국문과 교수로 재직하고 있다. 강단에서 후진을 가르치는 일과 더불어, 그는 여전히 소설을 쓰고 있는 현역 작가로서의 일을 병행하고 있다.

지금껏 그가 내놓은 중요한 작품으로는 창작집 『리빠똥 장군』, 『홰나

무 소리』,『탐욕이 열리는 나무』,『슬픈 양복 재단사의 나날』 등이 있고,
장편소설『내일 또 내일』,『도둑 일기』,『큰 새는 나뭇가지에 앉지 않는
다』,『이민』 등이 있다. 그간의 작품들로 1980년 현대문학상, 1986년 동
서문학상, 1991년 대한민국문학상 등을 수상했다.

김용성의 소설은 대체로 간결하고 평이한 문체로 객관적인 서술의 행
보를 유지한다. 그의 작품은 멀리로는 역사성을 가진 통시적인 문제, 가
까이로는 당대의 공시적인 문제들에 대해 강렬한 사회사적 관심을 함축
하고 있으며, 타락해 가는 사회 속에서 타락해서는 안 될 인간의 정신적
순수성을 끈질기게 추구해 왔다. 그것을 표현하는 소설의 제재는 세속적
인 거리에서 폐쇄적인 군문에 이르기까지 우리 사회의 여러 면모에 폭넓
게 이르고 있으며, 그동안의 그 다각적인 성과만으로도 우리 문학이 끌
어안고 있는 소중한 작가의 한 사람으로 기록되고 있다.

한 작가가 지속적인 작품 활동과 함께 연륜을 더해 갈 때, 우리는 거
기에서 한 시기에 국한된 작가가 담보할 수 없는 중후하고 원숙한 분위
기의 문학을 만나게 된다. 서양의 괴테나 우리 문학의 황순원이 이미 그
와 같은 사실을 작품을 통해 증명했다. 더욱이 그가 우리 현대사의 온갖
파고와 질곡을 모두 밟아 본 경험의 소유자라면, 우리는 그의 문학을 통
하여 그 공동체적 경험의 본질적 의미를 반사하고 또 반성적으로 성찰
하게 하는, 유익한 '거울'을 얻게 될 것이다. 이는 자신의 문학이 그 자신
의 삶을 인도하는 '램프'가 되는 자격 못지않게 중요하고 뜻깊은 역할일
것이다.

올해 김용성이 새로이 상재한 장편소설『기억의 가면』은, 바로 그러
한 존재 양식으로 우리에게 나타났다. 이 책의 뒤표지에, 그의 오랜 문우
이자 지기인 작가 김원일이 "작가 김용성이 중후한 장편소설로 돌아왔
다."라고 언표한 것은, 그처럼 복합적인 의미를 선언적 어투로 요약한 셈

이다.

　이 소설에서 김용성은 작가 자신의 생애 기간에 발발한 태평양전쟁, 6·25전쟁, 베트남전쟁 등 세 전쟁을 중심축으로 하여 그 배경을 한국, 일본, 브라질, 중국, 베트남 등 동아시아 여러 나라의 불우한 역사 위에 펼쳐 놓았다. 이 장대한 시간적 공간적 환경을 가로지르거나 배회하면서 그는 소설이 사실과 상상 양자를 거멀못처럼 붙들고 있는 문학 장르이며, 궁극에 있어서는 그 서사적 구성이라는 것이 실체적 삶의 고통을 이해하고 위무하는 형식이어야 함을 반증하고 있다.

　첫 작품 『잃은 자와 찾은 자』 이래 40여 년의 작품 활동을 통하여, 그가 로브그리예의 표현처럼 '문학사가 포용하고 있는 초상화 전시장'에 내놓은 그 숱한 인물과 이야기들이, 이 소설에 이르러서는 상기와 같은 통합적 의미 아래 질서 있게 통어되고 있는 느낌이다. 그런 점에서 그는, 김동리가 『사반의 십자가』를 자신의 대표작으로 명명했듯이, 이 작품을 그렇게 불러도 무방할 듯싶다. 이 작품에 요산문학상, 김동리문학상, 경희문학상이 한꺼번에 주어진 것은 결코 우연이 아니다.

　40여 년 자신의 세계를 가꾸어 온 작가가 지난 시대의 역사적 굴곡을 다시금 뒤돌아보며 거기에 스스로의 문학 세계 전반의 중량을 부하한 것을, 우리는 결코 가볍게 보아 넘기지 못한다. 모든 것이 속도의 빠르기와 변화의 수준을 자랑하는 시대에, 과거의 거울을 통해 동시대의 삶을 정확한 무게로 비추어 내는 중진 작가가 건재하다는 사실이 우리의 소중한 행복이 아닐 수 없다.

동시대의 위기와 소외 의식을 반영하는 세 가지 유형: 「촉각」, 「유적지」, 「탐욕이 열리는 나무」

「촉각」은 출판사 편집부 말단 사원인 정달진이란 인물을 내세워, 그의 눈으로 세상의 기괴한 면모를 서술해 나간다. 그가 사람들의 양쪽 귀 옆에 각각 솟아 오른 이상한 물체, 곧 '촉각'을 처음 발견하는 장면은 교통사고로 누워 병원의 간호원을 보면서이다.

> 그 간호원은 참으로 괴상한 몰골을 하고 있었다. 귓바퀴 뒤에서 연골처럼 위로 쭉 뻗어 오른, 흡사 달팽이의 촉각을 확대한 것 같은 두 개의 물체가 그녀가 움직일 때마다 머리 위에서 흔들리고 있었던 것이다. 그는 대학 2년 중퇴의 지식을 짜내어 그 물체의 정체를 점쳐 보려고 했지만, 아마도 그것은 환자를 위한 청진기와 비슷한 의료 기구려니 하고 어림하는 것이 고작이었다.
>
> ──김용성, 「촉각」 중에서

그의 눈에 세상을 요령 있고 자신감 있게 사는 사람들은 모두 촉각을 가졌다. 그런데 자신에게는 그것이 없다. 그런데 어느 누구도 그 촉각에 대해 말하지 않으며, 그들의 촉각은 필요에 따라 자연스럽게 감추어지기도 한다. 그렇게 촉각의 존재 유무가 소설적 사실성을 무너뜨릴 수도 있다는 반론에 대한 방비는 충분히 확보되어 있다. 정달진의 의식 체계가 비정상적이면 해결되는 문제이다. 그러나 정달진 자신으로서는 도저히 납득할 수 없는 일이다. 그 원인 행위가 어린 시절 도깨비의 환영에서 말미암든, 아니면 사람들이 세상만사를 향해 민감하게 세우고 있는 안테나가 자신에게는 없다는 사실에서 말미암든, 이 사건은 정달진을 극한적 소외의 상황으로 몰고 간다. 마침내 그는 인조 촉삭을 만들어 달아 보지만, 사태는 더 극단적으로 악화된다. 그는 마침내 교통사고로 죽는다.

이 소설은 한 인간이 당대 사회의 보폭에 미치지 못해 낙오하고 소외되었을 때 그 동통의 강도가 어떠한가를 독특한 우화적 수법으로 발화하고 있다. 말미의 '또 다른 사나이'는 이러한 사태가 한 개인에게 일회성에 그치는 것이 아님을 예시한다. 이는 정달진과 같은 국외자의 시각이 아니면 그처럼 절박할 수 없는 형편에 있으며, 그러할 때 김용성은 소설 속에 합리적 사실성의 고정관념을 과감히 허물 수 있는 힘을 실었다.

「유적지」는 현대 사회의 평온한 일상 가운데 얼마나 험하고 깊은 함정이 도사리고 있는가를, 그리고 그 함정에 빠졌을 때 인간이 얼마나 쉽사리 무능력하고 무가치한 존재로 전락하는가를, 역시 격렬한 우화적 수법으로 보여 준다. 이 주제를 더욱 강화하기 위해, 작가는 그 대상자를 재벌 회사 회장이며 온갖 부귀의 조건을 다 갖춘 '공도희 여사'로 설정했다.

공도희는 어느 순간 지하 차고에서 납치되어 여자들이 운행하는 배에 실린 채 감금과 학대를 당하고, 일정 기간 무인도에 버려지기도 한다. 이 소설의 절대적인 부분은, 공도희가 당하는 그 극한 상황을 구체적으로 서술하는 데 사용되고 있다. 천신만고 끝에 다시 과거의 세계로 돌아왔으나, 그를 기다리는 것은 '미친 여자'라는 냉혹한 결과뿐이었다.

만일 우리가 이 소설의 사실적 근거와 가능성에 무게를 둔다면, 시빗거리가 없지 않다. 그러나 그 전형적 독서 방식을 내버리고 중심 주제를 부각시키는 획기적 사건 전개를 납득하기로 한다면, 이는 우리 사회의 허위의식과 구조적 모순성을 탁발하게 발현한 소설로 읽힐 수 있을 것이다.

「탐욕이 열리는 나무」 또한 기발한 소설적 아이디어를 서사적 구조 속에 무리 없이 장착한 작품이다. 어느 도회 한복판의 나무에 500원짜리 지전으로 시작하여 돈이 열리는 사태가 발생한다. 나중에 밝혀지지만 이는 한 소년에 의한 의도적인 행위로, 충분히 실현 가능한 바탕을 가진 이야기이다. 그런데 그렇게 열린 돈에 반응하는 사람들의 행위 유형은, 만만찮은 사회사적 조건들을 암시하고 있다. 그는 우리 사회가 가진 탐욕의 정체를 들추어 보이기 위해 도심에 그 나무를 세운 것이다.

이러한 작가의 대사회적 인식 가운데에는 상식적인 삶의 방식을 억압하는 기제와 억압당하는 기제가 날카롭게 대립되어 있으며, 그것을 소설의 표면으로 밀어 올리기 위해 사실성의 방호벽을 허무는 것 또한 마다하지 않는 과단성이 잠복해 있다. 마치 조세희가 「난장이가 쏘아올린 작은 공」에서 사실성의 방벽을 허물면서 그 작품의 값을 끌어올렸던 것처럼 말이다.

김용성의 소설 속에 등장하는 세계, 동시대 사회는 이처럼 언제나 불균형하고 불안정한 위기의식으로 편만해 있다. 이 작가는 그러한 상황을 예민한 관찰력으로 감지하고 그것을 이야기의 패턴으로 풀어 보여 주는 것이 소설의 소임이라고 믿는 듯하다. 또 그 소임을 감당하느라 애쓰고 그로 인하여 우리로 하여금 강력한 사회성의 소설 미학을 만나게 한 것이 그의 40여 년 문필이었을 터이다.

역사적 삶의 굴곡을 감당하는 두 가지 방식: 「홰나무 소리」, 「슬픈 양복재단사의 나날」

「홰나무 소리」에는 항일 의병장이었던 할아버지로부터 6·25전쟁을 죽음으로 감당해야 했던 아버지를 거쳐 지금은 산업화 시대의 목전에 서 있는 '나'에 이르기까지, 3대에 걸친 역사적 삶의 굴곡이 펼쳐져 있다. 이 광활한 시간적 공간적 소설 무대는, 지내 놓고 보면 앞서 살펴본 『기억의 가면』의 그것을 예표할 만한 것으로서 작가 김용성이 가신 이야기꾼으로서의 기량을 짐작하게 하는 대목이다.

'나'의 시각에 의해 서술되는 '나'의 가계에 견주어 '덕보'의 조손 3대를 병치한 것은 이야기의 전개에 긴장감과 탄력성을 더하고 사태의 진행을 입체화하는 장치에 해당한다. 이들 두 가계의 상호 관계는 세대를 거치면서 충직한 주종에서 계급 갈등의 대립자로, 그리고 역사적 사실에 대한 이해의 진폭을 함께하는 상대역으로 그 역할을 변경해 간다. 이 전근대적 사회제도에서 근·현대적 사회제도로 이행되는 과정은, 고향 마을 동구에 서 있는 홰나무의 기억에 연계되어 있다.

의병장의 죽음이라는 역사적 사건을 목격한 홰나무는 이제 무분별한 개발우선주의의 현실 앞에서 수명을 중단 당한다. 덕보의 자살이 명확하게 납득할 만한 사유 없이 감행되는 데 비하면, 홰나무의 종말이 장식하는 역사 과정의 한 종막은 일견 장엄하기까지 하다. 홰나무는 단순히 한 그루의 나무가 아니라 굴곡 많은 비극적 역사의 상징이며 그 증인이었던 것이다.

「슬픈 양복재단사의 나날」의 중심인물 '채수'는, 이 또한 단순한 양복재단사가 아니다. 화자인 '나'와 이상주의자적 성격을 가진 '채수', 그리고 현실주의자의 표본과 같은 '갑석'은 어린 시절부터 친구이며 4·19혁명을 함께 겪은 역사적 체험의 공유자들이다. 이상주의자, 현실주의자, 그리고 관찰자의 3분법, 곧 삼각 구도의 인물 설정은 기실 이 작가에게 매우 익숙한 편이다. 그 대표적 사례가 『도둑 일기』의 한수, 중수, 성수의 3형제이다.

그런 만큼 불우한 시대를 겪고 그 이후의 시대를 견딘, 신문기자를 거쳐 가업인 양복재단사를 이어받고 불행한 삶을 살다 간 이 소설의 이상주의자는, 역사적 인물이면서 동시에 평범한 일상적 인물, 곧 동시대 우리 스스로의 자화상이었다.

그가 살아 있던 동안, 그가 일정한 장소에 그토록 많은 사람을 모아 본 적이 없었음을 나는 잘 알고 있다. 그는 생전에 많은 사람들을 모아 보려고 시도하지 않았다. 마흔다섯 살로 끝을 막은 그의 생애는 너무나 평범했다. 그러나 나는 그가 꿈을 지니며 살아왔다는 것을 확신한다. 그는 인간의 삶 이란 아름다운 것이며 보람 있는 것이라고 믿었고 완전한 삶을 성취하려는 꿈을 간직하고 있었다. 그러므로 요즘처럼 현재를 향락하는 것이 의미 있는 일로 생각하는 세상 풍조에 비추어 볼 때 어쩌면 그의 평범함은 비범함이었 는지도 모른다.

—김용성, 「슬픈 양복재단사의 나날」 중에서

바로 이 지점이다. 김용성의 소설적 인물이 분명한 역사성을 함축하 면서도 오히려 동시대의 평범한 일상 속에 숨을 수 있는 장치를 가진 지 점, 거기에서 이 작가의 역사의식과 사회의식은 화해롭게 악수하며 그것 의 열매는 곧 소설의 미학적 성취를 거두어들이는 것으로 된다. 우리 모 두가 역사 과정의 주역이요 그 피해자인데, 이러한 방식의 발화법은 『큰 새는 나뭇가지에 앉지 않는다』의 중심 주제이기도 했다. 거기에서 김용 성이 궁극적으로 제시한 답변, '누구나 K이다', 즉 누구나 사회운동의 은 밀한 조정과 표면적 행동을 포괄하는 대표자로 올라설 수 있다는 민중 주체의 사고가, 여기까지 잇대어져 있는 것으로 보인다.

상징과 풍자의 시각으로 보는 사회상의 세 가지 국면: 「리빠똥 장군」, 「사해 위에서」, 「밀항」

「리빠똥 장군」은 한때 화제가 집중되었던 작품이며, 거침없이 호쾌한 풍자성으로 인하여 지금도 그 당대의 독자들이 이 작가를 기억하게 하는 효력을 발생시킨다. 이 작품은 작가가 1971년 한국일보를 퇴사한 후 곧바로 《월간문학》에 분재하기 시작했으며 이를 《문학과 지성》에 재수록했다. 당시는 제3공화국 군부독재의 서슬이 푸르던 시기이며, 그러한 때에 군문의 고급 지휘관인 연대장을 풍자와 비판의 칼날 위에 올려놓는 일은 매우 무모한 도전 정신이 없이는 어려웠을 것이다.

그의 '리빠똥 장군'은 그 사고의 유형이나 행위의 방식이 모두 문제 있는 인물이지만, 그가 획일적인 조직 사회 내에서 파격적 일탈을 수행하는 인물인 만큼, 비판과 동정을 함께 유발하는 양가적 특성을 가졌다. 그는 유별난 캐릭터로 인한 가해자이면서 동시에 그 조직 사회가 제거한 희생양이기도 하다. 마지막 대목 그의 자살은 이를 명료하게 증명한다. 다음은 '리빠똥 장군'이 자살하도록 권총을 제공한 정 중위에 대한 대대장 송 중령의 힐난이다.

"왜 무사히 넘어가는 사건에 대해 자승자박하는가? 흐음, 그러고 보니까 이제 와서 자네는 나에게 적대감을 품고 있구먼그래. 그러나 그 누구도 이 조직의 틀을 인간 쪽으로 돌릴 수는 없어. 장군이나 자네나 나나 모두 틀에 얽매여 떠밀려 갈 뿐이야. 냉혹해질 수밖에 없어. 그 파도에서 헤어나려면……."

—김용성, 「리빠똥 장군」 중에서

'인간'이 '조직의 틀'을 거스를 수 없는 환경 속에서, 그것에 저항하는 방식이 산출한 그로테스크한 인물 '리빠똥 장군'의 형상을 우리는 우리 사회 도처에서 목도할 수 있다. 이 소설의 예지적 기능은, 그러기에 시대가 진척될수록 더 빛날 수 있는 측면이 있다.

「사해 위에서」는, 필자의 판단에 의하면, 우리 문학에 있어서 생태 환경 소설의 '문열이'에 해당하는 작품이다. "바다는 짙은 잿빛을 띠며 죽어 있었다."로 시작하여, 고향을 떠난 자의 유골을 뿌릴 수도 없을 만큼 오염된 바다의 모습을 우울하게 드러낸다. 한때 번성했던 어촌은 폐촌이 되고, 그 아버지의 유골을 안고 온 사나이는 어렵게 배를 빌려 바다 한가운데로 노 저어 나가야 한다. 노 젓는 영감을 아버지를 기억하는 사람으로 처리함으로써, 소설은 쓸쓸한 감회의 깊이를 더했다.

1970년대 초반의 죽은 바다는 먼 바닷가에만 있었지만, 지금에 이르러서는 우리의 삶 복판에까지 진입해 왔다. 산업화 시대가 시발되는 시기에 이 작가가 하나의 상징처럼 내세운 '사해'의 의미는, 유별난 이야기성의 협력이 없이도 그것대로 가치 있는 읽을거리가 되었다.

「밀항」은 인간이 한계 상황 앞에서 견디는 모습을, 한 밀항자의 처절한 승선기를 통해 보여 준다. 이 작품에서 화자인 '나'가 누구인지, 왜 배를 타고 밀항을 시도하는지, 그 밀항의 목적지가 어디인지 아무것도 분명한 것이 없다. 한 인간이 삶의 공간 환경을 옮기는 문제의 그 주변 이야기가 소설의 관심 영역이 아닌 까닭에서이다.

대신에 닻줄을 감는 쇠바퀴가 있는 밀폐된 공간, 온몸을 벌레처럼 축약해야 겨우 들어갈 수 있는 그 공간에 숨어서 '백 시간쯤' 가야 하는 처절한 상황만이 문제가 되고 있다. 극단적인 공포와 고통의 시간을 소설화하는 이 음울한 작업을 통하여, 아마도 작가는 우리 사회의 척박한 구석에 던져진 개인들의 삶과 그 어두움에 대해 말하고 싶었을 것이다.

이제껏 살펴본 모든 소설들에서, 이 작가가 보는 동시대 우리 사회는 언제나 위기의 국면에 있었다. 그의 소설은 그 질곡의 상황에 대한 경고를 발하는 예언자요, 그 과정을 면밀히 지켜보는 기록자이며, 동시에 그 가운데에서 인간적 희망을 포기하지 않는 조력자였다.

그가 이번에 상재한 장편『기억의 가면』과 더불어 지금까지의 문학 세계를 한차례 정리했다는 평가가 가능한 만큼, 이제 앞으로 그가 작성해 나갈 새로운 단계의 소설쓰기가 어떤 형용으로 펼쳐질지 기대해 보기로 한다. 바라건대 지속적 시간과 함께하는 그의 소설 제작이, 그 원숙한 시각과 함께 우리에게 동시대와 사회를 새롭게 반사해 볼 수 있는 유용한 '거울'을 선사해 주었으면 한다.

동시대의 삶에서 민족사적 현실로

— 손영목 소설과 『거제도』

현실의 구체성과 진정성을 탐색한 작품 세계

작가 손영목은 1945년 경남 거제에서 출생했다. 경남대 국어교육과를 졸업했으며, 1974년《한국일보》신춘문예에 「판님」이 당선되면서 문단에 발을 들여놓았다. 그의 초기 이력 가운데 유달리 눈에 띄는 것은, 등단하던 해에 「한류」, 「비석」 등 2편의 단편을 발표한 다음 3년 뒤인 1977년《서울신문》신춘문예에 「이항선」이 다시 당선되었다는 사실이다.

뿐만 아니라 1972년 정종명, 서동훈, 유익서, 김원우 등과《작가》동인을 결성하고 이를 전후하여 십수 편의 작품을 발표하여 우리 문단에 이름 석 자를 내걸 공간을 확보한 연후에도, 1982년《경향신문》2000만 원 고료 장편소설 모집에 『풍화』가 당선됨을 볼 수 있다. 이처럼 8년간 세 차례에 걸친 '공개 모집을 통한 승부하기'는 이 작가에게 특유한 글쓰기의 환경조건을 지시하는 무엇인가가 있는 듯하나.

우선은 그가 가지고 있는 작가로서의 역량에 대한 객관적 평가이다. 실제로 그의 작품들을 면밀하게 읽어 보면, 전체적인 수준에 비추어 한쪽으로 제쳐 놓아야 할 것으로 여겨지는 태작이 발견되지 않는다. 무슨 대단한 기지나 재치를 자랑하지는 않지만, 그의 소설 문장 또한 엉성하게 풀어진 구석을 집어내지 못하게 한다. 이토록 성실하고 끈기 있는 작법으로 일관해 온 그에게 소설 공모의 평가 유형은, 오히려 자신을 확립하는 좋은 승부처가 되었음직하다.

또 다른 하나의 측면은, 그것이 필자의 지레짐작일 수 있으나, 지방 출신 작가로서 작품 활동의 초기에 중앙 문단으로 진출할 통로가 그렇게 넓지 않았으리라는 추론을 촉발한다는 점이다. 신춘문예에 재차 도전하거나 현상 공모에 의욕적으로 응모한 것은, 그렇게 볼 때 그에게는 결과적으로 그 통로를 확장하고 탄탄하게 다질 수 있는 효율적인 선택이 된 셈이다.

어느덧 작가로서의 연륜도 오래여서, 그는 오늘날의 우리 소설 문학 한편에 분명한 자기 작품의 노적가리를 쌓아 두고 있으며, 『산타클로스의 선물』, 『장항선에서』 등 중·단편 작품집과 『풍화』, 『무지개는 내릴 곳을 찾는다』 등 장편소설에 이르기까지 많은 수준 있는 창작 성과를 산출했다. 그 결과로 현대문학상, 한국소설가협회 장편문학상, 한국문학상 등을 수상하기도 했다. 이러한 이력들만으로도 그의 작품 세계를 주목해야 하는 사유가 충분히 형성된다.

분단 모순의 총체성에 이른 작가 의식의 궤적

손영목의 작가로서의 문학적 경륜이 중견의 반열로 들어선, 1980년대 후반에서 1990년대 초반에 걸쳐 쓴 작품들을 묶은『장항선에서』의 해설을 쓰면서, 필자는 다음과 같은 분석을 제기한 바 있었다.

그는 시류의 핵심에 근접하려는 노력이나 기법의 변형을 시도하는 실험성 등속에 눈을 돌리지 않고, 원론적 사실주의와 전통적인 창작 방법 및 순문학의 장인 정신을 고집해 온 작가이다. 1990년대의 문학적 다원주의와 그 전개를 눈앞에 바라보면서, 우리는 이 작가의 고향 체험이나 소시민들의 진솔한 삶을 통해 수확할 수 있는 세상살이의 법칙들을 새롭게 조명할 필요가 있다. 그것은 현대사의 격변을 헤치고 지나오면서 우리가 잃어버렸던 따뜻한 온정을 되살리는 일이기도 하고, 보편적인 사람들이 가진 심정적 동향의 구체성을 새롭게 걷어 올리는 일이기도 하기 때문이다.

─김종회, 손영목의『장항선에서』해설 중에서

필자는 그의 작품을 통해 '평범한 사람들의 삶이 끌어안고 있는 소중한 진정성'에 주목했다. 그리고 그러한 분야에 이 작가의 특징적 장점이 있다고 보고, 그가 1985년에 출간한 작품집『침묵의 강』말미의「작가의 말」에 쓴 다음과 같은 글에 비판적 견해를 제시했던 터이다.

장차 어떤 모양과 색채로 드러나게 될지 막연하긴 하지만, 앞으로는 일시적인 또는 지엽적인 범위를 벗어나서 훨씬 전체적이며 근원적인 '인간의 문제'로 시야를 확대해 볼 욕심이다.

─손영목,「작가의 말」,『침묵의 강』중에서

지금 이 시기에 와서 돌이켜 보니, 매우 무모하고 무례하게도 필자는 '훨씬 전체적인 시야'에 의거한 소설 제작으로의 선환은 쉽사리 성취되

기 어려울지도 모른다고 전제하고, 그 이유로 다음과 같은 소설적 경향
들을 들었다.

거의 예외 없이 1인칭 서술자의 발화에 기대어 있는 시점, 유장하고 극
적인 전개보다 평면적인 조직력에 익숙한 사건 구성, 사태의 핵심을 직접적
으로 발설하기보다 우회적인 경로를 통해 부각하는 메시지의 전달 방법 등
의 특징적 성격이 당대 사회의 총체적 모습을 소설로 확립하는 데 걸림돌로
기능할 수 있기 때문이다.

— 김종회, 손영목의 『장항선에서』 해설 중에서

궁극적으로는 이 작가가 가진 소설적 현실 감각의 구체성과 진정성
을 말하기 위한 것이었지만, 젊은 평론가 시절의 필자는 당대 문학의 한
소중한 작가를 무모하게 예단하며 그 작품 세계의 전개를 좁은 시각으
로 한정하려 했던 셈이다. 작가의 의식과 창작 성향은 변화 발전하는 것
이고, 그 종착점이 어떤 '모양과 색채'로 드러날지 섣불리 추정하는 것은
옳지 않다.

작가 자신의 작품을 통하여 이와 같은 사실을 웅변으로 증명한 것이
곧 손영목의 『거제도』이다. 물론 지속적인 작품 활동을 통하여 그는 이
미 세간의 평가를 자유롭게 받아들이는 작가로 승급해 갔지만, 『거제도』
를 통해 확고한 존재 증명에 도달한 것은 작가 자신을 위해서나 동시대
의 우리 문학을 위해서나 기꺼워 할 일이다.

『거제도』는 올해 6월에 각기 300쪽이 넘는 단행본 2권 분량으로 발표
된 전작 장편이다. 분단 시대의 비극을 실증적으로 보여 주는, 거제도 포
로수용소의 참상을 담고 있으며, 그 속에 묻힌 사람들의 삶과 그 진실을
소설의 문면 위로 드러내 보인다. 60년이 경과하도록 아직도 해소되지

않은 분단 모순의 총체적 모습이 이 사건에 집중되어 있음을 깨우칠 때, 우리는 이를 소설화하여 우리 앞에 내놓은 이 작가에게 경의를 표할 수밖에 없다.

작가 자신의 태를 묻은 고향에서 일어난 시대사적 사건을 익숙한 시선으로 해석하는 일은, 어쩌면 작가로서의 그에게 부하된 오랜 숙제였을지도 모른다. 만약에 그렇다면, 그가 그동안 단련하고 비축해 온 소설 쓰기의 여러 기량은, 오늘의 이 작품에 이르기 위한 경과 과정이라고 언표해도 될지 모르겠다. 그럴 만큼 이 작품에는 만만찮은 값이 있다.

동시대 인물들의 일상에 부딪친 시대의 격랑

이제 손영목의 대표작이 된 『거제도』는 모두 2권으로 되어 있고 각기의 소제목으로 「폭풍」과 「풀꽃」이라는 명호를 달고 있다. 전자의 이름은 예기치 않았던 거센 시대사의 바람을 맞받아야 했던 이 나라 장삼이사(張三李四)들의 운명을, 그리고 후자의 이름은 돌발적이고 비극적인 사태에 대응하여 이름 없는 풀꽃과도 같이 인고의 세월을 통과해야 했던 그 삶의 형국을 지칭하는 의미일 터이다.

소설의 서두는 거제도의 자연적 경관과 더불어 그 경관의 일부라 해도 좋을 주민들의 일상적인 삶, 그리고 포로수용소가 세워진 곳 인근 마을의 이장인 옥치조의 가족들을 드러내면서 시작된다. 옥 씨의 아내 이옥례, 딸 상은, 상은을 한낱 유희의 대상으로 생각했으나 그 생각을 점차 진정한 사랑으로 바꾸어 가는 월남 피란민 임덕현 등은, 격변의 시대적 상황 속에서 그 흐름에 휩쓸리는, 또는 그것을 타고 넘는 인물 유형들을 보여 준다.

거제도 포로수용소는 6·25전쟁의 남북 교전과 휴전의 과정을 거치면서 17만 3000여 명에 달하는 좌·우익 성향의 포로가 함께 수용된 일종의 독립 구역이었고, 그러한 만큼 그 이념적 지향성에 따라 극단적인 충돌과 쟁투가 끊이지 않았던 곳이다. 1950년 11월 27일 설치되어 그 지역이 360만 평에 달했고 포로의 구성은 인민군 15만 명, 중공군 2만 명, 여자 포로와 의용군 3000명으로 알려져 있으며 주로 맥아더 장군의 인천 상륙작전 성공으로 인한 포로들이었다.

수용소 내의 포로들은 두 부류로 나뉘어 공산 포로와 반공 포로의 대립과 반목이 전쟁을 방불케 했으며, 폭행과 살인이 예사로 난무하는 형편이었다. 유엔군 측이 반공 포로들의 요청을 받아들여 이들의 본국 귀환을 포기시키려 하자, 공산 포로들은 1949년에 체결된 제네바 협약의 송환 원칙을 내세우며 격렬하게 저항했고, 그 와중에 수많은 사상자가 발생했으며 수용소장 프랜시스 도드 준장이 수용소 시찰 중 납치 감금되는 사태가 발생하기도 했다.

후임 소장인 찰스 콜슨은 인근의 고현 지구 민간인 1100여 세대에 대해 강제 소개 명령을 내렸는데, 이는 민간인과 포로들 간의 접촉으로 문제가 발생한다는 인식 때문이었다. 덕분에 주민들은 3년간 소개민으로 피난민과 같은 처참한 삶을 살아야 했다. 수용소는 1953년 6월 18일 당시 이승만 대통령이 반공 포로 2만 7300여 명을 석방한 후 7월 27일 휴전협정이 조인되자 폐쇄되었다.

소설은 이와 같은 역사적 흐름을 착실하게 뒤따르면서, 이를테면 역사의 기록자요 역사적 사실의 증인으로서 그 소임을 다하면서, 그러한 사실들의 경과를 육화해 보여 주는 인물군을 다각적인 방식으로 살려 놓고 있다.

수용소 내부 공산 포로들의 총지휘자인 박사현, 공산 포로 중 최고위

상위 계급자로서 대표로 행세하는 이학구 등이 한 축으로 기능하는가 하면, 공산 포로와의 대결에 열혈 분자로 앞장서는 윤석규 등이 또 한 축을 이루고 있다. 그리고 일찍이 사회주의 낙원 건설이라는 이데올로기에 심취했던 인텔리 청년으로 회의주의자가 된 최윤학, 육체를 내던지며 상대측 인물 윤석규를 유혹하라는 지령을 받은, 그러나 차츰 참된 사랑에 눈떠 가는 여자 포로 조양숙 등 회색 지대의 인물들도 있다.

이 다양한 층위의 인물들이 파노라마처럼 펼치는 여러 사고와 행위의 모습들은, 궁극적으로 거제도 포로수용소의 비극적 참상을 증거하는 데 그 목표가 있겠거니와, 그러한 현실적 비극이 분단 시대를 가로지르는 민족사의 수난을 압축적으로 표상하고 있다는 것이 곧 작가의 중심 사상이라 하겠다.

그리고 이념적 도그마에 젖어 있는 인물들은 그 나름대로의 대가를 치르는 것이라 할지라도, 전쟁의 발발과 사상자의 발생에 대해 아무런 원인 행위도 구성하지 않은 평범한 주민들의 극심한 피해 양상은, 그야말로 전쟁이 평범한 인물들의 일상에 얼마나 강력한 충격을 가하는가에 대한 단적인 예시가 되고 있다. 예컨대 단순하고 소박한 민초였던 옥치조의 아내 이옥례가, 포로수용소 설치로 인해 생계가 달린 보리밭이 망가지고 아들이 불구가 되어 돌아오자 그 충격으로 실성하고 마는 것은, 바로 그러한 사실의 예증에 해당한다.

한국전쟁의 제4막, 포로 전쟁과 소설적 시각

『거제도』를 통하여, 이제껏 6·25전쟁을 직접적으로 다룬 다른 작가들에 비해 이 작가가 독특하게 견지하고 있는 시각이 있다면, 그것은 거제도 포로수용소의 참상이 전쟁의 제4막에 해당한다는 확연하고도 가파른 인식의 문제이다. 그리고 그의 고향 거제도가 급작스럽게 사태의 표면으로 부상한 이유에 대해 거제도의 지정학적 중요성을 들어 다음과 같은 진단을 내놓고 있다.

> 거제도는 한국전쟁 발발 초기부터 갑자기 주목을 받게 되었는데, 그 이유는 우선 긴급 피란처로서 최적의 양호한 입지 조건을 갖추고 있다는 점이었다. 임시 수도 부산에 갑자기 몰려든 대규모 피란민의 조기 분산 수용이 용이할 만큼 이동 거리가 짧으면서 섬이 클 뿐 아니라, 사회적 경제적 충격을 어느 정도 감당할 수 있는 자체 토착 경제 기반을 갖추고 있었다. 그런 조건 때문에 거제도는 전쟁 기간 통틀어 피란민 천국이 되었고, 같은 맥락으로 포로수용소까지 떠맡게 된 셈이었다.
>
> ─손영목, 『거제도』 중에서

사정이 그러한 만큼 피란민과 포로수용소의 거제도 유입은 피하기 어려운 상황이라 할지라도, 그러한 객관적 상황을 납득하는 것이 실제적인 생존 현장의 고통을 상쇄하는 데에는 아무런 위력을 발휘하지 못한다. 상황에 대한 인식과 평가는 사후의 일이고, 궁벽한 삶의 소용돌이에서 살아남는 것은 곧 바로 눈앞에 펼쳐진 일이다. 특히 포로수용소를 둘러싼 사건들은, 남과 북 또는 양자의 정치적 이데올로기가 첨예하게 부딪치는 대리 전쟁의 수준에 이른다. 이 작가의 '한국전쟁 제4막'론은 그것을 말한다.

그 한국전쟁 제1막은 북한군의 기습적인 돌파 남진이었고, 2막은 유엔군의 38선 돌파 북진이었다. 3막은 벌 떼처럼 압록강과 두만강을 건너 몰려

온 중공군 참전, 그리고 세계전사에도 유례가 없는 거제도 17만 포로 전쟁
은 마지막 제4막이었다.

—손영목, 『거제도』 중에서

이와 같은 판세 읽기의 국면은 6·25전쟁에 대한 새로운 해석의 단초
가 될 수도 있을 터이지만, 이 소설의 중점적인 과제는 그러한 거제도의
물리적 사정이나 포로수용소의 지정학적 층위가 전쟁을 온몸으로 감당
해야 했던 그 현장의 인물들에게 과연 무엇이었는가를 질문하고 답변하
는 것으로 집중된다. 그것이 역사 또는 시대의 현실에 대응하는 소설의
존재 양식인 까닭에서이다.

소설은 현실의 대변자 또는 현상적 논리의 주창자가 아니다. 정연한
논리와 정돈된 태도로 한 방향의 주장을 밀고 나가는 일이라면, 그것은
소설이 아닌 다른 장르의 표현 양식에 맡겨야 할 것이다. 사태의 표층에
드러나지 아니한 미처 다 말하지 못하고 숨겨 놓은, 그러나 그 시기를 살
았던 사람들이 짊어지고 있었던 분명한 진실의 실체를 되살려 놓는 일에
소설의 운명이 있다. 그것은 일찍이 최인훈 『광장』의 이명준이 걸어가야
했던 바로 그 길, 회색 지대의 진실을 말한다. 이 소설에서 그 역할을 맡
고 있는 인물은 회의주의자 최윤학이다.

그는 고민에 고민을 거듭했고, 도무지 해법이 떠오르지 않는 지겨운 고
민으로부터 벗어날 수 있기를 갈망했다. 일종의 자포자기에서 차라리 북송
이 빨리 이루어졌으면 하고 바라기도 했으나, 그것이 진심이 아님은 그 자
신도 알고 있었다.

그렇다고 남한에 잔류하고 싶은 생각도 없었다. 굳이 하려고만 든다면
'북송 희망자'의 자격을 뒤집을 수 있는 방법을 찾을 수도 있겠지만, 폐허의

잿더미 속을 고개 숙이고 터벅터벅 걸으며 절망의 한숨을 짓는 자기 모습은 상상하기도 싫었다.

　그가 그 집요한 갈등과 고뇌로부터 해방되기 위한 방법의 하나로 자살을 생각하게 된 것은 그 무렵부터였다.

──손영목, 『거제도』 중에서

　한 인간의 가슴속에 사무치고 있는 이와 같은 갈등과 고민의 의미는 무엇일까를 짚어 보자면, 거제도 포로수용소의 17만 포로 전쟁에 못지 않은 심각한 전쟁 상황이 거기에 있는 것이다. 이는 전쟁이 개개의 인간에게 어떻게 깊고 큰 타격을 공여할 수 있는가에 대한 범례가 될 수 있다. 아울러 작가 자신이 '짐승의 시간'이라 명명한 그 한국전쟁 제4막은, 이 분단 시대를 살아가는 민족 구성원의 가슴속에서 아직도 꺼지지 않은 불길로, 현재진행형으로 잔존하고 있다 할 터이다.

　그러기에 동시대 삶의 구체성과 진정성을 탐색하는 자리에서 시작된 손영목의 문학은, 이제 민족사적 현실의 경과와 장래를 조망하는 확대 변화의 수순을 밟아 가고 있고, 그러한 면모는 아직 여전히 현역 작가인 그에게 우리가 거는 기대를 촉발하고 있다.

김주영 소설 『객주』의 문학 공간 활용 방안

문학, 문화 산업, 문학 테마 타운

'문화'라는 용어의 포괄적 의미는, "인류가 모든 시대를 통하여, 학습에 의해 이루어 놓은 정신적 물질적인 일체의 성과"로 되어 있다. 여기에 "의식주를 비롯하여 기술, 학문, 예술, 도덕, 종교 따위 물심양면에 걸치는 생활 형성의 양식과 내용을 포함"하는 것으로 설명된다.

문화는 공동체적 삶의 원형을 이루는 것이며, 그것이 시간적 공간적 환경과 함께 지속되면서 일정한 문화 유형, 문화 패턴을 생산한다. 하나의 국가 또는 민족 공동체 내부에서 발생하는 현실적인 문제들은, 문화적 측면의 매듭이 풀리면 모두 쉽사리 풀릴 수 있는 경우가 허다하다. 문화는 한 사회의 지식 또는 예술 작업의 총체이며, 나아가 한 민족의 전체 생활 방식과 민족정신의 일반적 성격을 포괄하는 개념이기 때문이다. 그러한 만큼 문화는 한 국가에서, 또는 국가와 국가의 관계에서 각계각층을 통합하는 중요한 역할을 할 수 있다.

남북 간의 관계에서도 우리는 장·단기 계획으로 민족 통합을 앞당기고 그 미래에 대한 준비를 절박한 심정으로 추진하되, 정치나 군사의 통합, 국토의 통합이 진정한 민족 통합이 아니며 그것이 결코 문화 통합보다 우선할 수 없다. 문화 통합만이 민족 통합의 필요충분조건이 될 수 있다. 그리하여 단기 계획은 민족 통합의 여건을 조성하는 것으로, 장기 계획은 미래의 완전한 민족 통합을 준비하는 것으로 추진하면서, 그 의식의 중심에 문화 통합의 개념이 자리 잡고 있어야 한다. 이는 비록 눈앞의 화급지사로 보이지 않더라도, 남북 간의 여러 부문에서 관계 변화의 양상이 확대되는 지금, 즉각 계획되고 실행되어야 할 급선무이다.

오늘날 세상이 빠른 속도로 변화하면서 문화의 형성과 그 성격도 여러 가지가 변하고 있다. 과거에는 변화하는 삶의 여러 모습이 오래도록 축적되어 문화를 이루는 것이었는데, 지금은 변화의 형식과 내용 자체가 그대로 동시대의 문화를 형성하는 상황에 이르렀다. '스피드의 시대'란 말은 이미 운동경기나 과학기술에만 적용되는 개념이 아니며, 우리 삶의 다양한 부면들이 정보화, 특히 전자 정보화하면서 '정보화 시대'란 용어와 곧바로 소통되는 형국이 되었다.

문학에 있어서도 그렇다. 그 빠른 변화의 보속은, 문학사의 시대 구분이나 문학의 장르 개념 및 서술 방식 등이 그 영역 안에서 유지하고 있던 경계의 개념을 무너뜨리는 데 강력한 촉매제가 되었다. 이 경계의 와해는, 일찍이 문화인류학자 레비스트로스가 '꿀과 담배'의 양분법으로 자연과 문명의 양자를 구분하여 설명하던 방식이 이제 더 이상 유효하지 않다는 사실을 뜻한다. 그 양자가 함께 얽히고 상호간의 접촉과 환류를 통해 새롭게 형성되는 회색 지대, 회색 공간이 오히려 가치와 생산성을 인정받는 시대가 되었다.

문학 내부의 장르 유형이나 경계의 구분이 와해 또는 무화되는 사태는, 달리 설명하면 장르와 경계가 새로운 통합의 길을 열어 나간다는 변증을 생성하는 것으로 된다. 우리는 최근 문학 논의 현장에서 '통합 문화'나 '퓨전 문화' 등의 어휘들이 등장하고 있음을 쉽사리 목도한다.

이와 같은 문화의 개념과 성격 변화는, 문학작품의 생산자로서 작가와 그 수용자로서 독자의 지위 및 관계 변화를 유발하는 지점에까지 이르렀으며, 작품의 창작이 지향하는 지고한 가치, 이른바 작가의 독자에 대한 '교사'의 지위를 위협하는 수준을 나타내 보이고 있다. 뿐만 아니라 작품이 예술성이나 문학성을 추구하기보다 대중성이나 오락성에 더 중점을 두는 경우, 이에 대한 비판과 타매의 강도도 한결 달라졌다. 과거에는 이를 대중문학 또는 상업주의 문학이라 하여 부정적 시각으로 검증하는 것이 상례였으나, 근래에 와서는 여기에 '문화 산업'이란 호명을 부여하고 그것이 가진 순기능을 주목하여 그 장점을 발양하려 하는 사례를 흔히 보게 된다.

문화 산업이 하나의 시대적 조류로 등장하는 배면에는 출판 시장의 변화와 문학 자본의 대형화 같은 직접적 요인이 작용하고 있다. 그리고 중요한 간접적 요인 가운데 하나는 문학 유산이나 문학인의 향토적 연고가 지방자치체의 문화 의식이나 공동체적 유대를 계발하는 사업 계획 및 그 실천과 연계되어 있다는 점이다. 이 글에서는 김주영 문학의 대표작 『객주』가 바로 그러한 측면에서 어떤 성향과 가능성을 가지고 있으며, 그것이 앞으로 문학 테마 타운 건립의 실질적 전개에 어떤 방향성을 담보할 수 있을 것인가를 살펴보려 한다.

『객주』의 문학적 위상과 동시대적 성격

　김주영은 초기에 가족사의 그림자가 담긴 자전적 소설에서 출발하여, '노상의 문학'에 해당하는 떠돌이의 세계를 그리는 과정을 거쳐, 마침내 민초들의 삶과 그 토양의 의미를 발양하는 역사 소재의 광활한 문학적 지평에 이른 작가이다. 필자는 이 전 과정을 김주영·정현기와의 좌담 기록 제목으로 요약하여 「가족사의 음영, 떠돌이의 애환, 민초들의 끈질긴 생명력」이란 글을 한 편 쓴 적이 있다.

　그의 역사 소재 소설을 읽으면 언제나 우리에게 역사는 무엇이며 왜 작가는 역사를 소재로 하여 소설을 쓰는가라는 문제가 떠오른다. A. W. 슐레겔이 언명한 바와 같이 역사야말로 '과거에 눈을 돌린 예언'이라면, 역사의 숨겨진 갈피 속을 탐색하는 곤고한 작업이 곧 미래를 향한 새로운 시도를 감행할 의지를 가꾸는 일과 다르지 않다.

　황석영이 10년이 넘는 세월을 보내며 『장길산』을 썼을 때, 그는 결코 조선조 숙종 연간의 극적 장길산 부대만을 말하지 않았다. 그것은 곧 당대 군부 정치의 독재와 신군부 정권 담당자들의 폭압에 대한 강력한 항변이었고, 소설의 후반에 상술되는 미륵 신앙의 용화 세상은 그러한 압제의 질곡을 넘어 도래해야 할 개량된 사회에의 소망을 표현한 것이었다.

　그런 만큼 역사소설 작가는, 독자들에게 넘겨줄 미래에의 소망이 길을 잘못 들지 않도록 한결 더 날선 경각심으로 글을 써야 할 터이다. 김주영의 소설들은, 그가 표현한 저 조선조 보부상들의 세계가 보여 주는 바 온갖 삶의 절목들이 오늘날에 있어서도 먼 나라의 이야기가 아님을 감각하게 한다.

　이를테면 우리가 두 발을 두고 있는 이 마천루 숲 속의 후기 산업사회에 있어서도 여전히 유효한 경각심을 유발하는 사례에 해당하는 것이다.

이는 그의 소설이 소설 그 자체만으로도 동시대 수용자들의 내면에 육박하는 힘과 울림이 있다는 뜻이다.

그의『객주』는 역사의 지평선에 떠올라 있는 인물, 이를테면 왕조 실록에 등장하는 인물을 통해 서사 구조를 풀어 나가는 일을 과감하게 버렸다. 역사의 행간에서 이름 없이 산 인물들, 역사가 그 공식 기록에서 배제한 인물들을 통해 당대의 민중, 즉 보편적인 백성들의 삶에 응결되어 있는 시대사의 요점을 추출하려 한 것이다.

이와 같은 것은 기실『장길산』이나『토지』가 나오기 전에는 거의 없던 관점이었다. 그 인물이 얼핏 억압과 피해 속에 잠겨 역사의 전개 과정에서 소정의 역할을 수행한 바가 없어 보일지 모르지만, 그들이야말로 실상은 역사의 전면에서 누구보다도 치열하게 살아간 사람들이라는 인식이다. 작가는 그러한 관점이 성립되어 소설로 구체화될 때, 비로소 역사가 '미래를 비추는 과거의 거울'이 될 수 있다고 생각했을 것이다.

어린 시절 저잣거리에서 자란 체험이나 방황 및 여행, 그리고 떠돌이 소설들의 뒤끝에『객주』가 놓인다고 한다면, "작가는 전적으로 자기 얘기를 쓰게 마련이다."라는 이문열의 말에 수긍이 갈 수밖에 없다. 다만 그것을 직접적인 방식으로 바로 말하느냐, 아니면 효율성의 제고를 위한 변용을 가하느냐가 다를 뿐이라 하겠다.

이처럼『객주』식의 발화 방식에 의하면, 겉으로 역사의 주변부에서 전전긍긍하며 초개 같은 생명을 부지해 온 것으로 보이는 이들이, 그 내용에 있어서는 당대의 백성들이 형성하는 삶의 중심부를 채우는 '이름 없는 주인공'이라 할 것이다. 그런 점에서『객주』는 민중사관의 문학화에 탁발한 성공 사례이다.

고도성장의 산업화 시대, 그리고 시대적 성격에 있어 물신화가 강압되고 동시에 억압적 의식의 출구가 봉쇄되는 후기 산업화 시대에, 김수영 역사 소재 소설이 보여 주는 삶의 여러 유형들은 그 역사성과 동시대성의 두 지경을 잇는 가교로 기능할 수 있다. 삶의 외형과 내면이 갖는 긴장 관계의 표본으로서도 그러하고 그것을 풀어 나가는 방법론적 시도에 있어서도 그러하다.

『객주』저잣거리의 인물들은 지금 우리 눈앞에 옷차림과 어투를 바꾸어 나타나지만, 그 근본에 있어서는 변함없이 '그때 그 사람들'이다. 사람들이 함께 어울려 살아가는 세상살이의 본래적 이치에는 동서고금이 별반 다를 바 없는 까닭에서이다. 현대적 삶의 한가운데에 서는『객주』문학 테마 타운은, 그러므로 역사의 빛깔로 치장한 현실의 본질이요 현실의 옷을 갈아입은 역사의 교훈이어야 한다.

객주문학마을 건립과 시너지 효과

김주영 소설『객주』의 문학 테마 타운과 관련하여, 필자가 갖고 있는 정보는 아직 초보적이고 소박한 수준이다. "한국문학의 기념비적 작품『객주』의 무대인 청송 일대 장터 거리와 타고난 이야기꾼 김주영 작가의 생가를 연계한 문학 테마 타운을 만들어 지역 이미지 제고와 관광 활성화 기대"라는 목표가 설정되어 있고, 그동안의 심포지엄 발제문과 전문가들의 타당성 조사 결과를 바탕으로 실효성 있는 구체적 방안을 마련하는 중인 것으로 알고 있다.

따라서 다시 여는 이번의 심포지엄은 기본 구상을 보다 실증적으로 가다듬고, 문학작품으로서의『객주』와 그 문학 테마 타운이 어떻게 조화롭게 악수하여, 문학과 문학관 또는 문학과 문화 산업의 시너지 효과를 창출할 수 있을 것인가에 주목해야 옳겠다. 이 글에서는 현재 운영되고 있는 전국 58개 문학관의 실상을 참고하면서, 이 문학 테마 타운이 지향해야 할 기본 원칙과 방향성 등에 대해 논의해 보려 한다.

1 문학과 문화 산업의 행복한 만남

한국문학사에 이름 있는 작품과 그 무대 및 작가의 생가를 연계하는 문학 테마 타운인 까닭으로, 문학 자체의 예술적 측면과 공간적 환경의 문화 산업적 측면이 모두 살아 있어야 한다. 이 양자 중 어느 한쪽으로 경도되어서는 안 되고, 함께 그 장점을 발양하여 시너지 효과를 창출할 수 있어야 한다. '소설'을 통해 '마을'을 알고 '마을'에서 '소설'을 감각할 수 있어야 한다.

2 김주영 문학의 장점 적극적 반영

김주영의 문학이나 대표적 작품인『객주』가 가진 여러 문학적 장점을 문학 테마 타운에 적극적으로 반영하는 것이 좋다. 하동의 '이명산문학예술촌 — 이병주문학관'의 경우에는, 그 구체적 항목으로 이야기의 재미, 박학다식·박람강기, 체험의 역사성, 지역적 기반 등의 개념을 내세웠다. 김주영 문학이 가진 민중적이고 토속적인 정서, 유장하고 극적인 이야기의 전개, 우리 옛말의 활용과 활달한 상상력, 작품과 지역 공간과의 상관성 등을 문학 테마 타운에 도입하여 콘텐츠의 상품성을 높이기를 시도해야 한다.

3 주변 환경과의 친숙성

문학 테마 타운은 문학 마을이므로, 자연 친화적 큰 그림 아래 주변 환경, 곧 산야와 수로, 지역 주민 거주 마을과 그 주민들과의 관계에 저해요인이 없도록 미리 배려해야 한다. 오히려 한 걸음 더 앞서서 이들을 적극적으로 동참시키고 중심적 역할을 담당하도록 유도하는 것이 좋다. 춘천의 김유정문학관이나 양평의 '황순원문학관 — 양평 소나기마을'이 좋은 보기가 될 것이다.

4 추진 주체의 효율성 제고

지방자치체와 지역 내 대학 등의 산학 협력적 측면을 고려하고, 문학 연구자 및 타운 건립 전문가 등이 참여하는 추진 주체를 효율적으로 구성하는 것은, 궁극적으로 이 사업의 성패를 좌우하는 중요한 사안이다. 문학 테마 타운의 건립 취지와 콘텐츠, 건립 방향 등은 전문가 그룹이 담당하고, 지방자치체는 행정과 예산 부분을 뒷받침하는 유기적인 협력 체계의 수립이 필요하다.

5 미리 준비된 건립 및 전시 계획

문학 테마 타운의 터 잡기를 시작하기 이전부터 미리 준비된 총체적 건립 계획과 조경 및 전시 계획이 제시되어야 한다. 특히 내방자들의 동선을 고려한 진입 및 통행로, 시선을 집중시킬 전시 계획은 사전에 전문가들에 의한 충분한 검토의 과정을 거쳐야 한다. 자칫 잘못하면 전체적인 균형이 무너질 수 있다.

6 내방자 편의 위주의 공간 배치

한 번 방문한 내방자들이, 매우 유익하고 편의했다는 인식을 갖도록 해야 한다. 이 유익성과 편의성이 괄목할 만하지 않으면, 차후 재방문이나 호의적 평판을 기대하기 어렵다. 그리고 내방자들의 경우도 한 번 스쳐 지나가는 경유형에 머물지 않고, 최소한 하루를 머무는 숙박형이 되도록 유도해야 한다. 이는 문화 산업적 측면에서의 경제성과 관계된다.

7 경제적 부가가치의 발생 촉진

오늘날 어떤 지방자치체의 사업도 지역 주민의 호응을 얻지 못하면 지속성을 갖기 어렵다. 그것은 곧 지역사회에 발생하는 경제적 부가가치와 관련되어 있다. 문학 테마 타운으로 인하여 실질적 소득 증대가 가능하도록 대비해야 한다. 이는 결코 부정적인 시각으로 볼 문제가 아니며, 그러해야 지방자치체도 확고한 명분과 실리를 담보할 수 있다.

8 예산 확보를 위한 공동의 노력

문학 테마 타운의 추진 주체를 중심으로 예산을 확보하기 위한 노력을 광범위하게 전개해야 한다. 군비를 종잣돈으로 한다면 여기에 국비와 도비, 그리고 후원 가능한 기관·기구·기업, 그리고 출향 유력자들을 포함한 종합적인 예산 확보 체계가 마련되어야 한다.

9 건립 이후의 관리 및 운영 대비

문학 테마 타운의 건립 자체가 목표가 아니라 그 관리와 운영에 있어 괄목할 만한 성과를 거두는 것이 목표이므로, 건립 계획의 추진과 동시에 차후의 관리·운영에 대비한 복안을 준비해야 한다. 이 사업 전체를 조감하는 '독수리의 눈'으로 보자면, 운영 이후 발생할 문제점과 수지타산까지 점검되어야 한다.

다시 길 위에 선 문학

문학은 과거 그것이 한 시대의 '교사'로서 기능하던 시기처럼, 먼지를 뒤집어쓴 책장 안에서 수요자의 손길을 기다리던 의고적인 사세로는 이

제 설 자리를 찾을 수 없게 되었다. 문학은 능동적으로 독자 대중을 찾아가 만나야 하고 그 주변을 지나가는 '길손'에게 자신의 존재 가치를 설득해야 할 상황에 이르렀다. 이러한 변화된 관점으로, 문화적 인식을 갖고 이 지역을 찾는 사람들이 규격화되어 제시된 관람 과정만 거쳐 갈 것이 아니라, 주변의 산야를 따라 김주영 문학의 지역성을 체험하도록 인도해 볼 수도 있을 것이다.

이미 객관적 평가가 주어져 있듯이 김주영과 그 문학은 이 지방자치 시대에 한 지역의 대표적 정신운동으로 떠오를 충분한 가치가 있다. 이 작가를 지속적으로 기림으로써 지역사회는 문화적 활동의 큰 걸음을 연이어 내딛게 될 것이며, 그것은 향토를 사랑하는 일이 곧 나라를 사랑하는 일임을 증명해 줄 것이다.

『객주』와 그 이야기의 흐름을 면밀히 상고하여, 그를 따라 지역사회 내부에서 일정한 관광 코스를 개발해 보면 어떨까? 필요한 지점에 설명문을 세우고 더 필요한 지점에 주기적으로 강연을 개설하며, 이 문화 이벤트에의 참여가 일상 속의 등산이나 레저에 접목되도록 하는 '생활문화'를 개발할 수는 없을까?

김주영과 그의 『객주』를 기리는 일이 작가에게만 바쳐지는 헌사에 그치지 않고, 동시대를 살아가는 이들의 가슴속에 감응력의 물결을 일으키는 문화 공간의 형상을 입을 때, 우리는 다시금 실제적 생활 가운데 뿌리 내린 문학의 가치를 목도하게 되리라 본다. 그러할 때 비로소 문화 산업과 만나고 동행하는 문학이 제값을 추수하게 될 것이다.

2부

사회사의 저울과 계량의 척도

선한 목적을 가진 삶의 아름다움

— 박범신 장편소설 『고산자』와 공지영 장편소설 『도가니』

동시대 '착한 소설'의 두 가지 얼굴

근자에 발간된 우리 문학의 장편소설 가운데, 그 외양이 함께 눈에 들어오는 두 권의 책이 있다. 박범신의 『고산자』와 공지영의 『도가니』가 그것이다. 두 소설 모두 인간의 올곧은 의지와 그것을 실현하기 위해 고투를 마다하지 않는 신실(信實), 그리고 이에 조력하는 선량한 손길들로 이야기를 구성했다. 물론 이들의 목전에는 회피할 수 없는, 꼭 이루어야 할 과제가 걸려 있다. 안방의 분위기를 청신하게 하고 역경을 헤쳐 나가는 인간 승리의 개가(凱歌)를 담는 드라마를 '착한 드라마'라고 한다는데, 이 시쳇말의 어법에 견주어 보면 두 장편소설은 그야말로 '착한 소설'들이다.

박범신의 『고산자』는 우리가 익히 알고 있는 대동여지도의 제작자 김정호의 일생을 그렸다. 문헌 자료에 그의 생애가 그토록 세미하게 남아 있을 리 없다는 일반석 상황론에 비추어 보면, 중심 줄기 이외의 지장은 모두 작가의 몫일 것이 분명하다. 소설 한 권을 다 읽고 나서 우리가 고산자의 품성과 행적에 보다 가까이 다가서고 그의 체취를 맡을 수 있었다면, 이 작가가 대상 인물을 생동하는 실존적 존재로 이끌어 내는 데 성공했다는 뜻이 된다.

미상불 세기의 인물 고산자가 고단한 발걸음의 품을 팔아 작성한 대동여지전도와 목판 각첩으로 된 대동여지도가 오늘의 한국 지도와 별반 차이가 없음을, 그리고 그 시기 측량 기기나 지원 시스템이 극히 미미할 수밖에 없었던 정황을 상고(詳考)해 보면, 이는 언필칭 세기의 사건이요 업적이 아닐 수 없다. 소설은 이 치적을 찬탄하는 데 목표를 두지 않는다. 그 꼭짓점에 이르는 도정(道程)을 중심인물의 인간적 면모를 통해 드러냄으로써, 궁극적으로 하나의 인간학을 완성하는 데 의의가 있다. 『고산자』는 그 소임을 충실히 다했다.

공지영의 『도가니』는 김승옥의 「무진기행」을 패러디해서 무진시를 공간적 배경으로 설정하고, 그 도시의 장애인 학교에서 벌어진 아동 학대와 인권침해의 상황을 날카롭게 파헤쳤다. 안개나루가 상징하는 불투명하고 불확실한 도시 또는 학교의 환경 가운데, 금전으로 그 직분을 사서 부임한 한 무력한 교사를 중심으로 잘 짜인 추리소설처럼 사태의 진면목을 순차적으로 들추어낸다.

명민하게도, 이 작가는 소설적 스토리 전개의 핵심에 있는 주인공을 의기(義氣)에 찬 도덕적 인물로 그리지 않았다. 그는 그저 평범한 소시민이고 현실을 타개할 역량이 태부족이며 마침내 자기의 길을 갈 수밖에 없는 갑남을녀(甲男乙女)의 한 사람이다. 그러나 그에게는 인간의 도리에 대한 상식적 기준이 있고 그것을 감싸고 있는 정리(情理)로서의 보편적 인간애가 있다. 그것이다. 이 소설의 작가는 그것을 무기로 거대한 사회적 권력들의 연합에 연약한 창끝을 들이댔다.

창은 표적의 정곡을 찔렀고 『도가니』는 소설 그 자체를 넘어서는 소설적 위력을 발양했다. 20세기의 우리 문학을 지배하던 중심 사상이 퇴조하고, 거의 모든 소설이 속도감과 효율성이 넘치는 세상의 박수 소리를 향해 달려가는 마당에, 이처럼 그 생각의 근본이 튼실한 소설 두 편을 한꺼번에 만난 것은 필자의 복이었다. 두 소설을 이끄는 두 인물은 역사적 시간에 있어 200여 년의 상거를 두고 있지만, 반드시 풀고 또 도달해야 할 숙제의 결말을 향하여 그 과정에 스스로를 투척한 문학사의 동류항이다.

일찍이 누보로망의 작가 로브그리예가 "소설을 쓴다는 행위는 문학사가 포용하고 있는 초상화 전시장에 몇 개의 새로운 초상을 부가하는 것이다."라고 언표했으되, 이 두 인물의 액자는 그러므로 그 전시장의 같은 자리에 게시해도 큰 문제가 없겠다. 두 세기를 넘어서는 시간적 거리를 두고 있는 사건이며 이를 응대하는 독자들의 시선도 각양각색이겠으나, 그처럼 강렬한 공통점을 보유하고 있기에 그 두 작품을 여기 한자리에 초치했다.

한국 지도의 고전, 그 빛나는 성좌의 배면

『고산자』의 작가 박범신은, 37년 작가로서의 생활 가운데 처음으로 역사소설을 썼다고 말하고, 그 이유를 "이룰 수 없는 꿈, 갈망을 그리고 싶었다."라고 덧붙였다. 2009년 7월 22일, 서울 대학로에서 열린 '저자와의 만남' 자리에서였다. 그렇다. 그는 고산자 김정호의 꿈을 나누어 가졌다.

내 강토의 지도를 내 손과 빌로 그리겠다는 꿈, 그리고 이를 통해 내산하의 백성들이 제대로 길을 찾아 죽음과 같은 질곡을 면하도록 하겠다는 갈망을 소설로 이어받았다. 그러기에 처절하고 애잔한 김정호의 가족사, 고마움과 서운함이 두루 얽혀 있는 그의 교우 관계, 동시대에 빛나는 의미를 발산하는 지도의 완성 등이 한 꿰미의 구슬처럼 소설로 엮일 수 있었다.

잘못된 지도 한 장, 잘못된 지방 행정관의 업무 처리, 또 잘못된 시대적 흐름의 결과로 부모를 잃고 장애가 있는 딸을 키우면서 김정호는 당대에 불가능해 보이는 꿈을 꾸었다. 가열한 인적 물적 환경이 그에게 가해 오는 압박은 생사를 좌우하는 큰 굴곡들이었다. 역사서에 기록된 몇 줄의 문장이 독자들에게 실감 있게 인식시킬 수 없는 그 꿈과 좌절, 고난과 극복의 현장이 후대 작가의 붓끝에서 다시 살아났다면, 이를 읽고 온전한 삶의 길과 그것의 실천에 대한 다짐을 부수(附隨)하는 것은 '착한 독자'들의 책임이다. 그렇게 김정호의 삶과 일은 어렵고 힘겨웠으며, 그런 만큼 값과 빛이 있었다.

평생 꿈꾸어 온 것이 무엇이었던가.

조정과 양반이 틀어쥔 강토를 골고루 백성들에게 나눠 주자는 것이고, 조선이라는 이름의 본뜻이 그러하듯, 강토를 세세히 밝혀 그곳에서 명줄을 잇고 있는 사람살이를 새롭게 하고자 한 것뿐이다. 바른 지도가 있어 고루 백성들에게 나누었다면 아버지도 그렇게 죽지 않았을 것이고, 그의 평생이 풍진의 길로 나앉지도 않았을 것이다. 땅의 흐름과 물의 길을 잘 몰라 떠도는 사람은 더 이상 없어야 한다. 그뿐이다.

——박범신, 『고산자』 중에서

소설이 힘을 얻는 것은, 거듭 말하되 그 이야기 속에서 생동하는 인간과 더불어서이다. 이토록 명료한 김정호의 꿈이 감동적일 수 있는 것은, 그것이 가진 합목적적 당위성 때문이 아니다. 그 꿈에 도달하기까지 임립(林立)한 인간적 고뇌와 그에 잇대어진 인간관계의 절박성 때문이다. 그를 궁지에서 살린 해주댁, 다리를 저는 딸 순실, 순실의 생모인 혜련 스님, 그에게 마지막 생명의 젖을 물리고 떠난 혜련 스님의 어머니 등의 군상이 병풍처럼 그의 뒤에 둘러서 있다. 이 애절하고도 복잡한 가족사를 가로지르며, 그의 어머니가 남긴 은비녀가 중요한 알레고리로 작용하기도 한다.

거기에서 조금 더 범위를 넓히면 더 큰 병풍도 있다. 위강 신헌, 혜강 최한기, 오주 이규경, 난고 김병연 등 반상을 초월한 지기(知己)들이 있고 또 한편으로는 지도의 중요성을 이해하는 세도가 안동 김문의 김성일도 있다. 이들과의 사이에 여러 모양으로 전폭적 우의와 도움, 상황 논리와 외면 등의 상관관계가 교차하지만, 큰 그림으로 보자면 이러한 교우들이야말로 대동여지도를 완성하는 그 추동력의 자양분에 해당한다.

더욱이 당대에 하나의 시대정신(Zeitgeist)을 형성했던 실사구시, 이용후생, 경세치용의 실학 정신은 김정호의 확신을 부양하는 바탕이 된다. 그러하지 않고서는 앞서의 반상(班常)을 넘어서는 우의도, 지도의 효용성에 대한 생각도, 당대 상황에서의 설득력을 갖기 어려웠을 터이다. 『열하일기』를 쓴 연암 박지원이 실학사상과 그 정신을 힘입어 자기 시대 선각(先覺)의 지위에 이를 수 있었다면, 김정호의 선각 역시 그와 같은 바탕에 힘입었을 것이 분명하다. 꿈이 있어야 길이 보이는 법이고 길이 있어야 꿈이 이루어지는 것이라면, 대동여지도와 실학사상은 곧 꿈과 길의 존재 양식으로 서로를 부축하고 있었던 셈이다.

민정에 지도를 박아 넣은 것은 기실 중시관에게 설명한 것과 그외 속뜻이 사뭇 다르다. 대동여지도란 곧 조선 강토인바, 장죽을 문 노인이 말했던 것처럼, 심중으로 보면 망하고 말 조선에 대한 만장이다.

조선은 머지않아 망할 거외다.

바로 설명하자면 그리 말해야 옳다. 그러나 포청 종사관에게 감히 그렇게 말할 수는 없다. 순실이 때문에 그 억울함이 뼈에 저려 앙갚음하자 해서 하는 말이 아니다. 이미 오래전부터, 피폐할 대로 피폐한 백성들의 살림터를 누비고, 방비가 허술해 아예 무너져 버렸다고 해도 과언이 아닌 모든 변방을 가로지르고, 끊임없이 일어나는 반란의 현장을 두루 꿰뚫고 다니면서, 처음에 조금씩 느껴 왔으나 마침내 확신이 돼 버린 생각이다.

조선은 망할 것이다.

관념이 아니라 발품을 팔아 그는 누구보다 조선 강토를 깊고 넓게 보며 살아온 사람이다. 그럴 리 없다라고 끝없이 부정하려 해도 길로 떠나 방방곡곡의 사정을 살피고 나면 강화될 뿐인 망국의 예감을 대체 어디에 부릴 것인가. 그가 다섯 개의 만장을 궁리할 때 처음부터 그를 사로잡고 있었던 게 바로 망국의 뚜렷한 예감이다. 오십 년이 아니라 십 년조차 채 가지 않을지 모른다. 아니 십 년 이내에 조선이 통째 망한다고 해도 놀라지 않을 터이다.

— 박범신, 『고산자』 중에서

김정호는 딸 순실이 천주교도로 붙들려 있는 포청의 종사관을 만나기 위해 다섯 개의 만장(輓章)을 만들었다. 그중 하나는 대동여지도를 찍은 것이다. 그를 지지하고 후원하던 세 사람이 외면하자 그 세 사람의 동무가 며칠 새 죽었다고 치부하고, 한평생 그것을 그리기 위해 살았던 대동여지도도 죽었다고 단언한다.

실로 대단한 용기이자 과감한 자기표현일 수밖에 없는 이 기념비적 퍼포먼스로 순실을 구하지만, 그의 가슴에 남은 생각, 망국의 예감은 마침내 현실이 되는 것이 우리의 비극적인 역사이다. 그 완강한 시대의 철벽을 뚫고 대동여지도가 세상의 밝은 곳으로 나왔던 것이다. 종내 김정호의 대동여지도는 한국 지도의 고전이자 18세기 조선의 영·정조 시대에 실학사상 실현의 한 요체를 이루었다.

그는 1804년에 태어나 60여 년의 생애를 살고 1866년에 사망한 것으로 추정될 뿐, 정확한 생몰 시기와 신분이 역사적 기록으로 밝혀지지 않은 채로 남아 있다. 작가 또한 이를 부드럽게 처리했다. "이후, 그를 보았다는 사람은 세상천지에 아무도 없다."라고 소설의 말미에 적고, "조선의 명운이 다한 1905년 을사년까지 무려 백 살이 넘게 살았다는 얘기도 있다."라고 부언했다. 그 파란만장하고 뜻깊은 생애를 한 권의 소설적 인간학으로 구현한 작가가 박범신이다.

양두구육의 인권 침탈, 그 은폐 또는 노출

공지영의 『도가니』는 인터넷 연재를 거쳐 장편으로 출간된, 근래의 문학 판도 변화를 반영하는 태생적 특성을 안고 있다. 인터넷 시대와 그 매체에 적응된 독자들과의 친숙함을 안고 나온 만큼, 그들의 기호에 영합할 만한 내용을 담고 있을 듯하나 실상은 그렇지 않다. 이 소설은 매우 정색의, 정공법의 모양새를 가졌다. 소설이 말하고자 하는 주제의 성격이 이미 그와 같은 방향성을 예정하고 있기도 하다.

강인호란 인물이 이 소설의 주인공이다. 강인호는 무진시에 있는 '자애학원'이란 장애인 학교의 교사로 부임하기 위해 이 안개 도시를 찾아간다. 청각 장애아들을 가르치는 특수학교 교사라면 따로 자격증이 있어야 하나 그에게는 대학 졸업 후 받은 일반 교사자격증밖에 없다. 그 공백은 아내가 '작은 거 다섯 장'으로 메웠다. 그의 부임은, 아니 이 특별한 학교와 그의 인연은 당초부터 부적절한 형식으로 시발되었다. 이 작은 단서가 확대되고 증폭되어, 마침내 도시 전체를 뒤흔드는 불의하고 부도덕하며 반인륜적인 숨은 사건들을 햇빛 아래로 이끌어 낸다.

작가는 김승옥의 「무진기행」과 그 안개의 분위기, 그리고 그 소설 속에서 자살하는 여자 하인숙 등의 소설적 편린들을 매우 효율적으로 소설의 들머리에 매설했다. 무진에 내려와 인권운동센터에서 일하는, 아이들을 키우며 사는 여자 선배 서유진을 미리 배치해 둔 것도 사뭇 용의주도하다. 이러한 요소들은 나중의 사건 전개에 각기의 지분으로 제 목소리를 내며 되살아난다. 다만 이 소설의 여러 복잡다단한 이야기들 가운데, 어느 대목이 사실과 근접하고 어느 대목이 작가의 재구성에 의한 것인지는 분간하기가 쉽지 않다. 이를 실화 소설이라 이름 붙이지 않은 점을 미리 살펴 둘 필요가 있겠다.

출근한 첫날부터 강인호의 눈에 비친 학교, 교장 형제, 행정실장 등의 동태는 심상치 않다. 기차에 치여 죽은 아이, 장애 이상의 장애적 상황에 억눌려 있는 아이들에 지속적으로 관심을 갖기 시작하자 마침내 세상과 절연되어 있던 엄청난 비밀들이, 놀랍게도 얽힌 실타래 풀리듯 풀려나오기 시작한다.

이 작지만 강력한 추동력을 생산하기 위해서, 더도 덜도 없이 그의 상식적이고 건실한 사람됨이 필요했다. 동시에 그는 서유진을 비롯한 조력자들의 도움과 함께 이 학교의 철저한 은폐 구조, 그리고 이 도시의 완강한 담합 구조에 정면으로 맞서게 된다. 다음은 강인호가 첫 부임의 수업에서 처음으로 아이들과 만나는 장면이다.

그는 준비해 온 성냥갑에서 성냥개비 세 개를 꺼내어 한 개씩 불을 붙이면서 수화로 다시 시를 읊었다. 그가 성냥을 하나씩 커면서 손짓으로 학생들의 얼굴과 눈과 입을 가리키자 무표정하던 아이들의 얼굴은 불투명한 유리가 씻기듯이 조금씩 맑아지기 시작했고 이어 영화 화면이 흑백에서 컬러로 바뀐 것처럼 핏기가 돌았다. 혹시나 해서 준비해 온 이 작은 퍼포먼스가 아이들과 자신 사이의 거리를 성큼 좁혀 주는 것 같았다. 왠지 아이들과 잘 지낼 수 있을 것 같은 자신감이 차오르면서 아침부터 달려들었던 온갖 불길함을 조금 덜어 주었다.

——공지영, 『도가니』 중에서

강인호의 이러한 접근법은 더디고 성과가 없어 보여도 그야말로 우공이산(愚公移山)의 가장 유효한 처방이다. 교장과 한통속인 윤자애 선생이 '연두'에게 린치를 가하는 현장을 목격하고 강인호가 아이의 어머니를 부르는 단계를 지나, 그 어머니가 무진의 인권운동센터를 찾아가기에 이른다. 센터의 서유진은 다음 날 아침 일찍 간사, 자문위원들을 모두 소집한다. 자애학원 이사장 아들들인 교장 형제, 그리고 장애인 아이들의 험난한 충돌은 그렇게 시발되었다. 평범한 견식을 소유한 교사 강인호는, 그 점화제로서 적격이었다.

사건이 텔레비전 방송을 타고 무진시가 흔들릴 정도로 여론이 집중되었지만, 문제가 제대로 해결되기에는 그 길이 너무도 멀고 험했다. 장애인 아이들이 오랜 기간 성폭행을 당하고 아무 반항도 못한 채 견뎌야 했던 정황이 알려졌어도, 교육청의 최수희 장학관이나 경찰서의 장 경사 등으로 대표되는 공공 기관, 친척 및 학교 동창, 영광제일교회 등 견고한 지역적 연대는 이를 전혀 다른 방향으로 몰아가려 한다. 자애학원이 연간 40억 원의 공공자금 지원을 받는데도 이를 규모에 맞게 감시할 수 있는 시스템은 전혀 작동하지 않았던 것이다.

작가는, "진실이 가지는 유일한 단점은 그것이 몹시 게으르다는 것이다."라며, "진실 아닌 것들이 부단히 노력하며 모순된 점을 가리고 분을 바르며 부지런을 떠는 동안 진실은 그저 누워서 감이 입에 떨어지기만을 기다리고 있는지도 모른다."라고 썼다. 진실이 외면당하는 데에는 실로 그만한 이유가 있다는 것이다.

그러나 이 소설적 이야기의 전개에서 보듯, 진실은 그것이 흘러갈 물꼬를 열어 주는 손길을 만나야 응분의 힘을 발한다. 작가는 무리한 욕심이나 지나친 과장 없이, 세속적 수준의 정신적 건강을 가진 한 사람의 교사를 통해 그 역할을 수행하게 하고 그에게 적절한 시기의 퇴장을 허락한다. 그것이 현실일 수밖에 없으며, 따라서 모두가 공노(共怒)할 이 사태의 승자는 어디에도 없게 된다.

판사의 선고가 끝나고 수화통역사가 마지막 숫자와 함께 집행유예라는 것을 알리자 여기저기서 괴성이 뿜어져 나왔다.

"전과가 없다니! 십여 년간 수십 명을 성폭행했는데 집행유예라니!"

경찰이 제지했지만 소란은 쉽게 가라앉지 않았다. 고함과 할렐루야 소리가 뒤엉켜 법정은 거의 통제 불능 상태였다. 이강석, 이강복 형제는 황 변호사를 붙들고 활짝 웃으며 악수를 하고 있었다. 혼자서 실형을 살기 위해 다시 구치소로 가야 하는 박보현이 넋 나간 듯 허공을 바라보는 것을 강인호는 보았다. 그의 쥐 같은 눈에 엷은 물기가 어려 있었다. 죄를 지어 벌을 받는 사람은 그 하나뿐이었다. 국선변호인은 아직 잠이 다 깨지 않은 듯한 얼굴로 그런 그의 곁에서 무표정하게 가방을 챙기고 있었다. 연두 어머니의 울음소리를 들으며 강인호는 법정을 나왔다. 무진 영광제일교회 신도들이 찬송가를 부르고 있었다. 하늘은 날을 벼려 놓은 것처럼 푸르렀다.

—공지영, 『도가니』 중에서

로마의 철학자 세네카는, "모든 노출된 악덕은 비교적 경미하다. 그것은 가장된 건전 밑에 은폐된 때에 최악질이다."라고 언명한 바 있다. "악덕은 미덕의 망토에 싸여 있다."는 것은 G. 하베이의 말이다. 이 명약관화한 사건을 두고 법정의 판결이 이렇게 엇갈리는 것, 그것이 곧 세상살이의 모습이고 현실의 바닥에 두 발을 두고 있는 이들이 당면할 수밖에 없는 삶의 환경이다.

그런데 바로 그 그악스러운 악덕을, 어떻게 건전의 은폐를 제치고 노출시킬 수 있을 것인가를 소설로 쓴 작가가 공지영이다. 그 정황의 공의로움 때문에 이 소설은, 마치 조세희의 「난장이가 쏘아올린 작은 공」이 그러했던 것처럼, 그리고 앞서 박범신의 소설이 그러했던 것처럼, 부분적 결함을 집어내는 것 자체가 별반 의미 없는 일이 된다. 더위를 식히기 위해 책을 읽겠다고 스스로를 독려해야 하는 이 계절에, 참으로 흔연한 마음으로 이 책 두 권을 만났다.

'새로운 세태소설'의 가능성

— 전성태의 「로동신문」과 정지아의 「즐거운 나의 집」

이들의 소설을 주목하는 문학사적 시각

한국 현대문학은 20세기 말 1980년대에서 1990년대로 넘어오면서, 이념성의 시대를 마감하고 다원주의의 시대를 열었다. 그리고 그 시대적 분수령을 넘은 문학의 포괄적 성격은, 오늘날까지 다수의 변종을 거느린 채 대동소이한 행보를 계속하고 있다. 요컨대 과거와 같은 유별난 사회적 이슈를 생산하지 않는, 개별적이고 미소화된 다양성의 문학이 주류를 형성하고 있다는 뜻이다.

이것은 어느 누구를 막론하고, 심지어는 이념적 근본주의자 자신들에게도 큰 이의 없이 통용되어 온 우리 문학의 정체성에 대한 평가였다. 우리 문학의 외형적 실상이 그러하므로, 이 획일적인 명제에 맞서는 반론을 제시하기는 어려웠다. 그러나 문학은 아무런 반성적 성찰도 없이 일반적 범주화의 늪으로 침윤하지 않는다. 겉보기의 외관이 그러하다 해도 내포적 측면에서는 언제나 다른 씨앗을 보존하거나 다른 싹을 배양할 수 있기 때문이다.

　한 시대의 내면 풍경을 드러내는 문학은, 궁극적으로 역사적 통시성과 사회사적 공시성의 교직으로 산출될 수밖에 없다. 어떤 대단한 패찰을 문전에 내건 문학일지라도, 그것이 배태된 수직적 상황과 수평적 상황으로부터 자유로울 수 없는 것이다. 이 두 상황 조건 가운데 어느 한쪽이 강화되어 나타난다 해도 다른 한쪽이 일방적으로 척출되는 경우는 있을 수 없으며, 다만 그 다른 쪽의 특성이 문학적 수면 아래에 잠복하고 있을 뿐이다.

　1980년대 이전을 '이념적 거대 담론'의 시대, 1990년대 이후를 '다원주의적 미시 담론'의 시대라 호명하는 일은, 곧 이 양자의 성격적 특성이 한쪽으로 강화되어 있다는 설명과 다르지 않다. 그러기에 '다양성의 미덕'이라는 동시대 문학의 구호가 관영(貫盈)한 가운데서, 여전히 삶의 근본에 대한 주의 주장을 담은 문학이 그 계보를 이어 가고 있음을 볼 수 있다.

　어떤 경우에도 과거의 문학적 전통과 냉연히 단절된 문학은 있을 수 없다. 과거와 현재 또는 미래의 문학이 상호 연관성의 문맥 아래에서 함께 논거될 때, 그 영향 관계는 앞선 단계와 다음 단계의 양방향으로 함께 작동한다. 미래의 문학은 과거의 문학에서 영향을 받지만, 과거의 문학 역시 미래 문학의 성격에 따라 그 위상과 가치가 부단히 교정된다. 일찍이 T. S. 엘리엇은 「전통과 개인의 재능」이란 글에서 이를 명료하게 밝혀 놓은 바 있다.

　이 글에서 살펴보려 하는 전성태와 정지아 두 작가의 작품은 앞서 언급한 우리 문학의 두 영역에 동시에 발을 두고 있는가 하면, 그로부터 한 걸음 더 나아가 튼실한 사실적 서사를 바탕으로 괄목할 만한 세태소설의 면모를 보여 수는 형국이 된다. 21세기의 시내정신이 질제 없이 개방된 상상력이나 과도하기 이를 데 없는 형식 실험에 놓여 있다고 간주하는 젊은 작가들의 작품이 즐비한 가운데, 전통적 소설의 얼개를 지키면서도 새로운 이야기의 면모를 가진 소설을 만나는 것은 참으로 기꺼운 일이 아닐 수 없다.

이들의 소설은, 기본적으로 소설이 이야기 구조로 시발한다는 그 담화론적 특성을 잘 끌어안았다. 특출하지도 모자라지도 않은 평범한 사람들의 지극히 일상적인 삶 가운데 일생을 살면서 쉽게 만날 수 없는 매우 독특한 이야기의 재료가 유입되도록 상황을 구성했다면, 이는 우리 시대의 인물이 그 삶의 환경과 접촉하면서 발양하는 개별성의 측면 그리고 공론성의 측면을 거멀못처럼 함께 붙들고 있는 셈이다. 동시에 그 소설적 이야기의 내면 풍경이, 현실적 사건이나 인식의 문학화에 따르는 절차, 곧 형식 및 내용의 규범을 떠나 생동하는 삶의 현장을 곡진하고 질박하게 드러내는 강점이 있다.

그런데 이러한 문학적 경향이나 태도는 우리가 익히 보아 오던 전례가 있다. 일제강점기의 박태원에서부터 신군부 억압기의 양귀자에 이르기까지, 이른바 시정(市井)소설이나 세태소설로 불리어 온 일련의 소설들과 문학사적 친족 관계를 성립할 수 있다는 말이다. 21세기를 햇수로 10년째 경험하고 있는 오늘의 우리 문학 가운데서, 이러한 품성을 가진 소설들을 면대하여 '새로운 세태소설'이라 호명할 수 있을지도 아직 더 두고 보아야 할 문제이다.

전성태의 소설, 또는 일상성과 역사성의 조합

전성태의 「로동신문」은 아파트 경비원을 중심으로 한 극히 일상적인 구도에 북한의 로동신문이 등장하는 극히 비일상적인 사건이 결부되어 한차례 이야기의 바람을 일으키는 소설이다. 지금은 그 이름을 거명하기가 어렵지 않고 또 일정한 허가를 받은 이 신문은 관련 자료실에서 쉽사리 열람할 수도 있지만, 과거 군부의 개발독재 시절을 거쳐 오는 동안 로동신문은 평범한 시민이 입에 올려 발설하기도 두려운 이름이었다. 그 신문 한 장이 우연한 경로로 한 아파트 경비원의 수중에 떨어진다.

'301동 경비원 나 씨'가 그 주인공이다. 아파트는 우리 사회에 가장 친숙해진 생활공간이요, 경비원은 핵가족 시대에 서로 분산되어 있는 다른 가족 구성원보다 더 자주 얼굴을 보는 이웃이다. 그 경비원 나 씨가 재활용품 분리수거를 하다가 로동신문 한 장을 발견한다. 이를 무슨 큰 사단으로 받아들여 신고하자는 나 씨와 대수롭지 않게 넘겨야 한다는 정문 경비실 천 씨 사이의 실랑이로 이 소설은 말문을 연다.

신문에는 조선로동당 기관지라고 명기되어 있고 "위대한 수령 김일성 동지…… 주체사상으로 튼튼히 무장하자!"라는 제목도 실려 있다. 나 씨가 예민한 반응을 보이는 것은 그 세대대로의 체험과 기억에 의거하면 지극히 당연한 일이다. 반면에 천 씨가 주장하듯 '간첩'이 그것을 재활용하라고 내놓겠느냐는 반박 또한 개명한 세상의 객관적 논리로 합당한 설득력을 가졌다.

문제는 이 방향이 서로 다른 두 가지 입장 사이에 우리의 현실 인식이 놓여 있다는 사실이다. 눈앞의 대소사와 그 바닥에서 희비를 가르며 살아가는 우리 삶의 일상성, 그리고 60년이 넘도록 민족 분단의 비극을 겪어 오면서 아직도 현재진행형인 가열한 역사성이 그 지점에서 예리하게 맞서 있는 것이다.

그는 신문을 무릎에 올려놓고 손바닥으로 문질러서 폈다. 엄병할……

찢어진 자리를 보고는 중요한 증거물이라도 훼손된 듯 속이 상했다. 신문은 2006년 신년호였다. 햇수로 삼 년이나 묵은 것이라 노래질 만도 했다. 그것은 총 4면이었다. 마치 등사기로 민 것처럼 활자가 조악했다. 1면에는 위대한 수령 김일성 동지의 초상화에 꽃바구니를 진정하는 행사 사진과 '사회주의 강성대국의 령마루를 향하여 더 높이 비약하자'는 제목의 신년 공동 사설이 실려 있었다. 그는 조심스럽게 신문을 두 손으로 갈라 2면으로 넘겼다. 애들이 쓰는 노란 포스트잇 한 장이 붙어 있었다. 거기에 볼펜 글씨로 전화번호 같은 게 적혀 있었다. 567로 시작하는 게 이 도시의 전화번호 같았다. 왠지 신문에 대한 중요한 단서 같은 느낌이 들었다. 그는 포스트잇을 조심스럽게 떼어 내어 경비복 앞주머니에 넣었다.

──전성태, 「로동신문」 중에서

전혀 중요하지 않을 수도 있는, 일과성의 삽화 같은 일이 이 작가의 손끝에서 일상성과 역사성을 한 묶음으로 성찰하게 하는 소설적 사건으로 증폭된다. 마치 삭은 잿더미 속에서 남은 불씨를 걷어 들이듯, 작가의 기량이 소설적 이야기의 형상화 방식을 통해 스스로 존재 증명을 하고 있는 듯하다. 이 새로운 이야기 발굴의 방식은 301동 105호에 혼자 사는 오십 대 후반의 여자, 708호에 중학생 아들과 함께 이 년째 살고 있는 사십 대 부부, 709호에 지난주에 혼자 들어온 사십 대 남자, 302동 808호에 지난주에 들어온 처녀 둘 등을 굴비 두름 엮듯 줄줄이 이끌어 낸다.

나 씨는 갓 마흔이 된, 젊고 융통성 없는 관리사무소 소장과 마주쳐서도 입을 열지 못한다. 소장은 그에게 내일 광복절에 새로 입주한 가정들이 태극기를 달 수 있는지 체크하라고 말한다. 아파트 입주자 가운데는 탈북자, 새터민 가구도 상당수 있다. 공교롭게도 상관성 있는 일이 겹쳐 있는 것 또한 작가의 주밀한 이야기 매설 계산법에 근거해 있을 터이다.

나 씨의 발길에는 노점상 단속, 105호 새터민 여자의 이불 보따리, 노인들에게 무료로 찍어 주는 영정사진 문제 등이 순차적으로 걸린다. 이 땅에 힘없는 서민으로 살아가는 이들의 삶과 그 진정성 그리고 그처럼 비속한 삶들의 국면을 뛰어넘어 전체주의적 논의로 비약하기 쉬운 명분론이 나 씨의 입지점에 선을 잇대고 있다.

물론 작가는 나 씨에게 이러한 상황을 분석하고 요약할 기능을 부여하지 않았다. 작가가 자신에 비견할 만한 지적 수준을 가진 등장인물을 내세울 때는 그 발화의 방식이 한결 쉬울 수밖에 없다. 하지만 많은 작가들이 이 쉬운 길을 피한다. 인물 스스로가 제 길을 찾아가도록, 그래서 스스로 살아 있는 인물임을 표방하도록 하기 위해서이기도 하겠거니와, 다른 한편으로는 그러한 인물을 이야기 선상에 올려놓고 이를 뒷배에서 관찰하는 창의력의 자기 충족 욕구가 함께할 것이다. 그런 점에서 나 씨는 이 작가의 신임을 얻었다.

야간 순찰까지 돌고 경비실로 돌아왔을 때는 밤 11시였다. 그는 뜨겁게 커피를 타 마셨다. 고단한 하루였다. 그는 책상에 놓은 자신의 영정사진을 들여다보았다. 안경을 씌워 놓으니 정말 자신이 다른 인생을 살아온 것 같았다. 농사꾼도 경비원도 아니고, 천 씨 말대로 대학 나온 교장 선생님 같았다. 자신의 장례식을 찾을 조문객을 떠올리다 그는 비긋이 미소마저 떠올랐다. 그러다가 죽은 아내 사진 옆에 걸어 놓을 생각을 하니 조금 민망해졌다. 105호 여자가 낮에 만나 늘어놓던 쓸쓸한 말이 떠올랐던 것이다. 아무래도 이 사진은 아내 사진 옆에는 걸지 못하고 장롱에 넣어 둬야만 할 것 같았다.

— 전성태, 「로동신문」 중에서

이토록 소박하고 선량한 소시민 의식의 소유사이기에 그는 로동신문

한 장을 두고 온갖 생각의 여행을 연출할 수 있었다. 그런데 자신의 사진을 포장하기 위해 그 신문을 펴고 사진틀을 올려놓았을 때, 비로소 알 수 있었다. 신문은 사진 액자를 쌌던 포장지 이상도 이하도 아니었던 것이다. 나 씨는 자신도 모르게 굴곡이 큰 생각의 여행을 끝내고 일상으로 돌아와 자전거 안장에 엉덩이를 앉히지만, 그 여행의 빚은 마침내 독자들의 몫으로 남는다.

평범한 작은 일들의 연속인 우리의 삶 가운데, 거대 담론의 숲과 미시 담론의 나무가 함께 손을 맞잡고 있음을 누가 부인할 수 있겠는가 말이다. 일찍이 블레이크는, 한 줌의 모래에서 세계를 보고 들에 핀 꽃에서 우주를 본다고 언명했는데, 이 소설 한 편의 이야기를 뒤따라 우리의 세계와 우주가 우리 살아가는 여기 이 자리의 범박한 일상으로부터 말미암음을 선명한 깨우침처럼 되새겨 볼 일이다.

정지아의 소설, 또는 상식과 몰상식의 충돌

정지아의 「즐거운 나의 집」은 같은 제목의 노랫말과는 다른 의미의 소설이다. 동시대의 작가 공지영이 소설로 쓴 같은 제목과도 그 의미가 또 다르다. 여성지에서 시작하여 주간지, 월간지 등으로 직장을 옮겨 다니다가 전원에 집을 짓고 글을 써 보려고 작정한 '작가 선생'이 이 소설의 주인공이다. '그'는 '아름다운 삶에 대한 희망'을 안고 서울에서 한 시간 거리에 있는 시골에 집을 지었다. 그런데 과연 이 집이 '즐거운 나의 집'이겠는가가 문제이다.

그의 조촐한 꿈은 이사 온 첫날 날벌레에 의해 박살이 났다. 다시 밤이 오는 게 두려울 정도여서 이장네로 달려갔으나, 평생 날벌레와 함께 살아온 시골 사람들에게도 묘책이 없었다. 이장은, "작가 선생, 시골에서 살자면 그것들하고 먼저 친해져야 돼. 자주 물리다 보면 면역이 생겨서 부풀지도 않고 별로 가렵지도 않거든."이라고 대답한다.

이러한 자기 극복의 방식이 고급한 표현력을 얻은 전례는 우리 문학사 곳곳에 산재해 있다. 이청준의 「이어도」는 제주도 섬사람이라는 공감대에 이르러서야 삶과 죽음의 의미를 제대로 깨우치도록 되어 있고, 서영은의 「먼 그대」는 사막을 건너는 다리로서의 낙타를 자기 내부에서 일으켜 세워야 한다고 강변한다.

정지아의 소설 이 대목은, 그러나 그냥 포기하기이다. 그것은 이 소설이 무슨 정신적 승급의 차원을 예비하지도 않았고 숨겨 둔 칼을 가지고 있지도 않다는 말과 같다. 이는 그냥 일반적인 인간, 누구나 공감할 만한 보통의 사람이, 환경뿐 아니라 새롭게 만난 사람과의 비상식적이고 몰상식적인 상황에 어떻게 대응하는가를 보여 주는 이야기일 따름이다. 다만 그 몰상식의 정도가 상상을 넘어가는 형편이어서, 이 엄중한 사태를 감당하는 주인공의 반응 양상이 하나의 사회사적 태도를 환기하는 수준으로 변전(變轉)될 수 있지 않을까 싶다.

전원생활은 그만의 꿈이 아니었다. 천생 여자인 아내는 반질반질한 장독들이 즐비하게 늘어선 장독대를 갖는 게 소원이었다. 땅을 계약한 날 아내는 자기가 손수 가꾼 무농약 콩으로 메주를 쑤고, 그 메주로 고추장 된장을 담가 친구들에게 안심할 수 있는 먹거리를 제공하겠다는 꿈을 꾸었고, 몇 시간 뒤에는 그걸 돈벌이 삼아도 쏠쏠하겠다, 가당찮은 사업 계획까지 완성했었다. 막내만 대학에 입학하면 자기도 아예 시골로 옮기겠다던 아내는 이장이 빌려 준 텃밭을 일구던 첫날, 한 시간 만에 인간의 성대에서 나올 수 있는 온갖 비명을 선보인 후 두 손 두 발 들고 말았다. '생명을 품은 땅'이라는 표현은 상징이 아니었던 것이다. 호미질을 할 때마다 지렁이 외에는 이름도 알지 못하는, 평생 본 적도 없는 벌레들이 꾸물꾸물 기어 나왔다. 땅이 품은 것은 추상의 생명이 아니라 실체의 생명이었다. 이름 모를 생명들의 습격 앞에서 아내의 꿈은 물거품이 되었다. 그걸 몇 차례 비아냥거린 바 있었다.

　　　　　　　　　　　　　　　　　　—정지아, 「즐거운 나의 집」 중에서

이와 같은 자연환경으로부터의 공격은 마음먹기에 따라 수양의 단계가 될 수도 있고 또 아내를 설득할 수도 있을 터이다. 그러나 그 상대역이 그러한 생물이 아니라 사람이라면 아주 다른 문제가 된다. 이는 정도의 높낮이 문제가 아니라 본질의 판단 문제로 치환되는 것이다. 마을 이장이 부녀회장과 내놓고 외도를 한다는 소문도, 이를테면 남의 가정사라 치부하고 넘어갈 수 있겠다. 그러나 이웃 황 씨네와 땅의 경계를 두고 벌어지는 다툼은 도무지 상식적으로 대처할 방법이 없는 사단에 해당한다.

황 씨 부자, 그 아버지와 아들은 한가지로 '그'에 대한 악연(惡緣)의 대명사이다. 두 집 사이의 경계로 시비가 일자, '그'는 측량 기사를 불러 상대방의 인지가 잘못됐음을 밝히지만, 이 법률적 규정은 황 씨 부자 앞에서 증오의 불길에 기름을 붓는 격이 된다. 이들 부자는 온갖 방략을 동원해 '그'를 괴롭히고 마침내 그 집에서 살 마음을 잃도록 몰아간다. 소설 속의 시골 마을은 이러한 포악에 대해 최소한의 도덕적 감시망도 작동하지 않는다. 악역으로서의 황 씨네 사정도 말하자면 말이 아니다.

그 집 사정이야 그도 안다. 황 씨가 보호치료를 받고 돌아온 직후 쌍둥이 딸 중 하나가 교통사고로 목숨을 잃었다. 다른 딸 하나는 갈비뼈가 부러져 간을 찌르는 중상을 입고 다섯 달이나 병원 신세를 졌다. 그 와중에 손녀 잃은 함안댁이 충격을 받아 세상을 떴고, 졸지에 마누라 잃고 손녀 잃은 황 씨

아버지는 날이면 날마다 술에 젖어 살았다. 돌볼 이 없는 손녀는 퇴원한 후 시설로 보내졌다. 그가 이사 온 삼 년 사이 황 씨 집을 찾아온 운명은 가혹하다 해도 이토록 가혹할까 싶을 정도였다. 측은한 마음이 든 적도 있었다. 그러나 그 가혹한 운명에 한풀이라도 하듯 그를 향해 쏟아지는 행패를 감당하다 보면 측은지심은 어느새 분노로 변하곤 했다.

——정지아, 「즐거운 나의 집」 중에서

　여기에서의 측은지심과 분노는 그 상거(相距)가 그다지 멀지 않다. 이 정도로 삶의 행색이 팍팍하다면, 그것만으로도 상식적 대화의 상대가 되기 힘들 수 있을 터이다. 그러고 보면 작가 선생 '그'나 황 씨네나 수준과 분량의 차이는 있을지언정 모두 허약한 소시민일 따름인데, 다만 그 어려운 형편에서 남에게 해악을 마다하지 않는 그 심보는 용납되기 어렵다. 그렇다면 이 작가는, 작고 소중한 꿈을 가졌던 한 도회의 소시민이 다른 몰상식한 시골의 서민에게 어떻게 그 꿈을 침탈당하는가를 소설로 기록한 것이 된다.

　악역에도 미덕이 있고 미학이 있는 법이어서, 양귀자의 「숨은 꽃」에 나오는 김종구는 원시적 삶의 외경을 드러내고, 전상국의 「사이코 시대」나 「썩지 아니할 씨」에 나오는 악한들은 그것대로의 존재 이유를 가졌다. 악역의 극대화에 시대적 사회사적 숨은 의미를 부하한 경우이다. 여기 이 시골 마을의 이장과 황 씨네는, '그'로 대변되는 도회인들의 막연한 전원 지향적 상상력에 새로운 각성의 찬물을 끼었었다. 소설 속에서 이에 대한 평가를 유보하고 내내 사실적 서술의 행보를 견지함으로써, 작가는 미시 담론의 건실한 가능성을 열어 보였다.

　일찍이 독일의 미학 이론가 N. 하르트만이 "사실주의 예술의 긴진

한 경향"이라는 오래 묵은 레토릭을 사용한 바 있거니와, 앞서의 전성태와 지금 정지아의 소설이 함께 그 값을 인정받을 수 있는 대목은 곧 일상적인 삶의 굴곡 속에서 소설다운 소설의 이야깃거리를 발굴하고 이를 솜씨 있게 한 편의 단편으로 치장했다는 데 있다. 이러한 소설적 글쓰기의 행보가 지속되고, 그리하여 동시대 사회의 민감하고 내밀한 문제들을 적시(摘示)하는 역량을 축적해 나간다면, 우리는 새롭고 가치 있는 세태소설의 한 유형을 우리 문학사의 지평 위에 올려놓을 수 있을 것이다.

모계사회로 회귀하는 세 개의 가면

—— 서하진의 「착한 가족」

왜, 어떻게 가족 소설인가

인간의 삶에 혼인 제도가 오래된 것인 만큼 가족 형성의 역사도 오래된 것일 수밖에 없다. 이를 서사적 구조로 문학화하는 가족 소설의 지평 또한 오래고도 넓게 펼쳐져 있다. 물론 시대의 흐름과 세태의 변화에 따라 가족의 개념적 의미와 그 표현 방식이 달라져 왔으되, 이 주제가 우리 삶의 주요한 항목에서 벗어나는 상황은 상정하기 어렵다. 가족 공동체는 개인의 삶을 배태하는 근원이며 인간으로서의 책임감과 도의적 인식을 촉진하는 시발에 해당하기 때문이다.

이와 같은 순기능과는 별도로 가족 구성원 간에 심각한 불화가 표출되면, 그 폐해의 정도가 다른 경우보다 훨씬 강력해져 인륜의 멍에가 오히려 더 큰 장애 요인으로 작동하기도 한다. 지속적으로 가족 소설을 써 온 재일 교포작가 유미리의 『가족 스케치』 중 한 대목을 빌려 오자면, "질기고 구차한 인연의 굴레이자 웃음 뒤에 분노와 갈등이 숨어 있는 연기(演技)된 천국"일 수도 있는 것이다.

가족 소설은 상기의 순기능과 역기능 사이에 그 지경을 광범위하게 설정하고 있으며, 인간의 일상적인 삶을 소재로 하는 소설 가운데 어디에서든 자기 영역을 매설할 수 있는 보편성을 가졌다. 박완서의 『그 많던 싱아는 누가 다 먹었을까』와 공지영의 『즐거운 우리 집』처럼, 동시대의 독자층에 폭넓게 수용되고 있는 소설들의 근본적인 원인 행위 또한 기실은 그러한 보편성의 받침대 위에 서 있다. 한때 낙양의 지가를 올렸던 김정현의 『아버지』 같은 소설도, 취약한 미학적 가치에도 불구하고 이 보편성과 감성적 성격의 독서 취향이 맞물린 결과로 이름을 얻었다.

우리가 이 글에서 주목하기로 하는 작가 서하진과 그의 단편 「착한 가족」은, 소설의 제목부터 벌써 가족 문제라는 꼬리표를 달고 나왔다. 더욱이 발표될 당시 지면(《문학사상》 2008년 10월호)에서의 제목이 이와 다른 「그 하루, 길고 지루한」이었던 것을, 단행본 상재와 함께 개제(改題)한 점을 보면 작가 자신이 가족 소설의 의미에 상당한 무게중심을 두고 있음을 짐작할 수 있다.

미상불 작가는 가족이라는 주제를 참으로 다양 다기한 모양과 다채로운 색깔의 스펙트럼에 실어 보일 수 있다. 이청준이 「눈길」에서 혈육 관계의 인과와 그 아픔 및 슬픔을, 전상국이 「아베의 가족」에서 전란을 거친 가족의 가해와 피해를 그렸다면, 김원일은 「도요새에 관한 명상」에서 생태 환경, 실향민, 속물적 소시민의 여러 모습을 가족 구성원들을 통해 복합적으로 그렸다.

서하진의 「착한 가족」은 마치 박태원의 「소설가 구보 씨의 일일」이 그러하듯이 하루의 낮과 밤에 일어난 일들을, 부부와 아들딸이 이루는 4인 가족의 일상을 통해 치밀하게 구성한다. 한 남편의 아내이자 두 아이의 어머니인 '그 여자'를 중심인물로 하여, 3인칭 시점으로 오전·오후·저녁의 사건들을 순차적으로 서술하고 있다.

이 소설은 과거 서하진의 소설들, '그림자'라는 단어를 제목에 공통적으로 붙이면서 발표된 소설들과는 사뭇 다르다. 거기에 반복하여 등장하던 어둡고 우울한 가족사와는 달리, 한층 그 결이 밝은 편이다. 그러나 그렇다고 해서 그 과거의 위악적인 포즈를 벗어던진 것도 아니다. 착한 가족 세 사람을 부양하고 있는 이 '그 여자'라는 인물은, 여전히 '영리하며 비겁하고 교활'하다. 이제 그의 하루 동안의 행적을 뒤쫓아, 서하진이 제기하는 또 하나의 '가족 스케치'를 탐색해 볼 차례이다.

가면 1 착한 아들을 위한 자기 비하의 포즈

모두 세 단락으로 나뉘어 있는 소설의 첫 번째 단락 '1. 오전'은 그 여자, 지우 엄마가 폭력 행위에 가담한 아들 지우를 구하기 위해 피해 학생의 어머니에게 빌러 가는 길을 그리고 있다. 열일곱 살 아들이 아무리 착하다 한들, 있을 수 있는 일이다. 친구들과 함께 노래방에 갔다가 시비가 붙은 것으로 논거되고 있지만 사실은 그것이 아니다. 한 아이를 괴롭히고 노래방으로 유인하고 집단으로 폭행한, 조직 폭력배들의 행태를 닮은 사고 치기이지만, 그것은 통상적인 상상력의 작동으로 설명될 수 있다는 말이다.

그러나 이 문제에 대응하는 그 여자의 심리적 동향과 일 처리 수순은, 외양에 있어서는 일반적 범주 이내에 머물러 있지만 내면에 있어서는 전혀 달리 상식적인 차원을 넘어가 버리는 형국이다. 그 여자의 영악함이 보이는 이 두 수준의 격차는 아들의 착한 것에 대비되어 한층 더 효과를 얻고 있으나, 중요한 사실은 그와 같은 영악함이 우리 시대의 지혜로운 어머니상으로 각인될 만큼 시대 풍조가 세속화되어 있고 그것이 객관적으로 인정받는 세태에 의해 뒷받침되고 있다는 점이다.

엘리베이터 벽에 걸린 거울을 보며 여자는 다시 매무시를 점검했다. 보푸라기가 인 낡은 털 점퍼는 딸아이의 옷이었다. 오로지 방한만이 목적인 장식 없는 옷은 화장기 없는 얼굴과 그럴 수 없이 잘 어울리는 것 같았다. 거울을 보며 여자는 가엾은 표정을 지어 보았다. 잠을 설친 부스스한 얼굴, 근심 어린 눈빛, 헐렁한 점퍼 속의 좁은 어깨. 이 정도면 완벽할 것 같았다. 천장 귀퉁이의 카메라를 흘끗 쳐다본 여자는 순간 머쓱해졌지만 그걸 의식할 계제가 아니었다. 조금만 더 애를 쓴다면 눈물까지 글썽여지겠다, 싶을 즈음 띠링, 맑은 종소리와 함께 엘리베이터가 서고 스르르 미끄러지듯 문이 열렸다.

— 서하진, 「착한 가족」 중에서

아들을 구하기 위한 어머니의 분장과 연기력치고는 너무 작위적이며 그래서 위악적으로 보이기까지 한다. 그 여자의 이러한 영악함은 첫 번째 단락 도처에 날카로운 발톱을 숨겨 두고 있으며, 이는 그것을 조금도 서두르지 않고 조금씩 흘리듯 드러내는 작가의 면밀하고 절제된 계산, 그리고 약간은 시니컬해 보이는 적확하고 효율적인 문장력에 힘입어 소설의 표면으로 부상한다.

그 여자는 아들과 같은 학교, 다른 반의 반장 엄마를 만나면, 아이 문제에 대해 '필요한 만큼만 솔직해지기로'하고, 그러한 결정을 준수하는 데 있어 재빠른 머리 회전과 실행의 과단성까지 보여 준다. 심지어 피해 학생의 집까지 차를 이용하지 않고 걸어가면서, 자신에게도 반성이 필요하다는 생각과 얼어붙은 뺨을 보면 상대방이 조금쯤 너그러워지지 않을까 하는 계산을 병치시키고 있다.

보다 주목할 요점은, 이와 같은 여자의 빼어난 캐릭터를 소설 속에서 더 발굴해 내는 일이 아니라 그것이 어떻게 작가가 내건 표찰, '착한 가족'의 내용 및 형식과 조화롭게 악수할 수 있느냐에 걸려 있다. 이를 위해 작가는, 이 단락에서 여자의 영악함을 드러내는 노력에 못지않은 분량으로 그 아들의 순하고 착한 모습을 발양하는 데 정성을 기울였다. 게임기를 만지는 일로 엄마를 대하면서 오히려 엄마를 이해하려는 아들은, 청년기에 접어든 남자 아이의 눈이라고는 도무지 믿기 어려운 무구한 눈빛의 주인이다. 사고 친 일로 내내 숙인 고개를 들지 못하는 아들은, 시험을 망치고도 화낼 줄 모르고 그저 엄마에게 미안한 표정만 지을 뿐인, '착한 아이'의 수식어를 꼬리표처럼 달고 있다.

이 어머니와 아들의 조합은, 산업화와 자본주의화로 인해 사회 전반에 걸친 속물화가 진행되면서 그 와중에서도 이성적이며 미래지향적 지표처럼 되어 버린 '교육 강국'의 국가적 경향 아래에서, 우리가 눈이 시도록 보아 오던 도식에 해당한다. 동시에 한 가정 내부에서 점차 허약해져 가는 아이들의 삶과 그 방향을, 강한 내주장을 가진 어머니가 감당하는 새로운 모계 질서로의 회귀를 반영한다.

그런데 그것이 우리 사회의 실질적인 풍속도이며, 과거 정신주의 시대의 이념적 가치관에 비추어 이를 비난하거나 교정할 세력은 이제 존재하지 않는다. 그러한 힘의 존재 자체가 멸실되어 가는 상황을 아무도 비극적 채색으로 바라보지도 않는다. 세(勢)는 시(時)에 따라 변하고 속(俗)은 세(勢)에 따라 바뀌는 법이니, 이 세태를 타매할 독자적인 권한을 어느 누구도 갖지 못한 터이다.

그러기에 동시대적 트렌드는 이미 사회 공익에 기여하기 위해 사소취대(捨小取大)의 모범을 보이는 '올바른 가족'에서, 한 가성 공동제 안에서

대사회적 효용성의 극대화에 헌신하는 '착한 가족'으로 변모했다. 이 작가는, 그 변화의 맥락을 여기에서 명료한 소설 문법으로 짚었다. 우리 주변에서 쉽사리 발견할 수 있는 한 가족 구성원의 행위 유형에, 우리가 유다른 시선으로 접근하는 연유는 바로 그 때문이다.

가면 2 착한 남편을 위한 자기과시의 포즈

이 소설의 두 번째 단락 '2. 오후'는 다시 '여자'의 새로운 가면, 착한 남편을 편들기 위하여 '세련되고 당당하고 우아하며 절제된 여성'을 연기하는 몸치장에서부터 출발한다. 여자의 남편 감싸 안기 또는 편들기에 대해서는 그 남편이 모르고 있다. 이 경우 여자의 외롭지만 의지력 강한 투쟁의 전열 가다듬기가 옷매무시로 상징된다는 것은 자못 의미심장하다. 여자는 마음의 진실을 가지고 핵심에 부딪치는 것이 아니라, 주도면밀하게 준비된 전략을 가지고 그에 임한다.

그렇게 공들여 준비해야 할 만큼 상대는 강적이고 남편은 착하다. 21층 건물, 밝은 형광 빛이 가득 차 있는, 검붉은 자색의 카펫이 깔린 복도의 코너를 돌아 상대방 구성진 이사를 만나는 일 자체가 만만치 않다. 가벼운 협박과 남편 김만복 이사의 명호를 동원하고서야 비로소 그 인물의 면전에 선다. 그리고 보니 그 구모 씨도 '짐작보다 더 지독한 상대'이다. 이렇게 해서 여자는, 착한 가족의 대변자로서 대사회적 접점의 가장 전방 지점에 나선다.

여자는 검은 모직 코트를 입고 신발장을 열었다. 가지런히 정리된 구두들이 저마다 선택되기를 기다리는 듯 얌전히 놓여 있었다. 그것들 중에 여자는 장식 없는 9센티의 하이힐을 선택했다. 엘리베이터까지 자신의 구두 굽이 내는 소리를 들으며 여자는 천천히 걸었다. 무릎을 꿇고 앉아 있어야 했던 시간, 간도 쓸개도 다 빼 줄 듯 머리를 조아려야 했던 오전을 보낸 여자에게 9센티는 부담스러웠던 듯 발걸음이 조금 기우뚱하는 듯싶었지만 여자는 포기하지 않았다. 세련되고 당당하고 우아하며 절제된 여성, 지금 이 순간 여자에게는 그런 이미지가 절대적으로 필요했다. 대리석이 깔린 복도의 끝에서 끝까지, 모델처럼 몸을 꼿꼿이 세우고 두어 차례 왕복한 여자는 엘리베이터에 오를 즈음 차분하고도 오만한 걸음을 회복할 수 있었다. 훌쩍 키가 솟아오른, 오전의 점퍼 차림의 아줌마와는 전혀 다른 눈빛의 여자는 손짓조차 우아하게 엘리베이터의 버튼을 눌렀다.

저이가 구성진이로군, 여자는 그 방의 주인을 찬찬히 바라보았다. 왁스를 바른 듯 윤기가 도는 머리카락, 잘 손질된 헤어스타일, 흰 셔츠, 줄무늬의 푸른 넥타이, 광택이 도는 갈색 바지, 약간 투박한 굽의 검은 구두, 세련된 옷맵시와 셔츠 안의 탄탄해 보이는 팔과 소매 깃에 반짝이는 커프스를 차례로, 점수를 매기는 면접관처럼 관찰했다. (중략)

구성진 이사는 부드럽고 공손했다. 지나치게 예의 바르지 않았으며 함부로 군다는 느낌도 들지 않았다. 낮았지만 힘이 느껴지는 음성이었다. 카키색 뿔테 안경 속에서 구성진 이사의 눈이 미소를 띠었다. 친절과 예의가 몸에 밴 사람의 미소였다. 남편에게서 들었던 모든 이야기들, 지난 1년 내 그가 저질렀던 온갖 만행을 생각하자면 뜻밖이었지만, 어쩌면 당연하다는 느낌이 들기도 했다.

───서하진, 「착한 가족」 중에서

이 두 인용문은 이미 충분할 정도로 속물화된 사회 속에서 각기 한 축을 담당하는 두 '선수'의 외양을 그려 보인 것이다. 사건 구소에 있어 오전의 어머니와 오후의 아내가 대립적이라면, 여기 오후 시간에 있어서는 요령 있게 준비된 여자와 매끄럽게 단련된 남자를 대립적인 관계로 구도화했다. 그 대립적 구도가 옷맵시와 같은 외형적 관찰의 눈을 통해 드러나는 것은, 서하진 소설이 가진 일종의 특장이면서 동시에 다시 검토해야 할 단처가 되기도 한다.

미상불 외형이나 환경의 묘사가 인물의 내면을 효율적으로 드러내는 방략임을 부인할 자는 아무도 없다. 특히 이 소설처럼 가면 뒤에 숨은 내밀한 속내의 인물을 추동할 때는 더욱 그러할 터이다. 그 부분에 있어서 작가는 만만찮은 성과를 얻었다. 그것을 추수하는 안목과 표현 방식 또한 보기 드문 수준급이어서 그것이 작가의 체험적 사실과 어떻게 연관되는지 점쳐 보게 하기도 한다.

그런데 이처럼 관찰자적 시각으로 일관하면서 사건의 진척에 대응하는 서술 유형은, 인물 그 자체의 본질적 성격에 육박하는 데 소홀해질 수 있고 소설의 스토리 라인을 보다 튼튼하게 구축하는 일을 간과하기 쉽다. 예컨대, 더 나중에 드러나는 것이지만, 구성진 이사에 대비되어 여자의 남편이 당하는 불이익의 사유와 정체 따위가 불분명하다. 이와 같은 측면은 작가의 서사적 역량이 한걸음 물러서서 다시 궁리해 보아야 할 과제라 할 수 있겠다.

여자는 충분한 대화의 기술을 습득하고 있는, 이른바 '선수'이다. '질문이 많아질수록 대답은 간결하게, 단답형으로' 할 줄 아는 고수급이다. 그런데 그 여자가 구성진에게 '한번 만나고 싶었을 뿐'이라고, '도대체 어떤 인물이기에 내 남편을 그토록 힘들게 했는가'를 확인하고 싶었다고 말하고 돌아온다. 상대방 남자는 '조만간 밖에서 한번 뵙지요'라고 끝맺음한다.

이 두 인물 사이에 오간 거래는 별다른 것이 없고 이른바 '회담'의 결과

도 요령부득이다. 교활한 여자와의 말씨름이 피곤한 일인 정도는 그에게
별것이기 어렵다. 다만 영악한 여자와 닳고 닳은 남자를 뒷 그림으로 남
편이 얼마나 착한 사람인가를 부각시키려 했다면 그것은 납득할 만하다.
거기까지가 이 여자의 남편을 '착한 가족' 구성원으로 편입시키고 확정하
는 데 유익했다면, 그다음의 짐은 고스란히 여자의 캐릭터에 부하된다.

오전과 오후에 각기 다른 가면을 쓰고 동분서주한 여자는, 소설의 중
심인물로서 주어진 상황을 넘어서는 인식을 갖거나 그 정곡을 찌르는 언
외(言外)의 소득을 담보해야 한다. 그것은 소설적 담화 가운데서 여자의
입지를 강화하고 착한 가족들의 강력한 후원자이기를 자처한 그 역할에
일정한 의미를 부여하는 일이다. 아울러 이 소설이 동시대 세태의 가족
적 상황과 그 사회적 경점(更點)을 함께 보여 주면서, 어떻게 값있는 '의
미화'의 영역으로 진입하는가를 말하는 일이 된다.

가면 3 착한 가족들을 위한 자기 절제의 포즈

소설의 세 번째 단락 '3. 저녁'에는 이 가족 구성원 중 아직 얼굴을 내
밀지 않았던 딸과 남편이 등장하고, 병자인 친정어머니와 그 어머니를
돌보는 올케까지 가세하여 범주가 한층 확장된다. 딸아이는 남대문 화재
현장에서 애도의 촛불 행렬에 동참하기 위해, 오늘 집에 못 들어갈지도
모른다고 통고한다. 여자는 촛불을 들고 기침을 하며 서 있는 딸을 위해
죽을 산다. "착한 아들과 착한 남편, 너무 착한 딸아이 때문에 여자의 하
루가 길어지고 있었다."

죽을 포장해 들고 다시 딸아이가 있는 도심으로 향하면서, 여자는 되
새김질하듯 구성신에 대해 생각한다. 어느 모로 보아도 '교활힘, 이기심,

엄청난 추진력과 포기를 모르는 맹목적인 열정, 맹렬한 투지' 등속을 거느린 구성진에 비해 남편은 그를 절반밖에 보지 못하는, 그리고 치기 어린 착한 인물이다. 구성진처럼 빈틈없어 보이는 남자가 여러 차례에 걸쳐 거의 공개적인 성추행을 시도하는 것은, 소설 속 여자의 표현처럼 이해가 안 가는 대목이기도 하다.

이처럼 이번 셋째 단락의 사건들은 스토리 라인의 현실적 안정감이 덜해 보이지만, 그 와중에서 여전히 중요한 것은 '착한 남편'이라는 본래의 화두와 그러하기에 부지불식간에 피해자로 전락한 남편의 입지를 부양하는 것이다. 이 수미 상관한 일관성은 소설의 흐름을 효율적으로 통어하는 힘을 발휘하는 한편, 다른 모양으로는 착한 가족의 울타리 안에 일종의 스테레오타입으로 묶인 고착적 인물 유형을 생산하고 있다.

어처구니없게도 본사는 그의 해직 처분을 철회했다. 이제까지의 수고를 내세워 그는 새로운 직위, 인상된 연봉과 최신형의 렉서스 자동차를 제공하는 조건으로 회사의 제안을 받아들였다. 검은 고양이든, 흰 고양이든 쥐만 잘 잡으면 그만이라는, 그 경제 논리가 힘을 발휘했다는 설과 본사 회장이 소송이라는 것에 대해 병적인 기피증이 있다는 설, 그가 회장의 치명적인 약점을 알고 있다는 설이 분분히, 앞뒤를 다투어 돌았다. 구성진 이사는 화려하게 재입성했다. 다친 사람은 그가 아니었다. 이런 곳에서 근무할 가치가 없다고 스스로 회사를 나간 김 대리, 그리고 또 한 사람, 여자의 남편이었다.
——서하진, 「착한 가족」 중에서

남편은 멀고 긴 여행을 떠났다. 왜 여자의 남편이 그러해야 하는가를 추궁하는 것은, 여기서 그다지 유익하지 못하다. 이 소설의 목표가 사실적 균형성에 있는 것이 아니라, 여리고 착한 가족 구성원들을 모계사회적 사명감의 부력으로 띄워 올리는 여자의 행동 규범에 있기 때문이다. 그런데 그러한 사명 감당자의 방향성이 명료하지 않은 채로, 여자는 또 다른 책무에 직면한다. 그럴 때마다 여자의 휴대폰이 울린다. 이번에는 치매를 앓는 어머니를 모시는 올케이다. 딸을 위해 죽을 샀던 여자는, 그 죽을 들고 어머니에게로 왔다. 대단한 자기 감내와 절제의 통어력이 거기에 결부되어 있다.

아기처럼 고개를 끄덕인 어머니가 여자를 향해 손을 내밀었다. 여자는 어머니의 마른 손을 잡았다. 엄마, 여자는 가만히 어머니를 불렀다. 두 딸과 세 아들을 키웠던, 그토록 씩씩하고 늠름하던 어머니, 어느 순간 정신을 놓아 버린 채 다른 세상에서 살고 있는 어머니가 이 순간 몹시도 그리웠다.

—서하진, 「착한 가족」 중에서

어머니를 씻기고 죽을 떠먹이고 종내 자신이 식은 죽을 먹고 있는 여자는, 오전과 오후의 여자와는 매우 다른 형상을 하고 있다. 동일한 인물이면서 이렇게 전혀 다른 성격을 연출할 수 있는 것은, 변화의 기량이 남달라서가 아니다. '착한 가족' 여러 사람을 매개하는 구심력을 작동하자니, 각기 그 사람에 대응하는 적절한 행동 방식을 촉발할 수밖에 없는 까닭에서이다. 그러한 면에서 이 여자는 가히 초인적 면모를 가졌다. 윤흥길의 『에미』가 한 표본이 되겠지만, 일찍이 많은 한국의 '여인상'들이 이지점에서 한국의 '여신상'으로 탈바꿈하듯이 말이다.

이렇게 하루의 오전, 오후, 저녁을 보낸 여자는 단순히 '하루'를 보낸 것이 아니다. 그는 이 세 분절적 시간으로 표시되는 삶의 여러 국면과 그 시간 속에서 상관해야 했던 가족 업무들(family affairs)을 통해, 한 인물 전생애의 모습을 제유법적으로 살았다. 이 경우 여자의 캐릭터가 어떠한가라는 그 본질적 성격에 대한 판단보다는, 그것이 다기한 관계성을 통해 어떤 파장을 불러일으키며, 그리하여 가족공동체 또는 사회구성체로서 어떤 의미를 갖는가에 더 시선이 갈 수밖에 없다.

다시 말하면 이 가족들을 하나의 연결 고리로 묶는 여자의 역할과 그 속성이 잘 드러나 있는 반면, 다른 주변부의 인물들은 대체로 정태적이고 소극적인 동선을 유지할 수밖에 없다는 뜻이다. 그와 같은 역동성의 부재를 이 작가가 간과할 리 없으며, 구성진에 대한 공들인 묘사나 각기 가족이 분담하고 있는 착한 역할들의 병렬 등은 곧 그러한 부분을 충실히 보완하려는 장치로 보인다.

이 소설은 스토리의 진척에 따라 명료한 갈등의 요소를 안고 독자적 성격과 더불어 생동하는 인물의 모습을 보여 주는 대신, 정교하게 매설된 구조적 상황을 바탕으로 그 상황 논리를 효율적으로 대변할 수 있는 인물을 성장(盛裝)으로 가꾸어 내놓고 있다. 이는 인물에 대한 능란한 치장이 그 인물의 성격 표현을 앞서가는 사례에 해당한다. 그리하여 하루가 다르게 변화하는 세상의 풍조를 객관화된 눈으로 바라보면서, 동시대 가족적 삶의 겉과 속을, 가족 구성원들의 존재 양식을 치밀하게 묘사하는 것이 이 소설의 소임이었다.

거기에 선악의 구분이나 지향점으로 삼아야 할 가치의 형성 등 보다 큰 시각의 전망은 개재하지 않았다. 소설이 생성하는 집중적 의미나 의미화도 선명하게 드러나지 않는다. 그러나 이 소설에는, 우리가 맨몸으로 감각할 수 있는 삶의 실재성이 곳곳에 잠복해 있다. 그 구체적 형상들의 발견과 공감 또한, 서하진 소설 읽기를 값있는 체험으로 상승시키는 요인 중 하나이다.

운명애와 인간애의 거리

— 서하진 장편소설『나나』

팜 파탈의 소설적 방정식

어느 시인이 번역한 외서의 제목처럼 우리는 모두 '지구별 여행자'일까? 그렇다면 이 무한한 우주의 한 정거장 지구별에서 불과 100년에도 못 미치는 삶을 살다 가는 우리는 우주의 미립자로서 선량한 존재일까, 아니면 불온한 존재일까? 이처럼 큰 부피의 질문은 어쩌면 우리의 일상적인 인식 범주를 훨씬 넘어서 있는지도 모른다. 거두절미하고 이 논의의 울타리를 우리의 눈길이 미치는 이 나라 이 땅의 세속 도시로 이끌어 가기로 하자.

한국의 대중문화에 '나쁜 남자'의 스토리텔링이 강세를 보이던 시절은, 아직도 그 파장을 면면히 살려 두고 있다. 기실 인간 세상에 경쟁과 갈등과 비극의 역사가 존재하는 동안 나쁜 남자는 당연하게 존재했고, 그 상대역으로서 '나쁜 여자'의 경우 또한 이와 다르지 않았다. 철학사나 교육사의 근원을 찾아가자면, 동서고금을 막론하고 인간의 선한 본성과 악한 본성에 관한 논의의 대립적 축적을 볼 수 있다. 유가의 맹자, 서구의 키케로에서 루소에 이르는 철학자들이 성선설을 주창할 때, 중국 전국시대 사상가 순자나 성경은 성악설을 주창했다.

그런데 이 논리들 가운데, 살아 있는 인간의 품성에 적용할 때 선험적 결정론으로 규격화할 수 있는 사례는 없을 것이다. 왜, 같은 물이라 할지라도 양이 마시면 젖이 되지만 뱀이 마시면 독이 되지 않는가. 나쁜 남자나 나쁜 여자를 대상으로 하는 예술작품이 있다고 할 때, 나쁜 인간의 일반론이 아니라 그 남자나 여자가 처한 상황 논리를 적용하여 그 나쁜 정도와 그렇지 않은 정도를 분별해야 할 터이다. 아무런 연유 없이 나쁘거나 나쁘지 않을 수가 없지 않겠는가.

운명적으로 또는 숙명적으로 나쁜 여자일 수밖에 없고, 그리하여 마침내 남자를 파멸의 지경으로 몰아가는 여자를 '팜 파탈'이라고 한다. 여기의 팜 파탈이 나쁜 여자인 데는, 운명적 또는 숙명적이라는 이유 이전의 이유가 부여되어 있다. 이 여성적 인간형은 주로 19세기 프랑스 낭만주의 작가들에 의해 문학작품에 나타나기 시작한 이후, 미술·연극·영화 등 다양한 장르로 확산되었다. 그 의미에 있어서는 상대 남성을 고통이나 죽음과 같은 치명적인 상황으로 몰아넣는 악녀나 요부에까지 확대 변용되었다.

운명은 피할 수 없는 것이다. 그래서 세네카는, 순종하는 사람은 등에 태우고 가고 거역하는 사람은 굴레로 묶어 끌고 가는 것이 운명이라고 했다. 팜 파탈은 자신이 원하지 않아도 그러한 삶을 살 수밖에 없는 여성이다. 압도적인 매력과 흡인력 앞에서 결국 파국을 맞을 수밖에 없는 남성을, 스스로 속수무책으로 지켜보아야 하는 속성의 주인공이다. 금단의 열매를 먹은 이브, 세례 요한을 죽인 살로메 등이 팜 파탈의 시조에 해당한다.

프랑스의 작가 아베 프레보가 1731년에 발표한 반자전적 소설『마농 레스코』는, 대표적인 팜 파탈의 범례로 제시될 만한 여인 마농을 그렸다. 마농은 문학사가 포용하고 있는 초상화 전시장에 경박하고 비도덕적이면서도 그 매력을 피해 갈 수 없는 인물의 전형으로 기록되었다. 이름 있는 가문 출신의 귀족 청년 데그리외는 마농의 주박(呪縛)에 사로잡혀 파멸해 가는 캐릭터이다. 그런데 이 각박한 환경 속에 피어난 로맨스의 꽃빛은 눈이 부시도록 화려하다. 마농의 죽음과 데그리외의 귀환은 우울하고 애잔한 분위기 속에 인생유전의 적나라한 종결에 도달한다.

서하진 '나쁜 여자'의 정체성

서하진 장편소설『나나』는, 우리 시대 한국판 팜 파탈의 얼굴을 보여주려는 시도에 해당한다. 그의 시도는 한편으로는 여러 사람들의 호응을 유발할 만큼 성공적이었고 다른 한편으로는 보다 모질고 독한 팜 파탈을 보여 주기에 역부족이었다. 나나의 치명적 매력은 마농의 그것에 못지않으나, 이를 운명적 이야기의 차원으로 이끌고 들어가 멸절의 꽃빛을 터뜨리는 데는 마농에 미치지 못하기 때문이다. 이 소설의 주인공 나나가 굳이 그 유형의 완성에 다가서야 한다는 전제가 주어져 있는 것은 아니다. 그러나 그렇지 않다면 이 소설이 어정쩡하게 나쁜 여자의 세태를 반영하고 그 심층을 관통하지 못했다는 혐의를 끌어안을 수도 있다.

왜 이 작가는 이처럼 운명적 사랑이나 비극적 파멸을 소설로 형상화하는 데 보다 과감하거나 적극적이지 못할까? 바로 거기에 작가의 성향이 있고 특장과 단처가 함께 결부되어 있다. 그리고 그러한 속성을 추적하기 위해서는 작가의 앞선 소설늘을 반추해 볼 수밖에 없다. 창작집『칙한 가족』의「작가의 말」에 언급된 바와 같이, 이 작가는 참으로 '열심히, 또박또박' 작품을 썼다. 그 성실한 글쓰기의 행보와 온건한 세계관은, 미상불 이 작가를 미더운 심경으로 바라보게 하고 또 예측 가능한 작품 세계의 생산자임을 추단하게 한다. 더불어 이와 같은 정론적 논의에 안정감을 부여하기도 한다.

서하진은 작품 활동 초기에 '그림자'라는 어휘가 부제에 들어가는 여러 편의 소설을 썼다. 왜 그림자일까? 소설이 무슨 웅혼한 기상을 앞세운 전진기지를 건설하는 일은 아니지만, 왜 그렇게 뒤로 한걸음 물러서서 부차적 인물의 시각으로 세상을 재단하려 했을까? 이 작가의 세계 인식의 방법이 새로운 시야를 열고 행위규범의 선두를 형성하는 것이 아니라, 주어진 상황과 벌어진 일의 후미에서 그것을 관찰하고 분석하는 것에 더 역점을 두고 있는 까닭에서이다.

이는 기실 소설이라는 문학 장르의 존재 양식을 아주 잘 반영하는 글쓰기의 방략일지도 모른다. 왜 일찍이 헤겔이『법률 철학 요강』에서 "미네르바의 부엉이는 황혼이 깃들 무렵에 날갯짓을 시작한다."라고 적어두지 않았던가. 지혜의 여신 미네르바의 전령사로서 부엉이는, 이성과 논리의 한낮이 지나고 감성과 직관의 저물녘이 되어서야 움직인다는 뜻이다. 그리하여 이미 성립된 현실의 뒤를 따라 이를 다시 추수하고 갈무리하는 정신적 영역에서 활동한다는 은유를 담았으니, 소설 또는 서하진 소설이 점유하고 있는 특징적 성격을 매우 근접하여 환기할 수 있게 한다.

『나나』보다 앞선 직전의 창작집이『착한 가족』이고, 표제작「착한 가족」에 대해 필자는 이미 그 작품론을 쓴 적이 있다. 그의 이 소설은 제목이 먼저 지시하는 바와 같이 한 가족이 세상과 응대하는 방식에 관한 이야기이다. '그림자' 소설들이 서하진의 보다 유보적인 창작 취향을 암시한 바와 같이, '가족' 소설도 일반적 상식 위에 서 있는 세계관을 완강하게 발양함으로써 도무지 극단으로 흐를 수 없는 작가의 자기 제어력과 한계성을 공통적으로 드러낸다. 그러한 유형의 담화 구조에 익숙한 이 작가가 팜 파탈의 이야기를 목전의 과제로 내걸었을 때, 그 의미망의 행로는 선제적으로 예정될 수밖에 없는 것이었는지도 모른다.

그러니 문제가 남는다. 작가는 스스로 가꾸어 온 세계의 근본과 평작 이상의 소설 성과를 수확할 수 있었으나, 독자를 전율하게 하는 동시대 팜 파탈의 새로운 형상을 발굴하는 데는 이르기 어려웠다. 이 대목이 독자의 한 사람으로서 필자가 작가 서하진에게 기대하고 촉구하는, 이른바 과감 또는 과격한 발상 전환의 분기점이다. 물론 무리한 요구일 수 있다. 작품 세계가 달라지자면 세계 인식이 달라져야 하고, 인식이 바뀌자면 사람이 바뀌어야 하는 터이기에 그러하다.

「착한 가족」은 이와 같은 무리한 요구에서 완전히 자유롭기에, 가족 구성원의 일상과 상호 친애적 관계성이 오히려 소설을 훈기 있게 하는 촉매제가 되고 미학적 가치를 부양하는 받침돌이 되었던 터이다. 심지어 연약한 주부가 온갖 강박으로 자신을 무장하고 적당(賊黨)의 사무실을 찾아갔으나, 어떤 담판의 효력도 얻지 못한 채 궁극에는 몇 마디 대화만 남기고 돌아오는 일이 자연스럽게 수긍된다. 『나나』가 「착한 가족」과 달라야 하는 것은, 나나는 착해서는 안 되며 대강 악해서도 안 되는 운명에 있다는 말이다.

이카로스의 날개를 넘어서

우리 문학사, 세계 문학사에는 여성 주인공의 이름을 소설의 제목으로 내세운 사례가 많이 있다. 앞서 언급한 『마농 레스코』가 그러하고 톨스토이의 『안나 카레니나』가 그러하며, 에밀 졸라가 쓴 동명 소설 『나나』가 그러하다. 이 경우의 타이틀 롤은 확고한 문제적 성격과 작품 내외에 걸친 설득력을 확보하지 않으면 안 된다. 서하진의 『나나』는 논의 중 지적한 바와 같이 팜 파탈 성격의 치열성에 대한 결락이 잠복해 있으나, 일반적 기준의 소설 형식으로서는 여전히 잘 만들어진 작품이다.

이 소설은 월간 《현대문학》에 2010년 2월호부터 2011년 5월호까지 연재한 것을 책으로 묶었고, 그 창작 기간이 신정아 사건을 모델로 할 수 있는 시기였다. 실제로 그 사건과 신 씨를 소설의 중심에 두고 썼다. 이는 동시대의 쟁점과 소설의 향방을 잘 조합한 순발력을 보여 주기에 부족함이 없다. 독자들은 언론을 통해 알고 있던 신 씨를 소설을 통해 다시 만나는 자리에 섰고, 그러자니 당연히 신 씨의 깊은 가슴속에 웅크린 사태의 진실을 보고자 했다. 소설 속의 신 씨, 곧 나나는 이 요청을 일정 부분 만족시켰다. 그 자신도 어쩔 수 없는 팜 파탈의 운명이 이에 대한 답변이요 소설적 이야기의 행로이다.

어릴 적부터 딸은 그러했다. 악한 것과 선한 것을 구별하지 않았으며 그저 자신을 부드럽게 만드는 것은 선하며 그 반대의 것은 나쁘다고 믿었다. 이야기를 꾸며내고 그 이야기로 사람들의 시선을 모으기를 즐겼다. 혼자 있는 시간이 많았던 탓이었을지도 몰랐다. 말귀를 알아들을 무렵부터 시작된 엄마와 아빠의 끝없는 언쟁 때문이었을 수도 있었다. 허영심이 많았던 전 남편, 입만 열면 수십억대의 사업이 펼쳐지고 세상 누구라도 제 마음대로 요리할 수 있노라 큰소리치던 사람. 나나의 거짓말이 그의 유산이라고는 정말이지 생각하고 싶지 않았다. 예쁜 아이였으므로, 그 눈빛이 그지없이 아름다웠으므로 사람들은 조잘조잘 얘기하는 나나를 경탄의 눈으로 바라보

왔다. 희주가 미처 알지 못하는 것이 있었으니 거짓말이 나나를 더욱 아름다워 보이게 했다는 사실이었다. 무언가를 꾸며내는 나나의 눈은 끊임없이 반짝이고 그 안색은 홍조로 빛이 났으며 거의 사로잡힌 듯 보였다. 그런 나나에게 대부분의 사람들, 그녀, 희주조차도 사로잡혀 있었다.

—서하진, 『나나』 중에서

작가가 애쓰고 공들여, 왜 나나가 팜 파탈이 될 수밖에 없었는가를 해명하고 있다. 예문은 나나의 어머니 희주의 인지적 상황에 대한 설명이다. 심지어 희주조차도 나나에게 사로잡혀 있으며, 거짓말이 나나를 더욱 아름다워 보이게 한다는 사실을 깨닫지 못한다. 문제는 여기에 있다. 그 악성(惡性)이 해명될 수 있는 것이면, 그것은 벌써 치명적이거나 운명적인 것이 아니다. 팜 파탈은 태어나는 것이지 만들어지는 것이 아니다. 이를 굳이 형성 과정과 더불어 제시하려는 것이 작가의 의도라면, 그 팜 파탈은 숙명의 멍에를 벗어던지고 어느 순간 인간 선언에 나설지도 모른다.

그 점은 작중인물의 실제 모델인 신정아에게 일종의 면죄부를 주는 것이다. 그만큼 이 작가의 성정이 각박하지 못하다는 반증이기도 하다. 그러나 마녀사냥으로 몰아가도 팜 파탈의 당대적 전형이 도출되기 어려운데, 이렇게 미온적이어서야 어떻게 당초의 목표를 십분 달성할 수 있을까. 정작 신 씨를 심층적으로 이해하는 온정주의적 인간애를 주창할 양이면, 나나에게 반영된 신 씨의 면모가 보다 구체적이고 이해 가능한 범주 안에 설정되어 있어야 옳다. 그리스 신화의 이카로스 날개는 태양과 바다 둘 다에 접근하면 안 되지만, 여기 이 소설의 팜 파탈은 운명애의 태양이나 인간애의 바다 가운데 어느 하나에 충돌해야만 하는 형국이다.

나나로 인해 파국의 심적 고통을 경험하는 이는 의붓오빠 인영이다.

나나는 자신을 피해 미국으로 유학을 떠난 인영을 찾아가 그를 무너뜨린다. 동시에 신정아 사건의 광주비엔날레에 이르기까지, 우리 사회의 벌거벗은 욕망 한 자락을 여실히 보여 준다. 그러나 에밀 졸라의 나나처럼, 성적으로 벌거벗지는 않는다. 작가 서하진의 자기금도(襟度)가 발동된 결과다.

이처럼 이 소설은 서하진이 처한 소설적 경계의 양면성을 동시에 표방하면서, 그러하기에 향후 이 작가가 창발적으로 선택할 수 있는 길의 기로에 섰다. 필자로서는 작가 서하진에게 보다 과감한 발상이 소설의 문면을 지배하고 그리하여 작품의 빛깔이 현저히 달라질 수도 있는 '가지 않은 길'을 권유한다. 거기 그간의 축적된 역량을 딛고 새롭게 날개를 펴는 또 다른 서하진이 탄생할 수도 있겠기에 말이다.

한국문학을 부탁해!

— 신경숙, 『엄마를 부탁해』 단상

아침마다 펼쳐 보는 신문의 표지 면에는 언제나 정치·경제의 기사가 넘친다. 문학 기사는 한 주에 한 번, 그것도 잘 보이지 않는 내지에 숨어 있다. 이는 우리 사회의 구조상 문학이 소수자에 해당한다는 사실의 증빙이다. 그런데 왜 문학을 하는 사람들은 굳건한 존재감을 갖고 글을 쓰는 데 스스로의 명운을 거는 것일까? 그것은 문학이야말로 다른 무엇도할 수 없는 인간의 정신 또는 영혼을 다룬다는 자긍심 때문이다.

이 논리적 방정식에 따르면 한국문학은 한국인의 삶과 그 내면의 문제에 대해 책임을 지고 있는 중차대한 존재가 된다. 맞는 말이다. 문학은 논리적인, 때로는 그것을 한꺼번에 뛰어넘는 심정적인 차원까지를 포함하여 독자적인 자기 영역을 구축하고 있다. 역사와 시대의 격랑에 휩쓸려 살아온, 누대에 걸친 삶의 형식에 구체적인 내용을 부여하는 것이 문학이다. 전쟁이 일어나서 얼마나 많은 인명이나 재산의 피해가 있었는가를 기록하는 것은 역사의 소임이지만, 그 가운데에서 얼마나 많은 사람들이 얼마나 많은 슬픔 또는 아픔을 감당해야 했는가를 증거하는 것은 문학의 권한이요 책임이다.

그와 같은 한국문학의 동시대적 표지·표현·표정 속에 돌올하게 드러나 보이는 작가로 신경숙이 있다. 더 강세를 두어 말하자면 그의 『엄마를 부탁해』가 있다. 신경숙은 소설의 이야기 구조를 잘 만드는 작가로서도 중요하지만, 더 중요한 것은 우리 시대의 천정을 친 소문난 문장력의 주인이라는 사실이다. 그의 「풍금이 있던 자리」 도입부를 읽다가, 필자는 그가 그야말로 천생의 작가임을 실감한 적이 있다. 문장의 유려함이나 미학적 가치만으로도 소설이 될 수 있겠다는 생각이 들기로는, 필자의 스승 황순원 선생의 「소나기」 이래 두 번째였다.

그 문장의 힘으로, 그렇게 이야기를 만드는 기량으로 신경숙이 미국에서 사고를 쳤다. 그의 소설 『엄마를 부탁해』가 초판 10만 부가 출간되고 곧 5쇄를 찍었으며 《뉴욕타임스》 베스트셀러에 진입하는 놀라운 성과를 거둔 것이다. 물론 이러한 번역과 미국 현지에의 수용에는, 이 소설이 국내에서 이미 170만 부의 판매 실적을 거두었다는 안전판이 전제되어 있다. 소설이라고 해서 모두 재미있거나 감동적이지 않으며, 이름 있는 작가의 작품이라고 해서 모두 잘 팔리는 것이 아니다. 그만한 분량의 독자를 가졌다면, 거기에는 분명 간과할 수 없는 그 작가, 그 작품의 특장(特長)이 잠복해 있는 것이 분명하다.

『엄마를 부탁해』는 평범한 어머니의 실종 사건을 다룬다. 그런데 이 어머니는 자식을 향해 모든 것을 내어놓던 한국의 전통적 어머니상에서 더할 바도 덜할 바도 없는 바로 그 어머니이다. 양(洋)의 동서와 시(時)의 고금이 다르다고 모성이 달라지겠는가. 그처럼 만국 공통의 공약수를 가진 모성을 징검다리로 해서, 신경숙은 한국문학에서 미국 문학으로 진입하는 8만 리 태평양의 바닷길을 넘었다. 이 작가의 성공은 이야기 생산자로서의 창의성과 세계 문명을 관류하는 보편성이 조화롭게 악수함으로써 말미암았다.

거기에 또 있다. 한국어로 쓰인 이 소설을 미국인의 입맛에 맞도록, 그리고 잘 읽히는 문장으로 옮긴 번역가 김지영 씨의 공로를 상찬해야 옳다. 아무리 좋은 서사적 얼개와 내포적 감동을 끌어안고 있다 해도, 그것이 수용자에게 이성적, 감성적 반응을 촉발하지 않으면 별반 소용이 없다. 그 매개체로서의 언어를 다루는 능력은, 열심과 노력만으로 될 일이 아니다. 번역을 제2의 창작이라 호명하는 연유가 바로 그 때문이다. 우리가 만약 한국문학의 세계화를 절실한 명제로 간주한다면, 이 분야에 보다 적극적인 노력을 투자하지 않으면 안 된다.

신경숙의 소설이 미국에서 예상하지 못했던 돌풍을 일으키는 동안, 미국 내의 여론이 꼭 호의적이지 않았다는 사실은 작가나 문학계 모두 깊이 염두에 두어야 한다. 앵글로색슨계 백인들의 가족 관계 정서가 큰 틀에 있어서는 우리의 그것과 같다 해도 세부적인 측면에서는 다른 대목이 많다. 미국 공영 라디오방송 NPR에서 평론가로 활동 중인 조지타운대학교 영문학 교수 모리 코리건은, "김치 냄새 나는 크리넥스 소설의 싸구려 위안"이란 비난을 퍼부었다.

코리건은 "엄마의 불행이 항상 남편과 감사할 줄 모르는 아이들 때문"이라는 인식이, 미국 문화에서는 철저히 이질적인 것이라고 주장했다. 그런데 그의 이러한 비판도 결국은 신경숙 소설의 성가(聲價)를 확대 홍보하는 상황이 되었으니, 이를테면 쓴 나물이 입맛을 돋운 형국이다. 이러한 외형적 조건을 차치하고서, 한국문학이 미국이나 세계 무대에서 읽히고 평가되며 존중의 탄력을 받을 수 있는 요인을 한 가지만 더 생각해 보자.

그것은 미국에 거주하는 200만 재미 한인들의 확고한 친연성과 작품 구매력이다. 미국뿐 아니라 중국 조선족, 일본 조선인, 중앙아시아 고려인 등 해외의 700만에 달하는 동포 사회가 하나의 구매 집단을 이룰 수 있다는 사실이다. 그 인적 구성과 그들이 문학작품을 생산하며 포괄하고 있는 문화적 소통의 잠재력을 가볍게 보아서는 안 된다는 말이다. 더욱이 각 지역에서 현지어로 주류 문학에 진입하여 세계적 명성을 얻고 있는 작가들도 허다한 형편이다.

그러고 보니 한국문학의 세계화도 과거처럼 구두선(口頭禪)에 그치는 차원을 넘어서 실질적 수확을 산출하는 지점에까지 나아갔다고 느껴지는 것은 필자만의 감상이 아닐 터이다. 우리의 국력 신장이 여기에 하나의 근거 자료로 덧붙여질 수도 있겠다. 이러한 청신호들을 체계적으로 결집하고 작가는 작가대로 창작의 본분을 다할 때, 우리는 그 누구, 다른 이방인이 아닌 우리 스스로에게 '한국문학을 부탁해!'라고 말할 수 있을 것이다.

탈세계적 상상력의 처음과 나중

— 노희준의 「캔」에서 「살」까지

「캔」, 통속적 삼각관계를 변형시킨 절묘한 매듭

노희준은 1999년 《문학사상》 신인상에 중편 「캔」이 당선됨으로써 문단에 나왔으며, 올해까지 꼭 10년간 작품 활동을 했다. 그동안 9편의 단편을 묶은 창작집 『너는 감염되었다』와 문예중앙 소설상을 받은 장편소설 『킬러리스트』를 상재했으며, 지속적으로 소설을 쓰고 있는 젊은 작가이다.

그의 첫 창작집 『너는 감염되었다』는 전통적인 소설 문법의 시각으로 보면 사뭇 충격적인 세계를 보여 주는 소설들로 채워져 있다. 미상불 문자 문화의 울타리를 현저히 와해시킨 영상 문화와, 인터넷을 새 길잡이로 하여 부양된 사이버 글쓰기에 익숙한 오늘날의 젊은 세대에게는, 어쩌면 노희준이 그리 새로울 바 없는 동류의 작가일지도 모른다. 그러나 그가 과거 소설의 행간에 묻혀 있던 심층적 의식이나 발화 방식을 예리하게 적출하고 이를 교묘한 시적 조작으로 구조화힐 때, 그 시각이 세롭고 독자적이라는 데에 이의를 제기하기는 어려울 터이다.

특히 이 창작집의 '작가의 말'로 되어 있는 「고양이는 63빌딩에서 떨어져도 죽지 않는다」를 보면, 이 작가가 단순히 소설만 날렵하고 강단 있게 쓰는 데 그치지 않고 아주 폭넓은 배경 지식과 명민한 사고력을 작동시키고 있는 유별난 능력의 소유자임을 알아차리게 된다. 도대체 고양이가 63빌딩에서, 아마도 63층을 말하는 것이겠지만, 떨어져도 죽지 않는다는 사실을 증명하는 데 물리학의 수식을 동원하는 유형을 두고 무슨 말을 할 것인가. 우리가 현대판 젊은 '이상'의 출현이라고까지 말할 것은 없으되, 그의 글들이 보기 드문 지적 조작과 이야기의 융합이라는 점에는 이론의 여지가 없겠다.

한 작가에게 있어 그 데뷔작이 향후 작품 세계의 진로를 함축적으로 지시한다는 것은 이미 오래된 정설이지만, 노희준의 신인상 당선작인 중편 「캔」은 더욱 확고히 그러한 면모를 드러낸다. 외형의 모습은 두 남자와 한 여자의 삼각관계 사랑 이야기라는 통속적인 포즈를 갖고 있으나, 이를 형상화하는 경과 및 콘텐츠는 복잡다단하기 이를 데 없다. 1980년대에서 1990년대로 넘어가는 한국 사회의 이념적 변화와 계층 갈등을 포함해서 등장인물들의 성격이 갖는 철학적 차별성까지 한꺼번에 제기되어 있다.

세 중심인물의 이름은 한주, 무호, 인하. 앞의 두 사람은 남자이고 맨 뒤는 여자이다. 이 중 한주라는 남자가 이 소설의 화자인 '나'이다. 이들의 서로 얽혀 있는, 그리고 절연되기 마련인 관계를 두고 작가는 '보로메우스의 매듭'이란 절묘한 방정식을 상정한다.

인하는 A 링의 밑으로 집어넣은 줄을 다시 B의 위로 통과시켜 링 두 개와 줄 하나를 서로 엮었다. 그런 다음 줄의 양쪽 끝을 이어 붙여 세 번째의 링을 만들어 냈다. 그러자 세 개의 교집합 모양으로 엮인 기묘한 모양의 매듭이 생겨났다. 인하는 그 매듭을 들어 내 눈앞에 흔들어 댔다. 예쁘지? 하며 내 동의를 구하는 눈동자가 요란하게 빛났다.

"이 매듭은 셋 중 어느 하나를 잘라 내더라도 나머지 둘은 바로 떨어져 나가게 되어 있어. 그러니까 셋이어야만 완벽한 거지 둘끼리는 아무 결속력이 없는 거지."

인하의 말이 사실인가를 확인해 보기 위해서 링을 하나씩 풀어 보았다. 정말이었다. 어느 쪽 링을 풀어도 나머지 두 개는 자동적으로 분리될 수밖에 없게끔 되어 있었다.

─노희준, 「캔」 중에서

무호의 온갖 움직임은 자신의 존재를 일정한 방향으로 정초해 두지 못하는 허무주의자의 행태를 닮아 있고, 그를 뒤따르고 있는 인하는 삶의 근본에 대한 성찰이나 자신의 정체성 문제를 제쳐 두고 무호를 추종하고 있다. 이 양자를 관찰하면서 인하에 대한 자신의 사랑을 표현하지 못한 채 자기 내부로 침윤하는 '나'는, 그러므로 소설의 전체적인 분위기를 우울한 채색으로 몰아간다. 이를테면 이 세 인물 모두가 독립적 자기 발화를 갖지 못한 외부 의존적 캐릭터들이다.

'나'의 자기 침식 행위는 빈 깡통, 캔을 모으는 일로 표현된다. 여러 사연과 추억, 여러 모양과 표정을 가진 깡통들을 모으는 데 집중하는 것은, 그의 세계가 외향적 진취성이나 젊은 세대의 향상성 따위와는 전혀 관련이 없음을 환기한다. 그 깡통 속에는 주로 무호가 있고 인하가 있다.

그런데 어느 날부터 깡통이 하나씩 증발하기 시작하고, '나'는 공포를 느껴 가며 범인을 색출하기 위한 보안 시스템을 설치한다. 범인은 수색되지 않는다. 이 무슨 황당무계한 상상력이란 말인가. 마치 SF 영화나 환타지 소설의 얼개와 같은 이야기가 소설의 문면을 채운다. 얼핏 독자는, 이 작가가 이야기의 사실적 구조를 무너뜨리기로 작정하고 소설을 쓴다고 느낄 형국이다.

그러나 소설의 결미에 다다르면, 그 범인이 인하였고 보안 시스템에 감지되지 않은 것은 컴퓨터 조작의 정밀한 틈새를 그 '범인'이 파고들었기 때문임이 증명된다. 이 이야기의 전개에는 전혀 비현실적 비약이 개입되지 않았다. 말하자면 앞서 언급한 바 있는 물리학적 수식처럼, 이 작가가 컴퓨터 활용 첨단 감시망에까지 이르는 여러 아이템들의 지적 장치를 소설의 사건 전개에 면밀하게 대입시키고 있다는 사실이 드러나는 것이다.

무호의 죽음도 그렇다. 일반적인 소설의 상식을 뒤엎고, 작가는 운전 중 벼랑에서 떨어진 무호를 살려 냈다. 아니 당초에 무호는 죽지 않고 살아서, 자신의 죽음으로 의식의 유희를 진행하는 것을 시도했다. 그 무호가 다시 죽는 것은, 감정적이고 허망하기 이를 데 없는 인하와의 자기 존재감 확인 게임에서였다.

나한테 라이터를 던져 주면서 불……을 붙이라고 했어. 그때야 난 알았지. 내가 뻔히 못 붙일 걸 계산하고 하는 짓이라는 걸. 내가 울며불며 말리면 그만이란 걸. 그리고 내가 사람들에게, 내가 본 대로 전달해 주기만 하면 무호가 나에게 돌아오리란 걸. 그게 자신의 존재 이유를 확인하기 위한 처절한 노력이란 것도 알고 있었어. 하지만 난, 난 그때……, 결심했어. 이번만은 무호의 시나리오대로 하지 않겠다고. 무호도 각본대로 되지 않는 게 있다는 걸 알아야 한다고. 가르쳐 주고 싶었어. 세상은……, 결코 연극 무대가 아니라는 걸.

—노희준, 「캔」 중에서

인하는 정말로 불을 붙일 생각이 없었으나 그 불이 '날아서, 나비처럼' 무호에게 붙었고 이들의 보로메우스 매듭은 마침내 와해되었다. 왜 이 작가는 이 세상에 흔한 통속적인 삼각관계에, 이토록 많은 치장과 의미를 부여하려 했을까. 그리고 왜 그토록 난해한 컴퓨터 시스템과 의식의 굴곡을 매설하려 했을까. 이 어려운 질문에 대한 대답은 의외로 간략할 수 있을 것이다. 그것이 이 작가의 상상력이 부유하는 공간에 대한 설명이며, 앞선 세대의 리얼리즘 작가들과 구별되는 기계화 세대의 세계관이기 때문이 아닐까.

표제작인 「너는 감염되었다」나 작가 자신의 일상을 상당 부분 반영한 것으로 보이는 「내 사랑 카멜레온」 같은 작품에서도, 이러한 성향은 한결같이 그 내부에 잠복해 있다. 이 작가에게 있어서 세상을 움직이는 보이는, 또는 보이지 않는 힘이나 그것이 시대와 사회 속에서 작용하는 정당성 등속의 항목은 그다지 흥미로운 관심의 대상이 되지 못하는 것 같다. 그는 파편화된 사회 속에 살아가는 인간의 삶이 어떤 위험, 그것도 어떤 방법적 위험에 직면해 있으며, 그것이 표출되는 방식과 경로가 어떠한가에 훨씬 더 관심이 많아 보인다.

「너는 감염되었다」는 컴퓨터 모니터로 확산되는 '경고: 너는 감염되었다'가 실제로 사람들의 현실 생활에 어떤 강력하고 파괴적인 바이러스로 연계되는가를 말한다. 이 지점에서 작가는, 「캔」에서 애써 유지하고 있던 이야기의 사실성이란 명에를 벗어 던지기 시작한다. 그것은 어쩌면 「내 사랑 카멜레온」을 통해 관찰할 수 있는, 자기 소설에 대한 강도 높은 반성적 성찰에 잇대어져 있는 행위인지도 모른다. 그러한 구조적 일탈의 소설 쓰기가, 최근작 「살」로 이어지는 소통의 경로를 확보하고 기상천외한 상상력의 현현을 유발했으리라 짐작된다.

「살」, 극단적 일탈의 세계관과 소설 사이의 거리

창작집 『너는 감염되었다』에 이어 두 번째로 나온 장편소설 『킬러리스트』는, 서두에 적은 바와 같이 문예중앙 소설상 당선작이다. 우리가 앞서 살펴본 이 작가의 기괴한 상상력과 과감한 이탈의 글쓰기는 충분히 이와 같은 '범죄 심리 스릴러'의 소설을 쓰기에 합당하다 할 수 있겠으되, 이 객관적 평가를 수득한 장편 속에는 여전히 수많은 정보, 자료, 복합적인 인식과, 그것을 사건 전개에 연관시키는 구조적 방법론이 내재해 있다.

단편에서 장편에 이르도록 이처럼 현실의 방호벽을 쉽사리 뛰어넘는 소설 작법으로 일관해 온 이 작가가 마침내 당도할 자리는 어디일까? 또 그렇게 험난한 길을 걸어 도달한 그의 소설적 유토피아에는 무엇이 기다리고 있을까. 그의 소설들은 독자들에게 어떤 메시지와 감동을 전달할 수 있을 것이며, 그것이 그의 앞 세대 작가들이나 동류의 작가들이 붙들고 있는 소설 창작법과 어떤 변별성을 가질 수 있을 것인가.

이러한 한 묶음의 원론적인 질문들은, 기실 그의 지나온 소설 세계에 덧붙여서는 별반 의미가 없다. 그의 세계가 일상적 의식의 분열이나 객관적 행위의 해체와 같은 새로운 범주에 머물러 있는 것이었다면, 이 색다른 유형의 소설적 범주가 위의 질문들과 어떻게 조응할 것인가를 주목하는 것이 옳다. 이는 우선 작가 자신이 고민해야 할 문제이며, 아무리 독특한 빛깔의 소설이라 할지라도 독자와의 교통이 가져다주는 감응력으로부터 자유로울 수 없다는, 저 고색창연한 원리를 다시 돌이켜 볼 필요가 있을 것이다.

노희준이 최근에 발표한 단편 「살」을 그러한 시각에서 관찰해 보기로 하자면, 그리고 첫 작품인 중편 「캔」에서 「살」에 이르는 그 경과 과정을 되새겨 보기로 하자면, 거기에는 해야 할 말이 만만치 않게 많다. 이 소설은 현실적 상황, 객체적 상황의 파괴를 그 서두에서부터 아무런 거리낌 없이 풀어 놓은 듯하다. 이는 '기상천외'하기를 넘어 '언어도단'의 지경으로 진입하는 길목에 해당한다.

일요일 11시경, 그는 애인의 오피스텔 침대에서 혼자 잠에서 깼다. 올빼미 애인은 일찍 일어나 외출한 적이 한 번도 없었다. 숙취로 갈증이 심한 그는 대수롭지 않게 여기고 냉장고 문부터 열었다. 왼손으로 생수병을 잡고, 버릇처럼 오른손으로 윗배를 쓰다듬었다. 사건은 그때 발생했다. 손은 몸에 얹히지 않고 뱃속으로 그냥 쓰윽, 들어가 버렸다. 말 그대로 그냥 쓰윽, 이었다. 그는 올빼미 눈을 뜬 채, 몇 초 전에 했어야 할 혼잣말을 무심결에 내뱉었다. 아…… 속 쓰려.

닥치는 대로 만져 보았다. 벽도 개수대도 식탁도 원래대로였다. 존재감이 사라진 것은 몸뿐이었다. 그는 두 팔을 교차시킬 수도, 다리를 하나로 합체할 수도, 심지어는 숟가락을 사용해 자신의 성기를 뱃속에 쑤셔 박을 수도 있었다. 고통은 전혀 없었다. 그는 다시 목이 말랐다.

—노희준, 「살」 중에서

지구와는 전혀 다른 우주의 행성에서나 일어날 법한 일이, 태연한 얼굴로 노희준의 소설에서 발생했다. 도대체 이렇게 황당무계한 첫 장면으로 소설을 시작하고서 그 이야기의 뒷감당을 어떻게 할 것이며 한 편의 소설이 생산하는 메시지의 의미화를 어떻게 수렴할 것인가. 서둘러 말해 두자면, 이 작가는 이와 같은 듣지도 보지도 못한 별종의 사건에까지 과학적 근거를 잇대어 보려는 무모한 시도를 멈추지 않는다. 그쯤 되면 단순한 현학 취미를 넘어서 작가 자신이 별세계의 우주인이라 호명되어도 크게 부정할 길이 없어 보인다.

어쨌거나 소설은 이렇게 매우 색다른 상황을 전제하고서 시발한다. '그'의 애인도 아내도 모두 같은 증상이 나타난다. 작가는 여기에 '후천성 존재결핍증'이란 희한한 병명을 부여했고, 일명 '통과병'이란 부제를 달았다. 감염자와 관계를 맺으면 100퍼센트 전염되며 일단 발병하면 몸이 몸을 통과하게 되는 병, 소설 속의 세계보건기구는 전 인류의 1퍼센트가 이 병에 걸린 것으로 추산한다.

비상계엄령이 선포되고 감염자들이 시설에 격리 수용되며 물리학 교수, 성경을 낀 여자, 수학과에 다닌다는 청년 등이 그 원인 분석을 내놓는다. 그중 물리학 교수의 분석, "이건 터널 효과라는 겁니다. 눈으로는 꽉 차 보여도 입자와 입자 사이는 텅텅 비어 있으므로, 물체와 물체가 부딪쳤을 때 서로 통과할 확률은 언제나 0보다 큽니다. 구체적으로 설명하자면 $E<V$일 때 quantize된 입자가 potential wall을 관통……"은, 이 작가의 병적인 지식 과잉과 현학성이 일종의 유희 단계에까지 이른 느낌을 촉발한다.

수용소, 수용자의 여러 문제가 발생하고 마침내 정부에서 정상인의 1퍼센트만을 비밀 시설에 수용하기로 결정하는 데 이른다. 기어코 사태가 역전되어 비정상인이 정상인이 되는 우스꽝스러운 현상이 소설적 현실로 등장하는 것이다. 동시에 이 '통과병'을 특수로 한 갖가지 제조업, 새로운 직업, 특히 성회의 새로운 기구 등이 새롭게 발생하고 만들어지기도 한다. 감염자 시민들이 무장을 하고 폭력 집단이 되어 가는 수준에까지 이르면, 이 소설은 벌써 일반적 상식의 수준이나 범주를 넘어가 버린다.

통과병 이후의 삶은 양자택일이었다는 생각이 들었다. 정상인으로 땅속을 택할 것인가, 감염자로 빛 속에 남을 것인가. 스스로 감염될 것인가, 죽음의 공포에 시달릴 것인가. 이제는 급기야 악착같이 벌어서 씨를 남길 것인가, 아니면 당장 굶어 죽을 것인가? 신은 그에게 묻고 있었다. 나쁠래, 아니면 더 나쁠래?

—노희준, 「살」 중에서

그렇다. 나쁘거나 더 나쁘거나, 둘 중에 하나를 선택해야 하는 우울한 가상 세계의 모습이 여기에 펼쳐져 있다. 뒤이어 두 사람의 몸이 하나로 합쳐지면 제3자가 만질 수 있다든지, 지구의 오지 곳곳에서 통과병에 내성 DNA를 가진 신생아가 태어난다든지, 상황이 바뀔 만한 후속 정보가 주어지고 있으나 그것은 이미 부차적인 차원에 머문다. 중요한 것은 이와 같은 그로테스크한 상상력을 소설의 문면으로 발화하는 이 작가의 심리적 기저에 무엇이 도사리고 있으며, 그것은 앞으로 그의 소설에 어떤 자양분으로 기능하게 되는가에 있다.

미상불 1980년대를 끝으로 그 효용성을 격감시킨 거대 담론의 한국 문학이, 지난 20년간 미시적 세계 인식 및 일상적 삶의 소설화로 배턴을 넘긴 이래, 온갖 극단적이고 또 세부적인 이야기의 형상을 구경할 수 있었던 것이 사실이다. 그러나 여기 이 작가, 노희준처럼 외계인의 우주선에서나 가능할 만한 일을 사실적 서사 구조 속에 유입하고 이를 물리학이나 수학의 객관적 수식을 동원하며 설명하려는, 무모하고도 가상한 사례는 찾아볼 수 없었다.

우리는 먼저 그의 이 과감한 도전 정신에 박수를 보내는 것이 옳겠다. 그것은 그대로 한국문학의 한 새로운 지평을 여는 선구적 실험성에 해당하기 때문이다. 그처럼 주밀하고 현학적인 지적 조작을 감행하자면, 우선 그 문제와 관련된 주변에 대한 치열한 사전 학습이 없이는 애초에 가능한 일이 아닐 터이다. 만약 그가 지속적으로 이러한 탈세계적 소설의 계보를 이어 간다면, 우리는 한국문학 가운데 유례가 없는 4차원 소설 방정식의 목격자가 될지도 모른다.

그런데 그것이 그다지 흔쾌하지 않은 것은, 그렇게 해서 소설이 수확할 수 있는 의미나 감동, 더 나아가 다음 세대로 승계해 줄 수 있는 유산이 어떤 것이겠느냐는 경각심으로부터 말미암는다. 어떤 일탈의 이야기 유형이 있다고 할 때, 예컨대 전란이나 살상, 폭력이나 성애 등속이 소설 속에 발현될 때, 이는 그것 자체가 아니라 그것을 통해 환기할 수 있는 다른 의미의 차원을 남기고 있어야 값이 있는 법이다. 귄터 그라스의 『양철북』이 반전 의식을 나타내는 방식이나, D. H. 로런스의 『채털리 부인의 사랑』이 성애를 수준 있는 대화로 치환하는 방식이 모범이 될 만하다.

노희준은, 이처럼 전례 없이 독특한 소설적 세계관을 소중히 간직하는 한편, 그것이 방법적 글쓰기의 눈에 보이는 계단을 설비하는 데 머물지 않고 그 너머에 소중하게 펼쳐진 의미화의 영역을 개간하는 데 중점적으로 주력할 필요가 있어 보인다. 1930년대의 이상이 기교에만 그친 문필에 머물렀다면, 오늘의 우리는 그를 뜻깊게 기억하지 않을 것이다. 괄목상대로 주목할 만한 젊은 이 작가의 앞날과 그 작품들을 기대하며 기다려 보기로 한다.

2000년대 서울의 겨울밤, 어느 서민계급의 풍경

— 김애란의 「그곳에 밤 여기의 노래」

'용대'라는 인물, 검은 상흔으로 점철된 삶

김애란의 단편 「그곳에 밤 여기의 노래」는, 황량한 서울의 겨울밤에서 출발한다. 왜 '밤'이며 왜 또 '겨울'인가? 이 두 단어가 조합되어 생성할 수 있는 의미의 파장이 매우 크고 다양하기 때문이다. 그 빛깔은 각기 단어의 어의를 부정적으로 반영하여 어둡고 우울할 수 있을 터이며, 경우에 따라서는 그 외양이 두 단어를 반어적으로 조합함으로써 오히려 새로운 정취를 생산하는 것일 수도 있겠다. 물론 여기에서는 전자에 해당한다.

겨울밤의 거리, 카세트테이프를 들으며 움직이고 있는 택시 기사 '용대'는, 그 겨울밤의 냉혹한 분위기를 한 치도 넘어서지 못하는 인물이다. 작가가 작정하고 그렇게 그리려 하지 않는 한, 이 인물처럼 골라 쓸 만한 구석이 하나도 없는 인물을 만나기란 결코 쉽지 않은 일이다. 모아 둔 재산도 없고 의지할 일가친척도 없는 데다, 어렵게 만난 아내마저 병으로 잃었다. 조선족 아내가 남긴 중국어 회화 테이프를 들으며 택시 기사로 하루하루를 연명하는 그가, 작가에게 부여받은 소설적 역할이란 대체 무엇일까?

> 용대는 어려서부터 주위의 홀대를 받았다. 가문의 수치, 가문의 바보, 가문의 왕따. 어느 집안에나 꼭 한 명씩은 존재하는 천덕꾸러기. 언젠가 그는 형수가 큰 소리로 자기를 흉보는 소릴 들은 적이 있다. (중략) 명절엔 같은 화제가 반복되는지라 흘려듣는 사람도 있었지만, 듣기에 재미없는 말은 아니었다. 사내들은 제상에 오른 술을 음복하며 다 들리는 얘길 못 들은 척했다. 용대는 아무 말 없이 우럭포를 찢으며, 어떤 표정을 지어야 할지 몰라 히죽 웃었다. 그런 얼굴이 얼마나 형편없어 보일지 하나도 모르면서.
>
> ──김애란, 「그곳에 밤 여기의 노래」 중에서

이렇게 출발한 인물이 용대이다. 이를테면 작가는, 최소한의 재료로 가장 못난 인물을 만들었다는 투로 용대라는 캐릭터를 내놓았다. 군대에서 제대한 후 용대는 중국집 배달, 이발소 보조, 술집 웨이터, 아파트 경비 등의 일을 전전한 것으로 되어 있다. 이 적지 않은 인생사의 단련은, 그에게 축적된 경험의 깨우침을 아무것도 전해 주지 않았을까? 사회·경제적 계급에 있어서 비천하고 지적·이성적 능력에 있어서 보잘것없으며 그 개별적 인간됨에 있어서도 볼품없다면, 과연 작가는 이 인물을 통해 무엇을 발화하고 싶은 것일까?

그가 서울에 온 건 7년 전의 일이다. 어머니 거처 문제로 집안이 시끄럽던 때였다. 용대는 중요한 부동산 계약 하나를 망쳤다. 가게를 정리하고 텃밭이나 가꾸며 사는 어머니의 집을 날려 버린 거였다. 그저 보증을 서는 줄 알았는데, 용대의 선배라는 중개업자가 집을 두 사람에게 이중으로 팔아 버

리고 잠적해 버린 뒤였다. (중략) 그리하여 형에게 '이 새끼가 하다하다 별
지랄을 다 한다'는 소리를 듣고 난생 처음 귀싸대기를 맞은 날, 깡패들로부
터 뻔하고도 무시무시한 최종 통지를 받은 날, 용대는 집을 나왔다.

──김애란, 「그곳에 밤 여기의 노래」 중에서

그때 용대의 나이는 서른일곱이었다. 천애고아는 가족으로부터 기대
할 것이 없으므로 자기 발로 서는 지점이 더 단단할 수 있다. 그러나 용
대에게는 어머니의 후광조차 비치지 않는다. 상처뿐인 인생, 아무것도
가진 것이 없는 인생이라면, 거기에 하나의 장점이 남아 있겠다. 더 이상
떨어질 곳이 없는 막장에서 위를 바라보며 사람들을 관찰하는, 확고한
방향성의 이점이 있을 것이 아닌가. 그러할 때 용대가 만난 여자, '정성
으로 이야기하면 서로 이해 못할 게 없다는, 소통에 관한 한 순진할 정도
의 믿음이 있던 북쪽 여자' 명화는 그 값이 비교할 대상이 없을 만큼 무
거울 수밖에 없다. 한 남자와 여자를 만나게 하기에는, 참 곤고한 과정을
거치는 소설 기술법이다.

용대는 오늘날의 우리 사회 가운데 있는, 그대로 버려지는 운명에 처
한 캐릭터이지만, 그를 수습하고 개선할 의지나 능력이 어느 누구에게도
없다는 것이 사실이다. 그리고 그러한 용대가 기실 부지기수로 많다는
것이 이 문명한 사회가 어쩌지 못하는 음지의 실상이다. 자유와 개인 자
본을 앞세우는 사회가 평등과 공동경제를 앞세우는 사회의 강점을 수용
하는 방식이 사회복지의 실현이라고 할 때, 그 물질적 공여가 시혜되는
길은 일정한 시스템을 필요로 한다. 용대와 같이 대책 없는 사례는, 미상
불 그와 같은 혜택에 접근하기도 어려운 형국이 될 것이다. 그 용대의 이
야기가 아내를 통해서, 또 다른 가족과 일가친척들을 통해서 어떻게 분
화되는가를 추적하려는 것이 이 작가의 복심일 터이나.

그의 아내 '명화', 시대·구조적 비극과 죽음

만약 용대가 아내 명화를 만나는 스토리 보드를 매설하지 않았다면, 이 소설은 우리 사회의 어두운 구석을 적발하는, 그저 그렇고 그런 주제를 부양하는 데 그쳤을지도 모른다. 소설에 나타난 용대의 생애 가운데 작위적인 의지로 가장 진취적이고 생산적인 활동을 한 대목이 있다면, 자신의 노력으로 10년 연하의 아내 임명화에 접근하고 마침내 성공한 일일 것이다. 나이 든 커플로서 통과의례처럼 치러야 하는 프러포즈를 수행해 나가는 장면들은 그런대로 가슴 떨림도 있다. 그런데 이 비극적 장래를 예고한 아내 명화의 출현은, 동시대의 한국 현실에 견주어 볼 때 여러 가지 구조적 문제를 함께 동반하고 있는 사안이다.

굳이 소설이 동아시아의 주요 관심사가 되어 있는 한국과 중국 두 나라의 지정학적 상황에 대한 의사를 밝힐 필요는 없으되, 연변 조선족 출신의 불법체류자 명화를 한국 서울의 하층계급 서민 용대와 함께 묶어 본다는 것은, 어떤 방식으로든 이 시대적 쟁점에 대한 인식을 소설 속에 반영한 셈이다. 명화와 함께 한국으로 와서 골프장에서 일하던 동생 려화는 한쪽 눈을 잃었지만, 아무런 보상도 받지 못한 채 고국으로 돌아갔다. 가장 낮고 힘겨운 자리에서, 명화는 역시 가장 낮고 힘겨운 자리에 있는 택시 기사 용대를 만난다.

동생을 배웅하고 오는 길, 명화는 골프장이 아닌 서울을 향해 발걸음을 돌렸다. 그리고 그때부터 그녀의 품팔이 삶이 시작됐다. 찜질방 청소, 발 마사지, 가정부, 서빙, 모텔 청소…… 명화가 안 해 본 일은 없었다. 고용주는 망설이는 척하면서 낮은 임금의 노동자를 반겼다. 명화는 버는 돈의 3분의 2를 고향으로 보내며 근면하고 검소한 생활을 꾸려 나갔다. 용대를 만났을 즈음, 명화의 얼굴은 실제보다 더 늙어 있었다. 용대는 성북동에 있는 기사 식당에 자주 들렀다. 오직 명화를 보기 위해서였다.

—김애란, 「그곳에 밤 여기의 노래」 중에서

택시 경력 5년의 용대는 명화를 맛집에 데려가고 명화와 함께 노래방에서 맥주를 마시고 덕수궁을 걷고 액션 영화를 본다. 마침내 둘은 구청에 혼인신고를 하고, 한 달간 수중의 돈이 다 떨어질 때까지 어둑한 반지하 방에서 몸만 섞었다. "용대에겐 그 한 달이 자기 인생에서 가장 행복했던 시절이었다." 다시 도급 택시를 몰게 된 용대는, 몇 달 후 명화가 위암이라는 걸 알게 된다.

이토록 비극적인 방식으로 사태를 몰아가는 것은 궁극적으로 작가의 의도요 권한에 속하는 일이지만, 이 작가가 소설의 등장인물들을 운명의 깊은 바닥으로 끌어내리는 악취미를 갖지 않았다면 이는 너무 잔혹한 처사이다. 일찍이 H. E. 노사크가 『소설과 사회』에서, "등장인물은 작가에게 자기 행위의 정당성에 대한 설명을 요구한다."라고 매우 도전적으로 기록한 바 있지만, 작가는 당초 이 소설에서, 등장인물들에게 그들의 항변에 대한 응답으로 줄 수 있는 최소한의 선물, 또는 '겨울밤'이 가질 수 있는 상대적으로 푸근한 정조 따위는 아예 고려하지 않았다.

아내의 병이 깊어 갈 즈음, 그는 식구들에게 다시 연락했다. 형제들은 그가 결혼한 걸 몰랐다. 그들은 보험금을 빼먹고 떠난 다방 여자와 명화가 비슷한 부류일 거라 생각했다. 그렇게 괜찮은 여자가 왜 용대 같은 남자랑 살겠냐는 식으로. 작은형은 대놓고 '네 전화를 받은 건 모르는 번호였기 때문'이라고 말했다. 용대는 식구들에게 외면당하고 사촌들을 찾아다녔다. 누군가는 완강히 거절했고, 누군가는 요령껏 몇 십만 원을 쥐어 준 채 돌려보냈

다. 어쨌든 명화는 죽었다. 병원비가 아니더라도 죽을 상태였으나, 천천히
죽지 못하고 좀 이르게 갔다. 나쁜 냄새를 풍기며. 바짝 쪼그라든 채.

—김애란, 「그곳에 밤 여기의 노래」 중에서

결혼은 국적과 관계가 있고 그 변동도 가져오지만, 사랑은 당초에 국
경이 없다. 병중의 아내에게 심한 투정을 부린 적은 있어도, 용대에게는
명화가 유일하고 또 깊은 사랑이었다. 그런데 그 '사랑'이 죽었다. 그렇
다면 그에게 남은 것은 겨울밤의 춥고 황폐한 삶밖에 없다. 그런데 그것
이 작가의 의향이라면, 거기에 여운으로 남거나 더 탐색해야 할 무엇인
가가 잠복해 있어야 옳다. 문장이 뛰어나고 사건을 다루는 솜씨가 능숙
한 이 소설이, 단순히 시대·사회적인 시각과 개인의 비극적인 삶을 한데
얽어 놓은 범상한 작품으로 끝나지 않으려면 말이다. 그리고 그것은 우
리 시대 젊은 작가들의 날카로운 감성을 대변하는 김애란이, 앞으로 더
개척해 나가야 할 소설의 지평을 남겨 두었다는 말과 다르지 않다.

조카 지훈, 가장 세속적인 계급비교론

김애란이 만만치 않은 작가인 것은, 그 패배와 멸절의 자리에 튼실한
복병을 숨겨 두지 않았다 할지라도, 용대에게 남은 삶의 외연을 더 확장
하여 가족사를 바탕으로 한 산뜻한 계급 비교표를 작성해 보인 데서 확
인된다. 물론 그 비교표는 일상적이며 세속적인 수준을 벗어나지 않고
있으며 그를 통해 무슨 대단한 논점을 생산하지도 않는다. 그러나 한 집
안에 얽힌 이들 두 계층의 대립 구조는, 그 발생 연원에서부터 오늘의 현
실에 이르기까지 우리 근대사의 언저리에서 숱하게 목도할 수 있었던 불

합리하고 불평등한 존재 양식을 닮아 있다.

 사실 용대와 지훈의 집안은 사이가 좋지 않았다. 어른들만 그런 게 아니라 자손들도 그랬다. 지훈 쪽의 가계는 할아버지 때부터 잘살았다. 까막눈에 농투성이인 용대의 아버지가 지훈의 할아버지를 뒷바라지해 온 덕이었다. 용대의 아버지는 소 먹이고 쌀 판 돈으로 지훈의 할아버지를 가르쳤다. 지훈의 할아버지는 대학 졸업 후 무역 회사에 다니며 승승장구했다. 그러고는 은혜를 꼭 갚겠다고 한 약속을 저버렸다. 도리어 매년 개소주를 해 갖고 올라오라는 둥, 친구들과 놀러 가는데 음식을 해 놓으라는 둥 유세를 부렸다. (중략) 계급은 그 자식들과 손자들에게도 세습됐다.
　　　　　　　　　　　　　　　—김애란, 「그곳에 밤 여기의 노래」 중에서

 김애란이 '마지막 한칼'로 비장해 둔, 한 집안 안에서 벌어진 두 계급의 분파 과정을 보여 주는 대목이다. 지훈네의 '오만함'과 용대네의 '열등감'이 작용하는 가운데 그 열등감에 '정점'을 찍는 것이 용대란 존재로 되어 있음으로써, 이 뿌리가 깊은 과제는 단박에 지금까지 흘러온 소설적 이야기의 중심으로 진입한다. 가족 내부의 문제로 발단되었으나, 역사의 굴곡들을 더듬어 거슬러 올라가 보면 지배계급과 피지배계급의 발생론적 구조가 이와 다를 바 없다. 권세와 재물의 힘을 가진 자가 그것을 갖지 못한 자에게 공여하는 약속과 배신의 행태도 닮았다. 사리분별이 일종의 방어막을 형성하던 처음의 모양은 간 곳이 없고, 나중에는 분할된 힘의 우열과 그것의 작용 또는 행사만 남는 모양새가 된다.
 작가는 이 해묵고 빛바랜, 그리고 전근대적인 삶의 도식을 소설의 이야기 속에 무리 없이 용해했다. 그렇게 함으로써 이 소설이 단선적인 스토리텔링으로 끝날 위험성을 방호하면서, 힘겹게 여기까지 움직여 온 중심인물 용대의 역할에 의미 있는 방점을 둔다. 그런데 여기에 동원된 인물 또는 사건들은 지나치게 고정적이어서, 주어진 기능 이외의 복합적 상상력을 가동할 공간을 전혀 남기지 않았다. 왜 지훈네 인물들은 모두가 그렇게 비인간적이며, 용대네 인물들은 모두가 그렇게 열패감에 사로잡혀 있는지 잘 모르겠다.

예컨대 서영은이 「먼 그대」에서 피해자인 '문자'와 악역 '한수'의 의미를 중층적으로 배치한, 그러한 무게와 깊이가 개재할 여지가 없다는 의미이다. 이 한 집안 내부의, 두 계급적 줄기에 대한 대조표의 시발은, 검사로 출세한 지훈이 우연히 용대의 택시를 타게 됨으로써 이루어진다. 승차 전에 지훈은 그 삶의 일탈된 모습을 용대에게 목격 당한다. 그에게는 도덕적 윤리적 올곧음이 없다.

둘은 팔촌지간이다. 용대는 지훈에게 당숙이지만, 지훈은 어려서부터 그냥 삼촌이라 불러 왔다. 용대가 작은집의 늦둥이인 탓에, 이들의 나이 차는 많이 나지 않는다. 두 사람이 얼굴을 본 건 거의 1년 만이다. 지훈이 분가를 하기 전, 목동 아버지 집에 얹혀살 때의 일이다. 뒤늦게 퇴근을 하고 보니 거실에 용대 삼촌이 앉아 있었다. 지훈은 엉거주춤 용대에게 인사를 하고 작은방으로 들어갔다. 어머니는 그 옆에서 배를 깎고, 아버지는 근엄한 얼굴로 불이 꺼진 티브이만 바라보고 있었다. 지훈은 삼촌이 갈 때까지 방에서 나오지 않았다. 무슨 일인지는 몰라도 자기가 낄 분위기가 아니라는 판단에서였다. 그는 삼촌이 절망적인 표정으로 현관을 나설 때 한 번 더 목례를 했을 뿐이다. 지훈은 훗날 용대가 돈을 꾸러 왔다는 걸 알았다. '우리도 형편이 어렵다. 저 녀석도 분가 못 시키고 이렇게 한집서 살고 있지 않냐'며 아버지가 삼촌을 돌려보냈다는 사실도. 용대는 그날 무릎을 꿇은 채 덥고 축축한 손으로 사촌 형의 손을 잡았다. 평소와는 다르게, 그러지 않으면 안

된다는 듯 손에 온 힘을 싣고. 지훈의 아버지는 지훈에게 '그 새끼, 또 술 먹고 왔더라'며 혀를 찼다.

—김애란, 「그곳에 밤 여기의 노래」 중에서

참 비루한 구걸자요 참 고약한 타박자의 형색을 손에 잡힐 듯이 그렸다. 지훈의 아버지와 지훈은 모두 작가의 밑그림 위에서 전혀 요동 없는 스테레오타입을 견지하고 있다. 용대 또한 처음 등장한 평면적 인물의 면모를 고스란히 간직한 채 소설의 끝막음까지 간다. 인물과 사건 어디에도 입체적 능동성이 발견되지 않는다. 그러나 이는 향후 이 작가의 세계에서 충분히 조정과 향상이 가능한 문제일 터이어서 그다지 우려할 바 아니로되, 한국 전통 사회부터 물려받은 가족 단위의 촌수 계산에는 작가가 면밀한 주의를 기울일 것이 요구된다. 이는 이를테면 인문적 기초 상식에 속하는 일이기 때문이다.

앞의 예문에서 볼 수 있는 것처럼 용대와 지훈이 팔촌지간이면서, 용대가 지훈의 당숙이 될 수는 없다. 팔촌은 형제 항렬의 촌수이며 숙질 간은 반드시 홀수의 촌수가 되어야 한다. 그리고 용대가 '덥고 축축한 손으로' 손을 잡은 지훈의 아버지가 용대에게 사촌 형이라면, 용대는 지훈에게 오촌 당숙이 되어야 옳다. 오늘날과 같이 눈부신 속도감 속에 세계 어디든 하루에 이동 가능한 시대에, 케케묵은 촌수 따위의 정확성이 뭐 그렇게 중요하냐는 반문이 있을 수 있겠으나, 참으로 좋은 작가는 정확하게 알고 쓰거나 잘 모르면 안 쓰는 것이 낫다는 생각을 버릴 수는 없다.

이 슬픈 군상들, 어두운 밤 지나서 새벽이 올까?

작가는 소설의 들머리에서부터 마무리에 이르기까지 시종일관 삼인 칭 시점을 유지하면서, 자기 삶의 중량을 감당하기 힘든 슬픈 군상들의 모습을 겨울밤 춥고 황량한 길거리 위에 펼쳐 놓았다. 소설 속의 인물들에게도 미래가 있을까? 이와 같은 황당무계한 질문이 가능할 리 없지만, 그 어의의 파장을 소설 창작의 역순으로 길어 올려서 현실적 삶의 근간에 대입시키고 보면 그다지 어려울 바도 없는 논의이다. 생래적 동질성을 가졌던 가족과 친척들의 호의도, 어려운 인연으로 만났던 아내의 사랑도 모두 잃은 용대 같은 인간에게도, 겨울밤을 지난 새벽이 올 수 있을까?

두말할 것도 없이 이는 작가의 책임이 아니다. 그러나 짧은 단편 가운데 흙 속에 묻힌 옥돌 같은 의미의 진정성을 숨긴 소설이 되자면, 이런 부류의 의문에 대한 답변을 포괄하고 있어야 하지 않을까? 그것은 용대라는 한 인물에게 부하되어 있는 숙제이기보다는, 당대를 함께 살아가는 우리 모두의 삶에 대한 방향성을 말한다. 만약에 그 방향성 자체가 마땅해 보이지 않는다면, 용대의 삶과 행위의 유형이 우리 사회의 구조적 형틀을 보다 조직적으로 웅숭깊게 끌어안고 있어야 하지 않을까?

자칫 이러한 언급이, 저 고색창연한 1980년대식 리얼리즘의 화법이 아니냐는 비난을 초래할 수도 있겠다. 그러나 그렇다고 해서, 시대가 급변하는 와중에 있다고 해서, 삶의 진실을 드러내고 또 그 값을 재는 방식으로서 소설의 몫이 증발하는 것은 아니다. 인간의 삶은 할 수만 있다면 자기 향상의 길을 찾아야 하고, 소설은 그것이 왜 어떻게 가능한지, 왜 어떻게 그렇지 못한 삶이 있는 것인지, 매우 정치하고 정제된 답안을 마련해야 한다. 그러할 때 여기 작가가 제시한 팔불출의 서민이요 기층 계급인 용대, 오갈 데 없는 소시민이요 보신주의자인 주변 인물들의 지위가, 입체적 인물의 역동성을 갖고 살아날 것이다.

　회상과 현실의 교차 서술을 통해 극히 일반적인 이야기에 소설적 볼륨을 부여한 작가, 우리 시대 빈핍한 삶의 바로미터로서 한 택시 기사와 택시 안에서 그의 입술에 걸려 있는 중국어 회화의 알레고리 등 소설의 내용과 형식에 두루 괄목할 만한 성과를 보인 작가 김애란. 여기에서 그에게 너무 많은 주문과 무리한 요구를 제기했는지 모르겠다. 그러나 이는 그 세대 작가의 선두 주자이며 향후 훨씬 더 증폭된 가능성을 감각하게 하는 그에게, 우리가 거는 기대의 다른 표현법이기도 하다. 「그곳에 밤 여기의 노래」는, 그 디딤돌이 될 만한 작품이다.

동시대 현실의 속도감 있는 재해석

── 젊은 여성 작가들의 장편소설

경장편, 새로운 소설적 야성

장편소설은 소설의 유형을 구분할 때 그것의 길이, 곧 분량을 기준으로 하여 도출되는 용어요 개념이다. 단편이 인생의 부분적 표현이며 단일 구성인 데 비해, 장편은 인생의 종합적 표현이며 복합 구성으로 조직된다. 이와 같은 성격적 차이로 인해 단편을 길게 늘인다고 해서 장편이 될 수 없으며, 장편의 내용을 축약한다고 해서 단편이 될 수 없다. 세미한 기교보다는 주제와 사상성의 서술에 비중을 두고 시대와 사회와 인생의 문제를 총체적으로 다루며, 입체적 인물의 변화와 발전하는 성격 그리고 복잡하고 다면적인 구성을 활용하는 것이 장편의 특징적 면모이다.

소설 유형에 있어서 오늘날은 가히 장편의 시대다. 동시대의 사람들은 이제 극명하게 드러난 하나의 단면을 통해 삶의 여러 차원을 제유법적으로 탐색하는 단편보다는, 삶의 전면적인 총체성을 추구하면서 작가의 서술이나 설명이 부가되는 장편을 더 선호하게 되었다. 근래에 많이 읽히는 베스트셀러가 모두 장편이라든지, 책의 출간을 맡은 문화 산업의 종사자나 출판사들이 단편집을 꺼리고 장편이 더 수익성이 있다고 판단하는 사례들도 이를 증거한다.

문학을 바라보는 상업적인 측면의 고려에 대해서도, 이제는 더 이상 이를 문화적 도덕주의로 타매할 수 없는 지경에 이르렀거니와, 작가들의 전작 출간 작품들도 대개 장편의 형식으로 나타나고 있어 공급자나 수용자 양측 모두에서 장편은 그 효용성을 존중받는 셈이다. 더욱이 현대사회의 복잡다단한 형상이 장편과 같은 이야기 구조의 확대 없이는 그 사회상의 진정성을 담보해 내기 어렵다는 측면을 간과할 수 없다. 이 대목은 비교적 연륜이 오랜 것인데, 일찍이 황순원을 비롯한 많은 우리 문학사의 작가들이 단편에서 출발하여 장편으로 그 작품 세계를 확대해 간 실례를 찾아볼 수 있다.

그러나 이렇게 장편이 우리 시대의 대표적인 서사 양식으로 자리를 잡아 가고 있지만, 그것이 대상으로 하는 소설적 담론이나 담화 구조의 배경은 단편이나 중편에 비해 동시대의 한복판이 되기는 쉽지 않다. 왜냐하면 인생의 전면적인 의미망을 추구하는 장편의 양식적 특성에 비추어 볼 때, 그것은 동시대의 원인 행위가 형성된 전시대의 역사로 거슬러 올라가거나 아니면 사회사적 개념을 시간성의 범주 너머로 확대해야 하는 문제에 당착하기 때문이다. 바로 여기에 오늘날 우리 문학에서 젊은 작가들이 창작하는 장편의 성격을 새롭게 특정하는 하나의 범례가 발생한다.

그 젊은 작가들은 대체로 앞선 세대로부터 넘어온 원로나 중진 작가와 다르며, 소설을 쓰고 창작집을 내놓은 지 10년 이내의 비교적 젊은 작가군을 말한다. 이들은 앞선 세대와 같이 시대와 역사를 통합하는 담대한 서술력을 확보하기에는 아직 연륜이 허약하고, 그렇다고 장편의 이야기 방식을 선호하는 사회사적 요구와 동떨어져 있지도 않다. 그러자니 이들의 장편이 동시대의 문제를 다루되 경쾌하고 속도감 있게, 그리고 분량에 있어서도 짧은 장편이 될 수밖에 없는 모양새를 나타내게 된다. 근자에 와서 이러한 장편을 두고 '경장편'이라는 이름을 사용한다.

여기에서는 김이설, 김미월, 황정은, 구병모, 조혜진 등 다섯 작가의 경장편을 대략적으로 살펴보려 한다. 이들의 작품은 거의 공통적으로 젊은 세대 또는 하층민의 이야기를 다루고 있으며, 아직 체험하지 않았거나 실제적 체험의 가능성이 희박한 장편 소재를 탐색하기도 한다. 그런데 그와 같은 시도에서 오히려 젊은 세대다운 소설적 야성(野性)을 드러내는 경우도 목도할 수 있다. 앞선 세대의 장편 작가들 가운데 설익은 자만에 갇혀 '스스로 인정하는 신'이 되어 버린 이들이 허다한데, 이들의 경장편은 생각이 유연하고 읽기에 따라 이야기의 즐거움과 더불어 우리 문학의 새 가능성에 대한 기대를 갖게 해 주기도 한다.

다섯 작가의 세계, 그 다기한 표정들

김이설의 『환영』

김이설은 현실 속에 등장하는 잔혹하고 슬픈 삶을 날카로운 묘사로 드러내는 작가이다. "애써 외면하고 싶은 삶의 가파른 벼랑들을 독자에게 들이미는 방식"이라고도 할 수 있겠다. "21세기는 스타일리스트가 촉망받고 주목받는 세상인데, 그렇게 본다면 김이설의 작품은 핸디캡이 있지 않느냐"는 지적도 있으며, 다양한 독자의 욕구를 대변한다고 보기 어려운 측면도 있다. 하지만 그러한 면모는 그것대로 하나의 독특한 소설적 성격을 이루어, 동시대 사회의 한 부면을 예리하게 적출하는 성과에 이르렀다.

김이설의『환영』은, 군더더기 없는 문장과 하층민의 삶 또는 그 세태를 적나라하게 서술하는 '전투적 글쓰기'를 효율적으로 드러낸다. 짧은 장편으로서 속도감 있는 문장과 단선적으로 정돈된 이야기 구조가 작품 전체를 단숨에 읽히게 하는 장점을 보여 준다. 이러한 대목의 일정한 성취 또는 향후의 발전 가능성은, 이 소설이 황순원신진작가상을 수상하게 하는 요인이 되었다. 다만 그의 소설을 읽고 원죄 의식처럼 후감으로 남는 것은, 소설이 인간의 선하고 아름다운 세계를 돌보지 않고 이렇게 함부로 외면해도 되겠느냐는 자성의 느낌이다.

이러한 논의에 동의하는 독자가 소수가 아니라면, 이는 결국 김이설 소설의 주요한 과제 가운데 하나가 될 것이다. 이 소설은 유원지 물가의 왕백숙 집에서 일하며 한편으로는 몸도 파는 한 여자의 이야기이다. 그 사정과 형편이 기구한 만큼 여자의 숨겨진 삶도 그에 못지않다. 그런데 그 뒷그림들은 대체로 단조롭고 일률적인 편이다. 국내외의 여러 작가들이 시도한 '여자의 일생' 같은 요소들은 거기에 없다. 이는 이 소설이 경장편에 머물고 마는 원인 행위 중 하나에 해당하기도 한다.

여자는 우여곡절 끝에 왕백숙 집을 떠났다가 다시 왕백숙 집으로 돌아온다. 상황은 달라진 바나 나아진 바가 전혀 없다. 그러기에 소설의 표제 '환영'이 과연 무슨 의미에서의 환영인지는 다층적 사고와 판단을 필요로 한다. 한 걸음 물러서서 가늠해 보면, 환영하기도 환영 받기도 어려운 상황적 조건이 누구에게나 부하될 수 있다. 어느 누구도 누구를 진정성의 바탕 위에서 환영하기 어려운 시대적 삶의 모습, 그 예각적인 표본 하나를 김이설이 그렸다.

김미월의『여덟 번째 방』

김미월은 이른바 '88만 원 세대'를 대표하는 작가이다. 20대 후반 30대 초반의 일상을 꾸밈없고 고전적인 방식으로 그려 낸다. "2000년 이후 젊은이들에게 퍼지고 있는 독신자 문화를 자기만의 감수성으로 다양한 작품들 속에 녹여낸 작가"가 김미월에 대한 총평이다. 이 글쓰기의 유형은 매우 미덥고 안정적이다. 과거에 뿌리를 둔 서사적 형식에 반기를 들지 않고, 오히려 그것의 관성을 새로운 시대에 적용하는 순발력을 습득하고 있기 때문이다.

이처럼 기존의 창작 유형을 그대로 차용하는 안이함으로 인하여, 젊은 작가로서의 패기나 소설 미학의 새로움을 찾아보기 어렵다는 측면이 있다. 이러한 측면은 '젊은 작가'라는 호명을 앞세울 때 하나의 결격으로 치부될 수도 있다. 하지만 태초로부터 하늘 아래 온전히 새로운 것은 없는 법이다. 과거의 맥락을 이은 안정감과 미래의 조망을 개척한 신선함을 함께 추구하는 소설 쓰기, 그 언저리 어디쯤에 작가 김미월의 가능성이 숨어 있겠다.

『여덟 번째 방』은 오늘날 우리 삶의 현장 그 부근, 평범한 이웃집 대학생이라고 할 만한 인물 '영대'가, 한 여자 '지영'의 자전적 기록이 담긴 노트를 손에 들게 되면서 양자가 간접적으로 교유하는 중층 구조로 진행된다. 이들의 사이는 '방'을 구해 살아야 하는 매우 난감하고 실제적인 과제로 얽혀 있다. 두 사람의 이야기는 항을 달리하면서 교대로 이어지고 결국에는 그다지 큰 굴곡을 유발하는 법 없이 일상사의 연장선상에서 마무리된다. 이 흐름이 길이를 더하는 동안 동시대 젊은 세대의 가치관과 내면 풍경이 적절한 모습으로 출현하거나 후퇴한다.

이 소설이 단편도 장편도 아닌 경장편으로 창작되어야 하는 이유가 여기에 있다. 단편이 되기에는 난삽한 일상의 분진이 편만하고, 장편이 되기에는 중점적 사건의 강세가 빈약하다. 김미월은 이 특장과 단처를 모두 잘 알고 있는 작가이다. 그처럼 가까이 있으면서도 먼 태생적 상관관계를 거쳐 오는 동안 이들의 '방'은 벌써 여덟 번째에 이른 셈이다. 이 여덟 번째는 수열상의 순서가 아니라 그와 같은 삶의 배경에 대한 총칭이다.

황정은의 『백(百)의 그림자』

황정은은 그동안 우리에게 익숙한 소설 형식을 탈피하여 장르를 넘나드는 상상력으로 주목을 받았다. 그러나 그의 소설적 형식 개량은 그 상상력을 뒷받침하는 날렵한 문체에 힘입어 새로운 세대의 감성을 효율적으로 대변하되, 저 고색창연한 서사적 전통, 곧 이야기의 재미를 기묘하게 변형한다. "시적인 압축이 돋보이는 간결한 언어 운용의 미덕"이 소설의 기층을 이루는 서사 구조와 화해롭게 악수하는 가운데 황정은 세계의 본질이 부각된다.

이 방식이 때로는 현실에 대한 인식과 문제 제기에 있어 선명성을 확고히 담보하지 못한다는 비판도 따라다닌다. 기실 소설에 나타난 담론과 현실적 상황은 그 상관성의 문맥이 모호하거나 여러 대목에서 괄호 처리될 수밖에 없다. 이 양자의 사이에는 문학적 상상력이 개재한다. 그것이 없으면 현실의 복사본인 기계론적 사실주의에 머물거나 장르상으로 논픽션 또는 다큐멘터리 같은 종류이기 십상이다. 다만 상상력에 의지한 현실 인식이라 할지라도 그것이 나무의 나이테처럼 적어도 한 부분에서는 현실의 생장을 매우 예각적으로 함축해야 제대로 된 소설이다.

황정은에 대한 비판은 이 연결 고리의 강화를 주문하는 것으로 이해해도 좋다. 그의 『백의 그림자』는 숲 속을 부유하는 두 남녀의 이야기를, 때로는 환상적으로 또 때로는 요령부득으로 펼쳐 보이면서 그 어조와 분위기의 관류가 처음부터 끝까지 이어진다. 이렇게 글을 써노 좋나는 측면에서, 작가가 가진 특권은 실로 대단하다. 거기에다가 이러한 발화법에 걸맞는 언어적 기량을 지니고 있으니 문학적 위의도 한껏 빛났다.

하지만 이 태도는 독자에게 사뭇 불친절하고 어쩌면 일방통행적이기도 하다. 문학적 글쓰기가 '감추인 보화'까지 다 말하지 않는 것으로 미덕을 삼겠으나, 최소한의 소통 도구나 통로를 공여하기 위한 작가의 수고를 방기하는 것까지 두둔하기는 어려운 일이다. 유장한 소설적 상상력이 단편으로 그칠 수 없는 분량의 증대를 초래했으나, 장편이 담보할 총체적 서사에 이르기는 난감한 형편이다. 이 소설이 경장편의 외형을 가진 이유다.

구병모의 『아가미』

구병모는 제2회 창비청소년문학상으로 등단한 작가이다. 그의 소설은 아직도 청소년을 독자로 설정하거나 그 연령층의 이야기를 그리는 데 장점이 있다. 특히 현실과 환상이 교직된, 슬프지만 따뜻한 이야기의 세계를 구성하여 많은 독자의 관심을 받는다. 때로는 '참혹하면서도 아름답기 그지없는 소설'이란 평을 들으며, 그 이야기의 성격상 나이 또는 성별과 무관하게 누구나 폭넓게 접근할 수 있는 서사를 갖고 있다. 미상불 청소년의 인식적 특성을 언어로 표현하는 일은, 글을 읽고 쓰는 모든 이의 본향 회귀에 해당한다.

그런데 이 세대의 서사를 새롭게 하고 값있게 하기 위해, 구병모가 선택한 기교는 현실적인 이야기 가운데로 환상적인 이야기를 도입하는 것이다. 이 외부 충전의 전략이 방법론적 새로움과 의미론적 가치를 얼마나 확보할 수 있느냐가 그의 글쓰기 과제이다. 함정은 또 있다. 작가가 여기에 매달려 진력(盡力)을 소진하는 동안, 이야기의 끝까지 안고 가야 할 주제의 중량이 약화되는 경향을 초래할 수 있다. 모든 문학 장르가 다

그러하겠지만, 외형과 내면, 형식과 내용의 균형성 있는 결부가 좋은 작품을 산출한다.

『아가미』는 물고기의 호흡기관인 아가미를 가진 한 아이, 아니 한 청년의 이야기이다. '곤'이라는 아이의 이름은 곧바로 장자의 '곤(鯤)'을 유추하게 한다. 물고기가 변해서 용이 된다는 어룡 신앙의 신관을 도외시하고서 아가미 있는 사람을 생각하기 어렵다. 그러나 구병모의 '곤'은 그러한 신화적 윤색에서 멀리 떨어져 있다. 아가미를 가졌으되 세속의 저잣거리 한복판에 던져진 아이, 그러면서도 그것이 하나의 흔적기관으로 남아 있지 않고 실제로 작동하는 기묘한 사태, 이와 그의 독자들이 마주쳐야 한다.

이 경우의 신이(神異)한 상황 설정은, 소설이 가진 이야깃거리의 재미나 그 역설적 구조를 통한 인간 습속의 반추 등 여러 부류의 효용을 촉발할 수 있다. 그리고 그러한 성과에 이를 수 있도록, '곤'을 이해하고 '곤'에게 다가가려는 주변 인물들의 형상화가 요구된다. 여기에서는 이 작업이 이루어지도록 경장편 분량의 소설적 글쓰기가 필요했다. 어쩌면 이야기 형식의 기발함이나 주제 의식의 표출을 모두 뒤쫓은 곤고한 여정이었다. 장편이 아닌 경장편이라면 보다 축약된 집중적인 목표를 갖는 것은 어떨까 싶다.

조해진의 『로기완을 만났다』

조해진은 앞서 살펴본 네 명의 젊은 작가와는 조금 다르게, 정통적인 리얼리즘에 친숙한 작가이다. 최근의 장편에 이르러서는 탈북자 문제를 다루는 등 같은 세대의 작가들과는 소설적 접근 방법도 사뭇 다른 경향이 있다. 그만큼 소설에서 다루는 소재를 우리 사회의 여러 절목에서 다양한 시각으로 발굴한다. 그런데 그것을 관찰하고 해석하는 관점은 앞선 세대의 작가들과는 현저히 다르다. 문제 제기와 그것의 탐색, 또 해결과 화해의 일반적인 과정을 뒤따라가기보다는, 그 과정 속의 심정과 표정을 예민하게 감각하고 추출한다.

이러한 소설적 태도는 젊은 세대의 작가로서 가질 수 있는 만만찮은 장점이다. 과거의 어투나 대화는 이제 오늘날의 세태 가운데 정착하기 어렵고, 새 감각과 언사가 없이는 동시대의 독자와 소통하기 어렵다. 그런 점에서 조해진은 분단 이래 숱하게 생장한 남북 관계 소설에 보이지 않던 이정표를 세운 작가이기도 하다. 더구나 그는 인간에 대한 따뜻한 시선이 묻어나는 문체를 갖고 있으며, 삶의 비의(秘義)를 날카롭게 포착하는 촉수의 소유자이기도 하다.

모든 일에 명암이 함께 있듯이, 조해진의 이러한 작가로서의 성향은 정교한 소설의 가공을 저해하는 측면이 있고, 그것이 완성도 높은 소설을 넘어 웅숭깊은 미학적 가치를 가진 소설로 나아가는 데 강력한 추동력을 발휘하지 못한다는 혐의를 수반한다. 소설적 환경에 있어서도 어렵고 낮은 자리에 있는 인물들에게 온정의 손길을 내미는 행위는 아름다우나, 그 연민보다 앞서는 삶의 근본에 대한 투시가 소설의 근간을 잘 부양하는 세력이 되어야 옳다는 말이다.

『로기완을 만났다』는 보다 확장된 장편소설로 기술되어도 충분한 이야기의 중량을 가졌다. 그런데 만약 그렇게 흘러갔다면 '로기완'이라는 탈북자 인물을 앞세우고 화자가 그를 뒤따르는 범상한 소설, 지금껏 보아 오던 전통적 남북 관계 소설들의 아류로 전락했을 것이라는 우려가 없지 않다. 그 분량에 그 이야기를 그렇게밖에 말할 수 없는 대목이 약여하기 때문이다. 이를 탄력성 있는 길이로 축소하고 드러낼 대목과 감출 대목을 구분하여, 탈북자 소설의 산뜻한 수범을 도출한 데서 작가로서의 가능성을 상찬할 만하다.

새로운 '형식'에 거는 기대

지금까지 살펴본 다섯 작가의 경장편 소설은, 모두 저마다의 양태와 빛깔을 가지고 우리 시대 젊은 세대의 삶과 그 풍속도를 반영하고 있었다. 이들은 이야깃거리의 규모, 글쓰기의 분량과 속도, 글의 완성도, 독자와의 공감 등 여러 측면에서 그와 같은 유형의 글쓰기 방식이 가진 효력을 증명했다. 그러나 이 경장편 양식이 갖는 기동성과 순발력이, 자칫 문학이 인간 의식의 가장 심오한 바닥을 두드려 보아야 한다는 저 고색창연한 원론에 직접적으로 배치될 위험성도 없지 않다.

그와 같은 우려가 상존하는 대로, 경장편은 장편처럼 무겁지 않고 단편처럼 간소하지 않으면서 시대적 아포리아와 시대정신을 소설로 표출하는 데 알맞은 장르이다. 김이설이 보여 준 비극적인 세계, 김미월이 그린 일상성의 생활미학, 황정은이 축조한 몽환적 상상력, 구병모가 장식한 환상성의 현실화, 그리고 조해진이 새롭게 구성한 탈북자의 행로 등은 분량에 있어서도 그 주제에 있어서도 경장편에 합당하다. 다르게 말하자면, 이 다섯 사람의 신예 작가는 자신이 만난 소재를 경장편적 소설 유형에 맞도록 가공하는 데 성공했다는 뜻이다.

물론 글의 본문에서 지적한 바와 같이 이들은 각기 일정한 한계를 끌어안고 있으며, 이는 앞으로 지속적으로 풀어 나가야 할 숙제이다. 그 만만찮은 과정을 딛고 더 큰 작가로 일어서는 미래를 예단할 수 있다면, 이 작가들이 오히려 우리에게 장밋빛 소망을 던져 주는 형국이 된다. 한국 문학의 여러 범주에서, 특히 온라인 공간에 이르기까지 장편 연재가 활성화되고 있으며, 그것이 신인이나 중진의 구분 없이 이루어지고 있음이 작금의 실정이라고 할 때, 그 활동을 펼칠 무대는 크고도 넓다.

가히 장편의 시대, 그것도 손쉽게는 경장편의 시대다. 경장편도 일종의 형식 파괴라면 그렇다고 할 수도 있다. 혼종성의 문학 장르, 독자 교감의 우선 등 새로운 문학적 환경에 있어서도 이 '형식'의 효용성은 괄목할 만하다. 왜 이 다섯 사람의 젊은 작가들이 자신의 절박한 문학관을 경장편으로 표현했으며, 그것도 주로 일상적인 서민 계층 생활상의 이야기화에 집중하고 있는지, 우리가 그 추이를 지속적으로 지켜보아야 하는 이유가 이렇게 여럿인 터이다.

사회 계량의 저울, 그 엄밀성의 척도

분절의 시각과 다면적 관찰법

우리 문학에서 1980년대의 소설을 범례로 들 수 있는 '거대 담론'의 작품들은, 대개 그 외형이 통합적이고 언사가 호활했다. 나라와 민족, 의로움과 올곧음 등이 이야기의 중심을 이루고, 구조적 얼개에 있어서도 수미 상관한 모양새가 주류를 이루었다.

1990년대 들어 시대가 변하고 사회적 인식이 달라지면서, 그리고 현실과 치열하게 대결하던 문학이 투쟁의 대상을 상실하면서, 어느덧 세태 풍조는 '미시 담론'의 작품들을 생산하기 시작했고, 우리는 이를 다양성이나 다원주의라는 호칭으로 불렀다.

이 다양성이 미덕으로 통용되는 시대상은 오늘의 문학에까지 연면히 이어지는 지속성을 보였고, 후기 산업사회나 포스트모더니즘과 같은 사회의 성격 또는 시대정신이 그 경향의 작품 산출과 조화롭게 악수했다. 중요한 것은, 이 모든 문학작품의 발아와 성숙이 어떤 방식으로든 당해의 시대를 밀도 있게 반영한다는 사실이다. 그래서 우리는 문학을 두고 그 사회를 계량하는 저울이라고 간주한다.

물론 그 저울에 계측된 사회의 모습은 제각각이며, 일정한 질서나 규준을 도출하기도 어렵다. '사실주의는 예술의 건전한 경향'이라는 고전적 미학의 논리처럼 원형을 거의 그대로 비추는 데 충실할 수도 있고, '모든 예술은 자연에 대한 반역'이라는 예술의 자율성에 대한 긍정처럼 변형의 자유로운 형상을 높이 살 수도 있다.

이 계절, 2009년 겨울에 읽은 소설들은 이 원형과 변형의 여러 모습을 다기한 음색과 빛깔로 장식해 보였다. 하나의 사건 구조를 중심으로 프리즘의 분광처럼 분절적 이야기들을 산개해 두기도 하고 이를 다면적으로 관찰하는 시각의 굴곡을 열어 두기도 했다. 여기에는 옴니버스식 구성 방식이 도입되어, 소품들의 조합이 발양하는 효율성이 살아난 경우가 여럿 있었다.

소설적 상상력을 가동하여 이야기의 환경을 새롭게 구성하거나 그 상상력의 내면을 아주 엽기적으로 운용하여 '새로운 사실성'에의 가능성을 제시하기도 했다. 그런가 하면 체험적 이야기들이 소설이라는 날개를 달고, 우리 사회의 취업난에서부터 범주를 넓혀 남북 관계의 회고담에 이르기까지, 소설의 본령이 무엇인가를 증명하는 작품들이 많았다.

소망 부재의 시대와 소설의 지위: 이기호의 「행정동」

이기호의 「행정동」(《문학과 사회》 2009년 겨울호)은, 취업 대란의 시대에 대학의 임시직으로 일시 취업한 한 젊은이의 내면 심상을 큰 굴절 없이 순차적으로 그려 나가는 소설이다. 전지적 작가 시점에 의거해 이야기를 추동하는 '우리의 가련한 주인공'은 오재우란 이름을 가졌다. 이야기의 중심 무대는 '지은 지 삼십 년도 훨씬 넘은 십 층짜리 회색 행정동 건물'이고 그래서 소설의 제목도 거기서 왔다. 오재우가 살고 있는 지방 도시의 4년제 대학교이자 오재우 부자의 모교인 곳에 자리한, 특별히 색다를 것도 없는 공간이다.

뇌졸중 후유증을 앓고 있는 아버지가 '지도교수'에게 호소하여, 오재우는 행정동 8층 오래된 학적부를 전산 프로그램에 입력하는 임시 사무실에 1년간 임시직의 근무를 하게 되었다. 외양이 이러하다면 이 일은, 근자에 정부가 청년 실업 대책으로 대학에 지원하여 임시 일자리를 마련하도록 하는 '인턴사원제'를 지목하는 것이 된다. 오재우를 포함한 여섯 명이 그 일을 한다. 그런데 여기까지는 행정동 임시직의 근무 환경에 관한 설명이고, 정작 작가가 그 생각 속에서 발아 육성시켜 독자들에게 전달하고자 하는 메시지는 따로 있다.

한시적 임시직의 일자리, 남보다 크게 나을 것도 모자랄 것도 없는 평이한 주인공, 인적 정보 없이 기록상의 자료로만 만나는 숱한 인명들, 이 모든 사태에 대해 수동적으로 반응하며 그 정황의 객관적 면모를 반사할 뿐인 소설적 장치들이 말해 줄 수 있는 메시지는, 그러나 여전히 크게 색다를 것이 없다. 바로 그 지점, 색다를 것이 없는 이야기를 색다를 것 없는 주인공을 동원하여 풀어 나가는 의뭉스러움, 짐짓 딴청을 피우듯 이미 고정된 방식으로 펼쳐진 이야기의 행로를 진척시키는 작가의 태도가 바로 그 메시지인 소설이 이 작품이다.

오재우와 같이 실업난에 침몰한 청년을 보여 주면서, 그 무기력한 상황을 드러내자면 이보다 더 효율적인 방식을 찾기 어려울 터이다. 그러기에 그와 그의 동료들이 하는 일도 기록상의 인물들과 이름만으로 연대하는, 다시 말해 익명성의 바다에 빠지는 유형으로 제시되어 있다.

이렇게 고정화된 이야기의 틀을 부수는 소설적 아이디어의 설정이, '자신의 맞은편에서 작업을 하는, 여드름이 많이 난' 여자의 등장이다. 밤중에 사무실에 남은 오재우의 눈에, 그 여자는 사무실로 들어오려다 '출입증 카드'를 소지하지 않아 거부당하는 모양새로 포착된다. 시간은 눈이 쏟아지는 밤이다.

오재우는 경비원들이 상황실로 들어간 다음에도, 한동안 층계참에 계속 쭈그리고 앉아 있었다. 여자가 돌아갔으니, 이제 다시 팔 층 사무실로 되돌아가도 아무 문제없었다. 여자가 다시 행정동으로 되돌아올 일은 없어 보였다. 그러나 그는 그러고 싶지 않았다. 전에 없이 오재우는, 여자와 자신이 친해졌다는 느낌이 들었다. 그리고 동시에 여자와 마찬가지로 자신 또한 어떤 경멸을 당했다는 생각이 뒤늦게 들었다. 경비원들과 처음 마주쳤을 때, 그들이 엘리베이터 문 밖에서 자신에게 했던 말들이 계속 떠올랐다. 그건 분명 모멸이었다.

—이기호, 「행정동」 중에서

여자를 뒤쫓아 나가 경비원들의 행패를 증언할 테니 파출소에 신고하라는 오재우의 행동은, 여전히 요령부득이다. 그것을 부정하면서 오재우에게 대들다가 마침내 '차비 좀 꿔 줘요'로 되돌아가 버린 여자는, 도리 없이 오재우와 함께 나약한 '청년 소시민'일 따름이다.

이 작가는 이렇게 허약하고 진취성 없는 삶의 유형들이, 그것도 패기 넘쳐야 할 젊은 날의 삶을 값없이 소비하고 있는 무기력자들이, 오늘날 우리 사회의 일반적 공간을 채우고 있다고 말하려 했다. 소설의 형식이 그와 거의 유사한 무기력의 방식을 취하고 있는 것 또한, 일종의 의도된 방략으로 보인다. 하지만 그것은 매우 소극적인 소설의 대응이요, '사실' 보다 더 강력한 감응력을 촉발하는 '허구' 제작의 소임을 방기하는 결과가 될 수 있다.

영락(零落)의 길목과 출구의 존재 방식: 윤영수의 「철학잉어」

윤영수의 「철학잉어」(《창작과 비평》 2009년 겨울호)는, 휴대폰 수리 센터의 팀장으로 일하는 '나'의 시각으로, 나를 찾아온 '까마득한 중학 동창 윤석형'을 관찰하는 이야기들의 조합이다. 재벌집 아들이었으나 집안이 망하고 지금 그에게 남은 것은 '곰'이라 불리는 육중한 체구와 과거와 같은 이기죽거리는 말투이고, 그의 삶이 조금씩 행색을 드러내는 것이 곧 소설적 이야기의 진행이다. 대기업의 일부인 것처럼 알려져 있는 회사에 정규직이며 팀장이라는 직함을 갖고 있기는 하나, '나'의 세상살이 형편도 팍팍하기는 윤석형의 경우와 별반 다를 바 없다. 그러므로 이 소설은 한 사람의 사회적 약자가 사정이 좀 다른 또 한 사람의 약자를 관찰한 기록이다.

윤석형은 어렸을 때 부유한 가정에서 출발했으나, 항용 그러하듯이 부유함이 가족 관계의 진정성을 확보하지 못했을 때 불행한 삶을 예고하는, 그 전철을 밟아 간 인물이다. '나'가 윤석형을 관찰하는 시각의 틈새를 비집고, 작가는 여러 모습으로 동시대의 관심을 유발한 사건들을 문면에 올리는 한편 그에 대한 날 선 평가들을 부가한다. '오늘은 곰 내일은 인간'이라는 구호가 표방하는 생태 환경의 문제, 전직 대통령이 죽음을 선택한 이후 세태의 교묘한 변모 등이 그 예화들이다.

그런가 하면 윤석형 개인사에 관한 정보들도 하나씩 순차적으로 밝혀진다. 이 모든 삽화들은 겉으로 그가 이해하기 어려운 상황 속에 있는 인물임을 강조하는 듯하나, 실제에 있어서는 그 나름대로 고통스럽게 살아온 세월에 대해 이해의 진폭을 넓히는 배경적 장치들을 살려 두는 일이다.

이렇게 본다면 윤석형은, 주의 깊게 관찰해 본들 그저 그만인 인물에 그친다. 그를 화제의 가운데 놓고 중학교 때부터의 친구들이 나누는 대화가 그저 그렇듯이, 특별한 의미나 시사점을 생산할 가능성이 거의 없어 보인다. 그런데 그래 가지고는 이 계절에 사려 깊은 독자의 주목을 끌 소설이 되지 못한다.

이 작가가 이 범상한 국면을 헤쳐 타개하기 위해 은밀히 매설해 둔 소재는 '잉어' 이야기이다. 윤석형은 파평 윤씨이고 윤씨의 조상이 잉어라 하여 윤씨는 원래 잉어를 먹지 않는다는 일반적인 접근과, 윤석형이 오랜 과거에서부터 사연이 무거운 잉어를 지금도 기르고 있고 그 잉어가 '철학잉어'로 평가절상되는 특별한 상황 설정에까지, 이 소설은 아주 엉뚱해 보이는 잉어의 이야기를 소설 속에 안착시키는 일에 그 값을 걸었다.

잠자리에 눕고도 나는 한동안 잠을 이루지 못했다. 꺼림칙한 기분은 단지 회사 회식에 빠졌기 때문만은 아니었다. 잉어가 석형을 따르는 것이 아니라 잉어의 기분을 지나치게 살피는 석형의 모습이 머리에서 지워지지 않았기 때문이었다. 말 못하는 애완동물이니 주인 쪽에서 동물의 비위를 맞출 수도 있는 문제였다. 하지만…… 출연 시간 내내 석형이 그 자리를 너무 힘들어 했음은 웬만한 시청자라면 어렵지 않게 느꼈을 터였다. 잉어를 위해 내키지 않는 텔레비전 출연을 한다는 것이 말이 되나? 그 이전에, 잉어는 어떻게 자신의 생각을 석형에게 표현할 수 있었단 말인가. '사랑해'를 명령하는 것도 그러했다. 석형이 긴장하여 잊어버린 것일까? 아니면 어려운 기술이라 잉어가 힘들까 봐? 그것도 아니면…… 잉어에게 '사랑해'라는 말을 하기가 쑥스러워서? 기분이 영 찝찝했다.

——윤영수, 「철학잉어」 중에서

위의 인용문이 지시하는 바와 같이 윤석형은 잉어와 함께 TV에 출연했다. 인간과 동물의 교감, 소통하기 어려운 쌍방 간의 한계를 넘어선 교호, 자연적 질서보다 앞서 있는 기적적 현상 등의 교과서적인 답변은, 이 소설의 중심 주제와 거리가 멀다. 이 소설은 다만 영락(零落)의 길로 들어선 인물의 웅숭깊은 고독과 그것이 필사적으로 마련한 탈출구에 대해 말하고 있다. 그러할 때 TV의 대중 친화적 수용 방식은 윤석형의 잉어에 파탈을 불러올 수밖에 없다. 다만 전반부의 일상적 상황들과 '철학잉어' 이후의 너무 급박한 변환 사이에 어긋난 공백이 매우 커 보이는 측면이 있다.

전략적 공간 환경, 소재의 전문성: 이나미의 「섬, 섬옥수 2」

이나미의 「섬, 섬옥수 2」(《문학의문학》 겨울호)는, 언제 어디서나 마주칠 수 있는 평범한 이야기를 전혀 평범하지 않은 새로운 공간으로 이끌고 들어감으로써 제값을 담보한 소설이다. 이때의 '평범하지 않은 공간'은 그동안 독자들이 듣지도 보지도 못한 공간이라는 뜻이 아니다. 육지와 왕래가 힘든 섬, '땅끝 섬'이기는 하나 그러한 섬이 한둘 있는 것도 아니다. 그 섬에서 이루어지는 낚시 이야기를 바탕에 깔면서, 그야말로 낚시 전문가가 아니면 토설할 수 없는 아주 전문적인 담화들을 이 소설의 표면에 흩어 놓았다는 데 그 소재의 전문성이 있다.

그렇게 유다른 전문성이 살아 있고 이야기의 흐름 가운데서 제 녹소리를 낼 때, 우리는 비로소 그 공간을 전혀 새로운 공간이라 호명할 수 있는 것이다. 작가가 매우 고심하여 붙인 것으로 보이는 제목 '섬, 섬옥수'에서, '섬'은 그와 같은 땅끝 섬이라 하고 '옥수(獄囚)'는 감옥과 같은 섬에 갇힌 죄인을 말할 터인데, 이는 원래 이 사자성어의 의미인 '섬섬옥수(纖纖玉手)'와는 많이 동떨어져 있는 형편이다. 그러한 어의(語義)의 거리감이나 분절적 상관성은 궁극적으로 이 외진 공간 환경의 반탄력을 부양하는 언어적 기교인 것으로 보인다.

땅끝 섬 '회나라' 민박의 인규, 원주민 '꾼'인 종태, 외지에서 온 낚시꾼인 이사장, 김 사장 등이 '작지' 포인트에서 낚시하는 장면이 소설의 시작이다. 소설의 초반부터 만만찮은 낚시의 속 깊은 발화를 이어 가는 작가는 모르긴 해도 상당 기간 이에 대한 학습 과정을 거쳤을 터임에 틀림없다. 이야기의 초점은 '일명 어찌로 불리는 검투사, 긴 꼬리 벵에돔'에 있다. 50센티미터 이상 되면 영물에 가깝다니, 그만큼 어렵고 또 선망의 표적이 되는 낚시인 셈이다. 소설 속의 인물들도 쉽게 잡지 못하고, 그로써 이 유난한 낚시와 섬 이야기의 서막을 열어 둘 뿐이다.

섬의 민박집은 섬사람들의 생활 터전이다. 낚시로 잡은 고기들을 횟집에 팔아 늙은 잠수 어머니를 봉양하며 사는 노총각 종태는 섬에 사는 붙박이의 모습이다. 반면에 섬을 찾아드는 떠돌이들의 모습도 함께 등장한다. 간암 말기 판정을 받고 시한부 생명을 끌어안은 채 섬에 찾아든 사내가 있는가 하면, 서른여섯 먹도록 억척같이 모은 재산을 친한 언니에게 사기 당하고 섬으로 들어온 여자도 있다. 인규네 가게에 눌러앉은, 서울의 삼류 나이트클럽에서 노래를 불렀다는 할리 킴도 그렇다. 이를테면 이 섬은 소규모 인생 전시장의 면모를 가졌다. 이들 근본 부재의 인생들을 바라보는 작가의 시각은 그러나 매우 따뜻하고 안정적이다.

땅만 바라보고 걷던 그녀의 발밑에서 무언가 햇빛에 반짝인다. 쪼그리고 앉아 들여다보니 보랏빛 난쟁이 야생화다. 얽히고설킨 잔디 뿌리 사이로 고 개를 내민 엄지손톱만 한 꽃 한 송이. 모진 바람을 피해 한껏 키를 낮춘 채 얼 어붙은 흙을 뚫고 나와 '나 여기 있어요' 제 존재를 한껏 뽐내고 있지 않은 가. 찬비와 해풍의 성화로 대지가 몸살을 앓는 동안에도 땅은 이미 몸을 풀 고 봄 맞을 채비를 하고 있었던 모양이다. 앙증맞은 얼굴 가득 햇살을 받으 며 꽃이 웃고 있다. 여자는 손끝으로 보랏빛 꽃잎을 어루만지고 쓰다듬는다.

—이나미, 「섬, 섬옥수 2」 중에서

얼어붙은 땅을 열고 스스로의 존재를 증명하는 생명력은, 그것을 보 는 눈이 있어야 보이는 종류이다. 세상의 많은 사람들 가운데 작가가 귀 한 것은, 바로 그와 같은 눈을 가꾸며 사는 운명을 지닌 까닭에서이다. 그러기에 감옥의 죄인처럼 갇혀 사는, 땅끝 섬으로 찾아드는 이들에게, 작가는 각기의 가냘프고 아름다운(纖纖) 인간애를 복원해 주는 소임을 맡았다. 그 되찾아 주기의 양상이 너무 평범하고 정태적이라는 느낌을 넘어설 수 있었더라면, 소설의 박력 또한 보다 달려졌을 것이라는 후감 이 남는다.

엽기적 상상력과 새로운 사실성: 천운영의 「내 가혹하고 슬픈 아이들」

천운영의 「내 가혹하고 슬픈 아이들」(《문학과 사회》 2009년 겨울호)은, 그 야말로 가혹하고 슬픈 소설이다. 한 아파트에서 여자가 살해된 사건이 일어나고, 형사인 '그'는 현장 감정에서 사체가 훼손되고 눈알이 뽑힌 여 자의 모습을 보게 된다. 그런데 결론부터 말하면 이 여자를 살해한 범인은 천진난만한 두 여자아이다. 심지어 아이들은 여자의 두 눈알을 썻어 유리구슬처럼 가지고 놀고 있다.

이처럼 섬뜩하고 엽기적인 소설의 그림은 천운영의 세계에서 가끔, 그리고 동시대 편혜영의 세계에서 자주 보아 오던 것이어서, 특별히 새로운 것은 아니다. 문제는 이토록 잔혹한 소설적 상황을 구성하는 작가의 내면에는 어떤 생각이 잠복해 있으며, 또 그러한 상황이 소설의 미학적 성과에 어떤 조력을 부가하느냐에 있다.

우선 이 사건은 아이를 원치 않는 것 때문에 아내가 '그'에게 결별을 선언한 일을 현실로 불러들이는 통로가 된다. 그 통로의 끝에는 '그'의 아버지 '박봉재'가 서 있다. 소설 가운데서 구체적으로 드러나지는 않으나 '그'는 아버지로 인하여 좋은 아버지 될 자신감을 상실했을 것이다. 화장실 벽에 아버지의 이름을 욕설과 함께 낙서하던 기억이 남아 있는 마당에, 그의 '아버지 되기'는 일종의 천형에 해당하는 실현 불가의 길일 수밖에 없다. 두 자매 살해범의 출현은 그의 불온하고 음험한 과거뿐 아니라, 모든 주요 등장인물의 유사한 과거나 현재의 심상을 등가의 맥락으로 이끌어 내는 연결 고리로 기능한다.

자매의 어머니는 상대적으로 철저하게 고상한 직업을 가졌다. 국제아동돕기 후원 선교단의 간사인 그 여자는 기아 난민들과 결혼하느라 결혼도 못한 존경받는 인물로 되어 있고, '그'는 여자가 아이를 둘이나 낳아 키우고 있으며 '악마를 키워 낸 악의 어머니'임을 폭로하지 못한다. 그는 더 큰 장치의 결말을 기대하면서 결국 사건을 언론에 흘린다. 새벽 기도를 마치고 나오는 여자를 붙들고 핍박하던 '그'는 마침내 여자의 실토를 듣는다. 그런데 그 말은 곧 혈육의 관계성에 대한 공포를 고스란히 간직하고 있는 '그'의 내면 풍경과 조금도 다를 바 없다. 말하자면 이들 두 사람은 같은 부류의 병자이다.

무서웠어요! 엄마가 된다는 게. 여자의 목소리가 그를 붙들었다. 그는 자리에 우뚝 서서 여자의 말이 이어지길 기다렸다. 그 새카맣고 말간 눈이 날 쳐다보면 무서웠어요. 죽이고 싶을 정도로 무서웠어요. 그 애들이 날 죽일까 봐. 그래서 내가 그 애들을 죽여 버릴까 봐. …… 무서웠어요.

머릿속에서만 꿈꾸고 실행했던 악행을 직접 말해 버린 사람에 대한 존경심과 측은함, 그것은 같은 공포를 겪은 사람들만이 공유할 수 있는 일종의 동질감이었다. 그는 뒤를 돌아 그녀의 얼굴을 보고 싶었다. 하지만 그는 되돌아보지 않았다. 돌아보면 그와 똑같은 얼굴이 그를 쳐다보고 있을 것만 같았다.

─천운영, 「내 가혹하고 슬픈 아이들」 중에서

'그'의 후배 형사 M이 자기 여자의 배신을 두고 총을 들고 나간 사건은, 그것대로 이와 유사한 관계성의 파탄을 보여 준다. 적어도 이 소설에서는 이 작가의 눈에 비친 사람 사는 세상이 모두 이렇게 암울하게 무너져 내린 형상이다. 그 정도 또한 극심해서, 객관적 균형 감각으로 살펴보자면 상황 구성 자체가 억지스러운 견강부회로 침윤해 있다.

세상사가 동전의 앞뒷면처럼 양면성을 가졌다는 이성적 논리가 개재할 틈이 없다. 하지만 여러 가닥의 이야기를 한 방향으로 몰아가는 솜씨는 탁월해 보인다. 그의 소설을 두고 '새로운 사실성'이라 호명할 수 있는 것은, 사실성의 본래적 의미보다는 도무지 현실성이 없는 사태를 현실 한복판에 장착할 수 있는 그 방법적 기량에 빚지고 있다.

원체험의 호소력, 동시대의 경종(警鐘): 김형수의 「맘 켕기는 날」

지금까지 살펴본 소설들이 어떤 방식으로든 시대적 현상을 변형하고 그 변형의 근본적인 바닥에 무엇이 웅크리고 있는가를 말하고자 했다면, 김형수의 「맘 켕기는 날」(《창작과비평》 2009년 겨울호)은 그와 같은 우회의 경로를 버리고 가장 직접적인 원체험의 감응 및 반응을 살린 원형 위주의 소설이다. 그리고 그 제재 또한 여전히 우리 시대의 가장 큰 화두인 남북 간의 화해 협력 문제에 맞닿아 있다. 주지하다시피 이 작가는 이 분야에 남다른 경험과 기여의 이력을 갖고 있기도 하다.

이 소설의 화자 '나'는 물론 작가가 아니다. 작가 스스로 자신의 이야기를 한다고 해도 소설이라는 너울을 뒤집어쓰고 보면, 어느덧 작중 화자는 '의미화'의 영역으로 진입해 있다. '나'는 '볼에 색시가 사는' 얼굴, 붉어지는 볼을 가진 사내이다. 남북 관계처럼 예민한 사안의 중심에 서기로 하면, 이 흔치 않은 신체적 조건은 흔치 않은 이야기의 도발을 감당할 만하다. 소설 속의 그해 초여름에서 이듬해 봄까지, '나'는 도합 다섯 차례를 북쪽에 다녀온다. 작가는 이 과정을 초여름, 늦가을, 한겨울, 가는 봄 등의 소제목을 달아 시간대별로 서술해 나간다.

시간의 흐름에 따른 북한 방문기 또는 북쪽 사람들과의 만남에 유달리 새로워 보이는 대목은 없다. 과거에는 사건 자체만으로도 대단한 화제였으나 오늘날과 같은 개방과 대중적 소통의 시대에 있어서는 그런 신기성이나 희소성이 사라진 지 오래다. 김원일이 바닷물에 떠밀려 온 병에서 북쪽의 비망록을 건지는 이야기(「환멸을 찾아서」)나 이문열이 중국 연변을 통해 배다른 아우를 만나는 이야기(「아우와의 만남」) 등이 인정받던 시대와 김형수의 「맘 켕기는 날」이 평가받는 시대는 벌써 그 근본적 모양이 다르다.

그러므로 여러 유형의 남북 접촉에 관한 소재들을 늘어놓는 의중의 깊숙한 자리에, 이 작가는 두 체제의 인간이 서로 진정성의 충돌을 도모하는 절박한 내막을 숨겨 놓았다. 이는 달리 말하자면, 시시한 외형적 변화에 남북 간 화해의 전망을 들먹이는 경박한 세태를 넘어, 앞으로 가치 있게 추구되어야 할 신실한 방향성의 예표가 됨직한 상관성의 구도이다.

북한 방문에 손님맞이를 담당하는 김연정이나 서순아 같은 북쪽 처녀들의 모습도 과거와 다르고, '보장성원'(진행 요원)이라 표현된 정철이란 이의 운신 또한 과거와는 다르다. 그러나 변함없이 경직된 사회체제의 양면성은 아직도 강고하고 그 와중에서의 여러 가지 갈등이 여전히 살아 있다. 그 사이를 비집고 김소월의 시 「맘 켕기는 날」이 다각적인 기능을 갖고 떠오른다. '나'의 진중한 관심의 대상이 되는 인물은 서순아란 처녀이다. 그 서순아가 갑자기 안 보이다가 마지막 방문에서 면대가 가능해졌다. 그러나 거기에서 주고받은 말은, 모든 남북 관계가 그렇듯 겉치레뿐이었다.

어, 서순아가 얘기 안 해 줬어? 다음 주에 평양으로 돌아간다고 당신 얼굴 한 번만 보여 달라고 하도 졸라 대서 우리가 억지 회담을 하나 만든 거라고. 정철도 눈감아 준 거고. 야, 이거 감동 좀 오네. 해 놓고는, 한참 뜸을 들였다가 정색해서 말했다.

내가 물었어. 시인이 그리 좋아요? 아니래. 세상의 끝을 잃어버린 사람도 시인인가요? 이거라는 거야. 남쪽 사람은 죄다 이제 청바지를 입고 놀새들뿐인 줄 알았다가 당신 얼굴 빨개지는 거 보고 마음이 뒤집어졌나 봐. 깊이 빠져들까 한사코 비켜 다녔다는구면.

머릿속에 흐르던 전류가 갑자기 거기서 뚝, 끊기는 것 같았다.

—김형수, 「맘 켕기는 날」 중에서

이들 두 젊은 남녀의 교감은, 저 옛날 이호철이 「판문점」을 쓰던 시기에 비하면 상전벽해의 감이 없지 않다. 하나의 연모를 밝히는 사건이 단순한 치정에 그치는 사례가 있다면, 이렇게 역사적 전환점을 언표하는 사례도 있다. 남과 북은, 남과 북의 사람들은, 점진적으로 이 작가가 제시한 관계 설정의 행로를 뒤쫓아 갈 것이다. 원형적 체험의 소재들을 겹겹이 두른 속에 여리지만 강렬한 소망의 꽃 한 송이를 피우듯, 이 소설은 제 몫의 이야기 문법을 완성했다. 그 소재들이 뿌려진 바닥이 다소 산만해 보인다는 지적은 덧붙여 두어야 하겠다.

단절과 소통, 그 이분법의 극복

이념에서 인간으로, 또는 남북 화해의 새 출구: 이호철의 소설

괴테는 에커만의 저서 『괴테와의 대화』에서 이데올로기로서의 문학에 대한 표현으로, "편견이라는 모자를 귀밑까지 눌러쓰게 된다."라고 썼다. 이념을 앞세운 문학에도 작품에 따라 볼품 있고 값나가는 대목이 없을 수 없다. 그러나 그 폐해가 한발 앞서가기로 하면, 그것의 질주 또는 독주를 감당할 길을 찾기 어렵다. 괴테의 신랄한 지적은 바로 그러한 점을 염두에 둔 경우이다.

이념이 앞장서면, 가장 먼저 가려지는 것이 '인간'이다. 문학이 기본적으로 인본주의나 인간중심주의의 본령을 포기할 수 없는 예술 장르이며, 심지어 인격의 해체나 인간성의 파괴까지도 궁극적으로 그것의 회복을 위한 우회 경로임을 고려한다면, 이 우려는 자못 심각한 과제로 전화한다. 인간성, 인간미, 인간애의 상실을 거부하고 모든 세속적 가치를 넘어선 지점에 그 자리를 매설한 문학은, 한국문학사 또는 세계문학사의 도처에 지천으로 널려 있다.

한국문학에 있어서 현대문학 100년을 통틀어 이 문제가 가장 극명한 빛깔을 드러낸 것은, 6·25전쟁을 전후한 민족 분단과 동족상잔의 시기였고, 그로 인한 남북 간의 대립과 길항은 지금도 현재진행형으로 전개되고 있다. 전쟁문학, 전후문학, 분단 문학, 이산 문학, 통일 지향 문학 등여러 호명이 한결같이 이 문제에 시각의 초점을 맞추고 있는 터이다.

등단 이래 지금까지 줄기차게 남북 분단의 문제와 분단 시대의 정체성에 대해 숙고하고 이를 소설로 발화해 온 작가가 이호철이다. 작가 자신이 월남 실향민이기도 하거니와, 북에 두고 온 고향을 그리워하며 남북 이산가족 고향방문단에 기록자로 포함되어 평양을 다녀온 전력도 있다. 이처럼 선명한 체험적 사실들을 소설로 변용하는 동안, 그에게 북한은 여느 사람들이 보는 이분법적 편가름의 대상일 수 없었다. 그는 늘, "북한이 차우셰스쿠처럼 무너져서는 안 되며, 덩샤오핑처럼 개방의 길을 걸어가야 한다."라고 주장해 온 사람이다.

그 이호철이 이 계절, 2009년 가을에 아주 돋보이는 단편 한 편을 썼다. 「오돌할멈 손자 오돌이」(《창작과 비평》 2009년 가을호)가 그것이다. 이 소설은 그렇게 미학적 가치가 뛰어나 보이는 작품은 아니다. 그러나 남북간의 전쟁 상황을 배경으로 매우 유머러스한 가운데 이념의 질곡을 비켜가거나 넘어갈 수 있는, 새로운 출구 하나를 제시하는 특별한 새로움이있다. 기실 이러한 시각의 설정은 오래도록 이 문제에 공을 들이며 생각의 깊이를 더해 온 작가가, 그 긴 세월의 연공과 더불어 추수한 수확이어서 그 값을 한층 더 귀하게 매길 수 있다.

소설의 무대는 동해안의 요충지 월비산과 351고지의 치열을 극했던 전투 현장이며 서로 빼앗고 빼앗기기를 십여 차례, 남북 피아의 전사자가 물경 수백 명에 이르렀던 곳이다. 2중대 3소대 소대장 최 소위의 부하

중 '고문관' 일등병, 고향이 강원도 정선이며 낫 놓고 기역 자도 모르는 완전 문맹자, 공식 이름은 '박공규'이나 그냥저냥 본 이름 '오돌이'로 불리는 인물이 이 소설의 주인공이다.

그는 '고문관'인 만큼 순수한 성정의 캐릭터를 가졌다. 군문에 이르기 전에는 '숯 굽는 화부 조수 노릇'을 했고 '숯가마 주인 나리의 아들 대신 동원'되어 나왔다. '저 나름의 깜냥과 눈치로 어느 정도 짐작을 못하는 바는 아니로되, 자기대로도 넓디넓은 바깥세상 구경하는 재미가 없지는 않았던 것'이어서, '복불복'인 셈으로 쳤던 것이었다. 그렇게 일등병이 되어 보초를 서고, 잠든 대대장을 깨워 담배 한 대를 달라는 사건을 비롯해서 기상천외한 일들을 저지르지만, 부대 안에서 미움을 사지는 않는다.

김오돌이 여전히 박공규란 이름으로 하사로 진급한 후, 소대장은 신병을 곁에 붙여 그를 휴가 보냈다. 그런데 그의 휴가가 또한 전쟁터에서는 보기 어려운 스토리이며, 더 깊은 요체는 그를 우스꽝스러운 행위 유형의 인물로 만들면서 그 배면을 예비하고 있는 작가의 심중에 있다. 이를테면 그는 남북 양군이 대치하여 일촉즉발 죽음의 문턱을 오가는 전장에서, 유일하게 살아 있는 자연적 인간성의 대명사요 이데올로기 대리전의 공간을 헤치고 어렵게 준비된 이념 초극의 출구였다. 왜 어떻게 그러한가 하는 것이 이 소설의 끝막음으로 되어 있다.

그 박공규 하사, 김오돌은 휴가를 다녀온 후 여섯 달 만에 창졸간에 벌어졌던 며칠간의 격전 시에 행방불명되어 그대로 '전사자'로 처리되었다. 그런데 추석 전날 그가 적진지 쪽에서 백기를 흔들면서 아군 진지 쪽으로 넘어왔다. 그가 짊어지고 온 배낭에는 추석 음식이 '그들먹하게' 들어 있다. 북에 포로로 잡혀 갔지만, 그쪽에서도 저들 편으로 세뇌시켜 나름대로 활용해 보려고 갖은 애를 다 쓰다가, 종당에는 아무 쓸모가 없다고 판단하고 체제 선전 겸해서 추석 음식 꾸러미를 지워서 내려 보냈을 것이라는 결론이 났다. 그 배낭 속에 그쪽 부대장이 이쪽 부대장에게 보낸 짤막한 서신 하나가 들어 있었다.

남쪽 부대장 귀하

이 사람을 그냥 이렇게 돌려보내는 이쪽 부대장의 마음을 깊이 헤아리시기를 바랍니다. 지금 남북을 통틀어 제정신 가진 제대로 생긴 조선 사람은, 아마도 필경은 김오돌이라는 이 사람 하나뿐이 아닐는지요. 이 점, 호상간에 깊이깊이 생각들을 해 보십시다요. 어쩌다가 이 나라 산천이 이 지경까지 오게 되었는지요. 이 김오돌이라는 사람을 대해 보면 대해 볼수록 그 점이 더더욱 절감됩니다요.

부디 추석 잘 보내시기 바랍니다……

— 이호철, 「오돌할멈 손자 오돌이」 중에서

"남북을 통틀어 제정신 가진 제대로 생긴 조선 사람"이 김오돌 한 사람뿐이라는 북쪽 부대장의 선언적 언표는, 당대의 시대상에 비추어 그다지 가능해 보이는 소통이나 전달 방식은 아니다. 그러나 작가는 굳이, 그러한 대치 상황 속에서 상호 교전 중인 군인이기보다는 한반도의 동일민족 당사자들이 가슴을 열고 "호상간"에 깊이 생각해 볼 화두를 던졌다. 이 문제가 단순히 한 작가의 강변으로 그치지 않는 것은, 그것이 빛바랜 과거의 사건이 아니라 지금도 내연하는 동시대의 숙제이기 때문이다.

다른 세대와의 불화, 또는 이기적 세태의 극한: 한승원·이명랑의 소설

세(勢)는 시(時)에 따라 변하고 속(俗)은 세(勢)에 따라 달라진다는 옛말이 있다. 세대가 달라지면 생각이 달라진다. 각기 삶의 시기에 따라, 그 시기의 중심 사고에 따라, 행위 유형이 달라지는 것은 당연한 일이다. 그런데 하기로 한다면, 그러한 변화가 납득할 만한 과정을 동반하면, 밀려나는 세대의 충격이 덜할 것이다. 하지만 밀어내는 세대의 논리는 대체로 일방통행적인 것이어서, 그다지 상대를 고려할 만한 여유가 없다. 세대 간의 갈등은 그렇게 형성된다. 중요한 사실은, 이 경우의 쌍방이 모두 자신이 옳다는 주장을 철회할 가능성이 별로 없다는 데 있다.

한승원의 「파묘」(《문학의문학》 2009년 가을호)는, 바로 그와 같은 구도로 짜인 숙질 간의 서로 다른 생각과 그로 인한 불화를 그렸다. '토굴'이라 불리는 바닷가 언덕의 작가실에 사는 '늙은 시인 기영달'과 그의 조카 '삼남'은, 영달의 형이자 삼남의 아버지가 죽어 묻혀 있던 묘를 삼남이 파헤친 문제를 두고 대립한다. 이 양자의 대립은 참 복합적으로 여러 가지 의미 구조를 함께 거느렸다. 앞선 세대와 다음 세대, 작은집과 큰집, 문필가와 노동자, 전통적 신앙관과 새로운 신앙관 등 여러 종류의 대립항이 이들을 둘러싸고 있다. 이들의 맞섬과 어긋남이 애써 직접적인 표현을 자제하는 외형적 균형성을 유지하고 있다 할지라도, 그 내면에 있어서 화해의 지점은 쉽사리 설정되기 어렵다.

삼남은 삼촌네의 만류에도 불구하고 고향 마을 앞산 언덕에 있는 자기 아버지의 묘를 파헤치고 유골을 소각해서 가루를 만들어 뿌려 버렸다. 아쉬운 것은, 여기에 왜 그러한 행동이 이루어지는가를 추론할 만한 신빙성 있는 정보가 없다는 점이다. 삼남이 믿는 신의 교리, 기독교의 신앙 패턴에 따르는 것으로 되어 있는데, 이로써는 소설적 설득력이 허약하다. 그 일로 삼촌 내외와 충돌하는 양상도 너무 일률적이다. 그러나 그 방향이 다른 두 시각 사이의 간극을 크게 잡고, 그것이 인간사의 절망적인 한 부분을 나타내도록 하는 데는 만만찮은 성과를 거두어들였다.

그렇다. 삼남이는 가슴이 없는 단세포적 사고를 하는 세대이다. 포크레인 기사가 묘를 파헤치고 유골을 꺼내 석유를 끼얹고 불을 붙여 가루를 만들어 뿌려 버리는 한 시간 남짓의 간단한 작업은 복잡한 모든 절차를 생략해 버린 디지털적 사건이다.

거기 반해서, 윤달의 손 없는 날을 받아, 묘 앞에 제사 음식을 차려 놓고, 절을 하면서 혼령에게, 당신의 유골을 불태워 없애겠다는 것을 고하고, 포크레인 기사를 동원해서 그 일을 했어야 한다고 생각하는 작은아버지 작은어머니의 생각은 아날로그적인 것이다.

─한승원, 「파묘」 중에서

삼남은 자신의 행동에 전혀 잘못이 없다고 생각하고, 영달은 삼남의 행동이 잘못된 것이라는 생각을 절대로 허물지 않는다. 그래도 삼남의 신변을 걱정하는 것은 영달이다. 이들 숙질 간에 가로놓인 생각의 괴리는, 파묘라는 단순한 사안에 걸쳐 있기보다는, 앞서 살펴본 바와 같이 구조적으로 복잡하게 얽혀 있고 웅숭깊게 맺힌 곡절이 많다. 그와 같은 세대 간의 엇갈리는 방향성을 절실하게 드러내 보였다는 데 이 소설의 존재 이유가 있겠다.

한승원의 소설이 가족 간 갈등을 각기 다른 주의 주장의 차이에서 시발시키고 있다면, 이명랑의 「제삿날」(《문학의문학》 2009년 가을호)은 경제적 이익을 미시적으로 따지며 책임을 벗어나려는 소시민적 비열이 시발점이다. 이 소설은 두 가족과 그 가족 내부의 인적 구성원들이, 각기 어머니의 병원비 및 간병인 비용을 두고 서로 책임을 회피하는 비열한 사태를 매우 시니컬하게 그리고 있다. 작은 단락별로 스토리 텔러를 달리하면서 그 발화자의 의중을 직선적으로 드러내는 방식을 통해, 상황의 전체적인 모습을 마치 퍼즐 조각 맞추듯 점진적으로 완성해 간다.

그 이야기의 한가운데에 있는 어머니와 할머니, 두 과부는 소설의 마지막에 이르러 기막힌 운명의 모습을 함께 공유한 사연 깊은 인물들임이 밝혀진다. 과거 신산한 시절을 함께 보내며 남남이면서도 한집에서 가족처럼 살아온 이들은, 서로 공통된 비극적 가족사의 주인공들이다. 그러한 사건의 일치와 심정의 연대가 이들을 강력한 정동적 유대로 결속해 왔으나, 그것은 그 당사자들의 문제일 뿐 자식들에게는 그다지 상관없는 일이 된다. 자식들은 아무도 모르고 있지만, 실상 이들은 모두 두 과부의 친자식들이 아니다. 다음은 이 소설의 할머니, 곧 태호 어머니의 말이다.

거기서 그리 만났는디 저나 나나 뭐 숨기고 말고 할 것도 없던겨. 천벌을 받는가 보다고, 석중이 에미가 그러잖여. 석중이고 석철이고 아들 둘 모두 자기 배로 배 아파 낳은 자식이 아니라는겨. 애들 아버지가 아예 서울에다 딴살림을 차렸는디 거기 쫓아가서 애들 둘을 모두 데리고 와 버렸다는겨. 연년생인 데다가 둘 모두 핏덩이라 아직 젖도 떼지 않은 것들을 데려와서는 제 핏줄인 양 데리고 살았는디, 그 여자가 죽었다잖여. 아무도 모르게 애들 생모를 여기 묻었다면서 석중이 에미가 소주 한 잔을 따라 놓더라구. (중략)
그땐 나도 꼭 석중이 에미 같았던겨. 천벌을 받는구나, 했지. 영감 처가 임신 중이라는 걸 다 알믄서도 몸을 맡겼던 겨. 돈깨나 있는 집이었으니까. 그때 내가 아마 열아홉이었지?

───이명랑, 「제삿날」 중에서

이렇게 닮은 삶의 길에서 만나 같이 살던 두 여자가, 그 가슴속에 품은 한 맺힌 이야기의 실타래를 풀어내지도 못하고 중환자가 되어 병원에 누웠다. 위 예문의 화자는 결코 이 말을 발설하지 말 것을 다짐한다. 작가의 시선은 이들 병실에 누운 두 여자의 기막힌 '여자의 일생'에 걸려 있다. 그러면서도 겉보기의 이야기는 짐짓 그 자식들의 얄팍한 실리적 처세에 잇대어 놓았다. 이러한 이야기의 이중구조는 겉의 이야기가 저열한 만큼 소설 가운데 액자처럼 숨은 속 이야기의 절박성을 강화한다. 그런 측면에서 이 작가는 능숙한 이야기꾼의 반열에 올랐다 할 만하다.

서로 다른 세대와의 가치관 차이나 그것을 부양하는 사회적 환경, 사소한 이익에 모든 것을 거는 이기적 세태나 그것을 북돋우는 숨겨진 진실 등은, 매한가지로 오늘날 우리 삶의 배경이 얼마나 비인간적이며 몰가치적인가를 보여 주는 소설적 바로미터들이다. 앞의 단락에서 살펴본 이호철의 소설이 불량한 시대의 모습을 통시적 역사에서 찾았다면, 여기 한승원과 이명랑의 소설은 그것을 공시적 사회사에서 찾고 있다. 그 두 종적 횡적 세태의 부정적 모습을 소설이 적시하는 것은, 궁극적으로 그와 같은 세태에 대해 경각심을 유발하고 반성적 성찰을 도모하려는 데 목적이 있다. 그러기에 소설은 "타락한 사회에서 타락한 방법으로 진정한 가치를 추구하는 이야기"일 수 있을 것이다.

소통 부재의 세계, 또는 폐쇄된 자기 인식 공간: 권여선·김중혁의 소설

매스컴 및 통신수단의 눈부신 발전과 세계 최강의 IT 강국으로 호명되는 한국의 현실을 두고, 이를 놀라워하는 것은 국내외가 마찬가지이다. 그러나 산이 높으면 골이 깊은 법이어서, 그 화려한 기능들의 발전에도 불구하고 사람과 사람 사이의 소통은 상대적으로 더 단절적인 현상이 발생한다. 과거 아날로그 시절의 정겹던 직접적 접촉 방식은 일견 시대에 뒤떨어진 것처럼 보이고, 속도감과 세련미를 자랑하는 전자 인간들의 기호화된 상호 교통이 일상을 지배하는 규범이 되었다. 그 와중에 폐쇄된 자기 공간을 확보하고 고치 속의 애벌레처럼 웅크린 현대인의 자화상은 우리 주변 곳곳에 있다.

권여선의 「웬 아이가 보았네」(《문학과사회》 2010년 가을호)는 한 여자의 외로운 자기 성채와 그것을 바라보고 접근하며 평가하는 여러 사람의 시선을 한데 모았다. 소설의 무대는 경찰과 교사와 실업자 등이 함께 모여 사는 곳, 이름은 '예술인 마을'이다. 이 마을이 막 형성되던 초창기에 집 장사를 했던 '이상건 씨'에서 이야기는 출발한다. 그가 지어 판 세 번째 집, '뾰족 집'에 사는 요리사와 시를 쓴다는 그 아내가 주목의 대상이다.

이 '여류 시인'의 '독특한 종류의 아리따움'은 통속적이며 아슬아슬하다. 뾰족집 부부는 매년 늦봄에서 초여름까지 그 집의 너른 마당에서 종종 야회를 연다. 화자인 아직 어린 '나'의 어머니도 그 참석자 중 하나이다. '나'의 어머니는 못생겼고 여류 시인은 예뻤다. 그 외모에 대한 지나친 의식이 이야기의 전개를 예고하며, 여류 시인의 외모와 예술가 시늉이 사건의 파탈을 준비한다.

"그 가엾은 애심이 엄마가 하도 걱정을 하면서 점이라도 치러 갈까 어쩔까 망설이니까 글쎄 뾰족 집 새댁이 그럼 자기가 따라가 줄 테니 한번 가 보자면서……."

여기서 어머니는 목소리를 낮춰 이상건 씨 아내에게 속삭였다.

"쇠뿔도 당기며 빼랬다고 하더군요."

"아, 네. 저는 독실한 신자라 점 같은 게 무슨 도움이 될까 의심하지만……."

힘없이 고개를 늘어뜨린 채 옹알거리던 이상건 씨 아내가 별안간 산삼을 달여 먹은 환자처럼 고개를 번쩍 들고 눈을 크게 떴다.

"뭐라고요? 당기며라고요?"

어머니는 그럴 줄 알았다는 듯 자신만만하면서도 약간 비굴한 미소를 지었다.

—권여선, 「웬 아이가 보았네」 중에서

말하자면, 여기 이 독특한 여류 시인은, 외모로 포장하고 고상하게 행동하는 것에 비해 그 내용이 함량 미달임을 단적으로 드러내는 장면이다. 쇠뿔을 '단김에'가 아니라 '당기며' 뺀다는 것이다. '나'의 어머니와 이상건 씨 아내는 그것을 은근히, 아니 노골적으로 즐기며 의기투합하여 여류 시인을 경멸한다. 한 사람의 인격체로서가 아니라 경쟁과 시샘의 대상이 되는 절대적 타자만 남았다. 여류 시인과 삶의 모형을 두고 경쟁하기는 그 '가엾은 애심이 엄마'도 마찬가지였는데, 결국은 고심 끝에 포기하고 만다. 자신의 의지만으로 결정되는 문제가 아니라 상대역인 남편이 함께 호응해야 하는 게임인 까닭에서이다.

돌발적 사건 없이 소설의 극적 구조가 가능할 리 없다. 뾰족 집의 마지막 야회가 끝난 다음 날 여류 시인이 사라졌다. 물론 여류 시인이 사라졌기 때문에 그 전날의 야회가 마지막 회합이 된 것이 옳다. 이들 뾰족 집 부부의 숨은 사연은, 종국에 가서 그 남편인 요리사를 통해 밝혀진다. 요리사는 결혼 전에 아내 될 이에게 한글을 가르쳤는데, 글 떼자마자 바로 시를 썼으며 간단한 한자를 배우고도 한시를 쓰겠다고 했다는 것이다. 요컨대 '머리 하나는 무섭게 팽팽 돌아가는 여자'였다.

이 소설의 여류 시인에 대해 노출되는 정보의 범위는 거기까지이다. 남편 요리사도 아내가 다시 안 온다는 사실을 논리적 접근 없이 그냥 안다는 것으로 되어 있다. 어린 아이 '나'의 눈을 통해 본 어른들의 세계는, 기실 어른들조차 명료하게 알 수 없을 만큼 요령부득으로 불확실하다. 그런데 그 불확실성의 동류로, 여류 시인의 매우 미묘하고 유다른 캐릭터, '그런 게 바로 시'라 할 만한 다원적 성품이 소설 속에 잠복해 있는 것이다. 여기에서의 소통 부재는 어른과 아이의 세계, 어른과 어른의 세계 사이에 공통적으로 작용하고 있다.

그런가 하면 김중혁의 「1F/B1」(《문학동네》 2009년 가을호)는, '네오타운의 건물관리자연합'이라는 매우 색다른 조직을 앞세우고 말문을 연다. 지하에서 생활하는 사람들의 조직이어서 지하조직이기도 하거니와, 2007년 8월에 공식 해산한 것으로 기록된 이후 숨은 조직이어서 지하조직이기도 하다. 지역의 이름은 고평시, 이를 처음으로 조직한 사람의 이름은 구현성, 그가 가장 좋아했던 말은 '하자 보수'였다. 구현성은 건물 관리 업무와 더불어 유명인사가 되기도 했다. 또 다른 건물관리자, 이제 겨우 사 개월째인 윤정우는 정전 수리 때문에 지하로 내려가다가 '1F/B1'이라고 되어 있는 표지판과 마주친다.

얼핏 '1F/B1'로 보이는 이 표지판의 암시처럼, 이 소설 속에는 기상천외한 음모가 개재된다. '비흔개발'이라는 데서 모두 서른 명의 특공 직원을 투입하여 조합이 관리하는 네오타운의 쉰 개가 넘는 빌딩을 마음대로 휘젓고 다닌다. 갑작스러운 정전 및 그 이후의 험악한 사태 등이 면밀히 의도된 것이라는 설정이다. 비흔개발은 어떤 방식으로든 네오타운의 가치를 떨어뜨리고 그 지역에 커다란 성을 세울 계획을 가졌다. 그런데 이 대단한 음모를 조합이 저지했다는 것이다. 이들은 그야말로 '건물 관리자들의 힘'을 유감없이 보여 주었고, 곡절 끝에 지하조직이 되었으니 그 자부심은 여전히 대단하다. 그런데 이들은 자신들의 존재적 지위를 슬래시 기호에 둔다.

저는 늘 계단을 이용합니다. 5층이든 10층이든 언제나 계단으로 올라갑니다. 처음에는 운동을 복석으로 시작했지만 이제는 계단을 밟지 않으면 미음이 불안합니다. 계단을 올라가고 내려갈 때마다 저는 늘 층을 알리는 작은 표지판을 봅니다. 표지판은 층과 층 사이에 있습니다. 1층과 2층 사이, 2층과 3층 사이, 3층과 4층 사이…… 저는 그 표지판들을 볼 때마다 우리의 처지 같다는 생각을 하곤 합니다. 특히 숫자와 숫자 사이에 있는 슬래시 기호(/)를 볼 때마다 우리의 처지가 딱 저렇구나 하는 생각을 합니다. 사람들은 각자의 층에서 행복하게 살고 있지만 우리는 언제나 끼어 있는 사람들입니다. 이곳도 저곳도 아닌, 그저 사이에 있는 사람들입니다. 지하 1층과 1층 사이, 1층과 2층, 2층과 3층, 층과 층 사이에 우리들이 살고 있습니다. 하지만 우리는 기억해야 합니다. 슬래시가 없어진다면 사람들은 엄청난 혼란을 겪을 것입니다. 우리는 아주 미미한 존재들이지만 꼭 필요한 존재들인 것입니다. 누군가 저의 직업을 물어본다면 저는 자랑스럽게 슬래시 매니저(Slash Manager)라고 얘기할 것입니다. 여러분도 여러분의 직업을 자랑스럽게 얘기하시길 바랍니다.

—김중혁, 「1F/B1」 중에서

윤정우가 건물관리자회보에 실은 글이다. 이는 자신의 직업적 좌표를 적확하게 표현하고 있으며, 그러한 매개적 위상의 인식은 폐쇄된 공간 속에 살면서 오히려 관계성의 회복 및 소통의 가능성을 꿈꾸는 건실한 면모를 끌어안고 있다. 이 소설은 어쩌면 황당무계한 사건들의 연속으로 구성되어 있으나 그 밀폐된 환경 속에서 오히려 자기 좌표의 인식과 그 기능을 역방향으로 개방하는, 기발한 상상력의 작동을 보였다. 거기에 이 그로테스크한 소설의 값이 실렸다.

3부

산문적 현실의 감성적 발화법

천지간을 가로지른 감성의 섬광

편운 조병화, 그 시와 삶의 길

조병화(趙炳華)는 1921년 5월 2일 경기도 안성군 양성면 난실리에서 부친 조두원(趙斗元)과 모친 진종(陳鍾) 사이에서 5남 2녀 중 막내로 태어났다. 그는 미동공립보통학교를 거쳐 1943년 3월 경성사범학교 보통과 및 연습과를 졸업했다. 같은 해 4월 일본 동경고등사범학교 이과에 입학하여 물리·화학을 수학했으며, 이후 1945년 물리화학과 3학년 재학 도중 귀국했다.

1945년 9월부터 경성사범학교에서 물리를 가르치면서 교단생활을 시작하여 인천중학교(6년제) 교사, 서울중학교(6년제) 교사로 재직했다. 1949년 제1시집『버리고 싶은 유산(遺産)』을 출간하며 시인의 길로 들어섰다. 이 후 중앙대학교, 연세대학교 등에서 시론을 강의했으며, 1959년 서울고등학교를 사직하고 경희대학교 조교수를 시작으로 부교수·교수를 지냈다. 1972년 경희대학교 문리대학장, 교육대학원장을 역임했고, 1981년 인하대학교 문과대학장, 1982년 대학원장과 부총장으로 재직했다.

1986년 8월 31일 정년퇴임 전까지 이와 같은 교육자로서의 공적과 문학사에 남긴 업적을 인정받아 중화학술원(中華學術院)에서 명예철학박사, 중앙대학교에서 명예문학박사, 캐나다 빅토리아대학교에서 명예문학박사 학위를 받았다. 또한 아세아문학상(1957), 한국시인협회상(1974), 서울시문화상(1981), 대한민국예술원상(1985), 3·1문화상(1990), 대한민국문학대상(1992), 대한민국금관문화훈장(1996), 5·16민족상(1997) 그리고 세계시인대회에서 여러 상과 감사패를 받았다. 그는 이러한 상금과 원고료를 모아 후배 문인들의 창작 활동을 돕기 위해 1991년 편운문학상(片雲文學賞)을 제정했다. 편운문학상은 매년 5월 본상과 신인상으로 나뉘어, 한국 시의 새 지평을 열었다고 평가되는 여러 시인, 평론가 그리고 시 문화 단체를 대상으로 시상되고 있다.

국내 문단에서도 한국시인협회 회장, 한국문인협회 이사장, 대한민국예술원 회장을 역임하면서 동시에 세계시인대회 국제이사, 제4차 세계시인대회(서울, 1979) 대회장을 역임했다. 그는 세계시인대회에 한국 대표 또는 단장으로서 수차례 참석했으며, 이 대회에서 추대된 계관시인이기도 하다. 또한 국제 PEN 이사로 1970년 국제 PEN서울대회에서 재정위원장을 역임하기도 했다. 그럼에도 조예가 깊어 여러 차례 초대전을 갖기도 했다. 이는 유화전 8회, 시화전 5회, 시화-유화전 5회 등에 이른다.

조병화는 지금까지 창작시집 53권, 선시집 28권, 시론집 5권, 화집 5권, 수필집 37권, 번역서 2권, 시 이론서 3권 등을 포함하여 총 160여 권의 저서를 출간했다. 한국의 시인 가운데 아마도 가장 많은 기록일 터이다. 그의 시집은 국내뿐 아니라 일본, 중국, 독일, 프랑스, 영국, 스페인, 스웨덴, 이탈리아, 네덜란드 등 세계 여러 나라에서 총 25권이 번역

출판되었다. 2003년 3월 8일 작고하기 전까지 경희대학교 이사, 한국문인협회 명예이사장, 인하대학교 명예교수를 역임했으며, 고향인 경기도 안성시 양성면 난실리에 그의 작품과 유품을 전시한 조병화문학관이 있다.

조병화 시의 세계와 인간 근본의 탐색

조병화는 1949년 첫 번째 시집 『버리고 싶은 유산』을 통해 문단에 나왔고, 데뷔 이후 첫 시집에서부터 마지막 시집 『넘을 수 없는 세월』까지 무려 53권의 창작시집을 발표했다. 이는 2011년 현재까지 국내 시인들 중 가장 많은 개인 창작 시집으로 기록되어 있다. 시집뿐 아니라 시론집, 시 선집, 화집, 수필집, 번역서, 시 이론서 등 다양한 분야를 통해 자신의 문학 세계를 넓혀 나간 것으로도 잘 알려져 있다.

그가 한국 시단에 남긴 자취를 살펴보면 시인 스스로 자신의 지성과 감성을 조화롭게 용해시키기 위해 노력했음을 알 수 있다. 그는 또한 "나는 눈에 보이는 나의 현실에 충실히 살아오면서, 그것보다는 눈에 보이지 않는 나의 영혼의 세계에 더 충실하게 살아왔다."라는 표현처럼 자신의 독자적인 세계를 구축하고자 했다. 훗날 '거부할 수 있는 자유가 곧 시심'이란 말로 완성된 그의 시 세계는 시를 통해 자신의 세계를 확장해 나가는 시적 여정 속에서 이루어진 자연스러운 결과이기도 하다.

그에게 시는 자신의 주위에 있는 범상한 것들을 보고 듣고 느끼는 모든 반응에 걸쳐져 있다. 그는 스스로의 말처럼 "살아 있는 시인으로 살아 있는 시를 쓰고 있어야 한다."라고 믿었으며, 평생 '말의 힘'을 찾기 위해 자신의 작품 세계를 확장해 나갔다. 그의 시가 수복받는 특성 중 하나는 인간의 가장 근원적인 문제에 대한 끊임없는 탐구를 시도했다는 사실이다. 첫 번째 시집부터 마지막 시집까지 수천 편이 넘는 시편들 속에서도 그는 줄기차게 생의 본질과 근원을 놓치지 않으려는 모습을 보였다.

그는 이 과정에서 철학적 사유에만 의존하고자 하지 않았으며, 심각성 또는 근엄한 시적 분위기를 전면에 내세우지도 않았다. 반면 일상 속의 보편적인 정감을 통해 언어를 이끌어 내는 감각을 지니고 있었다. 만남, 헤어짐, 고독, 사랑, 죽음 의식, 어머니 등 그의 감정의 주류를 이끌어 내고 있는 모든 것들을 자연스럽게 자신의 시 속에 끌어안는 시적 태도를 유지했다.

이 평범하게 보이는 '진리' 속에는 독자와의 공감을 이끌어 낼 수 있었던 근본적 원천인 '진실성'이 편만해 있다. 그리고 이러한 사실이야말로 비교적 그의 시가 읽기 쉽다는 일반적인 견해에 대한 대답이자 시인이 기대하는 독자의 반응이 된다. 시인은 개인의 존재 의식에 대한 '기록'이자 '개인의 역사'인 자신의 시 세계를 통해 타인의 공감을 이끌어 낸다.

일찍부터 현대인의 허무와 고독을 민감한 감수성으로 직감하여 이를 세련된 감성적 언어와 지적 충일로 표현할 줄 알았던 시인은, 다음과 같이 '존재에 대해 말을 건네는 시'의 방식을 통해 자신의 시적 노력을 진행시킨다.

　　살아갈수록 당신이 나의 그리움이 되듯이
　　나도 그렇게 당신의 그리움이 되었으면

　　달이 가고 해가 가고 세월이 가고
　　당신이 내게 따뜻한 그리움이 되듯이

나도 당신의 아늑한 그리움이 되었으면

그리움이 그리움으로 엉겨 꿈이 되어서

외로워도 외롭지 않은 긴 인생이 되듯이

인간사

나의 그리움 당신의 그리움이 서로 엉겨서

늙을 줄 모르는 달이 되고 해가 되고

쓸쓸해도 쓸쓸하지 않는 세월이 되었으면

아, 서로 그립다는 것은 이러한 것을.

──「서로 그립다는 것은」 전문, 제47시집 『먼 약속』

그는 특정한 대상이 아닌 자신을 둘러싼 모든 존재들에 대해 말을 건네는 듯, 때로는 편지를 쓰듯이 시를 들려줌으로써 독자에게 자생적인 생동감을 발양한다. 그러나 이 생동감은 타자와의 긴밀성과 그것이 내포한 호소력으로 인해 누구에게나 쉽게 유발될 수 있지만, 동시에 시인 스스로를 외롭게 만들어 버리는 것이기도 하다. 모든 존재들에게 말을 건네기 위해서 시인은 현실을 고독하게 혼자 걸어야만 했다.

이는 자신의 눈으로 바라본 세상을 나지막한 목소리로 들려줘야 하는 시인의 숙명을 자각하고 있기 때문일 것이다. 그는 고독, 외로움, 슬픔과 같은 자신의 감정에 형식을 부여하여 그것을 묶어 두는 방식을 택했고, 그로 인해 자연스럽게 편지와 같은 방식의 시 쓰기를 시도했다. 전달되지 않는 난해한 시가 팽배하며 이러한 특징이 '현대의 시'로 인식되기 쉬운 시단의 흐름 속에서, 어려운 시를 쓰기는 쉬워도 쉬운 시를 쓰기는 어려워지는 시대 속에서, 그는 외롭고 고독하게 사신의 시를 통해 독자를 만나고 있었다.

그는 자신에게 있어서 '당신'이라는 말은 꿈을 말하는 것이다, 라고 언급한 적이 있다. 또한 '당신'은 그리움을 말하는 것이며, 다는 잡을 수 없는 미지의 세계라고 했다. 그 '당신'은 '당신'을 위해서 이루지 못한 사랑으로 흐르고 만다. 가장 많은 독자를 확보한 시인이자 '사랑받는 시'를 쓰고 있었지만, 정작 자신의 외로움은 그저 묶어 놓을 수밖에 없었다. 그러기에 스스로 '나의 사투리를 아는 사람은/ 다만 나의 고향 사람들뿐이옵니다', '아, 그와도 같이/ 나의 시를 아는 사람은, 오로지/ 나의 눈물의 고향을 아는 사람들뿐이옵니다'(「개구리의 명상 1」, 『개구리의 명상』)라고 쓸 수밖에 없었다.

시인은 외롭다. 그의 시를 읽어 주는 사람과 기다려 주는 사람이 많지만 그는 여전히 고독하고 무언가를 기다린다. 위의 시를 통해 그가 사람들에게 쉽게 다가갈 수 있기에 타자와의 공감을 어렵지 않게 이끌어 내지만, 정작 자신의 마음을 알아주는 이들은 많지 않다. 타자의 마음을 읽고 달래 줄 순 있어도 스스로의 감정을 달래기 위해선 자신을 억압할 수밖에 없다. 그의 시편에서 드러나는 그리움과 기다림, 고독 역시 이와 무관하지 않으며 그런 연유로 고독감은 그가 세계를 바라보는 원동력이자 시 창작의 원천이 된다.

고독한 시인은 아무 때나 홀홀히 작별할 수 있는 삶의 태도를 수용하고자 한다. 인생을 나그네로 보는 듯한 이러한 관점은 시편에 숱하게 등장하는 '나그네', '길', '여행'의 이미지로 그려진다. '헤어지는 연습을 하며 사세/ 떠나는 연습을 하세'(「헤어지는 연습을 하며 사세」, 『시간의 숙소를 더듬어서』)라고 읊조리는 시인은 삶에 달관한 것으로 비치기도 한다. 마치 버리는 것이 소유하는 것이요, 비어 있는 것이 오히려 충만한 것이라는 도가적 역설처럼. 그러나 비어 있다는 것은 무엇인가를 채울 수 있다는 가능성에 한정된 충만이 아니다. 비어 있음 그 자체로서의 충만으로 인해, 시와 시인의 삶을 함께 부양하는 가득한 충만이 된다.

인생처럼 반짝이고 있는
물 건너 저 등불들,
등불은 먼 나그네의 그리움이런가

쉴 새 없이 달려온 나의 길은
머지 않아 연락선이 와 있을
바다에 다다를 것이러니
아, 인생이 나그네

내가 찾는 것은 항상 먼 곳에
남아서
가도 가도 닿지 않는 곳에서
나를 부른다

아직도.

―「등불」 전문, 제43시집 『서로 따로 따로』

조병화 시인이 어느 누구보다도 많은 독자층을 확보할 수 있는 이유가 바로 이와 같은 시에 있다. 그는 시를 통해서 정직하게 살고자 하는 자신의 삶을 보여 주며, 그 속에서 자신이 감당해야 할 내적 고독과 그 무게를 잔잔하게 그리고 진솔하게 들려주려 한다. 시 전편에 흐르는 이러한 고독과 외로움, 그리고 사랑의 목소리는 인산에게 가장 진실된 삶이란 과연 무엇인가에 대한 질문으로 이어진다. 그는 인간이란 무엇이며, 살아간다는 것이 무엇이며, 인간을 이루는 본질은 무엇으로 되어 있는가에 대해 끊임없이 질문하고 탐구하는 시인이다.

시인의 시 세계에서 드러나는 또 하나의 주된 의식은 바로 '죽음'이다. 시인은 '살기 위해서 시를 쓴다/ 사랑하기 위해서 시를 쓴다/ 죽기 위해서 시를 쓴다'(『창안에 창밖에』, 『어느 생애』)라고 말할 만큼 '죽음'에 대해 끊임없는 탐색을 시도한다. 왜 이토록 죽음에 집착하는가. 시인에게 죽음은 부정적 의미가 아니다. 시를 쓰는 이유가 '죽기 위해서'라고 한다면 그것은 죽음이 지닌 가장 긍정적인 가치를 찾고 있는 시적 과정의 한 단면으로 논의되어야 할 것이다.

그에게서 드러나는 불안과 공포, 황량함과 죽음의 이미지와 같은 비극적 인식은, 주체가 경험하는 소외와 자기 분열의 위기의식에서 비롯된다. 따라서 이는 결국 자아의 정체성에 대해서 고민하고 삶의 불확실성과 불안에 흔들리지 않는 자기동일성을 회복하고자 하는 의지로 이어진다.

시인에게 삶과 죽음은 하나의 실체이자 거부할 수 없는 실재이다. 그리고 이 실체에 활기를 불어넣어 본질을 이루어 내는 것은 그가 가진 자신만의 상상력이다. 죽음은 일상에 지친 인간에게 고통과의 작별을 통한 평온을 부여할 수 있으며, 타자의 삶을 '하루'로 보는 데 익숙한 시인에게는 영원한 안식이 된다. 고통을 치유하기 위해 선택한 방법 역시 고통을 수반할 수밖에 없다. 그는 살고자 하는 의식이 죽음이라고 믿었다. 시인에게 죽음은 곧 생존과 직결된다.

그는 한때 '허무의 시인'으로 불렸다. 그의 시는 감상과 비애와 도피와 회의와 허무의 시라는 평을 받기도 했다. 그러나 그에게 생존의 허무는 관념의 문제일 뿐이다. 생존이라는 것은 항상 죽음과 같은 자리에서 공존하고 발현되는 것이다. 그는 불안과 위기로 가득 차 있는 이 세계 속에서도 생존하는 자만이 죽음을 인식할 수 있다고 믿었으며 죽을 수 있는 자만이 생존할 수 있다고 생각했다. 그러기에 그의 시에는 삶과 죽음이 분리되지 않는다.

살아가면서 언제나
그리운 사람이 있다는 것은
내일이 어려서 기쁘리

살아가면서 언제나
그리운 사람이 있다는 것은
오늘이 지루하지 않아서 기쁘리

살아가면서 언제나
그리운 사람이 있다는 것은
늙어가는 것을 늦춰서 기쁘리

이러다가 언젠가는 내가 먼저 떠나
이 세상에서는 만나지 못하더라도
그것으로 얼마나 행복하리

아, 그리운 사람이 있다는 것은
날이 가고 날이 오는 먼 세월이
그리움으로 곱게 나를 이끌어 가면서
다하지 못한 외로움이 훈훈한 바람이 되려니

얼마나 허전한 고마운 사랑이런가.

—「그리운 사람이 있다는 것은」 전문, 제45시집 『그리운 사람이 있다는 것은』

"사랑한다는 것은 사랑하는 사람에게 먼 훗날, 슬픔을 주는 것을" 시인은 안다. "사랑은 슬픔을 기르는 것을/ 사랑은 그 마지막 적막을 기를 것을"(「황홀한 모순」, 『낙타의 울음소리』) 누구보다 먼저 느끼고 있다. 시인은 이 모든 것들을 감내하면서 사랑을 하기 위해 고독해지고 누군가를 기다리고 무언가를 향해 그리움을 전한다. 삶의 여행을 통해 이것들을 잠시 묶어 두었다가도 문득 어머니를 떠올리며 죽음을 탐색하는 세계에 집착하기도 한다.

시인은 타자의 시론에 전혀 흔들리지 않고 오로지 자기만의 독특한 시 세계를 구축했다. 그는 남의 생각, 정서, 형식, 즉 다른 이의 삶을 말하는 것이 아니라, 자신의 그것을 확립하여 스스로의 시와 삶을 책임지며 살아왔다. 그의 시에는 일상생활 속에서 발견할 수 있는 모든 존재들이 스스로의 내적 비의를 현현하도록 만드는 힘이 있다. 시인 자신의 말처럼 '살아 있는 시인으로 살아 있는 시를 쓰고 있을' 뿐이지만, 그것만으로도 시인은 현상을 걷어 내고 삶의 본질을 꿰뚫는다. 시인은 생활 세계와 현실에 대한 열린 태도를 통해 서정의 정신과 시적 언어의 자유로움을 삶과 밀착시킨다. 주변의 존재와 풍경에 보내는 따뜻한 시선은 독자로 하여금 생의 적멸과 마주하게 만든다.

그가 추구해 온 것은 궁극적으로 인간에 대한 탐구이자 고독한 한 인간으로서의 자각과 그 자각 속에서 얻는 자기 확인의 여정이다. 그의 시는 감성의 세계로 통칭될 수 있으며, 그것은 지성이나 오성의 세계에서 한 걸음 더 나아가고자 하는 시적 도발이다. 감성의 분할로 인해 세계와 자아가 합일되지 않는 세계를 거부하는 조병화의 시 세계는, 타자와 공존하는 감성을 통해 세계의 실재를 현현해 내는 우리 시의 새로운 영역에 속한다.

고독과 허무의 우물에서 길어 올린 운명애

조병화의 30번째 시집『외로운 혼자들』(한국문학사, 1987)은, 그동안 그가 간단없이 추구해 온 고독과 허무의 사상을 바탕으로 한다. 그리고 거기에서 삶과 죽음의 경계를 보다 근접하여 바라보는 죽음 의식과 운명애를 매우 강하게 표출하고 있다. 인간의 운명에 대한 그의 사랑은 시를 '나의 영토'라고 부르는 천의무봉의 시심, 자신의 존재 근원으로 인식하고 있는 어머니에 대한 그리움, 이 모두를 추동하고 지탱하는 놀라운 성실성 등으로 그 외양을 현현한다. 한국 시단에서 전례를 보기 어렵고 후계를 점치기도 어려운 이 독특한 시적 성취는, 지성과 감성을 조화하는 빛나는 면모, 그리고 고독 또는 허무의 늪을 매설하는 웅숭깊은 저변을 함께 포괄한다.

나의 시는 내가 경작해가는 나의 영토
굴욕과 오기로 일구는 고독한 동토
눈물이 수로를 낸다

그리하여 머지 않아
그곳에 내가 묻히리니
눈물 아닌 거 없는 이 세상에서
한 포기 들꽃이나마

나의 잠을 가려주려나

오, 휴식이여
내가 잠들 나의 영토여.

—「나의 영토」 전문

조병화에게 시는 그의 영토요 운명이다. 운명이란 용어가 등장하고서 평온한 삶이 어디 있겠는가마는, 그의 영토는 굴욕과 오기를 투여해야 일굴 수 있는 얼어붙은 땅이요 눈물로 수로를 열어야 하는 곤고한 개간의 지역이다. 뿐만 아니다. 그는 마침내 자신이 그 시의 땅에 묻힐 것임을, 그것이 순명(順命)임을 확고히 인식하고 있다. 어쩌면 한 포기 들꽃이 사치일지도 모르는 잠의 땅에 이르기까지, 그는 일생을 그렇게 핍진한 걸음으로 걸어야 하리라 예감한다. 그런데 그 길이 아니면 스스로에게 값있는 의미로 남을 어떤 잔해도 없을, 그리하여 순명의 길만이 이윽고 휴식의 잠에 도달할, 그렇게 곤고한 길을 성심을 다해 걷기로 다짐한 터이다. 이것이 그에게 주어진 시의 길이요 그 운명을 사랑하는 시적 태도이다.

시가 그의 운명인 것은 이미 온 천하가 인지한 사실이거니와, 또 하나 그의 시와 삶을 규정하는 특별한 존재가 있다. 바로 그의 종교적 신앙과도 같은 어머니이다. 그는 일찍부터 어머니 심부름으로 이 세상에 왔다가 어머니 심부름을 모두 마치고 돌아갈 것이라고 자신을 세뇌했다. 헤르만 헤세가 『지성과 사랑』의 말미에서, 어머니가 있어야 사랑할 수 있고 어머니가 있어야 죽을 수 있다고 한 것은, 조병화의 어머니 지향성 또는 어머니 강박성에 비하면 강도가 훨씬 허약하다. 세상의 어머니라고 다 같은 어머니가 아니며, 아들이라고 다 같은 아들이 아닐진대, 도대체

236

그가 자신을 이토록 어머니의 근원에 강고하게 얽어매는 특이성의 배면에 무엇이 잠복해 있는 것일까.

　　1929년, 아홉 살, 이른 봄
　　나는 이곳 플랫포옴에서
　　처음으로 기차를 보았지

　　쏜살같이 들이닥치는 기차를 보자마자
　　나는 어머님의 흰 두루마기에 왈칵 붙어서
　　무섬무섬 꼼짝을 못했지

　　그로부터 서울살이
　　어언 60년, 이곳을 지나칠 때까지
　　그 생각, 하얀 어머님 생각

　　오늘 1968년 늦은 가을을
　　쏜살같이 스치는 새마을호 부산행 차창에
　　오산은 지나치게 큰 도시

　　작은 역사(驛舍)만 옛날 그대로
　　긴 플랫포옴 그 자리에
　　먼 유적처럼 내가 혼자 남아 있다.

　　어머님은 떠나시고.

　　　　　　　　　　　　—「오산역(烏山驛)을 스칠 때마다」진문

어머니가 떠나고 나면, 세상에 남은 아들은 대개 도리 없는 고아 의식에 사로잡힌다. 아홉 살 어린 나이에 무섭게 들이닥치는 기차를 어머니의 흰 두루마기에 붙어서 피하던 소년은, 이제 고희(古稀)를 눈앞에 둔 노년이 되었다. 몸이 자라는 만큼 생각도 꼭 같이 자라는 것일까. 아닐 터이다. 자라는 생각이 있는가 하면 그 자리에 그대로 머물러 있는 생각이 있기에, 인생의 다양성과 다원주의가 숨 쉬지 않는가. 소년 조병화와 노년 조병화는 어머니 생각, 그 하얀 생각으로 한 꿰미의 구슬처럼 한데 묶여 있다. 시인이요 교육자요 화가요 대학 행정가로 괄목할 만한 이름을 얻은 그에게 시가 운명의 한 축이었다면 그의 삶과 시를 한꺼번에 떠받치는 다른 한 축이 어머니였다. 그 세월이 60년에 가까운 성상(星霜)이고 보면, 그가 이 시집 처처에 이승과 저승의 대칭적 구도를 펼쳐 보이는 것은 그다지 이상할 바 없다.

　　이렇게 먼 이국 천지
　　낯설은 곳에 왔지만
　　편지 쓸 곳이 없다

　　이승에선 참으로 많이도 썼지
　　그럭저럭 지내오는 사이
　　정 깊이 사귄 사람도 있었지
　　애타게 간장을 태우던 사람도 있었지
　　아프게 저리게 이별한 사람도 있었지

　　하지만 이승을 떠난 이 자리
　　아직 사귀지 못한 사람들

하나같이 낯설은 풍경이다

찾아갈 사람도 없고
찾아올 사람도 없고
기별할 사람도 없는

저승 초입
이승이 보이지 않는 자리

아, 동행할 사람은 없는가

　　　　　　　　　　　　　　　　　—「저승 초입」 전문

　시 「오산역을 스칠 때마다」와 같은 해, 인도 뉴델리의 한 호텔 룸에서
쓴 시이다. 세계 어느 나라보다 종교성이 강한 나라, 인도의 한복판에서
문득 저승과 이승의 경계에 선 자신을 발견하고 돌이켜 보니 동행할 사
람이 없는 형편이다. 그렇다면 그는 종교인은 아니다. 종교를 성립시키
는 요건 가운데 하나는 사후 세계에 대한 설명이기 때문이다. 그 곁에 있
는 시편 「저승 연습」을 보면, 아, 거기에 해답이 있다. 그는 저승 연습을
되뇌이는 시의 말미에, 그저 어머님 곁으로만 가게 하소서, 라고 적었다.
그의 종교는 곧 어머니였던 것이다. 이렇게 그의 감성과 이성, 시 사랑과
운명애, 종교와 어머니는 하나의 형식적 얼개 아래 조화롭게 악수하고
있다. 하지만 이 형식적 내용적 연대가 그가 원래부터 끌어안고 있던 고
독과 허무의 감정을 구제하지는 못한다. 그의 이성 및 감성이 전인적 계
발과 고양의 단계를 거치는 것이 아니라, 예민하고 부드러운 언어의 촉
수를 통해 조병화적 시의 세계를 감당하고 있을 뿐이기에 그러하다.

아끼던 것들을 나도 모르게
하나 하나 잃어간다

긴 세월을 같이 지내던
나도 모르게
하나 하나 나를 떠나간다

온 세상, 주변이
날로 텅 비어 가는 생각

그렇게 그립던 사람도 가물가물
날로 흐려져 간다

오, 일월이여
나도 모르게
날로 그렇게 나도 비어 간다.

—「입원일기-나도 모르게」 전문

조병화는 1986년 이 무렵에, 모두 10편의 「입원일기」를 쓴다. 자기 자신도 모르게 잃어 가고 비어 가는 것이 자리보전하고 누운 병자이기 때문일까, 아니면 세월이 몰고 온 육신의 쇠락을 견디지 못하기 때문일까. 물론 그러할 것이다. 그러나 보다 근본적으로 그는 원래부터 고독과 허무에 젖어 있던 시인이었다. 그의 어린 순처럼 여린 감성과 마음결의 아픈 상흔들이 예고한 세상살이의 허탄(虛誕)함이 그의 시를 지배한 것은 이미 오래전의 일인 까닭에서다. 어둠과 빛, 욕망과 사랑 속에서 살아온 지난날들이 그의 병상을 맴돌고 있다. 운명의 각박과 고독의 견고, 그의 시에 주요한 요체를 이루어 온 이 존재들은, 마지막이 가까워 오는 그의 의식 깊숙한 자리에 찾아와, 그 특징적 성격으로 조병화의 시와 삶을 함께 묶었다.

> 남으로 비탈진
> 고개 아래 읍내 마을
> 해남은
> 유라시아 한반도 끝머리 남쪽
> 잔잔한 해풍지대
>
> 멀리 녹우당 산기슭이
> 바라다 보이는 아득한 하늘에
> 늦은 가을
> 열기 없는 햇빛을 비치고
> 빨간 한 점
>
> 먼 가지 끝에 감이 매달려 있다
>
> 조선조 오백 년처럼.
>
> ──「해남」 전문

왜 뜬금없이 "조선조 오백 년"이란 말인가. 혹자는 말할 것이다. 조병화 시에서는 역사성 사회성이 휘발되어 있기 때문에 굳이 그 방면의 의미를 찾을 필요가 없는 것이라고. 그러나 이는 지나친 편견 노는 난견의 소치이다. 그와 같은 논리라면, 일제강점기에 생산된 청록파의 눈물겹도록 아름다운 언어들은 모두 파쇄해 버려야 옳을 일이다. 기실 조병화는 「동란사」 1, 2나, 「전쟁 시대」, 「레바논의 여인들」이나 「떨어져 있는 사람들, 그 사랑」 등의 시편을 통해, 조국의 안위를 걱정하고 지구의 평화와 유엔의 역할에 대한 우려를 시로 썼다. 소재의 차이, 범주의 차이는 있을지언정, 한 시대의 시인이 어찌 가슴 안의 일에만 머물러 있었겠는가.

이제껏 살펴본 바와 같이 시인 조병화는 자신의 운명, 시와 어머니에 대한 사랑에서 출발하여 존재론적 고독과 허무의 깊이를 체현하고 보다 유장한 사유를 운용하여 우주 저 먼 곳까지 그 눈길을 던지고 있었다. 일생을 두고 시와 함께 명운을 걸어온 한 시인, 일상적이고 평이한 소재 가운데서 결코 간과할 수 없는 생활철학과 언어 주술의 의미를 직조물의 씨줄·날줄처럼 교직한 시인이 그의 진면목이었다. 그러므로 이제 함부로 그의 시를 쉽다고, 너무 반복적이라고 말하지 말라. 하늘 아래 저 혼자 새로운 것이 어디 있는가. 우리 곁에 있는 것, 우리가 익숙하게 아는 것으로부터, 땅과 하늘 사이를 단번에 관통하는 시의 섬광을 이룬 시인이 조병화이다. 그가 그 운명론의 멍에, 고독과 허무의 우물에서 길어 올린 영롱한 시정신이 이 시집 『외로운 혼자들』의 갈피갈피에 서려 있다.

종교적 인식이 부양한 일상시의 사상성

— 조병화 시의 기독교적 사유와 그 의미

한국문학에 수용된 기독교 사상

기독교 사상 혹은 기독교 문학은 서구 정신문명의 근원과 그 시발을 함께한다. 헤브라이즘과 헬레니즘이라는 두 조류가 나누어 점유하고 있던 서양의 정신사는, 기원후 313년 콘스탄티누스 황제의 '밀라노 칙령' 이후 헬레니즘 영향권의 강화를 가져왔다. 우리가 200여 년 전에 접한 기독교는 헬레니즘의 전통에 의해 포장된 부분이 많았고, 헤브라이즘의 배타성과 헬레니즘의 합리성이 공존하고 있었다.

기독교가 특정한 사회제도의 준거 틀과 접촉할 때는 합리성이 전면에 나서지만, 그 가운데서 절대자의 존재에 대응하는 개인의 정신이 도출될 때는 배타성이 다른 요인을 압도한다. 이때의 배타성이란 어떤 정황에 처해도 후퇴할 수 없는 절대자의 지위, 또는 권위의 다른 이름이다. 성서 「전도서」에는 "현자들의 사상도 허영에 불과하다"라고 단정적으로 기록되어 있으며, 서양 기독교 사상 또는 문학의 성향도 거의 공통적으로 절대자의 권능에 순복한 외양으로 일관한다.

우리 근대문학의 초기에 기독교 사상이 단편적으로 도입된 최남선, 이광수, 주요한의 작품을 비롯하여 윤동주, 박두진, 김현승의 작품에서 더욱 직접적인 육성으로 드러나기까지, 이 도저한 배타성은 한 개인의 정신적 입지로는 허물기 어려운 완강한 울타리를 유지했다. 이는 때때로 동양 문명의 바탕 위에서 오랜 관습으로 굳은 직관 및 보편성의 관점과 상충할 수밖에 없었다. 예컨대 김현승의 시에 나타난 외형적 굴곡도 궁극적으로 서로 대립되는 두 이류를 함께 체득함으로서 발생한 갈등의 표출이었다.

기독교 사상이 문학으로 치환된 가장 기본적인 예는, 성서 자체가 문학적 기술의 성격을 약여하게 갖고 있다는 데 있다. 성서를 예언 문학, 묵시 문학, 지혜 문학 같은 호칭으로 부른다든지 「시편」, 「잠언」, 「전도서」, 「아가」 등이 노랫말의 운율로 되어 있다든지 「룻기」, 「에스더」가 단편소설의 형식적 특성을 그대로 구비하고 있다든지 하는 사실이 그에 대한 반증이 된다. 옥스퍼드대학교의 제임스 바 교수는 "성서 연구에서도 신학적, 역사적, 문서적 연구 외에 미적, 문학적 연구가 수행되어야 한다."라고 주장했고 영국의 문인 C. S. 루이스는 인간을 '수륙 양서의 동물'이라 정의하면서 "성서는 지상의 육신과 영적 피안을 아울러서 있을 수 있는 모든 인간 체험을 다룬다."라고 설명했다.

그러나 우리가 기독교 사상의 문학적 변용이라는 명제를 구체적인 작품에 적용할 때, 그처럼 직설적인 교의의 발화를 모두 수긍할 수 있는 것은 아니다. 성서에 기술된 문면에 기울어져 그 범주 자체를 신성시하는 태도가 우세하다면, 그것은 '종교로서의 문학'일 뿐 '문학의 종교적 경향'이 아니기 때문이다. 따라서 종교적 체험이 심화되어 어떤 유의미한 단계를 형성하고 있다 해도, 그것이 스스로의 문학성을 고양하여 작품의 미학적 가치를 담보하는 데까지 나아가야 하는 것이다. C. I. 글릭스버그가 『문학과 종교』에서 "교의는 진정한 시에서는 그 모습을 나타내지 말아야 한다. 혹 나타낸다 하더라도 교의로서가 아니라 순수한 환상이어야한다."라고 내세운 논리는 이 대목을 잘 말해 준다.

천주교 200여 년, 개신교 100여 년의 역사를 배경으로 한 한국의 기독교 문학은 개화기 이후 구조화된 윤리와 인습의 각질을 벗어나려는 계몽주의의 수단으로, 일제강점기 피압박 민족으로서의 저항 및 자립 운동에 효율적인 버팀목으로 수용되는 과정을 보였다. 또 그 이후의 곤고한시대사를 거치면서 개인적 신앙의 고백에서부터 사회사적 관점의 표출에 이르기까지 다양한 반응 양상을 보여 왔다. 근자에 이르러서는 기독교에 대한 부정적 인식을 드러내는 작품들도 적잖이 눈에 띄고 있다.

기독교 문학, 기독교 사상이나 의식을 그 바탕에 둔 문학은 포괄적 의미에 있어서 종교문학이다. 종교적 인자가 문학의 예술성을 부축해 주고, 문학이 종교적 교리를 평이한 해석의 차원으로 끌어낼 수 있을 때, 우리는 그 조화로운 만남을 통해 탁발한 종교 소재의 문학작품을 얻게될 것이다. 그러할 때 한국문학의 주요한 단처로 지적되는 '사상을 담은문학의 부재'라는 문제가, 기독교 사상 및 의식을 조력자로 하여 새로운변환의 계기를 마련할 수도 있다고 본다. 괴테의 독일 문학이나 도스토옙스키의 러시아 문학이, 기법은 후진하고 사상이 범람하던 시기의 그'사상'을 동력원으로 세계문학의 중심부에 진입할 수 있었음을 환기할필요가 있다. (지금까지의 논의는 이 글의 전개에 필요하여, 필자의 평론집 『문학의 숲과나무』(민음사, 2002)에서 일부를 가져왔다.)

종교와 문학, 기독교 사상과 문학이라는 개념을 요체로 하여, 필자는지금까지 꽤 여러 편의 작가·작품론을 썼다. 개화기의 천주 가사, 김현승 시의 변모 양상, 김달진 시에 나타난 종교성의 두 면모, 만해 문학의 서사성, 김동리·유재용·이승우 소설에 나타난 기독교 의식 등이 그 세 항에 해당한다. 이 작가 및 작품들을 통해, 기독교 또는 불교 소재의 문학이 종교성과 문학성의 두 축을 작품 내부의 씨줄과 날줄로 하여 어떻게 하나의 완결된 직조물을 생산하는가에 주목했다. 그 상호 교차의 지점과 이음매들이 정교하고 원숙할수록 작품의 미학성이 돋보이는 것은 납득할 만한 일이다.

이 글은 조병화 시에 나타난 기독교 의식을 해명해 달라는 기획 의도에 따를 것이다. 크게는 '조병화 시의 철학성과 현대적 의의'라는 주제 아래, 다른 소주제들이 함께 연구되는 체계 아래에 있다. 기획이 보람 있고 글이 모양을 갖추자면, 당연히 조병화 시의 기저에 기독교 의식이 일정한 수준과 분량으로 잠복해 있어야 마땅하다. 그러하다면 종교문학의 외양을 가진 기독교 소재의, 기독교 의식의 시를 탐색하는 것이 합당한 노력이 된다. 하지만 주지하는 바와 같이 조병화 시인은 기독교인이 아니었고 기독교 의식으로 세상을 살지도 않았다.

그렇다면 이 글은 그 바탕에서부터 미리 예비된 한계를 가지고 출발할 수밖에 없다. 다시 말해 조병화 시의 기독교 사상이나 기독교 의식의 추출이라는 과제가, 종교문학의 구성 요소가 되는 '종교'와 '문학'이라는 두 인자의 탄력적인 접점에서 비롯되지 못하고 일반적인 기독교적 성향의 모색이라는 지점에서 시작되어야 한다는 것이다. 기실 기독교의 박애주의나 사랑과 용서, 화해의 정신이란 어느 작품에서나 발견될 수 있는 터이다. 다만 조병화 시가 가진 보편적인 인간애, 인간이 가진 순수 고독과 허무, 지속적인 자기 성찰 등이 기독교 의식과 소통될 수 있는 여러 측면을 가지고 있기에 이 글은 그 방향성을 따라 진척될 예정이다.

조병화 시인은 1949년 첫 시집 『버리고 싶은 유산』 이래 2002년 마지막 시집 『남은 세월의 이삭』까지 52권의 시집을 간행했고, 2005년 유고

집『넘을 수 없는 세월』을 포함하여 모두 53권의 시집을 남겼다. 한 시인이 창작한 시의 분량으로서는 보기 드문 다작이다. 여기에서는 각 시집의 발간 순서를 따라 기독교 의식을 보여 주는 시편들을 살펴보면서, 그것이 어떤 경향과 의미를 갖고 있는지를 검증해 보려 한다.

인본적 신관(神觀)과 종교 지향성의 거리

모두 53권의 시집에 이르는 방대한 조병화의 시 세계에서, 기독교 의식의 발아를 엿볼 수 있는 지점은 제4시집『인간고도』(1954)에 실려 있는 「회상의 계단」이란 시편에서부터이다.

> 신이여
> 당신의 것인 생명이 가랑잎처럼 매달린 가슴을
> 이렇게
> 구멍진 낙타 외피에 싸고
> 53년
> 광란한 야경에 서서
> 푸른 회상의 계단을 서서히 내가 오른다
>
> ─「회상의 계단」 부분

여기에서 시인은 처음으로 육성을 발하여 신을 부른다. 기독교에서 종교적 소통의 첫걸음은 절대자의 명호를 부르며 피조물의 존재를 고백하는 일이다. '스스로 계시는 하나님'이 처음으로 인간과 만나는 인격적인 이름이 '여호와'이다. 그런데 소병화의 인생 여정에서 김현승이나 구상이 만나는 실체적인 신이 부재하는 형편이고 보면, 신을 부르는 한마디의 언사는 단순 소박한 범신론적 차원에서 출발한다. 1953년, 3년의 전쟁을 겪은 '매몰한 육체'와 '방황하는 혼백'들이 '검은 다리를 멈추는' 푸른 회상의 계단은, 그 전쟁의 질곡을 넘어 영혼의 인식을 탐색하는 시정신을 드러낸다.

그의 신성 지향이 다시 시의 문면으로 부상하는 지점은 제5시집 『사랑이 가기 전에』(1955)에 실린 시 「나에게 잃어버릴 것을」에 이르러서이다.

이제 돌아갈 것을 돌아가게 하여 주시고
총총히 서 있는
잎 떨어진 나무 수리를 지나는 바람에도

생명을 알알이 감지할 수 있는
소리 없는 가을을 나에게 주십시오

기름진 미운 얼굴을 거두고
기도를 올린다는 것은 얼마나 어려운 일입니까

우수수 세월이 지나가는 나의 자리
검은 수림처럼 그대를 말없이

잃어버릴 것을 잃어버리게 하여 주시고
나에게 남을 것을 남게 하여 주십시오

　　　　　　　　　　　　　──「나에게 잃어버릴 것을」 부분

마치 릴케의 「가을날」을 읽는 것 같다. 기도는 범상한 인간이 신과 교통할 수 있는 유일한 수단이다. 그러므로 신앙의 절대자 지향성은 순복의 자세로 신에게 기도하는 행위로부터 말미암는다. 시인은 이제 기도의 형식을 익혔다. 삶의 분별과 생명에의 외경, 그리고 깨우침과 화해의 소망을 시에 담았다. 이 시인이 인간의 영혼에 대한 감각을 보유하고 신을 부르고 기도를 올린다면, 외형적으로는 종교적 구도자의 기본을 갖춘 것이다. 그러나 그에게 서양 문명이 그 수혜자 일반에게 공여한 종교적 '세례'는 주어지지 않았다. 이 대목이 그가 기독교 소재의 시를 쓰고 기독교 의식을 도입한다 할지라도 진정한 기독교적 종교성의 시인이 되기 어려운 분기점을 형성한다.

그러한 심층적 논의는, 기실 조병화의 시 세계 전반을 통독하고 나서 거둘 수 있는 후감이다. 그렇게 정초되는 포괄적 의미망은 미상불 당시의 시인 자신도 예측할 수 없는 것이었다. 사정이 어떠하든 간에 시인은 제12시집 『쓸개포도의 비가』(1963)에 도달하자 시집 전편에 걸쳐 아예 성서의 구절들을 맨얼굴로 만나면서 성서 해석의 시를 쓰기 시작한다. 아마도 이때가 시인에게는 기독교 의식에 가장 깊이 침윤한 시기였을 것이다.

　　죽은 자처럼 네 곁에 있으리
　　죽은 자처럼 네 곁을 지나리

　　살아 있으면서
　　입을 열지 않고

　　죽은 자처럼 네 곁에 있으리

죽은 자처럼 네 곁을 지나리

살아 있기 때문에
살아 있기 때문에

—「산 자, 죽은 자」 전문

솔로몬이 쓴 전도서 제9장 "무릇 산 자는 죽을 줄을 알되 죽은 자는
아무것도 모르며……"를 모태로 쓴 시다. 생명현상을 넘어가는 일은 종
교를 종교이게 하는 핵심적 요소이다. 그 삶과 죽음의 경계선에서 솔로
몬이 보았던 것은 산 자의 허무인데, 조병화가 인식하고 있는 것은 산 자
의 존재 증명이다. 이 시집에 등장하는 사랑, 노염, 지혜자 등의 핵심어
들이 이후 조병화 시의 특화를 이루는 동어반복의 언어 운용에 실려 시
집 한 권의 부피를 형성한다. 시력 10여 년의 과정을 거친 시인이, 시집
한 권 모두를 성서 해석으로 채운 사례는 결코 간략하게 요약하기 어렵
다. 거기에 시인의 종교적 세계관이 어떻게 얼마나 확장되어 있는가를
가늠할 수 있는 근거가 숨어 있기 때문이다. 그의 시가 기독교 신앙으로
충일해 있지 않다 해도 그와 관련된 검토를 게을리할 수 없는 이유이다.
　조병화의 시를 통시적으로 고찰해 볼 때, 다시 기독교의 종교성 문제
가 수면 위로 부상하는 시점은 『쓸개포도의 비가』로부터 27년이 지난
제34시집 『후회 없는 고독』(1990)에 이르러서이다. 이때 시인의 연륜은
고희(古稀)를 지나 있었다. 이를테면 인간으로서 혈기 방장하고 시인으로
서의 움직임이 역동적이던 시기의 그는 기독교 종교성의 문제에 눈길을
던지지 않았다. 그 이전의 시편들, 「2천년 고도 톨레도」(제26시집 『머나먼 약
속』, 1983)나, 「나는 지금까지」(제27시집 『나귀의 눈물』, 1985)에서처럼 기독교
에 대한 부정적 입장을 드러내거나, 「종교문답」(제29시집 『해가 뜨고 해가 지

고』, 1985), 「입원일기 ─ 빈 자리」 및 「이승과 저승」(제30시집 『외로운 혼자들』, 1987)에서처럼 여러 종교를 동시에 언급하는 범신론적 태도를 보이고 있었다. 그리고 마침내 「사라예보」(제33시집 『지나가는 길에』, 1989)에서 "나는 영혼은 믿지만 종교는 믿지 않는다."라고 자신의 복합적 종교관을 언표했다.

이는 앞서 「어느 회신」(제25시집 『안개로 가는 길』, 1981)에서, '시인은 그 생생한 스스로의 종교를 써야' 한다고 밝혔던 대목과 전혀 다르지 않다. 이 시절의 조병화는 기독교라는 특정 종교는 물론 모든 종교와 사상을 자기 구원을 향한 존재론적 방안으로 인식하고 있었을 뿐이며, 그러기에 모든 종교가 동일한 의식의 지평 위에 놓여 있는 상황을 연출한다. 그에게 종교는 인도주의, 생태주의, 평화주의 등 사회적 운동과 별반 차이가 없었다. 시를 쓰는 행위, 그를 통해 스스로의 사상을 세우는 것이 그의 종교였던 셈이다.

고희는 그 어의(語義)대로 예로부터 드문, 만만찮은 인생의 연륜이다. 세상을 바라보는 원숙한 시선, 자신의 내면을 바라보는 깊이 있는 성찰은, 시인 조병화로 하여금 보다 겸허한 마음의 자리에서 신과 인간, 신과 자신의 관계를 두고 거리 재기를 시도하게 한다.

나의 고독은 나의 철학이지만
아직 도통을 하지 못하고 있다

혼자를 견딜 만한 인내도 없고
그걸 견딜 만한 힘도 없고
그저 철없는 어린이처럼 외롭기만 하다

(중략)

고독은 나의 철학,
종교로 가는 나의 길이지만

—「나의 고독은」 부분

모기의 생명이나 인간의 생명이나
무어가 다르냐
같은 조물주의 입김이 아닌가

그러나 모기엔 인간이 지니고 있는 영혼이 없다

—「모기」 부분

시인에게 있어 '종교'나 '조물주'는 절대적 존재일 수 있으나, 그 무소불위의 힘이 시인 자신에게 실제적 영향력을 공여하지는 않는다. 요컨대 그가 상정하고 있는 신은 자신의 삶에 개입하고 간섭하는 인격적 형용을 갖지 않는다. 그의 신은 자신의 시 세계 전반을 관류하는 '고독'의 다른 이름이거나, 모기와 인간의 생명을 동일하게 창조한 객관적 존재이다. 시인은 신이 인간에게만 '영혼'을 허락했다고 발화하지 않고, 단지 인간이 영혼을 가졌으므로 동물과 생명력의 차원이 다르다고 강변한다. 이 미묘한 인식 공간의 분할, 신과의 거리 재기는 1900년대, 곧 20세기 말에 생산된 그의 시 세계를 관통한다.

익히 알려진 대로 시인 조병화에게는 종교적 차원으로까지 승화된 존재로 '어머니'가 있다. 그의 묘비에는 "어머님 심부름으로 이 세상에 나왔다가 이제 어머님 심부름 다 마치고 어머님께 돌아왔습니다"라는 자필의 문안이 새겨져 있다. 그의 시집 『어머니』는 1973년에 상재되었다. 경희대학교에 함께 재직한 번역가이자 신부(神父)인 케빈 오록 교수의 고향 '애란(愛蘭, 아일랜드)'을 찾아가 쓴 시가 「해후」(제35시집 『찾아가야 할 길』, 1991)이다. 그는 이 시에서도 '천주의 아들로서의 현존'과 '어머님이 가신 그 길'을 동일선상에 병렬했다. 그의 고독과 영혼과 어머니는 서로 외형적 형상이 다를 뿐 내면에 있어서는 동어반복의 모티프를 가진 개념들이다.

그러나 인간의 의지가 결부된 온갖 경물에 초월적이며 동어반복적인 존재성을 부여하던 그의 시심이 종교의식의 막중한 무게를 모두 견뎌 내기는 어려웠을 것이다. 김현승이 '견고한 고독'이나 '절대 고독'의 단계를 지나며 신에게의 복속을 예비했던 것은, 신의 전능에 대한 외경심을 끝내 저버리지 못했기 때문이었다. 절대고독 절대허무의 시인, 감성의 극단을 배회하는 조병화에게 '이 미지의 불안, 경외의 감각'이 무딜 리가 없다. 더욱이 세상사의 이치를 주지하는, 칠순을 모두 채운 연륜에 이르러서야 더 말할 나위도 없겠다.

나의 작은 영원은
나에게서 끝이 나겠지만
이 광대무변한 영원은 어디서 끝이 나랴

이 광대무변한 영원 속에서
나의 영원은
실로 보일까, 말까 한 먼지로 떠돌다가

(중략)

이제 이 이승에서의 마지막,
이별의 장소로 여겨지는 지금 이 저녁노을

가을의 잎새들이 붉게 물들어가며
한 잎, 두 잎, 맥없이 떨어져가는 나무 아래서
나의 영원도 끝나려 하니

                                          ──「나의 영원은」 부분

참으로 우리만이 있었던 험한 산길
꿈만 같은 이승에서
저승은 이렇게 영원한 것이 아닌가,
그 빙원을 생각하고 있었습니다

우주라는 이루 헤아릴 수 없는 공간과
무궁한 시간 속에서

                                          ──「영원」 부분

  이 두 시편에서 보이는 '영원'은 일찍이 파스칼이 『팡세』에서 "이 우
주의 무한한 침묵은 나를 두렵게 한다."라고 말하던 바로 그 심연의 존
재론적 인식에 해당한다. 저녁노을이 비친 가을 잎새에서 자신의 생애
가 가진 협소한 한계를 바라보는 시인, 험한 산길을 차로 넘으며 이승과
저승 사이의 순간적인 시간을 생각하는 시인이 거기에 있다. 이러할 때
시인의 종교적 의식은 신의 이름을 부르지 않고 있을 뿐, 그 존재 자체를
부인하지 못한다. 만약에 그렇지 않다면 그에게서 두려움도 회한도 또
이처럼 절박한 시도 설 땅을 얻지 못했을 것이다.

오, 9월이여
가을의 높은 기별이여
기도하는 자들에게 너그러움을 내려 주소서

모진 그 태풍도 사라져가고
남은 우리들에게
피서지의 가을 같은 가을이 온다

——「가을의 기별」 부분

꽃은 조물주가 사람에게
'존재의 위안'으로
먼 별밭에서 내려주신 사랑

꽃으로 하여 이 세상은
눈을 뜨며
사랑을 호흡하옵니다

——「꽃」 부분

　　이 두 시는 1992년에 나온 제38시집 『다는 갈 수 없는 세월』에 실려 있다. 계절이 변환하는 곳에서 기도하는 자들에게 너그러움을 내려 줄 수 있는 신, 사람에게 존재의 위안으로 먼 별밭으로부터 꽃을 내려 줄 수 있는 신이 드디어 그의 시적 의미망 속으로 진입했다. 그는 마침내 신에게 내어줄 자리를 마련하고 직접적인 명호를 사용하진 않았으나 신의 이름을 불렀다. 비록 그 육성이 신성에 대한 종교적 경배에 이르지 못했다 할지라도, 단순한 인식의 자리와 실질적 호명의 자리는 매우 차원이 다르다. 이렇게 신에 근접하는 시적 행위와, 여전히 그의 세계에 관습화되어 있는 인본주의적 신관(神觀) 사이에 이 시인의 종교의식이 서식한다.

　이 땅에서 신을 믿는 모든 사람들에게 공통된 신앙의 방정식은 신을 부르며 그 전지성에 반사하여 자신의 단처나 치부를 드러내는 아주 단순한 수식(數式)에서 출발한다.

> 나는 당신의 푸른 초원에 가물거리는
> 예정된 해후의 아지랑이
>
> 피어올라도 피어올라도
> 다는 채울 수 없는 푸른 초원
> 당신은 끝이 보이지 않는 나의 하늘이옵니다
>
> ——「예약된 인연」부분

　이 '당신'이 '나의 하늘'임을 진정성 있게 수긍할 때, 시인은, 아니 모든 고백의 사람들은 분주해진다.「나의 사랑, 하나」,「나의 사랑, 둘」,「나의 사랑, 셋」,「나의 사랑, 넷」(제39시집 『잠 잃은 밤에』, 1993) 같은 시편들은 모두 일상 가운데 있는 여러 절목을 동원하여 부끄럽게 살아온 자신의 삶을 반성하고 있다. 이 반성 또는 회개를 거쳐 인간이 신성의 제례에 참여할 수 있고, 그 과정이 신에 대한 감사로 치환되는 기독교 신앙의 범례가 조병화 시에 깃들고 있는 셈이다.

> 우리의 사랑은 맑은 공기처럼
> 긴 세월을 서서히
> 살아가는 맑은 호흡이옵니다

고요히 흘러가는 세월에
고요히 흘러가는 사랑,
시가 되고, 수필이 되고, 그림이 되고,
예술이 되는 맑은 호흡,

아, 조물주여 감사합니다

산다는 것은 사랑하는 것이요,
생각하는 것이요,
새로움을 찾아가는 것이요,
내일을 찾아가는 것이요,

이렇게 우리의 사랑은
하루하루를 즐겁게 이겨가는
맑은 공기이며, 맑은 호흡이옵니다.

──「우리의 사랑은」 전문

　　이렇게 '감사'와 '사랑'을 조물주에게 바칠 수 있다면, 시적 화자가 적
어도 포즈로서는 신앙적 자세를 제대로 가다듬었다 할 수 있다. 거기에
서 한 걸음 더 나아가면, 신의 권능은 무한하고 자신의 입지는 궁벽하다
는 사실을 마음의 중심에서 기꺼이 토로할 수 있게 된다. 1994년에 나온
제41시집 『내일로 가는 밤길에서』에 실려 있는 시 「당신은 수시로」에서
는 신의 권능에 대한 고백이 담겨 있다. 여기에서의 신은, 수시로, '나'를
비참하게도 만들고 황홀하게도 만든다. 무력과 생기, 무정과 다정, 견디
기 어려운 긴 밤과 빛나는 맑은 아침이 모두 신의 양면적 모습이다.

이를 성서 「로마서」의 비유로 전화하면, 그 양면을 주관하는 토기장이 앞에서 인간은 그저 토기일 뿐이다. 하지만 근본적으로 인간중심주의의 사상으로 무장해 있던 조병화의 시 세계가, 김현승이나 구상이 그러했듯이 오체투지 순종의 행로를 걸어가기란 당초부터 무망한 노릇이었다. 종교적 의식이 심화되는 만큼 일상성의 감성도 활성화되고, 이 양자는 조병화 시에 긴장과 탄력을 부여하는 양질의 구성 요소로 기능한다.

> 지구가 보이지 않을 정도로 오르면
> 천국이 있으려나
> 있다 해도 어찌, 그곳까지 오르리
> 이 무거운 업보로
>
> 훨훨 버려도
> 다는 버릴 수 없는
> 인간의 이 외로움
> 그것에 묶여서 나는 아직도 이곳을 돕니다
>
> 이곳은 지상 몇 층이나 될는지
> 까마득히 내려다보이는
> 사람의 세계,
>
> 지구가 보이지 않는 정도로 오르면
> 천국이 있을는지
>
> ──「옥상으로 오르며」 전문

인간의 탑인 옥상으로 올라가면서 지상과 천국 사이의 거리를 가늠하는 시적 화자는 진지한 자기 성찰의 공간을 구성한다. 인간으로서의 업보, 외로움에 묶여 있을수록 천국의 계단은 높아 보이겠지만 그 업보가 있고서야 천국의 의미가 실감을 더한다. 1996년 제43시집 『서로 따로 따로』에 실린 「약한 인간이기 때문에」에서는 그 상거가 명료하기 때문에 오히려 '운명의 신'에게 드리는 기도가 절실해진다. 같은 시집의 「내가 이곳까지 온 것은」에서는 '당신이 있는 곳까지'가 너무나 멀기 때문에 '내가 이곳까지 와서 머뭇거리고 있다'고 진술한다.

만년의 시편, 성숙한 '숨은 신'의 세계

기독교 신앙의 근원에는 신이 인간을 창조했고 인간은 신의 피조물이므로 그 뜻에 순종하는 것이 축복된 삶이라는 전제가 확립되어 있다. 앞서 언급한 바와 같이 '여호와'는 신이 인간과 인격적 관계를 맺기 시작한 이후의 이름이며, 따라서 신과 인간의 건강한 관계는 '아버지'와 '자녀'의 관계로 설정되는 것이 온당한 구도이다. 조병화 시인의 시적 경향과 종교의식을 두고 살펴볼 때, 자신을 '당신의 아들'이라 명문화하는 것은 매우 진전된 전방 지점을 표시하는 일에 해당된다.

운명 앞에 서 있습니다
더 가혹한 날의 그 운명을 얘기하면서
당신 앞에 말없이 서 있습니다

운명 앞에 긴장을 하고 있습니다

더 비통할 그날의 운명을 예감하면서
당신 앞에 엄숙히 서 있습니다

아, 다가오는 그 나날을 이렇게
그날의 운명의 모습을 그리면서
당신 앞에 나를 텅 비워 놓고 있습니다

나는 이렇게 걷잡을 수 없이 약한
당신의 아들인 것을

　　　　　　　　　　　　　　　　　　—「운명」 전문

　1997년의 제46시집 『황혼의 노래』 서두 부분 표제작 「황혼의 노래」
에서는 긴 호흡으로 신을 '당신'이라 부르며, 신과 자신의 관계에 대한
여러 방향의 조명을 수행한다. 그러나 우리가 여기에서 이미 살펴본 대
로 그가 펼쳐 놓은 신의 영역은 기독교의 절대자에 한정되지 않고 석가,
공자, 소크라테스에 미치며 더 멀리는 자신의 어머니에까지 확장된다.
이 때문에 보다 정확하게 말하자면 그의 종교의식은 범신론적 다원주의
가 되고 만다. 더 엄밀히 말하자면, 이 범신론의 의식은 궁극적으로 인본
주의의 소산이거나 무신론자의 별칭이 되고 마는 것이다. 그것이 조병화
의 시 세계가 가진 종교의식 형상이요 특성이며 일종의 한계이다.
　여기에서 한 가지 더 중요하게 짚어 두어야 할 논점이 있다. 종교적 범
신론의 수용은 불교에서는 대체로 관대하고 천주교는 지나치게 야박하
지 않은 편이나 개신교에서는 신앙의 성립을 판정하는 첫 번째 항목이라
는 점이다. 종교학에서 불교를 상향 종교요 보편타당성의 종교로, 기독
교를 하향 종교요 절대 타당성의 종교로 구분하는 것은 바로 그러한 이

유에서이다. 기독교의 십계명은 "제일은 너는 나 외에는 다른 신을 네게 두지 말라"로 시작한다. 그러기에 범박한 차원의 기독교 의식으로는 조병화의 시가 신과 인간의 존재론적 위상을 지속적으로 탐문하는 형식을 갖고 있으나, 기독교 원론주의에 입각해 볼 때는 그 신앙의 핵심에 육박하지 못했다는 평가가 도출되는 것이다.

그럼에도 불구하고 시인 조병화는, 그의 시작(詩作) 마지막 단계에 이르기까지 끊임없이 신적인 신성, 종교적 믿음의 지경에 자신을 투척하는 오랜 관행을 포기하지 않는다. 신과 시인의 상관성이 그러한 만큼, 그 상황을 일목요연하게 정돈한 시가 2000년의 제50시집『고요한 귀향』가운데 있다.

> 신과 사람은 기도로 이어지며
> 사람과 사람은 사랑으로 이어진다
>
> 그리고 너와 나는 그리움으로 이어지며
> 기도와 사랑, 그 세월로 이어진다
>
> ──「신과 사람은」 전문

이 짧은 시의 문면만으로 보면, '기도'의 공간과 '사랑'의 공간이 각기 신과 사람의 영역으로 잘 분별되어 있다. 실제로 기독교에서 신과 인간의 관계만큼 사람과 사람의 관계가 소중하다고 보고, 앞선 관계가 이루는 수직의 축과 다음 관계가 이루는 수평의 축이 교차하는 그 자리, 곧 십자가에서 예수의 희생이 있었다고 본다면, 인간 상호 간의 관계가 결코 소홀할 수 없는 요목이 된다. 이 양자는 기독교 원론주의의 선험적 인식 아래 베풀어진 실천 항목이요, 농시에 구약의 시대에서 신약의 시대로 넘어가는 분기점을 이룬다.

　다만 조병화의 시는 그 외양이 어떠하든 간에 수평의 축에 무게중심을 두고 수직의 축을 계측하는 방향성, 기독교 원론주의의 시각으로 볼 때는 전도된 방향성을 가지고 있는 형국이 된다. 그러니까 20세기 말경인 1999년, 강력한 태풍이 몰아쳤을 때 신은 숨어 있는 존재가 된다.

　　강한 사람이나 믿는 사람이나
　　목소리 높은 사람이나 목소리 낮은 사람이나
　　다스리는 사람이나 다스림을 받는 사람이나
　　속수무책,
　　도도히 흐르는 흙탕물결 일색이어라

　　아, 아무렇지도 않아 보이던
　　저 약한 것들이
　　이렇게 막강한 힘으로 들이닥치니
　　오, 신이여
　　당신은 어디에 숨어계십니까
　　　　　　　　　　　　　　　　　　―「약한 것들의 힘」 부분

　프랑스의 문예이론가 뤼시앵 골드만의 저서 『숨은 신』에서는 구약시대에 불기둥 구름 기둥으로 친히 이스라엘 백성을 인도하던 신이 신약시대에 와서는 구름 뒤로 숨어 버렸다고 기술한다. 구름 뒤에서 인간의 삶을 평가하고 판단하지만, 직접 개입하거나 간섭하지 않는 '숨은 신'이라는 의미이다. 그러한 신의 모양은 지금 여기에서 시인이 보고 있는 모양과 동일하다. 하지만 기독교 원론주의에 있어서 구약의 신과 신약의 신은 서로 변별되는 다른 존재가 아니며, 이는 골드만 또는 조병화의 사유와 전혀 다른 논리적 토대 위에 서 있는 것이 된다.

말년의 조병화에게 신은, 누구에게나 그러하겠지만, 의지하고 위안을 받을 대상으로 점진적으로 변모해 간다. 시인은 병든 세상에서 신을 찾고(「어느 나그네의 예언」, 제50시집『고요한 귀향』, 2000), 분단 현실에서 신을 찾고(「신의 존재를」, 앞의 시집), 곤충의 신음에서 신을 찾는다.(「곤충들의 신음 소리」, 앞의 시집) 순진하고 정직한 자의 고난을 기록한 욥기를 읽는가 하면(「욥기를 다시 읽으며」, 제51시집, 『세월의 이삭』, 2001), 기독교 공원묘지를 관조하면서(「어느 기독교 공원묘지」, 제52시집, 『남은 세월의 이삭』, 2002), 보다 수준 있는 신앙적 세계관의 성숙을 보여 준다. 2005년에 나온 유고 시집『넘을 수 없는 세월』에 실린 「하늘에도 사다리가」에는 그 입체적 변모의 결과가 잘 드러나 있다.

> 하늘에도 반드시 사다리가 있어
>
> 하늘에도 사람의 눈으로 보이지 않는
> 긴 사다리가 내려져 있어
>
> 그러기에 이 세상에서 착한 일 많이 한 사람에겐
> 그 사다리가 잘 보여서 하늘로 가지
> 평생을 하늘님의 말 잘 들은 사람에겐
> 그 사다리가 잘 보여서 하늘을 오를 수 있지
> 일생을 부지런히 하늘님의 심부름 잘한 사람에겐
> 그 사다리가 잘 보여서 하늘로 올라가지
>
> ──「하늘에도 사다리가」 부분

조병화의 '하늘님'은 그가 이 시를 쓴 2002년 8월로부터 7개월 뒤에 그를 하늘로 불렀다. 그는 과연 어떤 사다리를 타고 그 길을 갔을까. 그리고 그의 일생을 끌어안고 있는 53권의 시집 가운데 여러 형상으로 숨어 있던 신은 80년의 생을 마감한 그의 다음 세상을 어떻게 열어 주었을까. 아무도 모를 일이다. 또한 그것을 아는 것은 시의 본분이 아니라 종교의 책무일 뿐이다.

1970년대를 풍미한 시인 김지하가, 1960년대 우리 시의 한 획을 그은 시인 김수영을 비판하면서 쓴 1970년의 이름 있는 평문 「풍자냐 자살이냐」에는, 그 방법론에 있어 조병화의 기독교 의식을 판단하게 하는 유의미한 비교의 구조가 있다. 김지하는 김수영이 민중을 희화화하며 언어 파괴와 폭력을 통해 풍자시의 한 수범을 이루었으나, 그 풍자의 방향성이 지배 계층을 향하지 않고 민중 자신을 향하고 있으므로 이를 비판적으로 계승해야 한다고 주장했다. 그리고 그 이유로써 김수영 자신이 민중으로 살지 않았기 때문이라는 진단을 제기했다.

조병화의 시 또한 그렇다. 그의 기독교 의식이 그렇게 많은 빈도를 보이면서도 그 본질의 천정을 치지 못한 것은 그가 기독교인이 아니었기 때문이다. 그런 연유로 그의 시는 기독교 의식의 정화(精華)가 선사할 수 있는 새로운 개안(開眼)이나 관점의 승급을 도모하지 못했다. 그러나 생활 서정 또는 일상성의 시적 발현이라는 성향에 있어서, 그가 끝날까지 추구했던 종교적 인식의 문학적 형상화는 자신의 시가 사상성의 범주를 확장하고 예술성의 차원을 고양하는 소중한 실과들을 수확하게 했다.

여기에 해당하는 그의 시편들은 '기독교 시'는 아니라 할지라도 '기독교적 시'였다. 그의 시가 마련하고 있는 신의 보좌에 여러 유형의 신들이, 때로는 그의 어머니가 좌정하기도 했지만, 그에게 중요한 것은 그 보좌를 전제한 삶의 성실성이요 지속성이며 그에 대해 발설하는 간구의 표현이었다. 이와 같은 독특한 측면 때문에 기독교 의식을 배경에 둔 시인 조병화의 경우는, 한국 문학사에 있어 이 부분을 천착한 다른 시인들과의 친족 관계를 향후의 검토 과제로 남기고 있다.

한국의 인물과 역사를 담은 시 세계

— 고은의 삶과 문학

삶에 스며든 시, 시에 반영된 삶

고은(高銀)은 한국을 대표하는 시인 가운데 한 사람이다. 해마다 노벨 문학상 후보에 올라 한국인으로서는 최초로 수상 가능성을 높이고 있다. 그 이름은 유럽의 세계 문학 전집과 세계 시인 전집 목록에도 수록되어 있으며, 그의 작품은 영어, 프랑스, 스페인어 등 20여 개국의 언어로 번역되어 세계적으로 널리 읽히고 있다.

고은은 1933년 전북 군산에서 태어났으며, 한국이 일본 제국주의로부터 해방되던 1945년에는 12살의 나이였다. 그는 광복 직후 한국어로 되어 있는 교과서를 통해 처음으로 시를 만났다. 그 작품이 항일 저항시인인 이육사(李陸史)의 「광야(廣野)」였다. 일제에 맞서서 언제 도래할지 모르는 조국의 광복을 강한 정신주의로 노래한 이 작품은, 고은에게 큰 감동을 주어 스스로 시인이 되겠다는 생각을 갖게 했다.

1950년 한국전쟁이 일어났을 때, 고은은 아직 10대 후반의 어린 나이였다. 전쟁을 겪은 후에 창작 활동을 시작한 고은의 초기 시들은, 허무의 정서에 바탕을 두고 생에 대한 절망을 보여 준다. 이 시기의 시들은 한 젊은이의 삶에 대한 의지보다 죽음의 그림자를 더 짙게 드리우고 있으며, 시적 언어 또한 지나치게 탐미적이고 감상성을 벗어나지 못했다.

'아직 어린' 시인의 정서가 불안정한 것은 당연한 일이었다. 한국전쟁으로 한반도에서는 무려 500만 명의 사람이 죽었다. 슬픔과 고통과 탄식이 온 세상을 채웠으니, 그 폐허에서 희망을 찾기는 힘든 일이었다. 전쟁에서 살아남은 자로서의 죄의식이 그를 '죽음'의 문제에 매달리게 했고, 이 시적 경향은 1970년 11월 전태일(全泰壹)의 죽음에 이르기까지 지속적으로 그의 시를 지배한다.

이 무렵 그의 개인사를 잠깐 살펴보면, 1952년 혜초(慧超) 승려를 만나 불문으로 출가했으며 법명을 일초(一初)라 했다. 1958년 시인 조지훈(趙芝薰)의 도움으로 《현대시(現代詩)》에 「폐결핵(肺結核)」을 발표하면서 문단에 나왔으며, 1960년 첫 시집 『피안감성(彼岸感性)』을 발표했다. 1963년에는 다시 환속하여 본격적으로 시인의 길을 걸었다.

한국의 열악한 노동 현실에 온몸으로 문제를 제기하며 분신자살한 전태일 사건은, 한국 사회에 큰 경종이 되었고 그 여파의 하나로 시인 고은의 시 세계를 급격하게 변모시킨다. 마침내 고은은 시적 자아가 표방하던 허무감이나 자기혐오를 떨치고, 역사와 현실 앞에 자신의 시를 새롭게 세우기 시작한다. 동시대에 대한 비판적인 시각과 민중 중심의 역사관에 바탕을 두고, 시인은 정의롭지 못한 현재에 대해 격렬한 투쟁 의지를 불태운다.

당시의 비판적 지식인과 문인들이 모두 겪은 탄압의 결과로 고은 또한 구속되고 투옥되어 징역 20년을 선고받는다. 그것은 1980년 전두환 신군부 정권 때의 일이며, 그는 1982년 8·15 광복절 기념으로 가석방될 때까지 영어의 몸으로 감옥에 있었다. 이 곤고한 체험을 통해 그의 시는 다시 한 번 변모를 거친다. 세상을 바라보는 눈이 한결 유장해져 폭이 확대되고 깊이를 더하게 된다.

이때 감옥에서 구상하고 쓰기 시작한 연작시『만인보(萬人譜)』와 장시『백두산(白頭山)』이 고은의 대표작이다.『만인보』는 그 규모의 방대함과 시적 상상력의 포괄성이 돋보이는 작품이다. 한민족의 삶이 보여 주는 여러 모습을 시인이 만난 사람들의 실상을 통해 형상화하면서 시간과 공간의 제약을 내던져 버린 호방한 기개를 드러낸다. 그런가 하면『백두산』은 역사에 대한 그의 신념을 서사적으로 구성한 것이다.

고은은 1994년부터 그다음 해까지 14회에 걸쳐 월간지《문학사상(文學思想)》에 연재한 장시를 손질해『머나먼 길』을 펴냈다. 이 시집에는 한 마리 연어의 먼 여정을 통해 생성하고 소멸하는 역사에 대한 생각을 담았다. 이처럼 그는 한국인의 삶과 한국의 역사를 두고 대하 장시를 쓴 몇 안 되는 시인이다.

그러나 분량이 많고 부피가 큰 장시만이 그의 특장인 것은 아니다. 그는 삶의 여러 국면을 매우 간략하고 암시적으로 표현하는 단시에도 능하다. 그 시들은 이 글에서 다시 살펴보겠다. 이처럼 확장과 축약이 자유로운 그의 시는, 그가 살아온 인생 역정을 명료하게 반영한 거울과도 같다. 고은의 시에는 그렇게 한국인의 보편적 고뇌와 신산스러운 역사가 함께 담겨 있다.

유장한 흐름으로 도달한 시의 넓이와 깊이

1974년에 발간된 네 번째 시집『문의(文義)마을에 가서』의 표제작인

「문의마을에 가서」는, 모친상을 당한 신동문(辛東門) 시인의 고향인 충북 청원군(淸原郡)의 문의마을로 문상을 갔던 경험을 배경으로 한다. 이 시는 초기 시의 허무주의적 경향에서 벗어나, 시인의 역사적 책임을 인식하면서 민중적 각성으로 나아가는 시 세계의 전환점에 놓여 있다.

겨울 문의에 가서 보았다.
거기까지 닿은 길이
몇 갈래의 길과
가까스로 만나는 것을.
죽음은 죽음만큼 길이 적막하기를 바란다.
마른 소리로 한 번씩 귀를 닫고
길들은 저마다 추운 쪽으로 뻗는구나.
그러나 삶은 길에서 돌아가
잠든 마을에 재를 날리고
문득 팔짱을 끼어서
먼 산이 너무 가깝구나.
눈이여, 죽음을 덮고 또 무엇을 덮겠는가.

겨울 문의에 가서 보았다.
죽음이 삶을 껴안은 채
한 죽음을 받는 것을.
끝까지 사절하다가
죽음은 인기척을 듣고
저만큼 가서 뒤를 돌아다본다.
모든 것은 낮아서

이 세상에 눈이 내리고

아무리 돌을 던져도 죽음에 맞지 않는다.

겨울 문의여, 눈이 죽음을 덮고 또 무엇을 덮겠는가.

—「문의마을에 가서」 전문

시인이 문의마을에서 만난 죽음은 그가 젊은 시절에 그 무게를 감당하기 어려워하던 죽음이 아니다. 허무주의적 관점으로 보자면 죽음은 모든 것이 끝나는 상황을 의미한다. 그러나 이 시에 이르러 시인은, 죽음이 인간사의 피할 수 없는 전제에 해당하지만, 동시에 수많은 삶들과 연속되고 통합되어 있다는 인식으로 나아간다.

그래서 겨울 문의에서 보는 죽음의 길이 그와는 다른 삶의 몇 갈래 길과 '가까스로' 만나고 있다고 적었다. 이 미약한 불빛과도 같은 전망은, 그의 시가 역동적인 현실의 한가운데로 나아갈 준비가 되었음을 말해준다.

우리 모두 화살이 되어

온몸으로 가자.

허공 뚫고

온몸으로 가자.

가서는 돌아오지 말자.

박혀서

박힌 아픔과 함께 썩어서 돌아오지 말자.

우리 모두 숨 끊고 활시위를 떠나자.

몇 십 년 동안 가진 것,

몇 십 년 동안 누린 것,

몇 십 년 동안 쌓은 것,

행복이라든가

뭣이라든가

그런 것 다 넝마로 버리고

화살이 되어 온몸으로 가자.

허공이 소리친다.

허공 뚫고

온몸으로 가자.

저 캄캄한 대낮 과녁이 달려온다.

이윽고 과녁이 피 뿜으며 쓰러질 때 단 한 번

우리 모두 화살로 피를 흘리자.

돌아오지 말자.

돌아오지 말자.

오 화살 정의의 병사여 영령이여!

—「화살」전문

　이 시는 1970년대 박정희 정권의 독재정치에 맞서, 민주화를 쟁취하
고자 했던 시인의 결연한 의지를 나타내는 작품이다. 자신의 목숨을 걸
고 국가의 민주화 실현에 앞장섰던 사람들을 '화살'로 표현하고 있다. 이
시에 도달하면 과거 자기 침체에 빠져 망설이게 하던 그 우유부단함을
찾아보기 어렵다. 시가 시인의 사회적 선언이 되고, 그의 문학을 대표석

인 저항의 담화로 밀어 올리는 형국이 된다.

그날부터 소년 수레는
돌책을 한장 한장 넘겨갔다.
이로부터 석굴은
책 읽는 소리로 우렁우렁 차올랐다.

그날부터 소년이 한장 한장
무거운 책장을 넘길 때마다
이야기 하나하나가
무겁게 넘어갔다.
세상의 삶들
세상의 희로애락들
세상의 온갖 사연들
세상의 죽음들
세상의 온갖 유정(有情) 무정(無情)의 사연들
그 이슬 같은 이야기들 하나하나
그 구름 같은 이야기들 하나하나
그 꽃 같은
그 홍수 같은
그 태풍 같은
그 산들바람 같은
그 울음과 웃음 같은 이야기들 하나하나
덧없어라
덧없어라

그 덧없음으로 영원한 본성의 화신들 하나하나가
책장을 넘길 때마다
휘이휘이 넘어갔다.

차츰 돌책 책장이 가벼워졌다.
나비 날개
잠자리 날개
아 떨어지며 춤추는 잎새로 가벼웠다.

석굴에는 세상의 시간이 없었다.
가을인지 아닌지
눈보라 속
섬 전체가 절규하고 포효하고 통곡하는
그 겨울이 왔는지 갔는지
다음 해 봄이 와서
두메양귀비 꽃이 피었는지 졌는지
몇 해가 지났는지 몰랐다.

세상 밖에서는
한 해가 갔다.
한 해가 왔다.
백 년이 갔다.
백 년이 왔다.
천 년이 갔다.

그대로 하여금 이 세상의 낙조 가득히

이 세상의 길고 긴 이야기 다함 없으니

오늘 밤도 그대 따라가는

만인의 삶 이야기 삶과 죽음의 이야기 그칠 줄 모르리.

지금 세상 밖에는 온통 머리 푼 바람 속

영겁의 소년 수레여 다할 줄 모르는 영겁의 돌책이여 돌노래여 돌이야기

들이여.

—「그 석굴 소년」 부분

고은의 대표작 『만인보』의 마지막 작품이다. 1986년부터 발표하기 시작하여 2010년 30권으로 완간된 방대한 규모의 작품으로, 모두 4001편의 시가 수록되어 있다. 인용된 시는 낙조 속에서 태어나 버림받고 핍박받던 아이가, 끝없이 읽어야 할 책이 있는 석굴로 들어가 영겁의 시간을 보내는 이야기를 매설했다. 그렇게 끝이 없는 시인의 시에 대한 열정, 더 나아가 역사 속에서 문학의 영속성을 말하고자 했다.

『만인보』의 전체적 구성은 방만한 느낌을 주는 것이 사실이다. 하지만 총괄적으로 보면 각 시기별로 특정한 역사적 사건에 시인의 관찰과 표현이 집중적으로 작동하고 있음을 알 수 있다. 한국의 고대사에서 현대사에 이르기까지, 신분과 계층을 가리지 않고 이 땅에 존재했던 인물들이 시의 주인공으로 떠오른다. 그것은 객관적 서술로서의 역사와 달리, 몸과 혼이 살아 있는 인간을 대상으로 한 인간중심주의의 문학적 향연이다.

고은은 그 1권의 서문에서, 『만인보』가 "세상에 와서 알게 된 사람들

에 대한 노래의 결집"이며, "어린 시절의 환경과 온갖 편력의 지역, 동시대의 사회 그리고 이 땅의 역사와 산야에 잠겨 있는 세상을 하나의 현재 안에 동거시킨 작품"이라고 자평했다.

시인의 말처럼 총 30권의 시집을 일관하는 주제는 인물과 역사이다. 그 가운데는 그의 직접 또는 간접 체험이 함께 용해되어 있고, 이를 이처럼 수준 있고 큰 노적가리로 쌓아 올릴 수 있었기에 그가 한국을 대표하는 시인의 반열에 오를 수 있었다.

시인의 명성, 대표 시인의 책무

앞서 고은의 '장시'에 대비되는 '단시'에 대해 언급한 바 있다. 『만인보』와 같이 긴 호흡의 시가 갖는 장점이 있는 반면, 간명하지만 촌철살인의 시적 의미를 노출하는, 짧은 호흡의 시가 갖는 장점이 있다. 이 양자 사이에 가로놓인 어지러운 외나무다리를, 아무런 거리낌 없이 통행할 수 있는 시인이 고은이다.

지난 여름내
땡볕 불볕 놀아 밤에는 어둠 놀아
여기 새빨간 찔레 열매 몇 개 이룩함이여.

옳거니! 새벽까지 시린 귀뚜라미 울음소리
들으며 여물었나니.

—「열매 몇 개」 전문

찔레 열매 몇 개가 새빨갛게 여물기까지, 여름내 불볕더위를 지나고 밤의 어둠도 지나는 과정을 거쳤다. 그것이 어찌 열매 몇 개의 사정이겠는가. 항차 우리 인생도 조그마한 성과를 이루기 위해 그처럼 곤고한 나날을 지나오지 않을 수 없을 터이다. 그런데 문득 다음 연에서 새벽까지 귀가 시리도록 우는 귀뚜라미 울음소리를 가져다 둠으로써, 그동안의 시각 이미지에 산뜻한 청각 이미지를 더하고 있다. 시인은 열매 몇 개로 여러 국면의 인생 수업을 설파했다.

> 내려갈 때
> 보았네.
>
> 올라갈 때
> 보지 못한
>
> 그 꽃.

—「그 꽃」 전문

시 한 편의 전문(全文)이다. 이 짧은 시가 많은 생각을 하게 한다. 삶의 경륜이란 결국 이와 같은 자기 성찰과 깨달음의 경지를 말하는 것이 아닐까. 올라갈 때에는 마음도 바쁘고 몸도 분주하다. 아직 젊어서 황급하게 세상일을 도모할 때는 좌고우면(左顧右眄)할 겨를이 없다.

그러나 내려올 때는 다르다. 인생사의 한 고비를 넘어 그동안 소홀히 했거나 마음을 주지 못해 아쉬웠던 것들이 비로소 눈에 들어오기 시작한다. 때로는 후회와 반성이 뒤따르고, 자기 스스로를 포함한 모든 존재가 측은하게 느껴지기도 한다. 내려올 때에야 볼 수 있는 꽃이란, 바로 그러한 생각의 고백과 다르지 않다. 이 짧은 시 한 편에서 우리는 세월의 시적 축약을 목도한다.

이러한 수준과 경지를 지니고 있기에 고은이다. 한국문학에서 이 시인을 동시대를 대표하는 자리에 올려 두는 것은, 그의 문학이 축적한 분량이나 사회적 참여의식 때문만이 아니다. 미상불 그의 시는 언어의 결이 거칠고 투박하거나, 아니면 지나치게 의미를 시의 전면에 내세우는 경향이 있다. 예를 들어 조지훈의 「승무(僧舞)」에서 볼 수 있는 언어의 조탁(彫琢)이나 김영랑의 「끝없이 강물이 흐르네」에서 볼 수 있는 서정적 아름다움 같은 것은 고은의 시에서 찾아보기 힘들다.

그럼에도 불구하고 노벨상 시즌이 될 때마다 국내외의 여러 언론 매체들은 노벨 문학상을 받을 수 있는 한국의 시인으로서 고은을 언급한다. 한국문학 가운데서 그의 시가, 사회성·역사성과 문학성·예술성을 거멀못처럼 함께 결부하는 유력한 모범에 해당하기 때문이다. 고은이 서울대학교의 초빙교수가 되어 강연할 때, 그 의과대학 소아과의 김중곤 교수는 질문의 자리에서 다음과 같이 말했다. "솔직히 나는 고은이라는 시인을 잘 몰랐다. 그런데 해외여행 중 그리스의 아테네에서 스페인 여행자를 만났는데, 내가 한국에서 왔다고 하니 무척 반가워하더라. 그래서 어떻게 한국을 아느냐고 했더니, 고은 시인에 대해 묻더라. 그 먼 그리스에서 그것도 스페인 사람에게 고은에 대해 질문을 받을 것이라고는 상상도 못한 일이었다."

이러한 시인이 있다는 것은 한 국가의 자랑이요 자부심이 될 수 있다. 고은은 특히 북유럽에서 높은 평가를 받고 있다. 필자가 보기에는, 그가 노벨 문학상을 받게 된다면 물론 좋은 일이지만, 그렇지 않더라도 한 시대를 풍미한 뛰어난 시인으로서의 명성이 결코 퇴색하지 않을 것이다. 여기에 이르기까지 그의 삶은, 어쩌면 종교인이 스스로의 신앙을 위해

순교(殉敎)를 불사하는 경우처럼, 시에 온 생명을 바친 순시(殉詩)의 정열로 점철된 것이 아니었을까.

한국을 대표하는 시인이요 세계에 널리 알려진 시인 고은은, 그 이름을 기뻐하며 즐거워하기보다는 더 무거운 책임과 사명감의 짐을 지고 있을 것이다. 그의 시를 읽고 찬사를 보내는 사람들은, 시가 그러한 만큼 시인의 삶도 동시대 사람들의 본보기가 될 것을 요구한다. 동시에 그가 아직 육필의 시를 쓰고 있는 현역 시인인 까닭으로, 그가 아니면 쓸 수 없는 원숙한 세계관의 시를 지속적으로 보여 주어야 한다.

한 시대와 한 국가의 대표 격이 되는 인물로서, 그것은 하나의 기쁨이요 고통이면서 끝내 벗어날 수 없는 숙명이기도 하다. 80여 년 생애를 일관하여 시와 더불어 살아온 이 노(老) 시인의 시 세계를 일관하여 훑어보면, 아하, 거기 한 인간이 이를 수 있고 또 이를 수 없는 삼라만상의 이치가 보석처럼 빛나고 있음을 깨닫게 된다.

한국 모더니즘 시학의 새로운 지평

―― 문덕수의 생애와 문학

마산이 육영(育英)한 시인, 시론가

다도해의 푸른 물결이 출렁거리는 '내 고향 남쪽 바다' 마산은, 근대화의 선두에 선 산업 기지이자 근대 의식의 민주화를 선도한 각성의 땅이다. 그 빛나는 저항 정신은, 오늘날 이 나라 국민들로 하여금 그 삶의 방향성을 올곧은 방향으로 추동하게 하는 근원적인 힘이 되었다. 사정이 그러할 때 마산이 낳고 기른 당대의 문필이, 그 이름이나 행적에 있어 쉽고 만만할 리가 없다.

1928년 경남 함안에서 출생하고 경남 교원양성소를 거쳐 홍익대학교 국문과 및 고려대학교 대학원에서 수학했다. 그리고 마산상고 교사와 제주대 교수를 거쳐 홍익대학교 교수를 역임하는 동안, 그 생애의 가장 젊고 풋풋한 시절을 이곳 마산에서 보냈으니 그는 누가 뭐래도 마산의 아들이요 또 마산을 대표하는 시인일 수밖에 없다. 우리 시대의 이름 있는 시인이요 탁발한 시론가인 문덕수 선생을 두고 이르는 말이다.

선생은 1947년 《문예신문》에 시 「성묘」를 발표했고 1955년 《현대문학》에 「침묵」, 「화석」, 「바람 속에서」가 유치환의 추천을 받아 등단했다. 1963년 이형기, 황금찬, 함동선, 정공채 등과 동인지 《사단》을 결성했고 1965년 월간 시지 《시문학》 주간을 맡았다. 이후 한국현대시인협회 회장, 국제펜클럽 한국본부 회장, 한국문화예술진흥원 원장 등을 역임했으며 대한민국예술원 회원으로 있다.

1956년 첫 시집 『황홀』 이래 지속적으로 시집을 내며 한국 문단의 중진 시인에 이르는 길을 걸어왔으며, 시 창작 이외에도 문학 이론과 시론에도 깊이 관심을 보여 1966년 『현대문학의 모색』 이후 여러 권의 이론서와 시론집을 상재했다. 이와 같이 일생을 두고 시에 바친 열정과 성과가 인정되어 1964년 '현대문학상'을 시작으로 10여 차례 문학상과 국가 훈장의 포상을 받았으니, 문필가로서의 명성과 영예를 그 생애 가운데 모두 누린 다복한 사례가 바로 선생의 경우이다.

선생이 문단에 나온 1955년 이래 지금까지 반백 년이 넘는 세월이 흘러갔으며, 근자에 나온 장시집 『우체부』에까지 한국문학에 보기 드문 원숙한 '노년의 문학'을 구현해 보인 선생의 문학적 행적은 앞으로도 두고 두고 연구의 대상이 되어야 마땅하다. 또한 창작 및 이론의 다각적인 활동 이외에도, 자료를 통해 확인되는 성실을 극(極)한 삶의 태도, 많은 사람들을 이끈 숙성한 품성, 국내에 머물지 않고 세계 각국으로 활동 반경을 넓힌 열린 시각 등은 선생이 왜 어떻게 우리 문학의 큰 그릇이요 교범이 되는 나무인지를 증거한다.

그와 같은 당대의 문필을 마산이 끌어안고 있다는 것은 설득력 있는 자긍이 될 수 있고, 또 그렇게 성의 있게 선생을 추앙하는 후학들이 있다는 것도 행복한 인연이 아닐 수 없다. 불가(佛家)에서 '선연선과(善緣善果)'란 말을 사용하거니와, 선한 인연에 선한 열매는 우리 삶의 일상에 있어서도 귀하고 아름답게 추구해 나가야 할 덕목이다. 선생은 온 생애를 통해 그 간략하면서도 지난하기 짝이 없는 명제를 몸소 실천해 보였다.

한국문학의 새 장(章)을 바라본 시 세계

50여 년간 지속된 방대하고 깊이 있는 문덕수의 시 세계를 이 좁은 난에서 제대로 살펴보고 설명하기란 당초에 불가능한 일이다. 그 일은 때와 장소를 달리하여, 그리고 오랜 탐구의 과정을 거쳐 수행해야 할 과제이다. 다만 여기에서는 그 요점에 해당하는 몇 가지를 그의 시작(詩作) 전개에 따라 살펴보는 것으로 후일을 기약하고자 한다.

문덕수의 시는 대체로 순수 심리주의 경향을 추구하며, 현실을 상징적으로 반영하는 내면세계의 미학적 가치를 개척했다는 평가를 받는다. 그 시 세계는 시기의 순차성을 따라 대략 세 가지 유형으로 대별되어 논의된다. 제1기는 초기 시집이라 할 수 있는 『황홀』(1956) 및 『선·공간』(1966) 등에 수록된 시들과 이후 일부 시들을 포함하여, 그 이전 그리고 동시대 시인들의 시적 경향을 벗어나서 '자동기술법' 등 매우 자유로운 필치로 인간의 내면세계를 그리는 시풍(詩風)을 보였다.

제2기는 『새벽 바다』(1975), 『영원한 꽃밭』(1976), 『살아남은 우리들만이 다시 6월을 맞아』(1980) 등의 시집에 수록된 시들로, 1970년대에서 1980년도에 이르는 변화의 시기를 시대적 배경으로 한다. 그러나 시인의 관심은 직접적인 현실의 문제보다는 현대 문명사회가 배태하는 여러 가지 불합리하고 비인간적인 문제를 상징적 방식으로 비판하는 데 중점을 두고 있다.

제3기는 『다리 놓기』(1982), 『조금씩 줄이면서』(1986), 『그대 말씀의 안

개』(1986),『만남을 위한 알레그로』(1990) 등의 시집에 수록된 시들로, 한국 사회가 민주화 행보를 따라 격렬하게 요동치던 시기의 작품들이다. 여전히 시인은 눈앞에 즉물적인 현실보다는, 그 즉자성 이전 또는 그 현실적 상황의 깊은 바닥에 잠복해 있는 통합적 세계관의 원리를 시의 문면에 도입하고 이를 통해 그때까지 일관해 온 자기 세계의 성격을 보다 명백히 한다. 삶 의식의 내면과 외형, 비판적 인식의 대상으로서 자연과 문명, 창작 방법에 있어서 보수성과 실험성 등을 조화롭게 통어하고 이를 통해 시에 있어서의 새로운 통합적 방향성을 모색하는 고투의 시정신을 보여 준다.

시대정신(Zeitgeist)의 후광을 입은 리얼리즘의 조류가 질풍노도처럼 밀려오던 시대에, 문덕수의 시는 어떤 모습으로든 상투화된 시적 언어의 사용을 거부하고 원래의 언어가 가졌던 심리적 감성, 실재의 형상력을 복원하는 데 주력했다. 그런 점에서 그의 시는 건실한 모더니즘의 습성을 잘 발양했다. 1930년대 김광균 등의 '모더니즘 시 운동' 이래 한국의 모더니즘 시는 회화적 성격의 사물시로 일관했으나, 문덕수는 그 서구적 회화성을 바탕으로 한 이미지의 조형을 넘어서 선이나 공간과 같은 재료의 내면성을 강화하고 시적 퍼스나의 의지를 이미지화함으로써 기존 사물시의 한계를 넘어서려 했던 것이다.

문덕수의 장시『우체부』는 지난해 8월에 나왔고, 이 작품에 대한 비평을 묶은『우체부 평설』이 더 두꺼운 분량으로 같은 때에 나왔다. 이 작품은 500행에 이르는 다대한 분량으로, 이데올로기 대리전으로서의 6·25전쟁과 분단 시대의 아픔, 그리고 6·25전쟁 이전 임진왜란에까지 거슬러 올라가는 전쟁의 참화를 담았다. 단순히 한민족이 겪은 역사의 비극을 증언하는 데 그치지 않고, 오늘도 상존하는 전쟁 및 반인권적 상황에 대해 인류 보편적 의미의 반전적(反戰的) 인식을 시의 문맥으로 형상화했다. 그런 점에서 이 장시집은 앞으로 지속적인 관심의 표적이 될 것으로 보인다.

창작의 원리와 이론을 밝힌 저술들의 성과

시인으로서 문학사에 남을 괄목할 만한 성취를 쌓아 두고, 다시 시의 이론과 더불어 현장 비평의 중점적인 성과를 이룬 특별한 범례가 문덕수 선생임은 앞서 언급한 바와 같다. 그 구체적 실증으로서 선생은 『한국문학의 모색』(1969), 『현대한국시론』(1974), 『한국 모더니즘 시 연구』(1981), 『현대시의 해석과 감상』(1982), 『현상과 휴머니즘 문학』(1985), 『시론』(1993) 등의 저술을 남겼다. 시의 경우와 마찬가지로 이 저술들을 검토하고 그 가치를 밝히는 일은 후일의 과제로 남길 수밖에 없고, 여기에서는 그 포괄적 의미만 살펴보기로 한다.

문덕수 시의 의미를 규정하는 과정에서 그가 현실의 면모를 상징적으로 해석하고 이를 내면의식으로 형상화하는 특성을 지녔다고 언급한 바 있지만, 그에 잇대어 시론에 있어서도 그 내면적 구조를 중요하게 받아들이는 태도를 견지한다. 의식의 내면이 일정한 형상을 이루는 원재료로서의 현실을 도외시하고 출발한다면, 그는 협소한 의미의 구조주의자이거나 기호론자로 자기 자리를 정초했을지도 모른다. 이 점에서 그는 한 부류의 창작 또는 비평 방법론에 함몰되지 않은, 열린 사고의 주인이다.

나는 1950년 초봄 처음으로 정지용과 청마를 만났다. 이해에 6·25 한국전쟁이 발발하여 나는 군에 들어가게 되고, 격전지 철의 삼각지대(철원, 김화)에서 부상하여 오랫동안 육군병원 신세를 지고도 차도가 온전치 못한 채

제대한(1953) 후부터 시를 쓰게 되었지만, 지금 생각하니 지용과 청마를 만난 것은 시의 '형식'과 '역사'와의 만남이었던 것 같다.

위의 인용글은 2006년 3월에 발간된 『문덕수 시 전집』의 머리글 「나의 시 쓰기」에서 자신이 밝힌 시적 성격의 시발을 설명한 대목이다. 반세기에 걸친 스스로의 시 쓰기가 '무엇을'(역사주의)과 '어떻게'(형식주의)에 항상 시달려 왔음을 토로한다. 한국적 상황의 특수성 아래에서 시를 쓴 어떤 시인이 그러하지 않았을까마는, 이 시인처럼 통합적 세계관과 글쓰기의 균형 감각에 유의한 형편이라면 더욱 그럴 수밖에 없었을 것이다. 그는 시에서 형식주의와 역사주의는 천사 대 악마의 관계가 아니라 불교 설화의 공덕천(功德天)과 흑암천(黑暗天)의 관계처럼 늘 붙어 다니는 것이라고 술회했다.

나는 한국전쟁 때 바깥 세계에 너무 데인 나머지 내면세계로 눈을 돌려, 이른바 심층 세계의 미학에 몰입했다. 모더니즘도 나름대로 공부했다. 현실의 시공적(時空的) 질서의 파괴, 대상의 붕괴와 일상성의 소멸, 이미지의 자율적·자족적 구성과 그 미적 권리, 그리고 심리의 자동 작용(自動作用) 등에 무게를 두었다. 지금에 와서 보면 무의미 시나 무대상시의 실험적 선구였고, 모더니즘 즉 형식주의로 너무 빠져들었던 것 같다. 1970년대부터 바깥 세계로 눈을 돌리고 부조리한 현실의 비판, 특히 문명 비판을 많이 했다. 이 무렵 무의식과 의식의 경계를 허물고 역사주의를 많이 받아들였지만, 그렇다고 형식주의 즉 모더니즘을 버리지는 않았다. 나의 모더니즘은 역사주의를 받아들인 것이다.

앞서의 머리글에서 자신의 시 세계를 일목요연하게 설명한 글이다.

굳이 이 부분을 여기에 옮겨 두는 이유는, 다른 어디에 있는 어느 누구의 글보다도 문덕수 시의 본질적 성격과 변화의 방향성을 이렇게 잘 짚어 줄 글은 없다고 판단되는 까닭에서이다. 물론 이는 일차적으로 시 창작 방법론에 관한 것이지만, 그의 시론이나 비평문이 이 세계관의 관행을 그대로 이어 가고 있는 것이고 보면, 글쓰기의 장르가 달라졌다고 해서 원래의 근본적 태도가 달라질 것이 없다. 그의 외면 세계, 곧 역사주의와의 연계를 버리지 않은 형식주의자요 구조주의자이며, 삶과 시와 시론이 한가지로 통어되는 통합적 질서를 신봉하는 근본주의자이다.

그런대 그러한 문덕수 유형의 모더니즘 추구는 한국 근대시사에서 볼 수 없는 독창적 영역의 발양이 되고, 모더니즘 시학의 새로운 지평을 여는 성과에 이르게 된다는 사실이 중요하다. 그가 너무 모더니즘으로 빠져들었다고 자평했으나, 그러한 모더니즘에의 경도와 탐색이 없이 내면 편향적인 한국 모더니즘의 궁벽함을 넘어설 기력이 섬생될 리는 없었을 터이다. 물론 1970년대 이후 그의 현실에 대한 적극적인 관심이 여전히 내면세계와의 경계에 발을 두고 있었고 그 경계에 대한 자각도 많았지만, 바로 그와 같은 지점에 매설된 글쓰기의 축적이 문덕수라는 독특한 문호(文豪)를 배태한 배경이 되기도 했을 것이다.

문덕수 선생은 시는 언어예술이지만 그 질료(質料), 곧 형식을 갖춤으로써 비로소 일정한 것으로 되는 재료적인 것으로서의 언어를 인식하고 언어의 수동적 존재값을 넘어선 곳에 시가 있다고 보았다. 그의 시적 언어가 평면적 의미의 적용을 거부하고 새로운 개척지로 나선 연유가 거기에 있다. 그렇게 선생은 우리 시사에 돌올(突兀)하고 현절(懸絶)한 산악처럼 드러나 있다.

한국전쟁 직후의 혼란기였던 1955년부터 지금까지 오랜 세월을 간단 없이 달려온 선생의 문학은, 초기 시 「짐묵 (1)」에서처럼 '저 소리 없는 청산이며 바위의 아우성'으로 '황홀한 계시(啓示)'를 우리에게 남겨 주는 그 예언적 구절을 체현(體現)하고 있다.

천륜의 단절을 넘어서는 시인의 꿈

—— 함동선 분단시선집『한 줌의 흙』

어쩌다 내가 실향민 출신 노(老) 시인의 시집에 해설을 쓰게 되었을까. 내게 글을 요청한 분들은, 내가 20년간 일천만이산가족재회추진위원회에서 일한 경력이나, 한 일간 신문에 40회에 걸쳐 '이산가족 이야기'를 연재한 사실을 알고 있었을까. 아닐 것이다. 그 또한 세월이 많이 지났고 내 입으로 쉽게 발설한 바가 없기 때문이다. 그런데 이 60여 년의 통한으로 얼룩진 남북 분단과 가족 이산의 문제는 실상 내게 너무도 익숙한 주제이다.

사람은 자신이 아는 것만큼 이해한다는 옛말을 되새겨 보면, 그리고 이 시편들을 읽으며 내내 눈시울이 뜨거웠던 것을 상기해 보면, 내가 이 글을 쓰기에 적임자인 점은 맞다. 동시에 여기에서 만난 함동선의 분단 시들은, 문학 외적 판단으로 살펴보아도 체험적 아픔의 깊이와 공감을 촉발하는 강도가 충분히 주목에 값할 만하다. 한편으로는 형용하기 어렵도록 서글픈 정서와 다른 한편으로는 훌륭한 글감을 만난 행복을 함께 끌어안고 이 글을 마쳐야 할 형편이다. 미리 선언문의 한 구절처럼 말해 두자면, 일제강점기의 종언과 분단 시대의 시발이 함께 이루어진 우리 역사의 파행성과 더불어, 함동선의 시는 한 개인의 울음인 동시에 민족적 비극의 감응력을 환기하는 하나의 시금석이다.

함동선은 1958년과 그 이듬해에 걸쳐, 「봄비」, 「불여귀」, 「학의 노래」 등의 작품이 서정주의 추천으로 《현대문학》에 실리면서 등단했다. 그 이후 『우후개화』(1965), 『꽃이 있던 자리』(1973), 『눈감으면 보이는 어머니』(1979), 『식민지』(1987), 『산에 홀로 오르는 것은』(1992), 『짧은 세월 긴 이야기』(1997), 『인연설』(2001) 등의 시집과 『한국문학비(碑)』(1978)를 비롯한 다수의 산문집을 상재했다. 이번에 펴내는 분단 시선집 『한 줌의 흙』에는, 1983년 KBS 광장에서 펼쳐졌던 「이산가족을 찾습니다」 프로그램처럼 파란의 시대를 증언하는 생생한 육성이 고스란히 담겼다. 그의 예성강과 민들레, 그리고 맨눈으로 건너다보이는 황해도 연백 고향땅에 남겨 둔 어머니는, 어쩌면 시적 표현으로 모두 발화할 수 없는 절체절명의 숙제일 터이다.

이 시집의 1부 '연백'에는, 바로 그와 같은 시적 대상들이 살아 숨 쉬는 공간 환경을 적실하게 끌어안았다. 이 대목에 「연백」, 「38선의 봄」을 필두로 여러 편의 산문시가 자리하고 있는 것은 자못 의미가 깊다. 일반적인 시의 운율 속에 도저히 수용할 수 없는, 60여 년 세월의 울혈을 보다 사실적인 언어의 행렬로 풀어낼 수밖에 없는, 설령 그리한다고 해도 그것을 속 시원히 토설하기 어려운 절절한 사연들이 산문시의 외형을 차용하도록 압박한 형국으로 보인다. 연백, 시인의 고향은 38선 이남이면서 휴전선 이북이 되어 버린 슬픈 운명의 땅이다. 시집 「책머리에」에서 시인은 다음과 같은 기막힌 정황을 적어 두고 있다.

휴전 전 해의 가을이었던 것 같다. 강화도에 갔다가 미군 탱크 부대에 들러 망원경으로 고향을 본 적이 있다. 넓은 들녘엔 누런 벼가 한눈에 들어온다. 강화도는 이미 추수가 끝났는데, 지금부터 가을걷이를 해 볼까 하는 그런 풍경이었다. 그때 마을 동쪽 끝의 우리 집 부엌문에 흰옷이 드나든다. "어머니다" 하니 눈물이 망원경을 흐리게 한 일이 있다. 그 어머니가 올해 118세이다.

어머니의 죽음을 직접 목도하지 못한 시인은, 결코 그 죽음을 믿지 못한다. 이산가족위원회에서 일하는 동안, 나는 그러한 월남 실향민, 이산가족들의 생각을 수도 없이 듣고 또 보았다. 마침내 포기하는 시기에 이르면, 이들은 생신날 제사를 지내거나 명절날 임진강 철조망 앞에 제사상을 차린다. 휴전 직후 남북으로 흩어진 이산가족의 숫자가 무려 1000만 명에 이르렀던 실상을 두고 보면, 이는 인류사에 있어 20세기 최대의 비극이요 그 현장이었다.

한 가족의 막내였던 시인은, 광복 이후 독립운동으로 감옥 갔던 형이 피골이 상접한 모습으로 달구지 타고 돌아오던 모습을 기억하고 있다. 자신의 고향 연백이 '38 이남'의 변방이 되면서, 6·25전쟁이 터지고 마무리되는 과정을 지켜보면서, '내 안의 속앓이와 내 밖의 억눌림'과 더불어 성숙한 나이가 되었으니, 스스로의 '역마살'이 지금도 '바람'이라고 단언할 수밖에 없다. '만세 소리로 들뜨던 산천에 느닷없이 그어진 38선으로 초목마저 갈라서게 된 그 분단으로도 부족해서' 남북은 여전히 낡은 이데올로기의 허울을 덮어쓰고 있다. 이토록 어긋난 시대 현실에 대해, 기실 들을 귀 있는 자가 듣기로는 「38선의 봄」이나 「예성강의 민들레」보다 더 절박한 항의는 있기 어렵다.

고향 길은

역사의 발자국 소리인가
세상이 뒤집히면 함께 곤두박질했다가
세월이 출렁이면 따라서 출렁이다가
운명 속으로 저벅거리며 오고 간 나날인데
인적도 따습네
그래서 가위쇠 같은 휴전선도 넘어
가슴 바닥에서 날개 부딪치는 소리 새가 되어
저 국도를 따라 북소리 울려야 할 텐데

두어 달이 되었는가
망향제 향불에 뜨거워진 섬이
배가 되어 흘러갈 때
선영에서 우렛소리가 들려오는 것을 느꼈다
그 소리는 낮았지만 바람처럼 온몸으로 퍼져
속삭이는 게 아닌가
고향 길은
춘삼월에 트인다면서

—「고향 길은」 전문

　　얼마나 그 간절한 염원이 넘쳤으면, 휴전선 너머 고향땅 선영에서 우
렛소리가 들렸을까. 추석이나 설 무렵에 드리는 망향제, 곧 가을이나 겨
울날의 절기에, 계절이 바뀌는 춘삼월의 고향 방문 길을 하나의 계시처
럼 예고로 듣는단 말인가. 그런데 사정을 알고 보면, 남쪽에 남은 오백만
이산가족들이 밤마다 눈물로 베갯잇을 적시며 감내해 온 세월의 형상이
바로 이런 것이었다. 누가 있어 이를 심약한 탄식이나 하소연이라 할 것

인가. 동시대 남북의 지도자들이 이 눈물 어린 호소를 두고, 남북 분단의 시대사와 그 압제에 맞서는 민초들의 저항성으로 듣지 못한다면, 기필코 후세의 사필을 두려워해야 마땅할 것이다.

2부 '마지막 본 얼굴'에는, 1부에서 지리적·지정학적 환경을 이루는 고향 연백의 구체적 인물군, 가족들의 초상을 배열했다. 일생을 객지로 떠돌며 고향을 그리워하는, 불후의 명편들을 남긴 두보의 고향도, 함동선의 고향처럼 고통과 신음 그리고 오열과 눈물로 일관하지는 않았다. 함동선 분단시편의 중심축에는 언제나 '어머니'가 잠복해 있다. 조병화 시의 종교적 의미였던 어머니, 헤르만 헤세의 문학에 사랑과 죽음을 정초했던 어머니는, 함동선에게 생명의 근원이요 떠돌이 삶이 지향하는 구경(究境)의 정착지였다.

> 물방앗간 이엉 사이로
> 이가 시려 오는 새벽 달빛으로
> 피란길 떠나는 막동이 허리춤에
> 부적을 꿰매시고 하시던 어머니 말씀이
> 어떻게나 자세하던지
> 마치 한 장의 지도를 들여다보는 듯했다
> 한 시오 리 길
> 산과 들판과 또랑물 따라
> 달구지 길로 나루터에 왔는데
> 달은 먼저 와 있었다
> 어른이 된 후
> 그 부적은
> 땀에 젖어 다 떨어져 나갔지만

보름마다

또랑물의 어머니의 얼굴 두 손으로 뜨면

달이 먼저 손짓을 한다

—「마지막 본 얼굴」 전문

어머니의 얼굴을, 그렇게 마지막으로 본 눈이 어디 시인의 눈뿐이었을까. 허리춤의 부적, 한 장의 지도 같은 자세한 당부, 시오 리 길의 고향 땅 여정, 나루터에 먼저 와 기다리던 달. 이제 어른이 된 시인은 남쪽에 살면서 보름이 될 때마다 '또랑물'의 어머니 얼굴, 달의 손짓을 만난다. 언제나 눈 감으면 보이는 어머니, '엊그제'가 제삿날이었던 아버님, 언제나 서른네 살인 형님은 시인의 아프고 슬픈 세계를 이루는, 여전히 살아 있는 구성원들이다. 그러기에 '어머니 생신날의 기제사'는 지금도 과거완료형이 아니라 현재진행형의 시제인 터이다.

그 현재의 형식에 살아 있는 자의 숨결을 부여하기 위해, 망향제에 나가는 시인의 심사를 나는 십분 짐작한다. 「망향제에서」는, "예성강이 비늘을 드러낸 채 어린 날 그대로 몸을 뒤척"이고, "우린 떨어져 살아선 안 돼야" 하신 어머니 말씀이 과거의 거미줄을 말끔히 걷어 낸다. 「황해도 민회 가는 길에」서의 그 도민회 풍경이, 외관이 화려할수록 얼마나 서글픈 마음들의 모임인지 이 또한 나는 익히 안다. 부모와 고향에게로 돌아가지 못할 때 실향민들은 그 눈길을 자식들에게 돌린다. 「아들아·1」과 「아들아·2」는, 그 해묵은 애환과 차마 손에서 놓지 못하는 미련을 당부로 남기는 언사이다.

사전에서 고향을 찾으면, "자기가 태어나서 자란 곳"이란 설명 다음에, "자기 조상이 오래 누려 살던 곳"이란 풀이가 부가되어 있다. 이 두 번째 의미를 불러오면, 남쪽에서 태어난 실향민의 아들은 황해도 연백을 고향이라 불러도 아무런 어휘상의 문제가 없다. 그 아들에게 무엇을 당부할까. 고향 산천과 부모형제, 아들에게는 할머니인 어머니의 추억일 뿐이다.

이처럼 물량적 가치가 전면적으로 배제된, 오직 정신적 대물림만이 가능한 유산이 세상 어디에 또 있겠는가. 어쩌다 가뭄에 콩 나듯 열리는 남북회담의 귀에 익은 북쪽 말투에서도 '어릴 적 개울물'의 그림을 찾아내는 시인의 지병은, 아마도 치유의 길을 찾기 어려울 것이다. 그런데 그와 같은 이산 1세대들이 이제는 얼마 남지 않았다는 데 문제가 있다. 오랜 속언처럼, 시간과 세월은 사람을 기다리지 않는 까닭에서이다.

3부 '월정리역에서'는, 1부 '연백'이 북쪽의 공간 환경을 시 가운데 초치한 데 비해, 남쪽에서 실향민으로서 찾아가고 만나고 아파하는 상대적 공간 환경을 대칭적으로 배치한 경우이다. 철원 땅 월정리, 임진강, 제3땅굴, 백령도, 비무장지대의 강화도, 그리고 진달래 능선과 철조망 너머 어디를 막론하고 이 시적 방정식이 미치지 않는 곳이 없다. 연백이 꿈속의 고향이라면, 비무장지대 인근 곳곳의 지명들은 그 고향을 가장 근거리에서 관찰할 수 있는 갈망의 땅이다.

함경도나 평안도처럼, 건너다볼 수도 없었으면 외려 속이 편안했을까. 아니다. 아무리 아파도 먼발치 먼 눈길로 바라볼 수 있는 것조차도 역설적으로 축복이라면 축복이다. 그런데 그 통절한 심사는 어떤 유려한 언변으로도 감당할 길이 없는 터, 그래서 여기 함동선의 시가 있는 것이다. 그러한 연유로 그의 시는, 그 목마른 꿈과 참으로 인색하게 통제된 현실 사이에 새로운 균형 감각으로 열린 길이다. 이처럼 시로써 각혈하지 않았더라면, 그는 그 삶의 중량을 이기기 어려웠을지도 모른다.

시간이 멈춘 곳

정적이 깻잎처럼 재어 있다
기찻길이 끊어진 저 너머에는
핏빛 풀이 우거져 있는 것 같다
역광으로 뻗은 길을 옆으로 자르고
철새들이 날아간다
기둥만 남은 로동당 당사
바람이 구름의 그늘을 벗기자
널따란 판자처럼 내려오는 하늘을
한 장의 흑백사진으로 찍는다

—「비무장지대—철원」전문

한국의 문학비(碑)를 찾아 방방곡곡을 누빈 전력이 있는 시인의 손에
는, 언제나 능숙한 솜씨와 함께 카메라가 들려 있다. 시인은 그 사진기로
고향 가까운 곳의 풍경을 찍는다. 시인의 렌즈에는 객관적 물상만 잡히
는 것이 아니다. 진달래 능선에서 '남북으로 누워 있는 이 겨울'도 찾아
내고, 까치집을 보며 '역사 만들다 역사 된 옥탑방'을 추출하기도 한다.
그의 이 처절한, 그리고 이제는 고색창연한 고전주의풍의 공간에는, 문
득 '남편이 전사한 한국'을 잊지 못하는 미네소타 할머니가 들어서기도
한다. 화불단행(禍不單行)이라 했던가. 비극은 이렇게 여러 부류이고 여러
모양이다. 그런데 그 질곡에 머물러 역사의 침탈에 패배한 자의 끝머리
가 되지 않기 위해, 함동선의 시가 있다.
　4부 '한 줌의 흙'은 바로 그와 같은 극복의 의지를 체관의 인식과 함께
가꾼 시편들로 엮었다. 이산가족 상봉장에서 만난 님, 꽃 피는데 이별이
라 "잡은 손 놓으니 손가락 사이로 빠져나가는 이 마지막 감촉"을 어찌
할 방도가 없다. "남은 것은 그리움과 기다림뿐"인 이 참담한 가족사를

두고, "다시 만나 삶에 모자람이 없도록 죽음을 완성해야" 한다는 소망을 용훼한다면, 그가 누구이든 양심과 도의와 인류을 거스른 죄인일 뿐이다.

> 멀리 살면서 가깝게 살고
> 가깝게 살면서 멀리 살았으니
> 밥 먹을 때마다 서러워지던 님의 모습
> 보는 것 같구나
> 눈 날리는 날
> 나뭇가지 끝의 마른 잎 또 하나 지니
> 우리는 어디로 흘러가고 있구나
> 헤어짐이 또 하나의 만남이듯
> 손을 잡아야 쓰는데
> 시작은 끝이 있는 법
> 이 한 줌의 흙에
> 꽃이 피고 열매를 맺게
> 비가 되어 만나야 쓰는데 물이 되어 만나야 쓰는데
>
> ──「한 줌의 흙」 전문

아무리 제도와 체제, 이념과 사상이 상이해도 남북 간에 동일한 것은 이 "한 줌의 흙"이다. 여기에 꽃이 피고 열매를 맺도록 '비가 되고 물이 되어 만나야 쓰는데', 남북의 세상 권력을 맡은 이들은 이 불을 보듯 밝은 이치를 실행으로 전화(轉化)하지 못하고 있다. 이별이 길었지만 그 이별 이전의 세월이 더 길었기에, "비록 서로 다르게 걸어온 길은 오랜 시산에 걸쳐졌다 해도 징밀로 마음을 힙치고 나먼 모래의 발지국처럼 바람

한 줄기 불어도 파도 한 자락이 들이쳐도 무너진다"는 간단명료한 해법을 시인은 아는데 저들은 모르는 것이다. 그래서 우리는, "성장의 나이테를 넓히는 법을 배우면서" 다시 만나야 한다는 것이 시인의 생각이다.

이 모든 생각의 깊이와 넓이는 그야말로 견자(見者)의 몫, 겪어 본 자의 촉수로만 체감할 수 있는 것인지도 모른다. 봄날의 아지랑이, 여름의 신록, 벌레 우는 가을, 벌판에 눈 덮인 달밤의 기억들이 아로새겨진 고향을 남겨 두고 홀연히 떠나오지 아니한 자가 실향의 정조(情操)를 말할 수 있을까. 거기 그곳에 피를 나눈 친 혈육과 사시사철 경작하던 문전옥답을 고스란히 남겨 두고 곧 돌아오마 손짓하며 떠나오지 아니한 자가 이산의 동통(疼痛)을 주장할 수 있을까. 시인은 지금도 "핏줄이 땡기는 소리"를 듣고 "어머니의 소문"에 목말라 한다. "서해 연평도가 북의 해안포 공격 당하던 날"에 어깨를 짓눌리며 산다. 그래도 그는 희망의 끈을 놓지 않는다.

> 그때 자주포에 올라탄 해병의
> 방탄모 턱끈과 전투복 목 언저리가 그을린 사진을 본
> 무수한 얼굴들의 가슴 군인의 표상이라 손뼉 친다
> 그 손뼉은 긴 어둠 물러나게
> 언제나 한 발자국 앞서 우리들 가슴에 솟는
> 아침 햇살 광화문에 걸어놓고
> 봄 기다리며 손잡는 날까지
> 북한산의 나무와 풀 칼이 되어야 한다
> 모래알 총알이 되어야 한다
>
> ──「오방색 옷 입은 아침 햇살」 부분

대화와 타협이 불가능하면 "북한산의 나무와 풀 칼이 되"고 "모래알 총알"이 되어서라도 "봄 기다리며 손잡는 날"을 앞당겨야 한다는 것이다. 그런데 정녕 문제는 세월이다. 부귀도 공명도 잊을 수 있고 작록도 사양할 수 있고 서슬이 푸른 칼날도 밟을 수 있지만, 세월에는 이길 수가 없다. 시간의 가속도와 싸우며 실향과 고향 회귀, 이산과 만남의 서로 상반된 역사의 수식(數式)을 풀 새로운 방략이 시를 통해 제시될 길도 없다.

그러나 함동선의 시는 그 역사의 흔적을 증언하며 그리움과 기다림의 형극을 헤치고 끈질긴 소망을 부양하는 힘으로 기능한다. 그 힘으로 세월의 풍화작용을 묵묵히 감당하는, 그러한 시의 존재 양식을 기리는 일이야말로 참으로 소중한 미덕이다. 이 시인이 분단 시대의 시를 쓰는 이유, 우리가 정성껏 그의 시를 읽는 이유가 여기에 있다. 천륜을 가로막는 남북 간의 인위적 장벽을 넘어서려는 시인의 꿈을 함께 나누며, 그의 다음 노익장 시편들을 기다려 보기로 한다.

시의 강심에 비친 맑고 깊은 잠언들

— 김민 시집 『길에서 만난 나무늘보』에 붙여

새로운 시, 새로운 시인과의 만남

모두 86편의 1행시로 된 김민의 시집을 인쇄 전에 읽은 느낌은, 문득 더위를 걷어 가는 가을바람처럼 시원하고 신선한 것이었다. 소리를 두고 말하라면, 어느 정갈하고 고요한 길목에서 청량한 방울 소리를 듣는 듯한 것이었다. 지금껏 우리 문학에서 이런 시적 유형과 면모를 볼 수 없었기도 하거니와, 더 중요하게는 이 새로운 실험적 시도가 그 내면을 충실하고 탄탄하게 가꾸어 놓은 수준이었기에 그러했다.

여기 김민의 시들은 의도적이든 아니든 모두 한 행으로 이루어져 있고, 시의 제목이 두 행이어도 시는 한 행을 넘지 않는다. 왜 그러한가를 물으면 여러 답변이 주어질 수 있겠으나, 시인이 그 한 행의 문장에 극도로 축약되고 절제된 생각을 담으려 했다는 설명은 생략될 수 없겠다. 이는 일종의 극약 처방이다. 시인 스스로 사변(辭辯)을 버린 지점, 그 내부에 들끓는 다변(多辯)의 유혹을 물리친 지점에 섰을 때에야 발화 가능한 시적 형식일 터이기 때문이다.

우리는 일찍이 이와 유사한 시적 발화 형태를 일본의 하이쿠〔俳句〕에서 익숙하게 보아 왔다. 일본 중세 이후의 조렝카〔長連歌〕가 15세기 말부터 정통 렝카〔正統連歌〕와 비속골계의 하이카렝카〔俳諧連歌〕로 나뉘고, 에도 시대의 마쓰오 바쇼〔松尾芭蕉〕와 더불어 하이카렝카가 크게 유행했으며 이 시가 형식의 제1구〔句〕를 홋구〔發句〕라 한 것을, 메이지 시대에 이르러 마사오카 시키〔正岡子規〕가 하이쿠라 이름했다는 사실은 이미 널리 알려져 있다. 극도로 응축된 언어로 대상의 기미〔機微〕를 제유법적으로 표현하는 하이쿠는, 와카〔和歌〕와 함께 일본 시가 문학의 주요한 장르를 이루고 있다.

일본의 하이쿠는 시적 발화자의 개별적 의식, 그것도 극단적으로 압축된 개인의 세계 인식이, 어떤 미학적 가치를 형성하며 읽는 이에게 어떤 정서적 감응을 촉발할 수 있는가에 중점이 있다. 그 발화자의 시간적 공간적 환경과 시의 독자가 가진 수용력이 최소한의 언어를 매개로 소통되는 문학적 행위로 하이쿠는 존재한다. 여기 이 시집의 김민이 써 온 시와 그것의 존재 양식이 하이쿠를 닮아 있다는 것은, 그러기에 복잡한 비교론을 필요로 하지는 않는다.

우리가 여기에서 새롭게 만나는 시인 김민은 김수명 시인의 아들이자 김수영 시인의 생질로 알고 있다. 그는 뇌성마비 장애인이며, 그의 시가 자신을 에워싼 세계 및 우주와 교감하는 소중한 통로로 기능한다는 것을 짐작할 수 있다. 그러나 그의 이 시들 가운데에는, 그러한 특정한 현실들을 시의 문면을 통해 인지할 수 있는 정보가 없다. 시인이 그것을 굳이 드러내지 않은 것은, 그의 시적 승부수가 시 바깥의 외적 조건과 상관없이 시 자체의 내포적 진실에 걸려 있다는 점을 말해 준다.

시집을 통독하면서 우리는 그의 그와 같은 의노에 동의하는 네 전혀 주저할 이유가 없음을 알게 된다. 기실 장애인 문학이란 심신의 장애를 가진 창작자가 생산한 문학이거나 장애의 문제를 중심 주제로 한 문학 등 그 의미의 범주가 넓은 편이다. 전자의 경우에는 창작자의 상황이 열악할수록 자신의 내면을 외부의 세계와 연계하려는 의욕이 더욱 강렬하고, 그것이 일정한 수준의 예술성을 확보하면 그 집중력으로 인해 독자와의 교감을 한결 더 쉽게 증폭시킬 수 있다.

김민의 이 시집 또한 그러한 측면의 장점이 없지 않으나, 시인 자신이 그것을 부질없어 해도 좋을 만큼 충분한 미학적 성취를 이루고 있다. 기실 이렇게 정돈된 언사를 꾸려 두기는 쉬워도, 그러한 시적 성취의 지평을 개척하기까지 이 시인이 겪어야 했던 오랜 자기 연마와 끈기의 실천은 타자로서는 잘 알기가 쉬울 턱이 없다. 그런 점에서 삶의 역경 속에서 잘 단련된 그의 시, 그리고 그 인내의 시편들을 이제 세상에 펼쳐 놓을 이 시인에게 마음으로부터 경의를 표한다.

시적 사유의 깊이, 그 자기 검증의 여러 변주

김민의 단시 86편을 단숨에 읽어 내려갈 수 있을 것이라는 당초의 기대는 큰 오산이었다. 그럴 수가 없었다. 시가 짧아 모두가 한 행인 만큼 물리적 통독에 시간이 걸릴 리는 없는 것이었다. 아, 그런데 그 각기의 한 행에 담긴 의미의 분광(分光)들이, 만만찮은 저력으로 바삐 움직이려는 독해의 발목에 감겼다. 그런즉 그 자리에 멈추어 눈앞에 마주한 한 편씩의 의미망을 들추어 보고 곱씹어 보자니, 인간도처유청산(人間到處有靑山)이란 말이 바로 그 말이었다.

그의 시를 읽는 동안 내내 놀라웠고 한편으로는 부끄러웠다. 그 몸의 장애가 무거운 아직 젊은 한 시인이 이토록 세미하고 정치하게, 그리고 수준 있는 세계 해석의 혜안을 담아낼 수 있음을 목도할 때 놀라운 것은 당연한 일이었다. 동시에 지천명을 넘긴 세월에 아직도 세상의 명리를 좇아 허덕이며 살아가는 필자 자신의 모습이 되비쳐, 얼굴이 뜨겁고 부끄러운 것 또한 당연한 일이었다. 어떤 방법으로든 이 시인에게 불필요한 찬사를 늘어놓을 의사가 없는 터이기에, 이 언사는 있는 그대로의 고백이다.

일찍이 윤오영의 「양잠설」이란 수필을 읽고, '수필을 이렇게 쓸 수도 있는 것이로구나' 하고 감탄했던 기억이 있다. 그저 수필은 가볍고 평이한 읽을거리라고 손쉽게 판단하고 있던 그 무식을 내던지게 해 준 것이 필자에게는 선생의 수필 한 편이었다. 누에를 치는, 누에의 애벌레에서 고치에까지 이르는 전 과정을 문장 수련의 과정에 비유하고, 양잠가에게 문장론을 배웠다고 선생은 적었다. 필자는 선생의 그 양잠설 문장론을 따라 배우며, 그와 함께 좋은 수필의 깊고 진진한 의미에 대해 눈을 뜨기 시작했던 것이다. 그런데 여기 이 자리에서 아직 젊고 이제 시작이지만 참으로 따라 배울 만한 시적 내면의 깊이와 그 의미의 현현(顯現)을 간직한 시인 한 사람을 만나게 되었다. 이 상쾌한 기쁨이 필자만의 것일 수 없다.

김민의 짧은 시편들에는 무엇보다도 세상살이의 이치나 그것의 본질을 보는 눈이 살아 있다. 그가 관심을 가진 대목은 자연의 아름다움이나 인간성의 순수함과 같은 외형적 차원의 문제가 아니다. 우리들 가슴 밑바닥 가장 깊은 곳, 그리고 우리들 머리 한복판 가장 깊은 곳에 무슨 상징물처럼 남은 의미의 정화(精華)를 추출하는 것이 그의 지속적인 표적이다.

노을이 갈대 사이로 흘렀네 내 굽은 손으로는 뭘 뿌려야 하나

—「자화상 1」

난수표를 풀어야 나를 읽을 수 있다니

—「자화상 2」

집어등 켜지는 시간 비쩍 마른 오른손 탄불에 구워들고 한 잔

—「자화상 3」

죽음을 주우러 다니는 넝마주이

—「자화상 4」

아유, 이거 손 좀 많이 봐야 되겠는데요

—「자화상 5」

위에서 예시한 시 다섯 편, 그가 '자화상'이란 제목을 붙여 쓴 것을 순서대로 나열했다. 시인은 끊임없이 자신을 시적 대상물의 시간적 공간적 상황, 그리고 그 상황이 유발하는 이미지에 대입하거나 동일시하는 시도를 감행한다. 노을이 갈대 사이로 흘렀을 때 자신의 손으로 뭔가를 뿌려야 하고, 야간에 고기 잡는 집어등이 켜질 때는 그 오른손, 곧 자신의 존재 자아를 탄불에 구운 안주 삼아 술잔을 든다. 그의 자화상은 이름 붙일 수 없는 그 무엇이면서 지금 자신의 눈앞에 있는 가장 절실하고 확고한 실체이다. 이를테면 그는, 자신의 정체성을 포함한 사태의 본질에 우회적 접근이나 에둘러 말하기 없이 직접적으로 육박하기를 원한다.

그는 거기에 여러 가지 호명을 부여한다. 그 자화상은 난수표처럼 얽

혀 있거나 죽음을 주우러 다니는 넝마주이이거나, 아니면 손 좀 많이 봐야 하는 복잡하고 불안정한 운명의 주인이다. 그런데 사태의 핵심은 이러한 한 묶음의 정리된 평가가 아니라, 난수표나 죽음 넝마주이나 교정 대상으로 스스로를 표현하는 그 심리적 저변이 무엇을 언표하는가, 그 단정적 발화법이 얼마나 효율적인가에 놓여 있다. 그것은 이 시를 읽는 독자 개개인의 눈과 마음에 부딪치는 전파력의 강도와 관련이 있으며, 시인의 겸양과 자책, 사고력의 깊이와 자기 검증의 진솔성 등 창작 심리학적 미덕과 결부된다.

시인의 오감에 작동하는 우주 자연 삼라만상의 여러 양태는, 그 뒤편에 어떤 숨은 원리나 절대적 손길이 존재하고 있음을 반복적으로 환기하는 형국을 이룬다. 감정의 정직성이나 영혼의 맑은 울림을 핍진하게 동반하고서야 비로소 열릴 법한 시의 지경에 그는 조심스럽게 그 발을 들여놓는다. 그의 정신적, 사상적 전력에 대해 견문이 없는 필자로서는, 이를 그의 시심이 가진 자기 정진의 고투와 그 숙성에 기대어 간주할 수밖에 없다.

　　어떤 보이지 않는 눈에 우리 또한 아름다울 수 있을까

　　　　　　　　　　　　　　　　　　　　　　　　──「자벌레」

　　누가 자꾸만 텅 빈 나의 맨 뒷장을 찢어가는 걸까

　　　　　　　　　　　　　　　　　　　　　　　　──「에필로그」

위의 두 시에 잠복한 '어떤 보이지 않는 눈'이나 '나의 맨 뒷장을 찢어가는 누구'는 종교적 성향의 절대자라기보다는 우리 삶의 현장에 불가시(不可視)의 질서로 편만한 중심원리로 보는 편이 옳겠다. 그에게 「운주

사 천년와불」, 「황룡사지」, 「쌍계사 벚꽃길」, 「직지사 우체국」 같은 시편
들이 있어 불교에의 관심과 경도를 짐작 못할 바 아니나, 이를 굳이 종교
적 도그마로 구속할 필요가 없어 보인다는 말이다. 그러나 자신의 삶을
규율하는 어떤 절대적 손길을 느끼는 자가 보다 낮은 자리에서 보다 많
이 깨우치는 것은, 장구한 인류 역사를 관류한 보편적 진리였다. 대신에
그가 시의 소재로 선택하는 대상들은 자유분방하고 폭넓고 호쾌한 열린
시각 아래에 있다.

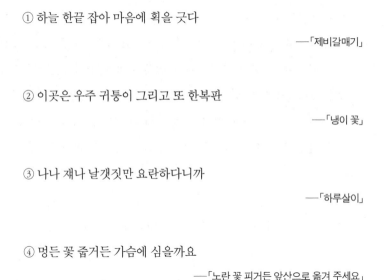

① 하늘 한끝 잡아 마음에 획을 긋다

—「제비갈매기」

② 이곳은 우주 귀퉁이 그리고 또 한복판

—「냉이 꽃」

③ 나나 재나 날갯짓만 요란하다니까

—「하루살이」

④ 멍든 꽃 줍거든 가슴에 심을까요

—「노란 꽃 피거든 앞산으로 옮겨 주세요」

①과 ②의 두 편의 시를 보면, 시인이 자신의 시를 우주 자연의 광활한
공간에 마음껏 펼쳐 두고 그것을 규정하는 잣대 또한 한껏 자유롭게 운
용하고 있음을 납득할 수 있다. 제비갈매기가 하늘을 나는 풍경에서 하
늘 한끝을 잡아 마음에 획을 긋는 상상력을 발양할 수 있다면, 그의 마음
은 하늘을 담을 부피를 향해 인식의 발돋움을 도모한다. 냉이 꽃을 들여

다보며 우주의 중심과 변방을 통합해 보는 오연한 기개 또한 그와 같다.

그런가 하면 ③과 ④의 두 편의 시를 볼 때, 아주 세미하고 은밀한 대상물이 시적 관심을 부여받아 그 의미의 증폭을 구현해 보이기도 한다. 하루살이와 자신의 인생을 쉽사리 겹쳐 보이고 그것을 자조적으로 언명하는 것은, 그 단명한 삶의 무모함에 대한 관점의 정립이 마무리된 이후일 터이다. 멍든 꽃의 존재가 자신에게 유의미한 가치를 형성하는 것도 그를 매개로 한 비유법의 효용성이 스스로의 내부에서 응당한 청신호를 수신한 경우에 해당하겠다.

이처럼 여러 유형의 시적 인식과 기교를 단촐하고 강렬하게 드러내면서, 김민의 시는 그것대로 아주 특색 있는 하나의 노적가리를 이루고 있다. 그 호흡이 짧은, 그러나 긴박한 언어들의 집적 속에는 세상과 대면한 시인의 아픔과 슬픔, 자아에 대한 회의와 자기 증명, 세계를 투시하는 포괄적 시각과 미세한 관심 등 여러 면모들이 함께 혼융되어 있다.

이 시인이 이처럼 다양 다기한 언어의 표정들을 넘어서 굳이 하나의 방향으로 추출되는 새 길을 닦아야 할 이유는 없을 것이다. 그러나 그가 앞으로도 지속적으로 시를 써 나가기로 하고 또 그의 시적 장점을 유감없이 발휘한 이 시집의 단시들을 넘어서 더 유장한 사유의 공간을 확장해 나갈 요량이면, 계속되는 창작의 현장에서는 집중된 관심 분야를 설정하거나 그 분야를 딛고 나아가는 시적 미래의 전망을 보다 적극적으로 탐색해 보았으면 하는 후감이 있다. 물론 이는 그의 단시들이 보여 준 성과에 대한 미더움과 기대에서 말미암는 의견이다.

더 광활한 시의 땅에서 그를 만나기 위하여

우리 문학의 시조가 그러하고 일본의 하이쿠가 그러하듯이, 짧은 분량의 시행으로 이루어진 단시들은 근본적으로 그 시에 담을 생각의 절제를 앞세우는 데서 출발한다. 분량이 짧은 만큼 촌철살인 묘를 가진 언어의 조합이 존중되고 의도적 생략이나 반복, 위트와 유머의 도입 등 활용가능한 여러 시적 덕목들이 동원된다. 김민은 그의 시가 위치한 지형도를 민감하게 알아차리고 있으며, 그 단시로서의 특징들을 재치 있게 불러오는 데 익숙해 있다.

① 왜 당신은 이곳에 서 있는 거요

② 당신은 왜 이곳에 서 있는 거요

③ 당신은 이곳에 왜 서 있는 거요

④ 당신은 이곳에 서 있는 거요 왜

이 네 편의 시는 모두 「발자국」이란 동일한 제목을 달고 있는 각기 다른 시들이다. 이러한 표현 방식과 의미 범주의 분화를 '말장난' 수준으로 치부해 버리는 경우라면, 이 시인의 내면 세계 또는 시적 인식과 조화로운 악수를 나눌 수 없다. 꼭 같은 단어의 구성으로 이루어져 있지만 그 순서에 변형을 가함으로써 강조점이 달라지고 어조와 분위기가 달라지는 그 미세한 차별성에의 감각, 그것이 그의 시 세계를 관통하는 하나의 창작 도구이다.

그런데 이 시인이 시적 자아와 세계와의 만남을 그처럼 좁고 한정된 울타리 안에 가두어 두고 이를 치밀하게 관찰하고 해명하는 태도로만 일관했다면, 우리는 그저 어느 정도 독창성을 가진 시인 한 사람이 있었노라고 결론지으면 그뿐이었을 것이다. 하지만 그는 이 단시들의 협소한 공간을 넘어설 출구가 어디인지 명민하게 보아 두었고 그 문을 주의 깊게 열어 두었다. 그것은 축소된 세계의 공간 속으로 바깥세상의 소우주를 유입하거나 아니면 그 공간이 우주적 상상력의 확장에 잇대어져 있도록 하는 활달한 창작 방식을 말한다.

> 이보시게, 자네는 정말이지 멋지게 뒤틀렸군 그래
>
> ──「하회 삼신당 느티나무」

> 연밥에 넣어뒀습니다 나중에 열어보시길
>
> ──「가을」

시인의 사고 유형과 그것의 형상이 범상한 관망의 대상을 두고 우주적 의미를 부여하는 차원으로 진입하지 않고서는, 요컨대 시공의 경계를 넘어서는 열린 인식을 전제하지 않고서는, 이러한 시편들이 생성되기 어렵다. 시행이 짧은 만큼 시의 문면과 제목이 적절하게 상호 조응하는 효과를 내지 않아서도 안 된다. 그의 시는 제목이 곧 시의 내용이고, 시의 내용 또한 제목에 버금가는 형편에 있다. 그러기에 "하늘역에 눈 내리다"라는 시의 제목이 "모래벌판 돌아 나오니 붉은 깃발을 든 역무원이 반가이 묻다 어디서부터 타고 왔냐고"와 같이 훨씬 긴 분량으로 제시되는, 불균형성의 시가 성립되는 것이다.

마음의 그물을 손질하시는 위로 검은 빗줄기

—「아버지」

태양에 담그시는 손 있으니

—「어머니」

누구에게나 그러하듯이, 이 시인에게도 그 무엇과도 바꿀 수 없는 소중한 존재들이 있다. 그의 부모가 그러하고 그의 시가 그러하며 그가 시를 통해 만날 독자들과의 교유 또한 그러할 것이다. 그는 이 소중한 이들을 위하여 시를 써 왔을 것이고 또 써 나갈 것이다. 그것은 아직 광활한 미지의 개척지를 남기고 있는 세계와 그의 시적 자아가 소통하는 경로이자 목표일 터이며, 그가 여러 가지로 어려운 환경조건에도 불구하고 이처럼 정제된 시편들을 산출한 그 인간 승리의 개가(凱歌)에 해당할 터이다.

우리는 그의 시 세계가 더욱 유암(柳暗)하고 화명(花明)한 경계를 열어 나감으로써, 자신이 소속된 익숙한 지역을 넘어서 새롭고도 내용 있는 시의 잔치를 매설해 보이기를 요망한다. 그가 이미 하나의 전문성을 증빙한 그 단시의 기반을 상회하여, 풍성한 언어를 마음껏 구사하고 조직화하는 일반적인 시의 제작에 이르기까지, 그 재능을 빛내 보이기를 권유하고자 한다. 그에게 충분한 자격과 기량이 있음을 스스로 입증한 이 시집에 존중과 찬사를 보내는 것도, 기실은 그와 같은 내일의 가능성이 더 귀해 보이는 까닭에서이다.

현대시의 새로운 장르, 디카시

— 미답의 지평과 정체성

디카시의 출현, 카메라와 시의 악수

다도해의 자란만이 푸른 물결로 출렁거리는 경남 고성에서, 제2회 '디카시 페스티벌'이 열리는 것은 청명한 자연의 경관 때문이 아닐 터이다. '디카시'란 별로 들어 보지 못한 한국 현대시의 새로운 얼굴이 하나의 문학 장르로서 자리를 잡아 가는 일 자체가 경이롭기도 하거니와, 그와 같은 문학적 지각변동을 이끈 문열이로서 한 시인이요 문학비평가의 날 선 감각과 지속적 열정이 문학사의 새로운 경계를 열어 가고 있음을 주목하지 않을 수 없다.

기위 알려진 바와 같이 이 전례 없는 문학 유형의 창안자는, 그 지역에 태를 묻고 또 그 지역을 삶의 터전으로 하고 있는 이상옥 교수이다. '디지털 영상 시대에 시의 위의를 회복하고 독자와 새롭게 소통하는 전범을 제시'하려는 디카시의 발상지는, 그러므로 자연히 경남 고성이 된다. 아마도 이 시대의 첨단에 선 시 운동은, 1930년내 김광균 등의 모더니즘 시

운동이 그러했듯이 하나의 문학적 조류로 발전해 갈 것이며, 고성의 '공룡 엑스포'와 더불어 지역적 명성을 강력하게 환기하는 문화 규범이요 축제로 발전해 가리라 여겨진다.

디카시는 말 그대로 디지털 카메라와 시의 결합어이다. 모든 자연이나 사물, 곧 카메라의 피사체에서 시적 형상을 포착하여 문자로 재현하는데, 디지털 카메라의 사진과 그에 연동되는 시가 하나의 텍스트로 완성되는 시의 장르이다. 그러자면 평상의 언어가 시가 되기 위해서 응축과 상징의 표현력을 얻어야 하듯이, 디지털 카메라의 사진 또한 피사체의 여러 표정 가운데 촌철살인에 해당하는 극명한 순간을 포착해야 마땅하다. 또한 그 사진에 잇대어 있는 시도 단순한 비유적 언어 용법을 넘어 사진의 시각적 현상과 더불어 시너지 효과를 유발할 수 있도록 주밀한 언어 및 의미의 배합을 유념해야 옳겠다.

그런데 이러한 소규모 종합예술로서의 디카시가 그 배경으로 하는 사진의 화면 및 시의 문면이, 우리 시대의 가장 전진적인 지점에 도달해 있는 인터넷의 기능이나 영상 문화 시스템과 매우 효율적으로 악수하고 있다는 사실 역시 간과할 수 없는 문제이다. 그렇게 판단할 때, 디카시도 인터넷 문학의 한 변종이라 할 수 있을 것이다. 그런 점에서 이 글에서는, 디카시의 정체성 또는 발생론적 근본에 해당하는 인터넷, 사이버, 영상 문화에 대한 논리적 검토를 선행한 후에 다시 디카시의 성격과 그 방향성에 대해 살펴보기로 한다.

인터넷 문학의 길과 디카시의 지위

인터넷을 중심으로 한 새로운 세계는 이제 현실과의 실험적 조우를 넘어 우리 삶의 세부적 영역까지 침투하는 명실상부한 사회적 공간으로 자리 잡았다. 인터넷 쇼핑, 인터넷 뱅킹, 재택 강의, 사이버 대학 등 온갖 상거래와 금융거래에서부터 유아교육과 최고 고등교육이 모두 가능한 인터넷 교육 시스템에 이르기까지, 이는 오늘날 현대인의 원활한 사회 활동을 위한 일상적 아이템으로 기능한다.

그뿐이 아니다. 이웃사촌도 옛말이 되어 버린 이 시대에 우리는 수많은 '일촌'들과 인터넷상의 우정을 나눈다. 바야흐로 수천 년을 일관해 온 인간관계의 패러다임이 인터넷으로 인하여 새 길을 열고, 그에 무관하거나 무심했던 사람들까지 이 상황으로부터 절연될 수 없도록 부지불식간의 압박을 가해 오고 있는 중이다.

20세기 후반에 하나의 징조로 시작되었던 이 시대적 흐름은 이제 돌이킬 수 없는 대세가 되었고, 문학의 경우에도 기존의 문학판 안에서 인터넷상의 문학 행위가 중요한 화두이면서 동시에 실질 세력으로 등장한 지 벌써 오래되었다. 다시 말하면, 인터넷 문학이란 대상을 두고 그것의 문학성이나 미학적 가치를 가늠하며 이를 문학의 본류에 편입시킬 수 있는가를 따지던 태도는 이미 오래전에 구시대의 유물로 전락한 형국이다.

인터넷 문학과 사이버 문학에 대한 연구 성과들을 꾸준히 축적해 온 소장 연구자들도 적지 않으며, 인터넷을 통해 대중의 인기를 구가해 온 아마추어 작가들의 작품이 베스트셀러가 되어 서점가에 유통되고 있다는 사실은 전혀 놀랄 만한 일이 아니다. 이 유형의 문학이 양산되는 것은 하나의 문화 현상 혹은 문학 현상으로 자리 잡았으며, 따라서 이제는 그 가치 여부를 논하는 기초 수준의 논쟁을 넘어서 이러한 문화 현상을 어떻게 규정하고 이해하며 발전시켜 나갈 것인가를 구체적이고도 객관적인 시각으로 고찰해야 할 지점에 이르렀다.

그러나 인터넷상의 사이버 문학, 하이퍼텍스드 문학, 디지털 문화 등

속이 과거의 문학 및 문화의 종말이나 완전히 새로운 문학 기술의 출현을 의미하는 것은 아니다. 그것은 문학적 패러다임의 새로운 이행 혹은 기존의 문학 이론에 대한 철학적 재해석의 성격을 갖는다. 문학이 새로운 시대에 적응하여 끊임없이 새로운 양식으로 변화해 왔다는 것은 문학사의 기본명제에 속하거니와, 이 새로운 문학의 유형 역시 그와 같은 문학사의 근본적인 패턴에서 크게 벗어나지 않는다.

하지만 철학, 물리학, 생물학, 공학 등의 분야에서 엄청난 변화의 양상을 보이고 있는 이른바 디지털 혁명은, 단순한 변화가 아니라 그 패러다임 전체의 변혁에 속하는 문제임에 틀림없다. 따라서 인터넷, 사이버, 하이퍼텍스트, 디지털 등의 개념과 적용에 관한 새로운 면모를 살펴보는 데 그치지 않고 이 분야와 관련을 지니는 철학, 기호학 등 일반 인문학적 연구를 병행하여 21세기의 시대정신에 걸맞는 문화적 시각을 확립하는 것이 요구되는 때이다.

우리나라에서 형식적 특성과 내용적 수준이 두루 납득되는 본격적인 인터넷 문학이나 하이퍼텍스트 문학은 아직 좀 더 시간적 거리를 두고 기다려야 할 것으로 여겨지지만, 그러는 동안에 앞으로 컴퓨터 매체를 이용한 혁신적인 장르의 출현이나 그것의 유다른 표현 방식이 도출될지도 모르는 일이다. 디카시란 새로운 문학 장르가 바로 그 증빙의 하나가 된다. 물론 유사한 다른 문학 및 문화 장르의 가능성도 충분히 열려 있다. 이 분야의 기술을 산업화하는 데 있어 세계적 강국을 자랑하는 우리나라의 환경적 조건을 염두에 두면, 이는 그다지 무리한 추론도 아니다.

이 분야의 문학 또는 문화적 이론은 1990년 후반부터 현재에 이르기까지 점차 활성화되고 있는 추세이나, 대부분은 외국 이론을 소개하거나 정리하는 저서가 중심을 이루고 있다. 작품의 생산에 있어서도 아직까지 인터넷 공간을 활용한 사이버상의 글쓰기가 주류를 이루고 있을 뿐, 그것의 양식적 특성을 충분히 이해하고 그 장점을 적극적으로 발양하여 창작 환경과 작품 자체가 조화롭게 악수하도록 하는 창작 행위는 요원한 형편이다.

그러기에 인터넷 또는 그 관련 문학의 시대적 성격을 탐색하고 이 문학 및 문화가 갖는 세계관을 구명함으로써, 21세기의 새로운 장르 이해와 그 진로를 추적하는 연구가 하나의 주요한 과제가 되고 있는 것이다. 동시에 이 영역의 문학 및 문화가 필연적으로 마주칠 수밖에 없는 문학예술의 대중적 수용과 상품화라는 명제에 대해서도, 언필칭 문화 산업과 전자 르네상스 시대의 예술은 예술 창작자 자신이 의도하든 그렇지 않든 일정한 교환가치의 체계를 가질 수밖에 없다는 방향으로 인식의 진폭을 확대했으면 한다.

이는 그저 상업주의 문학이나 문화 산업 논리를 무비판적으로 수용하자는 뜻이 아니라, 예술과 상품의 경계를 구분하는 일이 어려워진 시대에 부박한 예술 풍조에 대한 비판을 앞세우기보다는 이를 적극적으로 수용하자는 의미이다. 다시 말해 동시대 또는 사회사적 변화의 논리를 체계화하며 그 시대적 성격을 창의적으로 반영하는 바람직한 작품의 산출을 도모해 보자는 제안인 것이다. 어떤 예술가 또는 문학 창작자도 자신이 뿌리내리고 있는 생태적 문화 환경을 벗어날 수 없으며, 그 토양을 바탕으로 예술 창작의 꽃을 피우고 열매를 맺을 수밖에 없는 까닭에서이다.

지금까지 살펴본 인터넷 문학의 문학사적, 그리고 시대사적 의미에 비추어 보면, 디카시는 인터넷 시대요 영상 시대인 오늘날의 사회·문화적 특성을 담보하는 유용한 문학 장르로 자리매김될 수 있다. 그것은 단순히 디카시가 동시대 문화의 전방위를 점유하는 시 운동의 기능을 갖는다는 데 멈추지 않는다. 사진과 시의 결합을 통해 표현 대상에 대한 관찰자로서의 감응력은 물론, 그 표현 방식 자체가 당대 문화의 창작 방법론에 대한 일정한 재해석의 역할을 수행하는 것이다. 아울러 디지털 카메라와 컴퓨터를 활용한 혁신적 장르의 출현이라는 명제에도 여실히 부합할 수 있다 하겠으니, 여기 이 '디카시 페스티벌'에 거는 기대가 만만치 않은 연유이다.

디카시의 태동·전개와 문학적 성장

디카시의 발아는 앞서 언급한 이상옥 교수에 의해서이며, 2004년 4월 그가 최초로 '디카시(dica-poem)'라는 용어로써 인터넷 서재에 연재를 시작했으니 만 다섯 살이 된 셈이다. 이 교수는 그해 9월 최초의 디카 시집 『고성가도(固城街道)』를 상재하고, 포털 사이트에 카페(http://cafe.daum.net/dicapoetry)를 개설하는가 하면, 2005년 최초의 개인 디카시전, 2006년 디카시 전문지《디카시(詩) 마니아》를 창간하는 등 그야말로 '디카시 전도사'로서의 소임을 충실히 수행해 왔다.

이후로도 2006년 디카시 강연회 개최, 2007년 디카시론집 『디카시(詩)를 말한다』 간행, 디카시 세미나 개최, 여러 차례의 디카시 담론 생산, 그리고 고성의 디카시 페스티벌 창립 등 고군분투의 노력을 경주해 왔다. 선한 일에는 언제나 동역자가 있다는 격언이 있거니와, 그의 이러한 수고는 작은 산골 물줄기가 시내와 강을 이루고 마침내 바다에 이르듯, 많은 문학계의 관심과 동참을 촉발하고 있으며 그 수량(水量)은 앞으로도 더욱 증폭되어 갈 것으로 믿는다. 그러기에 새로운 문학 장르의 창시가 되는 것이다.

이상옥의 설명에 따르면, 디카시는 '언어 너머 혹은 언어 이전의 시적 형상을 전제'로 한다. 이것은 디카시가 전통적 개념의 시적 대상이나 소재, 또는 이를 표현하는 방식과 사뭇 다르다는 뜻이다. 디카시는 자연이나 사물과 같은 피사체에서 포착한 시적 형상인 '날시(raw poem)'를 디지털 카메라로 찍어 문자로 재현한 시이므로, 날시성(feature of raw poem)을 지니면서 극순간성·극현장성·극사실성·극서정성을 드러낸다는 것이다.

이러한 설명에 대해서 필자는 한 가지 의문을 갖고 있다. '날시'를 디지털 카메라로 찍고 이를 문자로 재현한다는 순서 개념에 대해서인데, 이때의 '날시'는 시적 측면이 아니라 영상적 측면이 강할 것이다. 아니 어쩌면 시와 영상의 순서가 거꾸로여도 무방하겠다. 그러기에 '극순간성'이지 않겠는가. 카메라가 처음으로 포착한 그림을 '날시'라 명명하지 않고 '날그림' 또는 '날사진'이라 하면 어떨지 모르겠다. 물론 '날시'가 곧 '날사진'과 연동되는 것이니, 이 또한 큰 차이가 없을지도 모르겠다.

다만 카메라가 피사체를 포착한 다음에 시적 인식의 작동이 가능한 것이라면, 역으로 늘 가슴속에 담고 다니는 인식이나 관념이 그에 합당한 피사체와 충돌하는 경우도 예상해 보았으면 좋겠다. 이 말은 디카시의 창작력이 작동하는 방향이나 방식을 한층 크게 열린 상태로 유지하자는 제안에 해당된다.

이 디카시론자들이 제시한 디카시의 세 가지 존재 국면은 인터넷이나 휴대폰 등 사이버 공간, 일반 문예지 게재 및 시집 형태, 디카시 전시회장에서처럼 표구되어 개인적 소장이 가능한 예술품 형태로 되어 있다. 시가 존재할 수 있는 일상적·탈일상적 공간 모두를 망라하여 그 존재 공간을 설정하고 있는 것은, 디카시의 대중적 확산을 전제할 때 매우 명민한 접근법이다. 그 시의 형식이 우리 삶의 세부에 친근하게 맞닿아 있어야 한다는 사실의 중요성을 간과하지 않은 것이다.

그렇게 디카시는 범상한 유형의 시로 존재하면서, 한편으로는 그 현실의 방벽을 쉽사리 넘어설 수 있어야 할 터이다. 마치 해리포터가 지하철역의 벽을 뚫고 곧장 마법의 세계로 진입하듯이, 역동적 상상력의 운동성을 극대화하자면 그 출발 지점은 평범한 일상의 바탕, 우리가 늘 발을 두고 있는 그곳이어야 할 것이다.

그동안 한국 문단에 시집을 내면서, 그 시에 걸맞는 정선된 사진을 함께 실어 온 사례를 드물지 않게 목도할 수 있었다. 이승하 시집 『폭력과 광기의 나날』이나 신현림 시집 『세기말 블루스』 등을 그 예증이라 할 수 있겠다. 그러나 디카시는 이처럼 시와 그림 또는 사진을 단순 병렬한 시들과는, 외양은 유사하되 당초 그 개념이 다르다. 이를테면 이 유별난 시의 형식은, 기존의 시적 방식과 의식적인 측면의 절연은 물론 그 연계 또한 자유롭게 개방하고 있는, 시 이전의 시이면서 시 이후의 시라 할 만하다.

지금까지 통권 5호에 이르도록 발간된 『디카시 마니아』 및 『디카시』에 실린 시들의 면면을 살펴보면, 이 구분은 그다지 긴 설명을 필요로 하지 않는 것이 된다. 그리고 이상옥 교수 자신의 평론집 『디카시를 말한다』에서도 충분한 이론적 근거들이 도출되어 있다. 여기에서는 그의 디카시집 『고성가도』에 실린 시 몇 편을 살펴봄으로써, 디카시의 몸피, 곧 구체적 세부를 체험해 보려 한다.

디카시 감상의 실제와 남은 과제들

이상옥의 디카시집 『고성가도』에는 모두 50편의 디카 포착 사진과 시가 실려 있다. 한결같이 디카시의 교본을 지키려는 표정과 어투가 편만해 있다. 시도 시려니와 카메라를 다루는 솜씨가 보통이어서는 빼어난 디카시를 산출하기가 어렵겠다는 느낌이 먼저이다. 그러기에 앞에서

'작은 종합예술'이라 덧붙였던 언사가 전혀 어색하지 않다. 카메라의 순간 포착, 디지털화하는 표현 기법, 영상에 결부된 시적 상상력과 언어의 조합, 그리고 교묘한 지면 배치에 이르기까지, 시인은 곧 한 작품의 연출자임이 역력하다.

> 얇은 속옷 같은
> 어둠이 은은히 드리워진
> 봄밤의 캠퍼스
> 늦은 강의동 몇몇 창들만 빤히 눈을 뜨고
>
> ──「봄밤」 전문

이 시와 악수하고 있는 사진에는, 어두운 전체 화면 가운데 대학 강의동의 몇몇 창틀에 불빛이 서려 있을 뿐이다. 그 어둠과 빛의 공존을 두고, 시인은 '얇은 속옷'의 '봄밤'을 떠올렸다. 아니면 그 두 개념에 캠퍼스의 야경을 불러왔는지도 모른다.

> 고야가 자꾸 물을 마시던 웅덩이
> 봄날 아침 떠 있는 개구리 형상
> 저 물풀 예사롭지 않다
> 우주의 무슨 부호?
> 혹, 계시의 말씀
>
> ──「물풀」 전문

이 시와 짝을 이루는 사진은 수초가 떠 있는 물웅덩이이다. '고야'는 다른 시를 보면 그가 기르는 강아지인 모양이다. 물풀을 두고 우주의 부호나 계시의 말씀을 떠올리는 그의 상상력을 카메라가 잘 뒤따라갔는지가 문제이다. 이 대목에서 기계는 신의 창작품인 인간의 두뇌 작동과 거리를 두기 마련인데, 어쩌면 디카시는 이 간격을 좁히려는 도전적 의욕에서 말미암는지도 모른다.

> 하루치의 슬픔 한 덩이
> 붉게 떨어지면
> 짐승의 검은 주둥이처럼
> 아무 죄 없이
> 부끄러운 산
>
> ──「낙조」 전문

산자락 한 편만 보이는 서산의 일몰이다. 희부연 낙조의 태양만 눈동자처럼 떠 있다. 거기에서 붉은 '슬픔'을 보고 아무 죄 없는 '부끄러움'을 본다. 누구나 다 스스로의 시선으로 일몰을 보겠지만 이 시인, 아니 이 카메라의 눈은 평상의 자연 가운데서 매우 친숙한 감정의 편린들을 거두어 들인다. 그렇게 그림과 글이 되고 그 묶음이 시가 되어 '디카시'라는 제품이 된다.

> 비 오는 오월
> 스승의 날
> 아침산은 벌써
> 새하얀 찔레꽃 한 다발
> 마련해 두셨다.
>
> ──「찔레꽃」 전문

화면에 맑고 흰 찔레꽃잎들과 연초록 잎사귀가 가득하다. 스승의 날이 들어 있는 계절, 그 꽃다발을 아침 산이 준비한 형국이다. 필자 개인에게는 이 찔레꽃과 스승의 날이 한꺼번에 가슴을 쳐 왔다. 이태 전 '찔레꽃'이라는 노래를 그렇게 잘 부르시다가 유명(幽明)을 달리하신 선생님 생각에 금방 눈시울이 뜨거워졌다. 이것은 독자가 누리는 행운의 하나가 아닐까 싶다.

이상옥의 디카시에서 보듯, 디카시는 작고 소박하지만 순간적이고 강렬한 것을 지향한다. 우리가 모두 알고 있다시피, 사람을 감동시키는 힘은, 무슨 큰 교훈이나 주의에서 오지 않는다. 이름 없는 친숙한 것들이 얼마든지 우리의 심금을 울릴 수 있다. 그것으로 성취에 이른 문학 장르에 우리의 단행 시조도 있고 일본의 하이쿠도 있다.

이제 현대문학의 새로운 얼굴로서 유년을 넘기고 있는 한국의 디카시가, 축약되고 정돈된 모양만이 아닌, 절제되고 정제된 의미의 깊이를 웅숭깊게 구현해 낼 때가 되었다. 그렇게 도사리고 있는 의미화의 영역이 존재하고서야 비로소 창작 분량의 문제를 넘어 문학적 수준의 문제로 갈 수 있기 때문이다. 문학사에 기록될 새 장르의 개척이 오히려 부차적인 항목이 되고, 늘 곁에 있던 일상과 새롭게 열리는 탈일상이 충돌하면서 발생하는 의미의 깊이와 감동의 힘이 중점 항목이 되어야 할 것이다. 그렇게 될 때 비로소 디카시는, 한국문학의 뜻있는 지평으로 영예롭게 부상하리라 본다.

이별과 눈물의 절창

— 정지상의 「송인」

비갠 언덕 위에 풀빛 푸른데
남포로 님 보내는 구슬픈 노래
대동강 물이야 언제 마르리
해마다 이별 눈물 보태는 것을

雨歇長堤草色多
送君南浦動悲歌
大同江水何時盡
別淚年年添綠波

이 시는 고려 시대의 천재시인 정지상이 지은 「님을 보내며(送人)」라는 절창이다. 이별을 슬퍼하는 눈물이 얼마나 많이 대동강에 보태어지는지 그 강물이 결코 마를 리 없다는, 함축적 표현의 묘를 얻었다.

우리 문학사에 이별에 애타하는 서정적 표현은 너무도 많다. '여성 콤

플렉스'라는 문학비평 용어를 대입할 수 있는 작품들 가운데는 더더욱 많다. 우리에게 가장 익숙하기로는 김소월의 「진달래꽃」이 그러하고, 고려가요 「가시리」와 민요 「아리랑」 또한 그와 다르지 않다. 「진달래꽃」에서는 님이 떠나가시면 죽어도 아니 눈물 흘리겠다는 역설적 어법으로 이에 대한 절대 반대의 심경을, 「가시리」에서는 붙잡아 두고 싶지만 그것이 서운하여 아니 올까 봐 보내 드리오니 가시자마자 생각을 바꾸어 돌아오라는 간곡한 탄원을, 그리고 「아리랑」에서는 아예 10리길 안에 발병이 나서 떠날 수 없었으면 좋겠다는 강렬한 미련을 나타내고 있다.

경남 하동 출생의 작가 이병주의 장편소설 『산하』 초입에는 "정을 두고 떠날 때 산하의 그 아름다움이란!"과 같은 기막힌 구절이 있다. 기실 우리는 이와 같은 수사 하나에도, 우리의 심리적인 상태와 부합될 때의 유행가 가사 한 구절에도, 얼마나 깊이 우리의 가슴 맨 밑바닥을 두드릴 수 있는 힘이 있는가를 깨우치게 된다. 「누구를 위하여 종을 울리나」나 「러브 스토리」 같은 영화는 마지막 대목에 사별(死別)의 장면을 매설하고 있다. 이들 영화에서는 "나는 죽지 않아. 당신과 함께 가는 거지", "(죽음 앞에서도) 사랑은 미안하다고 말하지 않는 거야."와 같은 유명한 결어를 남기고 있어서 아직도 지난날 우리의 기억을 새롭게 한다.

이별에 눈물이 동반될 때, 이 양자를 감성적 언어로 잘 조화시키면 시가 된다. 그러나 그 시의 소재가 되는 실제적 삶의 현장, 눈물을 흘리며 눈물겨운 상황을 감당하며 걷는 인생길의 고통은, 언어의 치장을 넘어서 있거나 언어유희의 차원과 그 강도가 매우 다를 수도 있다. 눈물을 두고 살펴보자면, "눈물과 더불어 빵을 먹어 본 사람이 아니면 인생의 참맛을 모른다."라는 말이 괴테의 시에 나온다. 가난의 고통에 부대끼는 시절을 체험하지 못한 사람은 세상살이의 깊이 있는 이치를 알 수 없다는 뜻이다 때로는 눈물이 그 고통의 자연스러운 표현이며, 한편으로는 그때의 황량한 가슴을 씻어 주는 정화제로 작용하기도 한다. 그래서 옛 말에 "친정아버지가 세상을 떠났을 때 가장 서럽게 우는 딸은 가장 못사 는 딸이다."라는 표현법이 있다.

대체로 남자보다는 여자가 더 눈물이 많다고 한다. 이를 매우 부정적 으로 보는 이들도 있다. 도스토옙스키는"여자의 눈물에 속지 말라."라고 했고, 소크라테스는 "마음대로 안 될 때는 우는 것이 여자의 천성이다." 라고 했으며, 니체는 "남자는 상대방에게 고통을 주었다고 생각해서 눈 물을 흘리지만 여자는 상대방을 충분히 괴롭히지 않았다고 생각해서 눈 물을 흘린다."라고 격렬하게 타매했다. 우리는 슬플 때와 마찬가지로 기 쁠 때도 눈물을 흘린다. "눈물에는 선한 눈물과 악한 눈물이 있다. 선한 눈물이라는 것은 오랫동안 그의 마음속에서 잠들고 있었던 정신적 존재 의 각성을 기뻐하는 눈물이고, 악한 눈물이란 자기 자신과 자기 선행에 아첨하는 눈물이다."라는 톨스토이의 말이 있다.

그렇게 눈물은 그 표피 아래에 숱한 상징적 의미망을 내장하고 있으 며, 또 이를 시의 이름으로 치환하는 갖가지 통로를 확보하고 있다. 정지 상의 시는 그 이별의 몸체에 눈물의 의복을 덧입혀 이를 가장 보기 좋고 느끼기에 좋은 모양새로, 가장 잘 심금을 울리는 가락으로 꾸려 놓았다. 그 솜씨는 당대의 실력자 김부식의 질투를 받아 자신의 생명을 단축할 만큼 천재성을 가진 것이었다.

이처럼 이별 눈물은 '이별'과 '눈물'이라는 강력한 시적 정서의 두 개 념을 한데 묶은 복합적 의미의 언사이며, 정지상의 이 시 한 편이면 동서 고금에 그에 관한 그만 한 절창을 구할 수 없으리라는, 우리 문학사의 자 존심이라 할 만하다. 그것이 필자가 여기에 이 고색창연한 시 한 편을 내 세운 연유이다.

세상의 분진을 씻어 낸, 비 내린 뒤끝의 청량함에 산천초목이 맑게 빛나고, 유서 깊은 대동강변의 긴 둑길에 방초 풀빛이 푸르게 반짝이는 날이다. 저만치 이 나라의 3대 누각 중 하나라는 부벽루가 올려다 보이는 바로 그 강가이다. 아마도 여성 화자임이 분명한 이 시의 인식 주체는, 지금 남포를 향하여 님을 떠나보내며 흐르는 눈물 가득한 얼굴로 슬픈 노래와 함께 강가에 섰다.

서북 지방의 마른 대지를 적셔 온 대동강물이 마른 것을 본 적은 없다. 그러나 이 무심한 물리적 외형의 강물은 경우에 따라 그럴 수도 있다. 그런데 그것을 가로막고 나서는 것이 이 시의 중심 주제이다. 이별 눈물이 철철 넘쳐서, 그리고 그것이 돌아오지 않는 님을 돌아올 때까지 기다리며 해마다 계속되는 것이어서, 대동강물 그 젖줄의 생명을 북돋워 살릴 지경이다. 과장법이 아름답다면 이보다 더 아름답기 어렵고, 단호한 시적 결의가 견고하기로 한다면 이보다 더 견고하기 어렵다.

이 시가 가진 상징적 압축미가 한결 더 돋보이는 것은, 시의 문면이 표의문자의 한문 문장으로 구성되어 있다는 사실과 관련이 있다. 이를테면 『논어』에 나오는 "군자는 그릇이 아니다."(君子不器)와 같은 문장을 우리말로 설명하자면, 품도 많이 들거니와 의미의 전달도 어렵다.

정지상은 한문이 발양할 수 있는 압축된 의미의 시적 장점을 어떻게 한 수의 시로 꾸밀 수 있는가를, 본능적 감각으로 알아차리고 있었던 시인이다. 한 치 한 올의 군더더기도 없이 절제된 시상, 그러나 그 가운데는 인간의 심성 그 본질을 헤집는 예리한 언어 조작이 숨겨진 보화처럼 잠복해 있다.

고려 인종 때의 시인, 하동을 본관으로 하는 이 시인의 칠언절귀 한시 「님을 보내며」는, 중국 당나라의 시인 왕유가 벗과의 이별을 '한잔 술'(一杯酒)로 달래는 「송원이사안서(宋元二使安西)」와 함께 이별시의 압권으로 불린다. 이 시는 이인로의 『파한집(破閑集)』에 실려 있다.

반만년 민족사의 지평, 돌올하게 솟은 문화의 얼굴 — 이어령

왜 지금도 이어령인가

필자가 문예지《문학수첩》창간 편집위원으로 참여하고 있을 때의 일이다. 한국 문단의 원로 문학평론가이자 대표적 문화이론가인 이어령 선생을 대담에 모셨다. 21세기의 첫 새벽에 해당하는 시기, 그래서 '문화의 세기와 우리 문학의 새로운 패러다임'이란 제목을 붙였고 장소는 서울 중앙일보 고문실이었다. 20세기 중반부터 우리 문화 및 문학의 새로운 의미 개념을 제시하면서, 그것을 해석하는 달변의 논객으로 일세를 풍미해 온 선생은 이미 생존해 있는 채로 하나의 전설이 되었다.

그 연배의 시인이나 작가들을 전혀 기억하지 못하는 동시대의 젊은 세대들이 선생의 함자만큼은 명료하게 그리고 매우 구체적으로 인지하고 있으니, 이는 곧 세월의 경과를 뛰어넘어 새로이 변화하는 문물을 선도해 온 선생의 공로요 영향력을 말하는 일이다. 1950년대에 '저항의 문학'이란 선명한 가치를 내걸고 문단에서 가장 독창적인 목소리를 발양했던, 그리고『흙 속에 저 바람 속에』를 비롯한 다수의 문명 비평 또는 문화 비평으로 낙양의 지가를 올렸던 선생은, 그 대담에서도 그간의 저술에 필적하는 분량의 새로운 집필 계획을 수립하는 등 활발한 의욕에 넘쳐 있었다.

세기의 분별이 바뀌고 10년, 그동안도 선생은 쉬지 않았다. 끊임없이 문화적 화두를 세상에 던지는가 하면, 기독교의 세례를 통해 종교적 차원에서도 경천동지의 파문을 생산했다. 왜, 어떻게 이와 같은 화제의 중심에 서는 인물로 살아왔을까. 그 대답은 선생의 내부와 외부에 동시적으로 존재할 것이다. 시대의 문물을 바라보는 예리한 혜안과 그것을 언어의 형식이나 문화의 양식으로 전화하는 식견, 의미가 확연히 정돈된 콘텐츠와 다음다음의 세대들조차 놀랄 순발력이 동시다발로 작용하는 자리에 선생의 세계가 있다. 좀 무례하고 성급하게 말하자면, 이런 인물은 한 세기에 두 번 나기 어렵다.

요컨대 그는 우리 시대의 지성을 대표하는 문화 아이콘이요 그 스스로는 천재적 발상의 소유자이다. 그러기에 선생을 모시고 청해 듣는 새로운 천년의 문화 패러다임은, 과연 무엇이 과거로부터 온 것이며 무엇이 새롭게 추구해야 할 것인가를 가늠하는 데 가장 적절한 분석·평가·판단·처방을 포괄할 수 있을 터이다. 그리하여 민족 공동체에서부터 개인의 삶에 이르기까지, 우리가 열고 가꾸며 이루어 가야 할 앞날의 모습을 추단하는 가장 유효한 시금석이 되리라 여겨진다. 선생을 모셨던 대담의 의미는 바로 그러한 것이었고, 미상불 선생은 현란한 인식과 언어의 잔치를 통해 다양다기하면서도 일관된 관점을 공여해 주었다.

선생의 손길이 닿은 문학 및 문화의 범주는 너무 넓어서 거기에 합당한 호명을 부가하기가 어렵다. 그러나 그 가운데 적지 않은 부면이 당대의 대중문화와 폭넓은 섭섭을 이룬다. 대중문화는 보편적인 사람들이 누리는 정신적·물질적 가치에 기반을 둔다. 이는 그 이름처럼 현대 대중사회를 기반으로 성립된 문화이다. 많은 사람들이 좋아하는 문화인만큼 많은 사람들, 곧 대중에 의해 만들어지며 쉽게 사람들의 호의를 끌고, 때로는 저속한 수준으로 침윤하는 것을 두려워하지 않는다. 다시 말해 동시대 사회의 부정적 가치를 전파할 위험이 상존한다.

이러한 대중문화의 한국적 면모를 예리하게 분석하고 비판하며, 그 가운데 잠복한 구조적 특성을 설득력 있게, 또는 감동적으로 드러내 보이는 당대의 지성이 이어령인 것이다. 그러나 이러한 언표는 그가 가진 문필가로서의 여러 얼굴 가운데 겨우 하나만을 언급한 것일 따름이다. 일찍이 셰익스피어는 백만 인의 성격을 지녔다는 서구의 수사(修辭)가 있었지만, 그는 그야말로 천 개의 얼굴을 가진 인물이다.

누군가가 재미 삼아 세어 보니, 그의 직함이 무려 십 수 개였다고 한다. 문학평론가, 대학교수, 신문 칼럼니스트, 문화부 장관, 문명비평가, 에세이스트, 시인……. 어느 호칭을 사용해 그를 불러야 할지 난감할 지경이 허다하겠으되, 궁극적으로 그는 '글을 쓰는 사람'이다. 1956년 5월 6일 한국일보에 평론 「우상의 파괴」를 발표하며 문단에 나온 지 반세기를 넘긴 지금, 그의 이름을 달고 세상에 나온 저술이 벌써 200권을 넘었다.

그런데 그 저술들이 그냥 책이 아니다. 그의 책들은 그때마다 살아있는 시대의 화두가 되었다. 천재성의 필자, 비범한 상상력의 소유자, 겹시각의 황제 등 현란한 수식어들이 그다지 무리해 보이지 않는다. 그는 언제나 닫혀 있는 인식과 세계관의 창을 활짝 열어 주는 선각자이다. 기존 문학의 우상을 파괴하고 창의적 시각의 새 길을 열자고 주창했던 그는, 어느 결에 그 자신이 하나의 새로운 우상이 되어 있다. 그에게 혹독한 비판을 받았던 백철, 조연현, 서정주, 김동리 등은 이미 세상에 있지 않지만, 어쩌면 그도 후세의 사필(史筆)을 두려워해야 할지도 모른다.

그에게 글쓰기란, 그리고 글쓰기를 통해 사고의 전복을 감행하는 까닭은 과연 무엇이었을까? 다음의 인용문이 참고가 될지 모르겠다. "우리의 꿈은, 뒤에 오는 사람들이 우리를 딛고 우리 위에서 이루게 하는 것입니다. 나는 평생을 창조적인 작업을 위해 살아왔습니다. 누가 하라고 해서 한 것이 아니라 그것이 나의 삶 그 자체의 즐거움이었기 때문입니다." (김윤식 외, 『상상력의 거미줄 — 이어령 문학의 길 찾기』)

"세태를 앞서 읽는 눈과 시대적 선언이야말로 이어령의 전매특허다."라는 안내의 말과 더불어, 그가 "매 10년마다 문명비평가로서 세태의 흐름을 정확히 꿰뚫어 보고 그에 걸맞는 시대적 선언을 내놓았다."라는 설명이 인터넷 공간 곳곳에 떠 있다. 그 '시대를 바꾼 키워드'들은, 일부 지나치게 강조된 부면이 있는 채로 다음과 같이 정리되어 있다.

① 1960년대, '흙 속에 저 바람 속에': 가난의 극복이 유일의 명제였던 시절에 이 책을 통해 우리 사회가 농업사회에서 산업사회로 옮겨 가야 함을 역설하여, 당대 최대의 베스트셀러를 기록하고 어둡던 시대 분위기를 일신했다.

② 1970년대, '신바람 문화': 군사독재에 눌려 암울과 좌절에 빠져 있던 우리 민족의 열정을 깨워 신바람을 불러일으켜 우리 스스로도 몰랐던 한국인의 자긍심을 높였다.

③ 1980년대, '벽을 넘어서': 올림픽 개·폐회식 및 초대형 국가 이벤트를 기획하여, 향후의 세계야말로 남북 분단과 동서 냉전의 벽을 넘어 진정한 용서와 화합이 이루어져야 함을 역설, 지구촌의 공감을 불러일으켰다.

④ 1990년대, '산업화는 늦었지만 정보화는 앞서가자': 정보화 시대를 맞아 IT 강국을 기반으로 한국이 글로벌 정보사회의 리더가 되어야 함을 역설했다. 세계와 경쟁하는 '문화의 힘과 비전'을 강조, 소프트파워를 견집

하는 원동력이 되었다. "새천년의 꿈! 두 손으로 잡으면 현실이 됩니다." 역시 시대를 리드하는 슬로건이었다.

⑤ 2000년대, '디지로그 선언!': 세계가 놀라는 파워코리아의 힘, 아날로그와 디지털의 문명 융합을 외치는 사자후가 2006년 벽두부터 세상을 놀라게 하고 있다. 석학의 생애를 결산하는 이 선언 속에 나라와 국민을 사랑하는 놀라운 시대정신이 담겨 있다.

그렇다. 아무래도 그는 옛 세대의 가치관이 무너지고 새 세대의 그것은 아직 세워지지 못한 시대적 상황 속에서, 이 양자를 함께 바라보며 우리가 선 지점의 좌표를 깨우치고 가야 할 길의 방향을 인도하도록 예정된 예인 등대의 불빛임에 틀림없다. 누가 있어, 이 겨레의 정체성이 어떠하며 왜 어떤 각오로 무엇을 향해 살아가야 할지를, 그와 같이 적시(摘示)할 수 있겠는가. 그러기에 이어령인 것이다.

그 삶과 작품 세계

이어령은 1934년 충남 아산 출생이며, 앞서 언급한 바와 같이 1956년 한국일보에 「우상의 파괴」를 발표하면서 문단에 나왔다. 그는 이 글에서 당시 문단의 중심에 있던 김동리, 조향, 이무영, 최일수 등을 맹렬하게 비판하며 새로운 시대를 여는 이론적 기수로 주목을 받았다. 그 이후 '작품의 실존성'에 관해 김동리와, 그리고 '전통론'에 관해 조연현과 논쟁을 벌이는 등 '저항의 문학'을 기치로 전후 세대의 중심에 선 비평가로 떠올랐다.

1960년부터 약관의 나이에 서울신문, 한국일보, 경향신문, 중앙일보의 논설위원을 지내고, 1966년 이화여대 교수가 되었다. 1972년《문학사상》을 창간하여 주간으로서 이를 운영했으며, 1981년부터 2년간 일본 도쿄대학교 비교문화연구소 객원연구원으로 다녀왔다. 1990년 초대 문화부 장관을 시작으로 올림픽기념사업추진위원회 위원, 2002월드컵조직위원회 공동의장, 새천년준비위원회 위원장 등 시대와 사회의 흐름을 선도하는 직위를 맡아 때마다 참신한 아이디어와 추진력을 보여 주었다.

1959년 『저항의 문학』 이후 거의 해마다 지속적으로 발간된 그의 저서들은, 일반적 상식으로서는 계량이 힘든 분량과 내용을 자랑한다. 『흙 속에 저 바람 속에』나 『축소 지향의 일본인』 등의 문명비평적 에세이는 이미 국내외에서 하나의 고전이 되었고, 저자 자신이 최고의 작품으로 소개한 『공간의 기호학』과 『말』은 '문학적 언어와 사고의 결정체'란 저자의 언급을 동반하고 있다. 그는 자신이 만들어 온 언어의 성격에 대해 시대별 기능별로 다음과 같이 분류했다.

자신의 내부에 있는 신화의 도시는 신기루가 아니라 낙타의 혹이며 선인장 안에서 솟는 샘이다. 그런데 이 신화의 도시에서 내가 발견한 것은 세 가지의 언어이다.

첫째의 언어는 프로메테우스이다. …… 프로메테우스의 언어들은 신과 인간을 갈라놓는, 그리고 자연의 질서와 기술의 질서를 갈라놓는 '불'의 언어, 반항의 언어이다.

둘째의 언어는 헤르메스이다. …… 헤르메스는 대립되어 있는 세계의 담을 뛰어넘고 모순의 강을 건너뛰는 '다리'의 언어이다.

마지막 언어는 오르페우스의 언어이다. …… 그것은 상충하는 것을 하나로 융합케 하는 결합의 언어이다.

신화의 도시 속에 있는 이 세 가지 언어야말로 지금까지 지니고 있던 내 모든 언어의 뿌리였다.

　미상불 그에게 언어의 마술사, 언어의 연금술사 등 호사를 극한 호명
을 부여할지라도, 그것이 결코 무리해 보이지 않을 것이다. 그런데 그러
한 화려한 언어들의 잔치는 그 배면에 숨은 날카로운 문제의식이 없이는
별반 값없는 허장성세에 그쳤을지도 모른다. 그의 날 선 칼날은 시대 및
사회적 문제의 정곡을 찌르는가 하면, 우리 삶의 일상성을 부양하고 있
는 내밀한 의식의 구조를 정교하게 적출(摘出)하기도 했다.

　문학으로 돌아와 보면 그는 일종의 이단자였다. 문학의 울타리 안에
거주하며 작가와 작품의 세계를 들여다보기에 그는 너무 큰 호흡을 가졌
던 터이다. 그러기에 탕자처럼 문학의 집을 벗어나 배회했고, 모든 방랑
자가 그러하듯이 원래의 집으로 돌아오기도 했으며, 그 경계에 대한 인
식 자체를 무의미한 것으로 만들기도 했다. 이를테면 그는 한 시대의 한
국문학이, 동종교배로 일관해 온 그 오랜 관성의 각질을 부수기 위해 공
들여 준비한 비장의 무기인지도 모른다.

　경우에 따라 그의 문필이 지나치게 현상적 해석을 앞세우거나 재능의
속도에 밀려 숙독(熟讀)의 깊이를 간과하는 사례가 있을 수 있고, 더러 이
를 지적한 논자들도 출현했다. 그러나 그가 아니면 언감생심 짚어 낼 수
없는 그 많은 시각, 논점, 해석, 추론을 어떻게 감당할 수 있을 것인가. 만
약에 그가 없었더라면 우리 문화와 문명에 대한 여러 차원의 성찰과 감
응력을 어디에서 빌려 와야 할 것인가.

　예컨대 염상섭의 「표본실의 청개구리」를 두고 그것이 자연주의 소설
이라는 논거는, 개구리를 실험실에서 꺼낸 장면에서 김이 모락모락 난다
는 묘사가 하나의 보기였다. 그런데 개구리가 냉혈동물이어서 실제 실험
에서는 김이 나지 않는다는 것이다. 또한 이효석의 「메밀꽃 필 무렵」에

서 허생원이 동이가 자기 아들임을 짐작하는 대목은, 왼손잡이라는 공통된 신체적 반응에 연계되어 있다. 그런데 왼손잡이는 유전적 사실이 아니라는 것이다. 그가 거둬들인 이와 같은 반론의 증빙들은 단순히 호사가적 취향이 아니라, 언제나 부정적 성찰의 정신을 예민하게 가동해 온 결과에 해당한다.

그에게도 문학 창작이 있다. 창작집과 장편소설이 여러 권 있어 『환각의 다리』, 『무익조(無翼鳥)』, 『장군의 수염』, 『의상과 나신』 등의 제목을 들어 본 바 있다. 그는 자신의 시를 두고, 서정주가 「시론」이라는 시에서 제주 해녀가 님 오시는 날 따려고 물속 바위에 붙은 그대로 전복을 남겨 둔다고 한 그 숨김의 발화법을 빌려 설명했다. 실제로 그는 5년 전인 2006년 계간 《시인세계》 겨울호에 시 2편을 발표할 만큼 일생을 두고 시에 대한 집념을 버리지 못했다. 그러나 그는 역시 미련을 내던지지 못한 시인이라기보다는 불세출의 문명비평가이다. 《중앙일보》 칼럼(2006. 10. 30)에 실린 그의 말을 빌려 보자.

88올림픽 개막식 때 굴렁쇠를 굴리자고 제안했던 것도 나에겐 똑같은 의미였다. 내가 올림픽 개막식에 관여한 건 공연에까지 손을 뻗친 게 아니었다. 그것 또한 문학적 행위였다. 김영태 시인이 올림픽 개막식을 보고 쓴 시가 있다. 굴렁쇠 굴리는 걸 본 시인은, 풀밭에 쓴 가장 긴장되고 아름다운 일행시라고 노래했다. 내 의도가 바로 그러했다. 잠실의 광장, 그 초록색 원고지에 일행시를 쓴 것이었다. 88올림픽 개막식은 나에게 몇 십 억 원짜리의 호사스러운 글쓰기였다.

아직도 쉬지 않고 글쓰기를 계속하고 있는 그의 생각과 눈과 손길이 어디를 향해 얼마나 더 나아갈지 우리는 알 수가 없다. 분명한 것은, 지금껏 그래 왔듯이 그가 앞으로의 시간을 어느 한 순간도 의미 없이 보내지 않으리라는 점이다. 그리고 그것은 우리의 민족적 삶에 대한 새로운 해석과 방향성의 제시를 보여 주리라는 믿음과 기대를 불러온다. 그래서 다시 이어령인 것이다.

바람과 흙(風土) 속에서 찾은 보화

1970년대 젊은 대학생들의 가방 속에 꼭 한 권씩 들어 있던 책이 이어령의 에세이였다. 마치 전란에서 사망한 독일군 병사들의 배낭 속에 꼭 헤르만 헤세의 『데미안』이 숨어 있었듯이. 필자 또한 예외가 아니었다. '거부하는 몸짓으로 이 젊음을'이나 '아들이여 이 산하를'과 같은 제목, 그리고 '저 물레에서 운명의 실이' 등의 레토릭만으로도 가슴이 설레고 어쩌면 지성미 넘치는 아고라 광장에 들어선 그리스의 젊은이처럼 어깨에 힘이 들어가곤 했다. 그리고 이러한 에세이들의 결정판이 곧 『흙 속에 저 바람 속에』가 아니었을까 싶다. 한국적 삶의 풍토에 대해 연재 글을 쓰기로 한 선생은, 제목에서부터 그 어휘를 살짝 비틀어 기막힌 언어의 조화를 창달했다.

이 책은 평범하고 보잘것없어 보이는 한국인의 삶과 그것의 세부를 구성하는 경물들을 두고, 그 속내와 쓰임새를 인문·역사·철학의 모든 장르를 활용하면서 해설한다. 한국인의 울음과 굶주림, 해와 달 설화와 시집살이의 사회학, 도농(都農)과 동서양의 비교 등이 천의무봉으로 어우러지고 함께 논거되며 기상천외한 관찰을 이끌어 낼 때, 거기에 탄복과 상찬을 보내지 않고는 배기기 어려웠던 것이 사실이다. 그 『흙 속에 저 바람 속에』는 오늘날 중인환시리(衆人環視裏)에 다시 집필이 시작되어,

2011년 11월호 《문학사상》의 지면에까지 잇대어져 있다.

그런데, 혹자는 필자에게 이렇게 말할지도 모른다. 당신은 도대체 어떻게 된 평론가이기에 이어령 선생에 대해 맹목적 숭배자처럼 글을 쓰고 있느냐고. 필자가 선생의 후학으로서 절대적 존경을 드리는 것은 틀린 일도 아니고 부끄러운 일도 아니다. 물론 선생의 학문·문화·문학의 세계에 단처가 없는 바가 아니겠으나, 이를 상쇄하고 함몰하는 특장들이 계수·계량하기 어려울 만큼 즐비한 형국이라 그 대목을 언급한 겨를이 없었던 차이다. 선생이 너무 빛나는 아이디어와 과단성 있는 진행 방향을 갖고 있기에, 한 걸음 늦추어서 보다 느린 발걸음으로 일이나 사물의 뒷면 또는 어두운 면을 살펴야 할 지경에서는 누수의 지점이 발생할 수 있다. 왜 천려일실(千慮一失)이란 말도 있지 않은가.

그러기에 배고픈 서민들은 초근목피를 구하려고 산으로 갔고 배부른 선비들은 정쟁을 피하여 또한 산으로 갔다. 그리하여 이 땅은 걸인과 한운야학(閑雲野鶴)을 찾는 은둔 거사로 적막강산을 이루었던 게다.

우리가 좋다는 말 대신에 '괜찮다'는 말을 쓰게 된 이유도 거기에 있다. 괜찮다는 '관계하지 않는다'라는 긴 말이 줄어서 된 것이다.

현실에 관계하기만 하면, 나랏일에 관계하기만 하면, 목숨을 잃었다. 죄 없는 처자식까지도 억울한 형벌을 받아야 했다. 혹은 쓸쓸한 귀향살이에서 눈물을 거문고로나 달래야 했다. 즉, 관계하지 않는 것이 좋은 일이다. 자연을 사랑했기에 그들이 반드시 풍월을 읊은 것이 아니었다. 그러지 않고서는 살 수가 없었기 때문이다.

위의 인용문은 『흙 속에 저 바람 속에』 가운데 실려 있는 「윷놀이의 비극성」이란 글의 일절이다. 배고픈 설움과 마찬가지로 지금도 그 성쟁이라는 눈물의 윷놀이가 우리 주변에서 벌어지고 있다고 탄식하는 저자는, '괜찮다'라는 말의 본뒷말을 잘못 가져온 듯하다. 필자가 알기로 정확한 어원은 '관계하지 않는다'가 아니라 '공연하지 아니하다'이다. 그렇다고 해서 윷놀이의 비극성이 설명되지 않을 바는 아니로되, 그것을 풀어가는 언어적 의미 형성의 과정은 전혀 딴 길이 되는 셈이다. 공연하지 아니하고 마땅한 사유가 있으니 괜찮다고 다독거리는 것이, 이 말의 풀이가 되어야 하지 않을까 싶다.

선생이 이 책을 통해 동료 문인에게 관심을 표명한 두 가지 사례가 있다. 하나는 오탁번 교수의 글 「이어령의 point of view」이고, 다른 하나는 김윤식 교수의 논평, 세대별로 선생의 문화 선도적 역할을 규정한 논평이다. 김윤식 교수의 표현처럼 30대에 『흙 속에 저 바람 속에』를 써서 한국인을 놀라게 하고, 40대에 『축소 지향의 일본인』을 써서 일본 사람을 놀라게 하고, 그리고 50대에는 올림픽 문화 행사를 통해 세계를 놀라게 한 것은 어김없는 사실이다.

여기에서 우리가 주목해야 마땅한 것은 어떻게 그처럼 세대를 넘어서 지속적 시간을 누리는 문화 창도(倡道)가 가능한가이다. 이 글을 쓰기 위해 선생의 여러 저서를 쌓아 놓고 읽고 또 읽던 필자는 두 권의 책에 오래 눈길이 갔다. 하나는 『우리 문화 박물지』이고 다른 하나는 『디지로그』이다. 앞의 책은 "이어령의 이미지 + 생각"이라는 부제가 암시하는 바와 같이, 우리 전통 사회의 삶을 지탱하던 다양 다기한 가재도구의 물목들을 그림과 더불어 논평한 것이다. 그리고 뒤의 책은 "한국인이 이끄는 첨단 정보사회, 그 미래를 읽는 키워드"라는 부제가 지시하는 바와 같이, 저 과거의 아날로그에서 디지털 세계로 가는 어지러운 외나무다리를 건너도록 안내하는 것이다.

그 언저리에서 필자는 분명히 알 수 있었다. 선생은 본능적으로 생래적으로 우리 과거의 삶과 그 구체적 세부를 깊이 있게 탐색하는 촉수를 가졌으며, 동시에 정보와 기술의 혁명이 불꽃처럼 휘황한 미래를 내다보는 선견(先見)의 눈을 가진 인물인 터이다. 거기에다 그와 같은 양자를 수미 상관하게 조합하는 방식과, 그것의 정곡을 찌르며 설명하는 언어 및 문장 구사의 탁발함을 갖추었으니, 세상을 놀라게 하지 않는 일이 오히려 기적일 수밖에 없다.

그러한 연유로 선생의 생각과 말과 글은, 간단없이 '새로운 문화 창조의 원천을 어디에서 찾을 것인가'를 추구하고 해석하고 선포한다. 이 주제에 대한 글은 『글로벌 시대의 한국과 한국인』이란 책에 실려 있다. 이 책에는 선생 이외에도 21세기 글로벌 거버넌스 시대에 한국을 대표하는 각 분야의 글로벌 리더 9인의 글을 더 담고 있다. 그러나 그 가장 앞자리는 언제나 선생의 것이다. 약관의 나이에 젊은 혈기와 함께 한국 문단을 혁파하던 선생도, 어느덧 우리 사회의 가장 중진 원로의 지위에 이른 것이다. 그럼에도 불구하고 선생의 의식은 만년 약관, 만년 청춘이다.

선생 자신이 너무도 앞서가는 분인 까닭으로, 선생을 모시고는 대화가 쉽지 않다. 어느 누구든, 하기로 한다면 심지어 일국의 통치자까지도 선생의 말만 들어야 할지 모른다. 그런데 필자의 우둔한 생각으로는 이 일방소통의 단절감은, 이제 선생의 연륜이나 견식으로 보아 조금은 수정되어야 하지 않을까 한다. 그것이 우리 시대의 진정한 존경을 수거하는 거인의 얼굴이어야 한다는 충정에서 하는 말이다.

강과 바다가 수백 개 산골 물줄기의 복종을 받는 이유는, 그것들이 항상 낮은 곳에 있기 때문이다. 사람들의 뒤에 있을지라도 무게를 느끼지 않게 하며, 그들보다 앞에 있을지라도 그 마음을 상하지 않게 해야 한다는 노자의 글로, 이 글을 쓰는 필자 스스로 함께 경계하면서 졸고를 맺음한다.

문명 인식의 새로운 전환점

—— 이어령의 『생명이 자본이다』를 중심으로

이어령을 다시 읽으며

필자는 지금까지 이어령 선생에 관한 두 편의 글을 썼다. 하지만 그의 글을 읽기로는 수십 권이요 그것도 여러 차례다. 두 편 모두 계간 문예지에 쓴 것으로, 하나는 밀레니엄 시대를 맞아 선생의 생각을 묻는 대담이었고 그 제목은 "문화의 세기와 우리 문학의 새로운 패러다임"이었다. 다른 하나는 이제는 고전이 된 선생의 역저 『흙 속에 저 바람 속에』에 관한 평문이었고 그 제목은 "반만년 민족사의 지평, 돌올하게 솟은 문화의 얼굴"이었다.

이 글들은 대체로 이 '세기의 문필'을 두고 어떻게 해서 그러한 글쓰기가 가능했으며 그 내용이 어떻게 채워져 있는가에 관한 것이었다. 많은 사람들이 선생에 대해 "세태를 앞서 읽는 눈과 시대의 성격을 규정하는 선언"이 전매특허라고 말한다. 그런 점에서 선생은 이론가요 분석가를 넘어서 투시자요 예언자에 가깝다. 1960년대의 '흙 속에 저 바람 속에'로 출발한 이 시대적 선언의 장정(長征)은 농업사회에서 산업사회로의 전환을 역설하면서 서막을 열었다.

1970년대의 '신바람 문화'는 군사독재 시대에 민족의 열정을 깨우는 목소리로, 1980년대의 '벽을 넘어서'는 서울올림픽 개·폐회식의 초대형 국가 이벤트를 이끌며 지구촌의 화합을, 그리고 1990년대의 '산업화는 늦었지만 정보화는 앞서가자'는 IT 강국을 기반으로 한국이 글로벌 정보화 사회의 리더가 되는 길을 제시했다. 2000년대의 '디지로그 선언'은 아날로그와 디지털의 문명 융합을 주창한 새로운 시각이었고, 2010년대 당대에 이르러 '생명 자본주의의 주창'은 한국과 세계를 아울러 문명적 인식의 새로운 전환점을 열어 보이는 회심작이 되었다.

이제 팔순을 넘기는 이 노대가가 여기까지 이끌어 온 생각의 물길은 마침내 큰 바다에 이른 느낌이다. 선생은 『생명이 자본이다』를 상재한 이후 어느 인터뷰에서 "산업화·민주화 세대의 영웅들은 짐을 내려놓고 떠나라."라고 권유했다. 듣기에 따라서는 매우 무례하고 오만한 표현일 수 있으나, 그 의도는 명쾌했다. 오늘의 우리 사회가 누리는 삶의 풍요와 정치적 자유가 이들 앞선 세대의 노고에 의한 것이라면 이를 존중할 줄 알아야 하고, 그 바탕 위에서 새로운 시대를 열어 갈 수 있도록 획기적인 인식의 전환기를 마련하자는 뜻이었다. 그다음 세대의 이름을 선생은 '생명 세대'라 불렀다.

물론 생명 사상조차 선생의 전매특허인 것은 아니다. 우리 역사 속에서 동학이 경물(敬物), 지기(至氣), 천지부모(天地父母)의 생명 사상을 내세웠고 동시대에 있어서도 시인 김지하, 가톨릭농민회, 녹색평론 등이 오랜 세월에 걸쳐 자기 방식의 생명 사상 논리와 실천 방안을 추구해 왔다. 한 시대 한 사회의 생명운동이 진정한 시대정신(Zeitgeist)이 되기 위해서는 이처럼 다기한 문명적 인식들의 조류가 형성되어야 한다. 인디언 속담에 있듯이 멀리 가려거든 혼자가 아닌 함께, 직선이 아닌 곡선으로 가야 한다. 외나무가 아닌 푸른 숲이 되려거든 혼자가 아니라 함께 서야한다.

이와 같은 의미 부여와 그에 따르는 우려에도 불구하고, 이 책『생명이 자본이다』에는 책을 읽는 독자 또는 그 내포적 의미를 추적하는 관찰자로서는 감당하기 힘든 에너지가 넘치고 있다. 우리 시대의 누가 있어이 풍요한 박학다식과 이 강고한 박람강기를 제어하고 순치할 수 있을까. 그런 연유로 책의 첫 장에서 마지막 장까지를 관통하는 생명 자본주의의 도저한 주장에 대해 평가하고 해명하기보다는, 충실한 독서 노트의형식을 빌리는 것이 보다 효율적일지도 모른다.

선생은 책 말미의 기록에서 이 저술에 담긴 생명 자본주의가 약 5년간에 걸쳐 신문, 방송, 세미나 등을 통해 단편적으로 소개되었으며 해외에 여러 부류의 동반 이론과 키워드들이 있다고 적었다. 동시에 생명 자본주의에 관한 본격적 연구에 앞서 누구나 쉽게 읽을 수 있도록 준비된것이라고 술회했다. 선생의 연구와 저술이, 그리고 생명 자본주의 운동이 그야말로 문명 전환의 새로운 분기점이 되고, 한국이 이를 선도하는나라가 되었으면 한다. 이렇게 세기의 석학을 보유하고 있다는 자긍심과더불어 그 외형적 성과를 기대하는 것은 생명 자본주의의 본류에 어긋나는 일이 될지도 모르지만 말이다.

생명 자본주의의 서설

생명 자본주의에 대한 본격적인 연구를 목표로 그 머리말, 곧 서설(序說)의 형식에 해당하는 것이 이번의 저술『생명이 자본이다』라고 선생은 말했다. 서둘러 결론부터 제기해 두자면, 이 계획성 있는 탐구의 과정이, 인류 미래의 향방을 예견하는 세계적 이론의 탄생에 문열이의 역할을 감당했으면 한다. 선생의 노고와 더불어, 독자이자 정신적 후원자이며 또 그 탐구들의 수혜자인 우리는, 『생명이 자본이다』가 서설(序說)인 동시에 서설(瑞說)이기를 바란다. 머리말이 상서로운 말이 되고 상서로운 말이 머리말인 그 행복을 누려 보자는 뜻이다.

근대 이후의 생명 사상은 기본적으로 생명운동을 염두에 두고 시발된 실천적 명제이다. 환경 파괴를 징후로 하는 근대적 병리 현상, 산업사회의 전개에 따른 물질문명의 팽배, 인간 개체로서의 자아와 타자 간의 관계성 상실, 생명의 소중함에 대한 각성과 인간성의 회복 등 이 표제 아래 복속되어 있는 과제는 많고도 다양하다. 그것이 사회적 실천의 구체성을 확보하기 위해서는 새로운 세계관과 사회제도, 새로운 생활양식과 문화 패턴 등이 제시되어야 한다. 그리고 그것이 당대 사람들의 공감과 호응을 얻어 하나의 정신문명으로 정착되어야 한다.

여기에서 당대 사회의 성격을 적확하게 대변하는 주의주장으로 선택된 것이 자본주의다. 이윤의 획득을 가장 큰 목적으로 하는 경제활동이라는 측면에서, 어쩌면 자본주의는 생명 사상과 적대적인 관계에 있는 것으로 보일 수 있다. 자본주의를 삶의 현장에서 성립하게 하는 상품경제는 근대 물질문명의 모체가 되었고, 이는 오랜 정신문명의 전통이나 그 각성이 형성한 인간중심주의와 대척적인 자리에 선 것으로 인식되었다. 역사적으로 보아 1차 세계대전은 자본주의 발전에 획기적인 전환점이 되었고, 2차 세계대전 이후 서양 각국이 거둔 자본주의의 성과는 그것의 지속적인 생명력을 입증했다.

1917년 레닌의 러시아혁명으로 세계사의 한 조류를 구축했던 공산주의가, 백 년의 체제·형식의 실험 끝에 뇌소를 마무리해 가는 지금, 자본주의의 위세는 숱한 문제점에도 불구하고 인류 사회의 현재를 상징하는 마천루처럼 솟아 있다. 이 동시대 극강의 자본주의와 정신적 차원의 생명 사상을 거멀못처럼 함께 붙들고 있는 이어령 선생의 생명 자본주의는, 기실 자본주의의 고질적 문제들에 대한 저항이요 반역이며 신생(新生)의 가치 정립으로 출현했다. 처음 시작은 미약해 보일지 모르나 나중은 심히 창대한, 인류 문명사와 시대사의 물길을 새 방향으로 바꾸어야 한다는 포부가 그 논리의 수면 아래 잠겨 있다.

그런데 이 책의 서장은 그야말로 사소하고 소박한 사건에서 출발한다. 자신의 신혼 초, 어느 추운 겨울날 아침에 어항 속에서 얼어 버린 금붕어를 살리기 위해 뜨거운 물을 붓는 일에서부터다. 다행스럽게 얼음이 깨지면서 금붕어가 살아난다. 선생은 이 우연한 사건으로부터 자신의 영혼에 새겨진 귀중한 생명의 노래, '금붕어 유레카(eureka)'를 발양한다. 이 창의적이고 산뜻한 개념을 책의 끝부분까지 관통하는 생명 사상의 모티프이자 실마리로 삼는다. 그 생각의 기저에는, '얼음이 녹으면 물이 된다'에서 '봄이 온다'로 생각의 차원을 달리하고 창의력을 극대화하는 정신적 사유의 우주론적 개방, 선생의 오늘이 있게 한 그 '비밀의 지도'가 숨어 있다.

책의 전편을 통해 동서고금의 역사와 문명, 과학과 지식, 경험과 사례 등이 부침하면서 지적 파노라마를 이루고 있다. 한 시대 지성의 극광(極光)이라 해도 좋을 만한 장관(壯觀)이다. 생명 자본주의 연구의 서장이라 호명한 만큼, 향후의 방향성도 명료하다. 선생은 주로 생물학 분야에서 사용된 생명애(biophilia), 장소애(topophilia), 창조애(neophilia)의 세 가지 사랑을 중심 테마로 삼고 그것을 인문학적 입장에서 발전시켜 나갈 것이라고 자술했다. 살아 있는 생명과 삶의 공간을 사랑하고 창의적 정신을 잃지 않는다는 특징적 성격들은 한국인의 속성에도 잘 어울린다는 것이 선생의 생각이다.

생명 자본주의는 그런 점에서 선생에게는 팔십 평생을 두고 아껴 온 화두인지도 모르겠다. 연륜의 손때가 묻은 개념이어서인지, 그 해석의 말도 쉽고 편하다. 어느 인터뷰에서 선생은 생명을 밑천 삼아 살아간다는 게 생명 자본주의이며, 생명을 살리며 돈도 벌자는 것이 또한 그것이라고 답변했다. 남이섬에 줄지어 선 나무 메타세쿼이아는 과거 화목(火木)의 연료 자원에서 풍광으로 돈을 버는 관광자원으로 치환되었다. 강원도 광산 지역에서도 광물 캐기의 단순 생산에서 울창한 삼림을 조성하여 사람들을 모으는 3차 생산의 범례를 보였다. 꿈과 현실이 조화롭게 악수할 수 있는 자리에 선생의 논의가 잇대어져 있다.

선생은 2008년 미국의 리먼브라더스 파산 사태를 보면서 서양식 자본주의의 위기를 느끼고 특히 금융자본주의의 문제점을 보았다고 했다. 이 금융회사의 파산이 물질문명의 자기 증식으로 배태된 한계점의 하나였다면, 선생의 생명 자본주의는 적지 않은 부분을 동양의 정신문명에 빚지고 있다. 그렇게 보면 선생의 생각과 사상은 어느 겨를에 선물처럼 주어진 것이 아니며, '유레카'의 아르키메데스를 비롯한 서양 지성사(知性史)와 방대한 동양 문명의 생명 존중 사상, 그 흐름이 함께 만나는 합수 지점이기도 할 것이다.

이 책의 곳곳에는 붕어에 '금'자 하나를 덧붙인 금붕어가 본래의 붕어와 어떤 차별성이 있는가를 설명하는 것처럼 비교와 대조, 본질과 예외, 해명과 비판의 논리들이 지천으로 널려 있다. 붕어의 '맛'과 금붕어의 '멋', 미각으로서의 먹거리와 시각으로서의 볼거리, 이 양자의 융합에서 파생되는 추억거리 또는 생각거리의 도출은 언어를 통해 가동할 수 있는 현란한 조합의 방정식이다. 그런데 그것이 언어의 유희에 머물지 않고 생명운동의 새로운 길잡이가 된다는 데 그 글쓰기의 개방된 공익성이 있다.

콩 세 알을 심어 하나는 하늘의 새가, 다른 하나는 땅의 벌레가, 그리고 마지막 남은 하나는 사람이 먹는다는 '콩 세 알의 농심(農心)'은, 그 생명운동의 근본을 우리의 민족적 성향 가운데서 찾은 사례. 그 눈으로 보면 1년 열두 달이 모두 생명의 달이요, 갖가지 생명현상으로 충일해 있다. 이렇게 입체적인 눈, 우주론적으로 개방된 시야가 작동할 때 비로소 모든 말과 글은 새로운 활기, 활력을 얻게 된다. 그 눈이 없고서는 이상의 「날개」 말미, 겨드랑이에서 솟을 날개를 기다리며 본래적 자아와 일상적 자아의 통합을 체험하는, 그와 같은 절체절명의 순간을 맞을 수 없다.

생명 자본주의란 용어에서 단어가 조립된 순서가 암시하듯 생명만 중요하고 자본은 그렇지 않은 것인가. 그렇지 않다. 생명이 중요한 만큼 자본 또한 꼭 같이 중요하다. 어떤 의미에 있어서는 자본, 곧 물질이 생명이다. 물질이 없이는 살 수가 없다. 생명의 순기능이 자본의 역기능을 압도하고 새롭게 되살아나야 한다는 얘기는 누구나 내놓을 수 있다. 그러나 생명이 자본이듯이 자본도 생명이라는 역방향의 언술을 설득력 있게 들려줄 사람으로, 선생 이외의 적임을 발견하기는 어렵다. 그래서 지금껏 그래 왔던 것처럼 아직도, 여전히 이어령인 것이다.

'아직도 이어령'에의 기대

선생이 1956년, 20대 초반 약관의 나이로 「우상의 파괴」를 발표하면서 대사회적 글쓰기를 시작한 이래, 50여 년의 세월이 흐른 지금 그 '앙팡테리블'은 한국 문화사·지성사의 거목이 되었다. 엄청난 분량의 지식과 빛나는 아이디어, 그것의 사회·국가적 적용에 이르기까지 그야말로 세기의 문필이 되었다. 선생은 끊임없이 자신을 갱신하며 구세대의 유물로 남기를 거부했고, 팔순 노령에도 생각의 형상은 여전히 동시대 감각의 최전선에 서 있다. 속도감을 놓치지 않는 변화와 변화 속에서도 변하지 않는 그 무엇을 동시에 갖춘 선생의 생각은, 유학의 표현을 빌려 오자면 곧 온고이지신(溫故而知新)의 살아 있는 표본이다.

일찍이 실존주의 철학자 키르케고르는 "청년은 희망의 그림자를 가지고 노인은 회상의 그림자를 가진다."라고 했는데, 이를테면 그 희망과 회상의 그림자를 동시에 가진, 청년이면서 노인이고 노인이면서 청년인 문필가가 선생인 터이다. 그러한 까닭으로 선생의 글에 비판적 잣대를 들이대는 일이 실상은 그다지 효용성이 없는 편이다. 부분적인 문제점이 노출된다 하더라도 그것을 감싸고 있는 유장한 사유와 명쾌한 논리들이 금방 그 부족분을 메우고 지나가는 형국이기 때문이다.

하지만 선생의 글과 더불어 젊은 시기를 보낸 독자들이 내내 버리지 못하는 우려들이 없지 않으며, 이번의 저술을 통해서도 그 오랜 관습이 눈에 들어오기는 마찬가지다. 혹여 너무 휘황한 재기에 가려 보다 진중하고 깊이 있는 사색의 열매를 놓치지나 않을까, 너무 다채로운 논리에 밀려 중심 사상이 일관된 흐름이나 체계적 성숙을 추수하는 데 저해를 받지나 않을까 하는 우려들이다. 혹자는 문화적 저항 정신으로 문을 연 선생의 주장들이 삶의 현실에 적용되는 저항 정신과는 일정한 거리가 있지 않은가라는 문제를 제기하기도 한다. 이는 땀으로 산업화를 이룬 세대, 피로 민주화를 세운 세대를 넘어, 선생이 내놓은 생명 세대가 구체적으로 무엇을 형용할 것인가라는 질문과도 관련되어 있다.

예를 들어 '얼음이 녹으면 물이 된다'와 '봄이 온다' 사이에는 참으로 큰 차별성이 가로놓여 있기는 하지만, 오늘의 실용주의자들은 철학적 답변과 이론적 흥미를 넘어 '봄이 온다'가 지칭할 수 있는 실질적 변화의 목표와 경과를 요구한다. 이는 선생의 생명 자본주의가 그 프로그램 속에 포괄해야 할 대목의 하나이다. 생명 자본주의가 지식의 집합이나 철학적 설계도에 그치지 않고 생명 사상에서 생명 사랑으로, 또 생명운동으로 확장되어 동시대적 공감과 가치의 생산으로 이어져야 한다는 얘기다. 이 책의 비유 가운데 물에서 튀어나와 바다를 보고 다시 수면 밑으로 들어가는 날치가 등장하는데, 사람들은 그 비상(飛上)의 의미뿐 아니라 생태적 진화의 전후 문맥까지를 듣고 싶어 한다는 말이다.

선생은 다른 어느 자리에서 "안데르센이 문학을 망쳤다."라고 단언하며, 그 동화적 인식이 사회적 현실과 얼마나 동떨어져 있는 것인가를 설명한 적이 있다. 이 책에서도 그렇다. "「성냥팔이 소녀」에는 산업자본과 금융자본이 어린아이를 죽이는 처절한 또 하나의 얼굴이 숨어 있다."라 하고 그 사정을 면밀히 기술했다. 그러나 일반 독자들은 이 동화를 통해 그 어린아이의 슬픔이나 환상적 행복에 주목할지언정, 그것을 자본주의의 폐해로까지 읽지는 않는다. 안데르센의 문학적 상상력과 근대 자본주의의 냉엄한 얼굴이 겹치는 것은 아무래도 과도한 논리적 편의주의로 보인다.

그와 같은 사정은 「정직한 나무꾼」의 이야기에서도 마찬가지다. 금도끼 은도끼 쇠도끼를 시장경제의 시각으로 보아 버리면 이 설화의 본래적 가치가 사라진다. 이는 마치 선생이 자주 인용하는 「날개」의 마지막 대목을 전혀 다른 시각으로 바라보는 것과 유사하다. 신화문학론의 시각으로 그 결말을 바라보면 두 개의 자아가 통합되어 우화등선(羽化登仙)하는 빼어난 소설의 결미이지만, 문학사회학의 시각으로 바라보면 치인의 못남을 넘어서지 못하고 작가 이상이 어느 평론가의 논평처럼 "현해탄의 수심을 몰랐던 나비 한 마리"로 추락할 수 있는 것이다.

이 책 중에는 중국 오기 장군의 일화가 나오고 그에 대한 비판적 의견이 부가되어 있다. 전쟁 중에 종기로 고생하는 병사의 고름을 오기 장군이 입으로 직접 빨았다는 이야기를 듣고 병사의 어머니는 통곡을 한다. 그 병사의 아버지도 전장에서 꼭 같이 그러했는데, 장군의 은혜에 감사하며 목숨을 다해 싸우다가 전사했으니 아들 또한 그러리라는 것이었다. 법가의 한비자가 "오기가 자신에게 도움이 될 것을 생각하고 했으니 결코 인(仁)이 아니다."라고 했고 선생은 한비자의 이 해석을 그대로 수긍한다.

하지만 꼭 그렇지 않을 수도 있다. 오기가 장수로서 병사의 고통을 함께 나누겠다는 생각이 근본이고, 그 부수적 결과로 그들 부자가 목숨을 다해 싸웠을 수 있다. 한 병사에게 그렇게 정성을 다한 장군이면 전체 군사에게도 그렇게 했을 것이다. 그런 경우이면 상찬할 만한 지휘관의 태도이지 자신의 이익을 좇은 소인배가 아닐 수 있다는 말이다. 물론 이러한 논리에는 양면성이 있고 또 논지의 전개에 합당한 논리를 불러올 수밖에 없는 것이기는 하나, 자칫 논리 자체의 행로를 강화하기 위해 상식적 판단의 근거를 뛰어넘는 무리를 범할 수도 있지 않을까 하는 염려인 것이다.

앞서도 언급한바, 선생은 이 책이 본격적인 생명 자본주의의 연구를 위한 서론으로, 그 본론에 앞서 누구나 쉽게 읽을 수 있도록 기획 출판되었다고 밝혔다. 대가의 본격적 저술을 앞둔 서론이라는 측면에서, 가슴의 동계를 느끼며 읽을 수 있어 행복했다. 이 언표가 꼭 실현되기를 기대하며 기다린다. 일찍이 헝가리 태생의 문예이론가 죄르지 루카치가 젊은 날에 명저 『소설의 이론』을 쓰면서, 본격적인 도스토옙스키 연구를 위한 서론에 해당한다고 적시한 바 있다. 그러나 루카치는 정작 그에 합당한 본론을 쓰지 못했다. 믿고 바라기로는 우리의 시대가 낳은 걸출한 문필로서 선생은, 루카치의 사례를 뛰어넘어 세계 지성사의 인물로 그 소명과 다짐을 꼭 실현해 주었으면 한다.

거듭 말하지만 『생명이 자본이다』를 읽으면서 즐겁고 행복했다. 이러한 기쁨을 누린 독자들이 많고도 많을 것이고 보면, 선생은 그 말과 글을 통하여 이 세상에 큰 적덕(積德)을 하고 있는 셈이다. 그것이 어찌 어제오늘의 일이겠으며, 선생 자신으로서도 수도 없는 읽기와 쓰기의 밤을 밝히며 오늘 여기에 이른 것이 아니겠는가. 처음에는 찰랑거리는 산골 물줄기였겠으나 이제는 망망대해를 목전에 둔 필생(畢生)의 문필이 곧 선생의 것이다.

세상 위로 날아오른 두 날개의 힘

—서정범의 언어학과 수필

그 삶과 문학

언어학자요 수필가였던 서정범 교수가 지난 7월 14일 유명을 달리했다. 1926년 9월 23일, 충북 음성에서 출생해 80여 년을 전국적 명성을 갖고 살다 간 분이다. 그는 1957년 경희대학교 국어국문학과를 졸업한 이래 대학원 과정을 거치면서 내내 모교의 강단을 지켰다. 한 사람이 감당하고 있던 자리는 그가 떠나고 난 후라야 비로소 그 부피와 중량이 제대로 가늠되는 터이어서, 그가 펼쳐 놓은 배움의 그늘 아래에서 성장한 이들 중에 어느 누구도 그 학문적 역량과 후진 양성의 열정에 이의를 제기하는 경우는 없을 것 같다.

오랜 평교수 생활과 문리과대학장의 보직을 거쳐 명예교수로 연구 활동을 계속해 온 그의 학문과 문필의 세계를 거슬러 올라가 보면, 밤이 늦도록 연구실을 지키며 혼신의 노력을 기울여 온 연구와 집필의 성과로서 어학과 문학의 양면에 모두 독자적인 영역이 확보되어 있음을 알 수 있다. 또한《경희어문학》과《경희문학》의 창간 및 계속적인 발행을 선도하여 후배와 제자들의 의욕을 고무하고, 학계와 문단에서 활동할 수 있는 계기를 마련하는 데도 남달리 애써 온 사실을 간과할 수 없다.

『한국 특수어 연구』(1959)로 시작된 서 교수의 학문적 연구는 『15세기 국어의 표기법 연구』(1964), 『현실음의 국어사적 연구』(1975), 『음운의 국어사적 연구』(1982), 『국어 어원 사전』(2000) 등으로 이어져 국어학계에 새로운 이론적 충격을 가했다. 뒤이어 우리말의 조어 재구라는 획기적인 분야에 주력하여, 원시시대 언어의 원형을 추적하고 우리와 동일한 문화권 안에 있는 다른 나라 언어들의 기원과 상관관계에까지 논의의 진폭을 확장하는 데 이르렀다. 『우리말의 뿌리』(1989)나 일본에서 출간된 『일본어의 원류』(1989) 같은 저술이 곧 그러한 연구 실적의 소산에 해당된다. 이러한 일은 이전의 어느 국어학자도 생각할 수 없었던 우리 언어의 주체성을 찾는 작업이었다. 학계에서는 이를 제8회 동숭학술문학상(2004) 등으로 평가했다.

아울러 서 교수는 수필 문학에도 특별한 관심을 보여 첫 수필집 『놓친 열차는 아름답다』(1974)를 발간한 이래 『겨울 무지개』(1976), 『무녀의 사랑 이야기』(1979), 『그 생명의 고향』(1981), 『사랑과 죽음의 마술사』(1982), 『영계의 사랑과 그 빛』(1985) 등을 내놓았으며 1981년에는 『무녀의 사랑 이야기』와 『그 생명의 고향』으로 제18회 한국문학상을 수상했다. 이후 제19회 펜문학상(1993), 제10회 수필문학상(2000) 등의 수상은 그의 수필 창작이 그 수준을 고르게 유지하면서 지속적으로 전개되었음을 말한다. 이와 같은 수필집들을 통해 그는 평범하고 사소한 일들에 대한 세미한 관찰력과 따뜻한 애정을 환기하고 있으며, 특히 한국의 샤머니즘에 대한 탁발한 일가견과 이들의 고통스럽고 신비하기도 한 삶에 깊은 연민과 이해를 내보이기도 한다.

한편 반생을 캠퍼스에서 학생들과 함께 지내며 그들만의 독특한 문화 현상을 탐색해 온 결과로『학원별곡』(1985)을 필두로 하여『어원별곡』(1986),『수수께끼별곡』(1987),『이바구별곡』(1988),『가라사대별곡』(1989),『허허별곡』(1990),『너스레별곡』(1991) 등을 발간하여 당대 젊은이들의 언어 현실을 총체적으로 집대성하는 역할을 수행한 바 있다. 7년이라는 결코 짧지 않은 기간을 두고 매해 한 번도 거르지 않고 속어·비어·은어들의 시리즈를 집약해 온 배면에는 남모르는 끈질긴 노력이 숨어 있을 터이거니와, 우리는 이로써 그의 끊임없는 탐구 정신의 한 단초를 볼 수 있다.

지금까지 서 교수의 연구와 문필 활동을 대략적으로 살펴보았는데, 여기에서 우리가 집중적으로 검토해 보고자 하는 대목은 수필가로서 그가 제작해 온 작품들의 내면세계가 될 것이다. 다양성과 깊이를 함께 포괄하고 있는 그의 실적 및 성과를 부족한 식견으로 모두 해명할 수 없으며, 다른 부분은 그 부분의 연구자들 몫으로 남겨 두는 편이 온당할 것이기 때문이다.

여기에서는 서 교수의 수필 가운데서도 초기 서정적인 분위기와 진솔한 인간애가 가장 잘 드러나는『그 생명의 고향』을 주된 논의의 대상으로 하려 하는데, 이 수필집이 그보다 앞서 나온 세 권의 수필집에서 특색 있고 우수한 작품들을 가려 수록한 선집이라는 장점이 있기도 하다.

탈속과 자유로움의 글쓰기

폴 발레리는 "시가 춤이라고 할 때 산문은 도보"라고 표현했다. 일상적인 동작에 비유·상징·생략·율농의 미학적 움직임을 부가힐 때 춤이

성립되는 것이라면, 그에 대응하는 도보는 있는 그대로의 걸음걸이를 크게 변형하지 않고 진실성 있는 모습으로 드러내는 것을 말한다. 이와 같은 비교법이 문학 장르에 효율적으로 적용될 수 있다면, 도보로서의 산문은 특히 수필의 성격적 특성을 잘 설명해 주는 서술이라고 할 수 있겠다.

서정범 교수의 수필을 읽어 내려가자면, 우선 평지를 여유를 갖고 걸어가듯이 크게 힘이 들지 않는 도보를 느낄 수 있다. 그의 문체에는 이해하기 어려운 구절이나 억지로 꾸민 구석이 없다. 수미 상관하고 일관된 논리의 틀을 좇아 문맥과 행간을 함께 붙잡으려 애써야 하는 긴장감도 필요하지 않다. 쓰는 이 스스로 그러한 속박을 모두 내던져 버린, 때로는 엉뚱한 동문서답을 하기도 하고 때로는 한정적인 언어 용법을 넘어서서 전혀 별개의 개념을 이끌어 오기도 하는, 시치미를 뚝 뗀 분위기의 필법을 엮어 낸다. 그리하여 읽는 이로 하여금 가구가 흐트러진 실내에서 오히려 편안한 마음으로 거하듯 자유스러운 흐름에 젖어 들게 한다.

「나비 이야기」 같은 작품을 보면, 처음에 잠깐 나비의 전설이 나왔다가 곧장 열대어 이야기로 넘어가서 끝부분까지 계속되는데, 마무리와 동시에 열대어의 죽음과 나비의 환생을 오버랩하는 교묘한 솜씨를 보여 준다. 「서귀포의 귤밭」에서도 옛날의 개 이야기로 시종하다가 그 끝을 거두절미하고 아버지에 대한 추모의 정으로 바꿔 놓고 있으며, 이 급작스러운 전환이 기실 개 이야기의 핵심을 축약한 결론에 이름을 보게 된다.

그러하다면 그의 무질서한 글쓰기의 행보가 두서없는 자료의 나열이 아니라 실상은 면밀히 계산된 해체의 형식이요, 포괄적인 시각으로 각 부분들을 방목하되 고삐는 모두 한 손에 다잡고 있는 수준 있는 문리(文理)의 운용이라 할 수 있겠다.

그러면서 그의 수필은 새롭고 재미있다. 새롭다는 것은, 단순한 생활의 소회나 감정의 기복을 표현하는 데 그치지 않고 그 서정적 심상의 열매와 더불어 국어학자로서 학문적 관심의 낙수거리들을 곳곳에 저장하고 있어, 수필을 통해 일상과는 유다른 세계를 신선하게 접촉하도록 해 준다는 뜻이다. 또한 재미있다는 것은, 일차적으로 세월의 이끼가 덮인 옛이야기나 그가 오래도록 공을 들인 무속 연구의 현장에서 캐낸 일화들을 수필 속의 스토리로 만들어 내는 데 있으며, 다음으로는 이 스토리를 재치 있게 들려주는 이야기꾼으로서의 달변과 수완을 의미한다.

이러한 면모들은 서 교수가 써 온 수필의 외양을 간략하게 추려 볼 때 추출되는 특성인데, 이제 그 포장 속에 담겨 있는 글의 내면 풍경이 어떠한가를 분석해 볼 차례이다. 먼저 그의 수필이 끌어안고 있는 내포적 의미망 가운데로 진입하는 통로를 마련하기 위해 「미리내」라는 작품을 살펴보기로 하자.

서두에 미리내라는 말의 어원과 어의에 대한 검색이 있다. 연이어 글 쓴이가 자란 시골과 그 추억의 공간 속에 살아 있는 은하라는 소녀의 이야기가 서술된다. 그리고 열일곱 살 땐가 친구를 따라 두메에 놀러갔다가 멍석에 누워 기차 — 용 — 뱀 — 허물 — 은하수로 기억의 상관물이 변용되는 꿈을 꾸는 장면이 나온다. 마지막으로 낳은 지 사흘째 되는 딸애의 눈에서 은하수의 별을 찾아내는 사건이 있다. 이 요약은 전체적인 글의 진행을 돌보지 않은 채 함유된 부분들의 성향을 구별하기 위한 정리에 불과하지만, 여기에서 중요한 사실은 그 네 가지 단락이야말로 이 수필집을 관류하여 반복적으로 출현하는 의미 구성 요소들의 표본이라는 점이다.

어원과 어의에 대한 고찰은 서 교수의 수필 전반에 걸쳐 수행되는 간과할 수 없는 항목이다. 그는 이 딱딱하고 지루한 학술적 편모들을 자연스럽게 적소에 배치해 도리어 글의 객관성이 요긴하게 획득되도록 한다.

수필에 등장하는 꿈이나 그 해몽은 우리에게 익숙한 옛날이야기와 연결되거나 무속의 화제로 전환되어 현실의 이면에 자리하고 있는 비일상적 세계의 존재 양식을 부각시킨다. 어린 딸애의 눈에서 발견되는 별빛은 그가 꾸려 내는 스토리들이 가족 관계의 토대 위에서 보다 심화된 의미를 산출할 수 있다는 가능성을 내비치며, 이는 다른 작품에서 어머니 및 아버지에 대한 회상이나 실향민으로서의 감회를 드러내는 지점까지 나아간다. 그리고 은하라는 소녀가 발산하는 애처롭고 서정적인 이미지는 소녀나 연인들의 이야기를 통해 거둬 올리는 순정한 감성과 따뜻한 인간애를 배태하는 동력원이라 하겠는데, 이는 낚시를 통해 만나는 사람들이나 범상한 일상 속에서 마주치는 사람들에게서 삶의 외경을 깨우치는 일과도 동궤의 맥락 위에 있다.

이렇게 볼 때 「미리내」는 그의 수필들이 표방하고 있는 의미 범주의 원형을 모두 포괄하고 있는 작품이며, 이로써 확인된 내용의 구체적 세부에 접근하는 데 유익한 이정표로서의 기능을 맡을 수 있다. 그러면 그 네 단락을 순차적으로 구분하여 분석해 보자.

첫째로 어원 또는 어의 연구의 학술적 수확을 수필에 도입하는 경우이다. 「둥근 마음씨」, 「아빠 나빠」, 「한줌의 재」, 「섰다 사(史)」, 「도깨비」, 「동동다리」, 「내일의 리듬」 같은 작품을 보면, 훈민정음 창제 당시의 저 15세기 언어에서 오늘날까지 국어사 논의의 마당 위에 펼쳐 있는 쟁점들을 선별하고 이를 글의 주제에 걸맞도록 도입한다. 그리하여 우리가 수필을 읽으면서 동시에 재기 넘치는 언어학 강의를 듣는 것 같은 기분을 맛보게 한다. 그러한 지적인 기술이 상당한 분량으로 포함되어 있으면서도 식자의 우월감을 노출하는 법이 없고 시골 사랑방의 구수한 담화에 심취하는 듯한 뒷맛을 남기는 것은 곧 수필가로서 그의 역량이라 할 터이다.

둘째로 무속의 실상이나 전승 설화들이 글의 바탕을 흥미롭고 풍성하게 치장해 주는 경우이다. 「두견새」, 「서귀포의 귤밭」, 「사과만 먹는 여인」, 「그 생명의 고향」, 「두꺼비」, 「내일의 리듬」 같은 작품이 이 항목의 서술부를 이룬다. 갖가지 설화들이 안고 있는 애절하고 비감한 이야기들이 이야기로서만 끝나는 것이 아니라, 글쓴이 자신의 체험 가까이로 끌어당겨져서 생동하는 예표로서의 역할을 담당한다. 또한 무속의 주체로서 살아 있는 신화를 호흡하며 살고 있는 샤먼들에 대한 각별한 이해와 애정은, 그들의 폐쇄적이고 배타적인 마음의 문을 열고 숨겨진 보화처럼 기이한 의식의 결정들을 캐내는 성과를 거두어들인다.

셋째로 글쓴이와 가장 가까운 거리에 있는 가족들을 통해 삶의 본질적인 문제들에 대한 깊은 성찰을 수행하는 경우이다. 「가을의 가슴」, 「서귀포의 귤밭」, 「겨울 무지개」, 「놓친 잉어」 등의 작품에서, 이제는 유명을 달리한 어머니 및 아버지의 기억과 회상이 단속적으로 그려진다. 이 작품들을 통해 우리가 확인할 수 있는 것 중 하나는, 연보상으로 그의 출생이 1926년 충북 음성으로 되어 있으나 실제로 성장한 곳은 북녘 땅이며 그가 거기에 가족을 남겨 두고 온 실향 이산가족이라는 사실이다.

제자가 가져다준 풋밤에서 어머니의 포근한 사랑을 떠올리고 남과 북의 강이 서로 합치는 합수머리에서 잉어를 놓치고 고향을 그리워하는 그의 처연한 심사야말로, 우리 시대에 수도 없이 많은 실향민들의 통한을 대변한다. 혼자만 살겠다고 늙으신 부모를 떠난 불효가 지금도 가슴을 저미고 눈이 펑펑 내릴 때에는 어머니의 모습이 눈발 속에 내리고 있는 것을 보게 된다는 그의 술회는, 그리하여 쉽사리 우리의 공명을 촉발하면서 우리를 글 한가운데로 이끄는 힘을 발휘한다. 거기에 글쓴이의 절절한 체험, 단단한 핍진성이 배어 있기 때문이다.

넷째로 소녀, 여인, 낚시 친구, 농료들을 글의 중심에 놓고 이들에 대한 티 없는 애정으로 서정적 감성과 온정 어린 교감을 추수하는 경우이다. 「저 곱디고운 단풍잎」, 「겨울의 문턱에서」, 「겨울 무지개」, 「놓친 열차는 아름답다」, 「아름다운 준비」 같은 작품에서, 그러한 순후한 인간애를 잘 알아차릴 수 있다. 더구나 낚시에 관한 이야기들을 보면 그가 이 방면에 일가견을 이루었다는 인식보다는, 낚시를 통해 가까워진 이들과의 애틋한 교분을 실감 있게 드러내고 있어 그의 낚시 행차가 지닌 탈속의 멋과 향취가 잔잔한 감동의 파문을 일으키기도 한다. 특히 「저 곱디고운 단풍잎」에 나타난 원응서 선생과의 친교는, 역시 원 선생의 절친한 벗이었던 황순원 선생의 단편 「마지막 잔」에 필적할 만한 감동의 문양을 생산하고 있다.

그가 황 선생의 후학이자 오랜 강단의 동료라는 사실은 익히 알려진 대로지만, 「겨울의 문턱에서」라는 작품에서 볼 수 있는바 용문산 은행나무의 회오리바람은 황 선생의 단편 「나무와 돌, 그리고」에서와 마찬가지로의 깨우침으로 받아들여진다. 계절의 생명을 끝내는 은행나무 잎의 장엄한 최후를 한 사람은 소설로, 다른 한 사람은 수필로 썼으되, 범속한 삶의 경험 가운데서 암시되는 무한한 자연의 법도에 대한 경외감은 매한가지이다. 이처럼 사소하고 평범한 사건들에서 깊이 있고 비범한 삶의 이치를 적출해 내는 방식은, 서 교수의 수필이 붙들고 있는 또 하나의 강점이라 할 수 있겠다.

언어학으로서의 수필

서 교수의 수필은, 이제껏 검증해 본 바와 마찬가지로 수필만을 써 온 수필가의 수필이 아니다. 우리 국어학계에 비중 있는 이름을 가진 학자로서 그 학문 연구의 실과들을 문맥 속에 갈무리하기도 하고, 전공 분야가 아니면서도 전문가 이상의 견식과 연구의 분량을 가진 무속의 현실을 글의 디딤돌로 삼기도 하며, 개별적인 정감과 따뜻한 인간애로써 이 모두를 포장하는 기법에도 능숙한 새로운 수필의 유형이 그와 더불어 가능한 셈이다.

그러면서 어느 논자의 지적처럼, 근엄하지도 않거니와 신중한 체도 하지 않으며 더욱이 아는 체하거나 똑똑한 체하는 인상이 없다. 새뮤얼 존슨의 말을 빌리면, "수필이란 마음의 자유분방이며 정상적이고 질서 정연한 작문이 아니라 비정상적이고 미숙한 것"인데, 그는 이 비정론성의 미덕에 충실하면서도 마무리에 이르러서는 여기저기 흩어 놓았던 절목들을 효율적인 연결 고리로 묶어 전체적인 균형성을 되살려 놓는다. 우리는 그의 수필을 통해 드물지 않게 암반 속의 보석처럼 반짝거리는 삶의 지혜와 깨우침을 얻기도 한다.

팔순을 몇 해 넘긴 어느 여름날, 이름 있는 언어학자요 수필가로서 숱한 성과를 남긴 노교수는 홀연 비속한 세상의 저잣거리를 버리고 새로운 세상으로 날아올랐다. 그의 80여 성상을 뒷받침했던 언어학과 수필이 거기에서도 비상의 양 날개로 작동했는지 우리는 알 수 없으되, 그는 분명 이 두 영역에 타자가 쉽게 흉내 내기 어려운 큰 족적을 남겼다.

문학의
거울과
저울

1판 1쇄 찍음 2016년 2월 3일
1판 1쇄 펴냄 2016년 2월 12일

지은이   김종회
발행인   박근섭·박상준
펴낸곳   (주)민음사

출판등록   1966. 5. 19. 제16-490호
주소   (06027) 서울시 강남구 도산대로 1길(신사동)
           강남출판문화센터 5층
대표전화   515-2000 | 팩시밀리   515-2007
홈페이지   www.minumsa.com

ⓒ 김종회, 2016. Printed in Seoul, Korea

ISBN 978-89-374-3241-5 (03800)